EMILIA SCHILLING
LOVETT ISLAND
Sommerflüstern

AF178323

GOLDMANN
Lesen erleben

Buch

Gerade erst haben Maci und Trevor wieder zueinandergefunden und Pläne für die Zukunft geschmiedet, als ein
Hurrikan alle Glücksgefühle dahinfegt. Der Sturm verwüstet die paradiesische Karibikinsel Lovett Island, und schlimmer noch: Trevor wird vermisst. Maci ist am Boden zerstört,
aber nicht bereit aufzugeben, und begibt sich auf die Suche
nach ihm. Blair, die vor Kurzem die Leitung der Insel übernommen hat, steht vor einem Trümmerhaufen. Halt findet
sie ausgerechnet bei den Menschen, die sie früher abschätzig
als Personal abgetan hat. Doch um Lovett Island wieder zu
der beliebten Trauminsel zu machen, braucht sie Geld – viel
Geld. Der Einzige, der ihr das geben kann, ist der Mann, an
den sie gerade erst ihr Herz verloren hat. Und Violet macht
sich mit Brents Hilfe endlich auf die Suche nach ihrer Mutter und findet, wonach sie sich schon ihr ganzes Leben
gesehnt hat …

Weitere Informationen zu Emilia Schilling
sowie zu lieferbaren Titeln der Autorin
finden Sie am Ende des Buches.

EMILIA SCHILLING

LOVETT ISLAND

Sommerflüstern

Roman

GOLDMANN

Penguin Random House Verlagsgruppe FSC® N001967

1. Auflage
Originalausgabe Oktober 2021
Copyright © 2021 by Emilia Schilling
Copyright © 2021 by Wilhelm Goldmann Verlag, München,
in der Penguin Random House Verlagsgruppe GmbH,
Neumarkter Str. 28, 81673 München
Die Veröffentlichung dieses Werkes erfolgt auf Vermittlung der
literarischen Agentur Peter Molden, Köln.
Umschlaggestaltung: UNO Werbeagentur, München
Umschlagmotiv: FinePic®, München
Redaktion: Li-Sa Vo Dieu
MR · Herstellung: ik
Satz: Buch-Werkstatt GmbH, Bad Aibling
Druck und Bindung: CPI books GmbH, Leck
Printed in Germany
ISBN: 978-3-442-49032-5
www.goldmann-verlag.de

Besuchen Sie den Goldmann Verlag im Netz

Für Nadine,
weil mit dir das Schreiben noch viel mehr Spaß macht

1.

Maci

Der Wind schlug mir entgegen, als ich auf den leeren Landeplatz zulief. Ich hielt mir den Unterarm vor die Augen, um sie vor Kies, kleinen Ästen und Blättern zu schützen. Es war, als wollte der Sturm in einem letzten Aufbäumen, bevor er vollständig vorüberzog, mich daran hindern weiterzulaufen. Doch mich konnte nichts aufhalten. So wie nichts den Schmerz und die Angst um Trevor aufhalten konnte. Meine Beine bewegten sich wie von selbst. Schritt für Schritt. Tränen strömten über mein Gesicht, als ich die Plattform überquerte. Nichts deutete darauf hin, dass hier in den letzten zwei Tagen ein Hubschrauber gelandet wäre. Trotzdem lief ich weiter und weiter.

Ich steuerte auf die Klippen zu. Von dort oben hatten wir den Sprung in die Tiefe gewagt. Seine Worte von damals hallten in meinem Kopf wider:

Wenn wir es schaffen, über diese Klippe zu springen, ist unsere Zukunft ein Klacks. Dann können wir alles bewältigen.

Welch höhnische Worte! Ich fühlte mich so schwach wie noch nie zuvor in meinem Leben.

Meine Schritte wurden dennoch nicht langsamer, während ich mich den Klippen näherte, bis sich vor mir das raue Meer ausbreitete. Die Wellen schaukelten meterhoch und waren genauso gewaltig und dunkel wie die Gefühle in mir.

Der Wind blies an den Klippen noch stärker. Er rauschte um mein Gesicht und peitschte mein Haar nach hinten. Jede Faser meines Körpers wollte da hinunter. Ich wollte zurück zu dem Moment, als ich Hand in Hand mit Trevor über diese Kante gelaufen war. Den freien Fall ein zweites Mal fühlen und vom Meer verschluckt werden. Es war für Trevor und mich ein so bedeutender Moment gewesen. Er hatte uns enger zueinander gebracht. Nur würde ich dieses Mal in keinen ruhigen klaren Ozean eintauchen. Das hier war der sichere Tod.

Ein Hauch von einem Sprung entfernt kam ich am Abhang zum Stehen. Steine rieselten lautlos die Klippen hinunter. Der Sturm übertönte alles. Auch mein lautes Schluchzen, das meine Brust erbeben ließ und in einen lauten Schrei überging.

Es war, als könnte ich erst hier und jetzt endlich alles herauslassen, was sich in mir angestaut hatte, was ich im Bunker zurückgehalten hatte. Wir waren gefangen gewesen unter der Erde, zu fünft eingepfercht in viel zu kleine Räume. Am Ende hätten wir noch alle den Verstand verloren.

»Maci!« Karlees Stimme drang durch den Sturm zu mir durch.

Ich wischte mir die Tränen aus dem Gesicht und drehte mich zu ihr um. In ihren großen Augen spiegelte sich das blanke Entsetzen.

Ich trat vom Abgrund zurück und einen Schritt auf sie zu, und auch sie kam näher, zog mich von der Kante der Klippen zurück, hinein in eine feste Umarmung.

»Ich dachte schon, du würdest springen.«

»Wo ist er?«, fragte ich mit bebender Brust, auch wenn ich wusste, sie würde mir nicht die Antwort geben können. Diese Frage zerriss mich innerlich. Sie war untragbar.

»Ich weiß es nicht.« Karlees zaghafte Stimme wurde vom Wind davongetragen.

Ich schluchzte, als ich mein Gesicht in ihre Schulter vergrub. Ich hatte in der Zeit im Bunker versucht, Ruhe zu bewahren und die Hoffnung nicht aufzugeben, doch der Anblick der verwüsteten Insel hatte mir die Augen geöffnet. Das hier war kein normales Unwetter gewesen, kein Sommersturm. Ein gottverdammter Hurrikan war über die Karibik gezogen. Und Trevor war irgendwo da draußen.

Als ich mich wieder von Karlee löste, schenkte sie mir ein aufbauendes Lächeln, das ihr nicht ganz glückte. »Komm! Lass uns von Blair das Satellitentelefon holen und herausfinden, wo er ist.«

Ich saß an Peytons Schreibtisch, den Kopf gegen die Rückenlehne gelegt, den Blick starr an die Decke gerichtet, als Karlee ins Büro kam und mir ein Glas auf den Tisch stellte. »Was ist das?«, fragte ich, ohne den Kopf von der Lehne und den Blick von der Decke zu lösen.

9

»Eine heiße Schokolade mit Sahne. Beziehungsweise Sahne mit Schokolade aufgefüllt …«, antwortete meine Freundin und lehnte sich an die Tischkante neben mich. »Soll bei allen Sorgen des Lebens helfen. Los, trink schon!«

»Weiß ich danach, wo Trevor ist?«, fragte ich und legte meine Finger um das warme Glas.

»Nein, aber ohne weißt du es auch nicht.«

Da hatte sie recht. Ich richtete mich mühsam auf, trank die süße Sahne-Kakaomischung, die warm meine Kehle hinunterfloss. Immerhin fühlte ich noch etwas anderes als Frustration und Verzweiflung.

»Konntest du schon jeden erreichen, den du anrufen wolltest?«, fragte Karlee vorsichtig.

»Ja, und noch ein halbes Dutzend mehr Leute. Niemand weiß etwas von Trevor. Abgesehen davon haben sie alle gerade selbst genug zu tun.« Ich seufzte schwer, weil ich es in der momentanen Situation niemandem übel nehmen konnte, ich aber trotzdem deprimiert war.

»Das kann ich mir vorstellen.« Karlee lächelte mich bedauernd an. »Hast du es auch in den Krankenhäusern versucht?«

Ich nickte. »Sein Name taucht nirgends auf, und auch die Beschreibung stimmt mit niemandem überein, der in den letzten vierundzwanzig Stunden eingeliefert wurde.« Ich senkte meinen schweren Blick auf das Satellitentelefon, das zum Glück funktionierte. »Ich habe sogar bei einer Nachrichtenagentur nachgefragt, ob sie etwas von einem Helikopterabsturz wissen, aber nichts …« Ich hob meine

Schultern, die sich wie mit Blei gefüllt anfühlten, und ließ sie wieder sacken. Das warme Gefühl in meinem Magen schien mich zu verhöhnen. Statt mich meine Sorgen leichter ertragen zu lassen, wogen sie nun noch schwerer. »Trevors Handy scheint tot zu sein, und seiner Mom konnte ich nur auf die Mailbox sprechen. Sie hat mich noch nicht zurückgerufen.«

»Das wird sie bestimmt.« Karlee legte mir die Hand auf die Schulter. »Nur hier zu sitzen zieht dich immer weiter hinunter. Du musst dich ablenken, solange du ohnehin nichts tun kannst.«

Mit brennenden Augen sah ich zu Karlee auf. »Ich kann nicht«, brachte ich schwach hervor. Wie sollte ich weitermachen, wenn ich nicht wusste, was mit Trevor passiert war?

»Nimm das Telefon mit.« Karlee ließ keine Widerrede zu und drückte es mir in die Hand. »Dann bist du jederzeit erreichbar und bekommst keinen steifen Nacken vom Rumsitzen.«

»Und du denkst, der Anblick da draußen stimmt mich fröhlicher?« Ich hob zweifelnd die Augenbrauen.

»Der erste Eindruck ist schlimmer, als es ist«, entgegnete sie mir. »Die Gebäude haben den Sturm mehr oder weniger überstanden. Der Hurrikan ist südlicher als prognostiziert vorbeigezogen.«

Obwohl es gute Nachrichten sein sollten, ließen sie mich kalt. Ich verstand aber, worauf meine Freundin hinauswollte. Ich war ihr dankbar für die eifrigen Versuche, mich abzulenken, doch ich würde Trevor keine Sekunde aus meinem Kopf bekommen. Er war meinetwegen aufgebrochen. In einer Situation, in der es viel zu gefährlich gewesen war. Aber vielleicht hatte sie gar nicht so unrecht.

»Also gut«, stöhnte ich und stand auf. Das Satellitentelefon steckte ich mir in die Hosentasche.

»Du solltest mal den Hauptstrand sehen«, sagte Karlee, als wollte sie verhindern, dass ich doch noch einen Rückzieher machte. »Die Hälfte des Sandes ist weg. Einfach fortgeblasen.«

Weg? Der konnte doch nicht einfach so weg sein? Wie krass war das? Gerade als ich es kommentieren wollte, läutete das Satellitentelefon vor mir. Mein Herz überschlug sich in meiner Brust. Ich hatte jedem die Nummer gegeben, mit dem ich heute telefoniert hatte. Sie sollten mich sofort anrufen, wenn sie irgendetwas von Trevor oder einem Helikopterabsturz hörten.

»Hallo?«, fragte ich noch, bevor ich mir das Telefon ans Ohr hielt.

Meine Ernüchterung kam schnell. Die Frau am Telefon hatte einen Urlaub auf Lovett Island gebucht, den sie in drei Wochen antreten wollte. Nun wollte sie *nur mal nachfragen*, ob der denn stattfinden könne.

»Das weiß ich leider nicht, aber ich notiere Ihre Telefonnummer, damit Ms Wilkins Sie zurückruft«, sagte ich, ohne die Enttäuschung in meiner Stimme verbergen zu können. Widerwillig kritzelte ich die Nummer auf ein Stück Papier und ließ sie auf Peytons Schreibtisch liegen. Blair würde sich schon darum kümmern. Nachdem ich aufgelegt hatte, steckte ich das Telefon wieder weg.

»Hast du auch mit Hugh Parker gesprochen?«, fragte Karlee vorsichtig.

»Nein.«

»Vielleicht kann er ...«

»Nein«, sagte ich nun bestimmt. Ich war nicht bereit, mit ihm zu sprechen. Das musste jemand anders tun. Blair oder Trevors Mom. Ich kannte ihn ja nicht mal richtig. Mal abgesehen davon, dass er mich nicht leiden konnte. »Lass uns jetzt rausgehen.«

Erleichtert lächelte Karlee mich an. »Erst mal holen wir dir etwas zum Frühstück. Ich habe dich nichts mehr essen sehen, seit wir in den Bunker mussten.«

»Gute Idee«, sagte ich und musste zugeben, dass ich jetzt den Hunger spürte. Abgesehen davon würde ich die Kraft brauchen, egal, was noch auf mich zukommen würde.

Wir verließen das Nebengebäude direkt ins Freie.

»Blair meinte, wir sollen die Glasstege vorerst nicht benutzen«, erklärte Karlee. »Sie will erst die Statik prüfen lassen. Im Haupthaus gibt es einen Wasserschaden in der Lobby, wo das Dach undicht ist, aber die Küche ist intakt.«

Sie grinste mich von der Seite an, als würden wir etwas Verbotenes tun, wenn wir uns dort bedienten. Normalerweise war das das Reich des Küchenteams, und wenn wir etwas wollten, sollten wir es ihnen sagen.

Gerade als Karlee die Tür zum Haupthaus aufziehen wollte, hörte ich ein Geräusch zwischen dem Pfeifen des Windes. Ich hielt inne und hob den Blick zum Himmel. Außer dunklen Wolken war nicht viel zu sehen. Ich lauschte weiter, bis ich mir sicher war, dass ich mir das Geräusch nicht nur eingebildet hatte.

»Was ist?«, fragte Karlee irritiert und hielt die Tür auf. Sie hatte offenbar nichts bemerkt.

»Ein Hubschrauber«, sagte ich und trat vom Hauptgebäude weg, um besser in den Himmel sehen zu können.

»Bestimmt ein Erkundungsflug, um das Ausmaß der Schäden zu erfassen.« Auch Karlee sah hoch, machte sich aber nicht die Mühe, von der Tür wegzugehen. »Das wird wohl kaum Trevor sein.« Sie zuckte fast schon entschuldigend für diese Aussage mit den Schultern.

»Ich muss nachsehen«, rief ich und lief los in Richtung Helikopterlandeplatz, wo der höchste Punkt der Insel war. Meine Schuhe waren für solche Sprints nicht gemacht. In einer Kurve schlitterte ich über die nassen Steine, konnte mich aber gerade noch auf den Beinen halten. Keuchend rannte ich weiter. Das Flattern des Hubschraubers trieb mich an. Das war kein Erkundungsflug. Das war ein Landeanflug. Ich spürte es regelrecht mit diesem Wummern in meiner Brust.

Ich eilte die kahle Anhöhe zum Landeplatz hoch. Der Helikopter sank bereits auf den Boden. Der Wind der Rotorblätter, vermischt mit den Nachwehen des Hurrikans, schlug mir entgegen.

Die Wolken spiegelten sich auf dem gebogenen Glas des Cockpits, weshalb ich nicht erkennen konnte, wer dahinter saß. Ich wagte keinen Gedanken daran, ob es Trevor sein könnte.

Der Motor erlosch, und die Rotorblätter kamen langsam

zum Stillstand. Erst dann öffnete sich die Cockpittür. Mein Herz blieb für einen Augenblick stehen, als ich sah, wer vor mir stand: Laureen.

Sie kam direkt auf mich zu, als hätte sie mich hier erwartet. Ein dunkler Schatten lag unter ihren Augen. »Maci.« Sie brachte ebenso wie ich kein Lächeln zustande, sah mich aber an, als würden wir uns schon lange kennen, obwohl uns außer unserer Sorge um Trevor bislang nicht viel verband. »Ich habe versucht, dich zu erreichen, bin aber nicht durchgekommen«, sagte sie.

»Hast du etwas von Trevor gehört?«, fragte ich atemlos.

Mein Herz klopfte laut in meinen Ohren, während ich auf ihre Antwort wartete. Ich starrte auf ihre Lippen, die sich leicht öffneten, jedoch nichts sagten. Ein drückendes Gefühl setzte sich in meiner Brust fest. Zittrig holte ich Luft, nicht wissend, wie ich eine schlechte Nachricht verarbeiten sollte.

»Nein«, antwortete sie mit dünner Stimme, und es war, als verdunkelte ein Schatten ihr Gesicht. Ein Schatten aus Angst. »Ich werde ihn mit dem Hubschrauber suchen. Hilfst du mir dabei?«

2.

Violet

»Ist es das Haus?« Brent zog sich die Cap vom Kopf und wischte sich über die feuchte Stirn.

Ich verglich noch mal die Hausnummer mit der Adresse, die auf dem Zettel in meiner Hand stand, und nickte. »Das muss es sein.«

Ich hatte nicht gewusst, was mich erwarten würde, als ich mit Brent aufgebrochen war. Wir waren stundenlang zu Fuß durch das *Centro* bis in die *Zona Norte* von Recife gelaufen, durch einen Flickenteppich aus Pflastersteinen, Betonelementen und Asphaltflecken, während sich wildes Kabelgewirr über uns spannte. Die Straßen waren eng, sodass nur ein Auto hindurchpasste, die Fassaden der Häuser und Mauern größtenteils brüchig, mit Graffiti beschmiert oder grob mit Zement verputzt. Jede Öffnung, durch die man in ein Haus hätte gelangen können, war mit Gittern versperrt. Fenster, Türen, Tore und selbst die Parkplätze. Der Übergang zwischen Gehwegen und Straßen war aufgrund des heruntergekommenen Zustands kaum zu erkennen. Alles schien hier aus Stein, Beton oder Stahl zu bestehen. Die einzelnen Bäume, die am Straßenrand wuchsen, sahen aus, als wären sie hier abgestellt und vergessen worden. Jetzt standen wir vor dem Haus, nahe dem Stadtrand von Recife. Es war ein vierstöckiger Wohnbau, an dem nur noch einzelne Flecken an die einst beige Fassade erinnerten. Weiß-braun gestreifte Markisen spannten sich über die Fenster und schirmten die brütende Mittagshitze ein wenig ab. Trotzdem zierte ein Dutzend Klimaanlagen die Hauswand, deren Surren sich mit dem Brummen der alten Autos, die durch die Gegend fuhren, vermischte.

Ich war froh, unser Ziel erreicht zu haben, auch wenn mich der Anblick dieser etwas trostlosen und heruntergekommenen Gegend nicht gerade fröhlich stimmte. Ich war in Vegas in keinem besonders schönen Viertel aufgewachsen, doch wir hatten ein kleines Haus und einen Vorgarten gehabt, der uns ein wenig Freiraum geboten hatte. Hier lebten die Menschen eng beisammen. Ein Wohnhaus reihte sich an das nächste. Es gab keine Vorgärten, keine Wiesen, keinen Platz für Kinder, um sich auszutoben.

Die Vorstellung, dass ich auch hier hätte aufwachsen können, wenn mich meine Mutter damals mitgenommen hätte, ließ mich mit gemischten Gefühlen zurück. Vielleicht hatte sie mich deshalb bei meinem Vater in den Staaten gelassen. Weil sie gewusst hatte, dass ich dort nicht nur in anderen Verhältnissen aufwachsen konnte, sondern sich mir auch andere Chancen boten. Trotzdem würde mein privilegiertes Leben in den USA nie meinen Wunsch nach ihrer Nähe kompensieren.

»Wollen wir?«, fragte Brent vorsichtig.

Ich nickte. Hier in der prallen Sonne zu stehen würde uns auch nicht weiterbringen. Mal abgesehen davon, dass mir der Rucksack, den ich von meinen Freunden bekommen hatte, auf meinem Rücken brannte.

Wir gingen zu der Eingangstür, aus der gerade ein Mann kam. Dafür, dass hier alles so vergittert und gesichert war, schien es ihn nicht zu stören, dass Brent die zufallende Tür aufhielt und uns damit den Zutritt in das Haus ermöglichte.

Im Treppenhaus schlug uns eine angestaute Hitze entgegen, in die sich warme Essensgerüche mischten. Offenbar wurden die Fenster willentlich geschlossen gehalten, weil es draußen noch heißer war.

Ich stieg mit weichen Knien die Stufen hoch und war völlig verschwitzt, als ich zwei Stockwerke später Tür Nummer sieben erreichte. Ich schaute noch mal auf den Zettel, der sich mittlerweile in meinen feuchten Händen wellte, um die Nummer zu vergleichen. Als ich an der Tür ein Schild mit dem Namen *Braga* fand, atmete ich befreit durch. Wir waren richtig!

Erleichtert lächelte ich Brent zu, der mir mutmachend zunickte.

Ich betätigte die Klingel, deren blechernes Surren laut durch die Tür zu hören war. Eine leicht abgehetzte Stimme folgte. Die Worte klangen nach einer Frage – bestimmt wollte sie wissen, wer vor der Tür stand.

Passend zu der Stimme riss eine kleine ältere Frau die Tür auf. Ihr prüfender Blick traf uns hart, als fühlte sie sich bestätigt, dass wir niemand waren, auf den sie gewartet hatte. Ihre nächsten Worte rollten ihr regelrecht von den Lippen. Obwohl ich versucht hatte, ein paar Wörter Portugiesisch zu lernen, verstand ich kein Wort. Ich konnte mir aber denken, dass sie ungeachtet unseres Besuchs kein Interesse hatte. Plötzlich schob sie die Tür schon wieder zu und damit meiner Hoffnung, meine Mutter hier zu finden, einen Riegel vor.

Panisch trat ich einen Schritt nach vorne. »Nein, bitte warten Sie!«, rief ich und legte meine Hand auf das Türblatt, um sie daran zu hindern, uns auszusperren. »Eu sou Violet«, versuchte ich es mit den wenigen Worten, die ich mir gemerkt hatte. »Violet Braga.«

»Não conheço nenhuma Violet Braga.« Ihre Worte waren so schnell, dass ich nur anhand ihrer Mimik erahnen konnte, was sie meinte. Sie kannte keine Violet Braga – verständlich. Erneut wollte sie die Tür zudrücken.

Schnell brachte ich den Satz hervor, den ich am meisten geübt hatte. Übersetzt von einer Suchmaschine und mehrmals von mir laut aufgesagt, um es richtig auszusprechen. »Estou procurando minha mãe.«

Die Bewohnerin der Wohnung sah mich misstrauisch an. Entweder hatte sie mich nicht verstanden, weil der Satz keinen Sinn ergab, oder sie verstand einfach nicht, warum ich *hier* nach meiner Mutter suchte.

»Gabriela Maria Braga é minha mãe.« Damit hatte ich mein ganzes Repertoire an Portugiesischkenntnissen aufgebraucht. Ich hoffte so sehr, dass sie mir nun weiterhelfen würde. Diese Adresse war alles, was ich hatte.

»Não! Gabriela não tem filhos.« Ganz offensichtlich glaubte sie mir nicht. Gleichzeitig war da ein Ausdruck in ihrem Gesicht, als stünde ein Geist vor ihr. Sie starrte mich mit ihren graubraunen Augen voller Skepsis an. Dann schüttelte sie den Kopf. »Não!«, wiederholte sie, wobei es nun nicht mehr ganz so entschlossen klang.

»Bitte helfen Sie mir«, versuchte ich es weiter, nun auf Englisch, weil mir die passenden Worte auf Portugiesisch fehlten. Ich hoffte, sie würde mich trotzdem verstehen. »Ich muss sie finden. Wohnt Gabriela hier?«

Doch die Bewohnerin schüttelte erneut den Kopf, was allerdings keine Antwort auf meine Frage zu sein schien. Sie verstand offenbar ebenso wenig, was ich sagte, wie umgekehrt. Sie rasselte etwas auf Portugiesisch herunter, das ich aufgrund der Schnelligkeit wohl ebenso wenig verstünde, wenn ich die Wörter kennen würde.

Dann drückte sie einfach die Tür ins Schloss. So plötzlich, dass ich nicht rechtzeitig darauf hatte reagieren können.

Atemlos starrte ich auf die Tür, während mir der Schweiß in Rinnsalen den Rücken hinablief. Nur langsam löste ich mich davon und blickte zu Brent. »Soll ich noch mal läuten?«, fragte ich, auch wenn ich nicht glaubte, es würde etwas an der Reaktion der Frau ändern.

Brent hob ratlos die Schultern »Ich weiß es nicht«, stammelte er, selbst überfordert von der Situation. »Was willst du jetzt tun?«

Noch ehe ich mir einen Gedanken dazu machen konnte, riss die Frau erneut die Tür auf. Sie hatte ein Stück Papier in der Hand, und ich erkannte darauf eine lange Nummer. War das etwa die Telefonnummer meiner Mutter? Ein helles Gefühl breitete sich in mir aus.

Ich erfasste kein einziges Wort in dem Schwall, den die ältere Dame auf mich hereinbrechen ließ. Sie tippte mit der Fingerspitze auf den Zettel. »Bruno.« Abwartend, ob ich ihre Worte verstanden hatte, sah sie zu mir auf.

Ich hatte keine Ahnung, was sie gesagt hatte. »Bruno?«, wiederholte ich, völlig ahnungslos, ob das eine Name oder etwas anderes bedeuten sollte.

»Sim. Bruno. Ele fala inglês.« Mit hochgezogenen Augenbrauen starrte sie mich immer noch an. »Englisch.«

»Bruno spricht Englisch?«, fragte ich, nicht sicher, ob sie mir das sagen wollte.

»Sim.« Sie nickte, doch ich war nicht davon überzeugt, ob wir wirklich von demselben sprachen. Erneut folgte ein portugiesischer Wortschwall, von dem ich absolut nichts verstand.

»Ich soll Bruno anrufen?« Ich formte mit der Hand einen Telefonhörer und hielt sie ans Ohr, um meine Frage zu unterstreichen.

»Sim. Sim.« Dann drückte sie mir den Zettel in die Hand und schloss einfach die Tür. Mehr würde ich von ihr wohl nicht erfahren.

Langsam drehte ich mich zu Brent um.

»Dann rufen wir diesen Bruno mal an«, sagte er nur.

Wir waren zurück auf die Straße gegangen, wo es zwar auch drückend heiß war, die Luft aber nicht so stand wie in dem Wohnhaus. Ich tippte die Nummer mit zittrigen Fingern in mein Telefon und wählte mich einfach durch, ohne überhaupt zu überlegen, was ich diesem Bruno sagen wollte.

»Alô?« Seine Stimme klang jung und freundlich, wenn auch sichtlich irritiert über die fremde Nummer, die ihn da anrief.

»Hallo, spreche ich mit Bruno?«

Ein zögerliches »Ja« folgte vom anderen Ende der Leitung. Immerhin verstand er mich.

»Mein Name ist Violet. Ich habe diese Telefonnummer von Ms Braga bekommen.« Von der ich gar nicht den ganzen Namen kannte, weshalb ich hoffte, Bruno würde nicht weiter nachfragen. »Ich bin auf der Suche nach Gabriela Braga.«

Mein Herz klopfte wild, als ich auf seine Antwort wartete. In meinem Kopf überschlugen sich die Überlegungen, wer er war. Wie er zu meiner Mutter stand. War er ein Freund? Ein Partner? Ein Kind? Die Unwissenheit schnürte mir fast die Kehle zu.

»Ich weiß nicht, wo sie ist«, antwortete Bruno mit leichtem Akzent. »Ich habe sie seit Jahren nicht mehr gesehen.«

Ein dumpfes Gefühl breitete sich in mir aus. Ich durfte nicht zulassen, dass er auflegte. Dann hatte ich nichts mehr. Keinen Anhaltspunkt, keine Hoffnung.

»Können wir uns bitte treffen? Es ist wirklich wichtig für mich. Ich muss sie finden.«

»Violet, es tut mir leid, aber …«

»Bitte!«, unterbrach ich ihn, ehe er mich endgültig abwimmeln und auflegen konnte. Ich konnte seine Skepsis über diese fremde Anruferin durchaus verstehen, doch hoffte ich, er würde mir trotzdem helfen. »Ms Braga hat mir gesagt, du kannst mir helfen. Wir können uns treffen, wann und wo auch immer.«

Es war still in der Leitung.

Dann seufzte er leise. »Está bem! Kannst du in einer halben Stunde am *Praia da Boa Viagem* sein?«

»Am Strand? Ja, klar«, sagte ich zu, obwohl ich keine Ahnung hatte, ob ich es von hier in einer halben Stunde bis dorthin schaffte.

»Treffen wir uns auf der *Avenida Boa Viagem* auf Höhe des *Parque Dona Lindu*. Ich gehe dort mittagessen an der Tapiocaria.«

»Beim Parque Dona Lindu?«, wiederholte ich, um ihn auch wirklich richtig verstanden zu haben.

»Sim. Aber ich habe wirklich nur kurz Zeit.«

»Okay, danke! Bis gleich.« Ich legte auf und wandte mich Brent zu. Der hatte bereits sein Telefon in der Hand und tippte darauf herum. »Der Parque Dona Lindu liegt von hier aus am anderen Ende von Recife.«

»Wir müssen in einer halben Stunde dort sein«, sagte ich aufgeregt.

»Dann mal los.«

Brent und ich joggten die Straße hinunter. Der Rucksack schlug mir bei jedem Schritt auf mein durchgeschwitztes Shirt. Mein Gesicht glühte, und die Mittagshitze ließ meine Lunge brennen. Lange würde ich das nicht mehr durchhalten.

»Wir brauchen ein Taxi«, keuchte ich.

»Das sieht nicht wie eine Gegend aus, in der viele Taxis rumfahren«, antwortete Brent, der ebenfalls leicht außer Atem war.

Es dauerte noch vier Querstraßen, bis wir eine dichter befahrene Hauptstraße erreichten. Ich wusste nicht, ob wir in die richtige Richtung liefen, doch irgendwann entdeckten wir ein Taxi.

»Hey!«, rief Brent und winkte mit den Arm. Dann pfiff er einmal durch die Zähne. Das Taxi kam zum Stehen, und wir sprangen auf die Rückbank. Leider hatte es keine Klimaanlage, sodass uns eine stickige, überhitzte Luft einhüllte, die auch die offenen Fenster nicht aufwühlen konnte.

»Zur Avenida Boa Viagem beim Parque Dona Lindu«, sagte ich und holte etwas umständlich meinen Rucksack hervor. Ich kramte nach der Wasserflasche, die ich eingesteckt hatte, und trank gierig davon, ehe ich Brent den Rest anbot.

Er leerte ihn in einem Zug. »Wie liegen wir in der Zeit?«, fragte er, als er mir die Flasche zurückgab.

»Wir haben noch zwanzig Minuten Zeit«, antwortete ich mit einem Blick auf mein Handydisplay. »Entschuldigung, wie lange brauchen wir bis zum Ziel?«

Der Fahrer überlegte kurz. »Zirka eine halbe Stunde«, antwortete er in gebrochenem Englisch. »Viel Verkehr.« Er deutete auf die Straße, die eigentlich nicht sehr stark befahren war.

Ich ließ mich wieder zurücksinken und warf einen verzweifelten Blick zu Brent.

»Bitte versuchen Sie schneller dort zu sein«, bat er den Fahrer.

Tatsächlich wurde der Verkehr dichter, je näher wir dem Ziel kamen. Ich wusste, dass der Strand, an dem die Avenida Boa Viagem entlangführte, mehrere Meilen lang war. Brent zeigte mir am Handy, dass unser Ziel ausgerechnet am anderen Ende war.

»Ist das die richtige Straße?«, fragte ich, als wir gefühlt endlos eine dicht befahrene Straße entlangfuhren, die zwar in die richtige Richtung zu führen schien, aber von der aus der Strand nicht mal annähernd sichtbar war.

»Não, Avenida Boa Viagem ist Einbahn. Nur andere Richtung«, antwortete der Taxifahrer.

Ich presste frustriert die Augen zusammen. Wir waren schon jetzt zu spät. Ob Bruno warten würde?

»Wenn Sie dort aussteigen …« Der Taxifahrer zeigte die Straße entlang. »Fuß ist schneller als Auto.«

Eigentlich war es zu heiß, als dass ich noch einen Schritt zu Fuß gehen wollte, doch meine körperlichen Befindlichkeiten mussten jetzt erst mal warten.

»Nur über Brücke und durch Park«, fügte er hinzu.

»Okay, lassen Sie uns dort bitte raus.« Ich kramte nach meiner Geldtasche und bezahlte den Fahrer mit einem saftigen Trinkgeld, als er den Wagen am Seitenrand zum Stehen gebracht hatte. Er stand zum Teil auf einem Gehweg, trotzdem hupte ein Auto, das ausweichen musste.

Ich bedankte mich noch, dann rutschte ich aus dem Auto und knallte die Tür zu. Mit dem Rucksack wieder umgeschnallt eilte ich Brent hinterher. Hier gab es entlang der Straße mehrere Bäume, und ich schmeckte das Meer bereits in der Luft.

Eine kleine Fußgängerbrücke brachte uns über ein ausgetrocknetes Bachbett, dann mussten wir noch eine Straße überqueren, ehe wir den Park erreichten, von dem Bruno gesprochen hatte. Allerdings befanden wir uns noch auf der Rückseite, weshalb wir wieder zu joggen begannen. Der Rolltop schlug gegen meine Wirbelsäule, doch ich hielt mit Brent Schritt. Geradewegs am Park vorbei und direkt auf das Meer zu.

Wir erreichten eine dreispurige, stark befahrene Straße, von der ich annahm, dass es die Avenida Boa Viagem sein musste. Leider war die Fußgängerampel rot und der Verkehr zu stark, als dass wir hätten rüberlaufen können.

»Dort ist die Tapiocaria, an der wir uns treffen wollen«, sagte ich keuchend und deutete auf eine Imbissbude auf der anderen Seite der Straße. Gleich dahinter erstreckte sich der Strand und danach das weite Meer.

»Siehst du Bruno?«, fragte Brent und stützte seine Hände auf die Knie, um durchzuatmen.

»Ich weiß ja nicht mal, wie er aussieht!«

Die Ampel schaltete auf Grün um, und wir liefen direkt hinüber. An der Tapiocaria standen ein paar Menschen, die Snacks aßen.

»Bruno?«, fragte ich laut und hoffte, er würde sich gleich zu erkennen geben, doch außer ein paar fragenden Blicken ignorierten uns die Anwesenden.

»Violetta?« Die Stimme kam von der Seite, und ich entdeckte einen jungen Mann, der sich zu uns zurückdrehte. Es schien, als wäre er bereits dabei wegzugehen. Ich lief auf ihn zu. »Violet«, korrigierte ich ihn, auch wenn es mir eigentlich egal war, wie er mich nannte. »Tut mir leid, dass wir zu spät sind. Hast du noch kurz Zeit?«

»Bist du Amerikanerin?«, fragte Bruno und musterte mich neugierig. Er war nicht viel älter als ich, etwa in meiner Größe und trug ein neongelbes Shirt, das sich sehr von seiner dunkelbraunen Haut abhob. Seine nackten Zehen steckten in Badeschlappen, und ich fragte mich, ob er so auf dem Weg zur Arbeit war.

»Ja.« Ich wandte mich zu Brent um, der ein Stück hinter mir geblieben war. »Das ist mein Freund Brent.«

Bruno grinste. »Er sieht aus wie echter *estadunidense*.«

»Estawas?«, fragte Brent leicht verstimmt. »Ich hoffe, das ist nichts Schlimmes.«

Bruno winkte mit einem freundlichen Lächeln ab. »Ein Ami«, erklärte er. »Typisch mit Basecap, Sneakers und Footballshirt.«

Nun musste auch ich grinsen. Tatsächlich waren die meisten Männer hier mit Badeschlappen unterwegs. Für Brents Sneakers war es hier echt zu heiß.

»Jaja, schon gut«, knurrte Brent, als ihm mein Blick auf die Schuhe nicht entging. »Ich hole uns was zu trinken.« Er deutete über seine Schulter nach hinten zu der Tapiocaria, an der es bestimmt gekühlte Getränke gab.

»Wollen wir uns setzen? Du siehst erschöpft aus.« Bruno deutete auf eine der Betonbänke, die sich entlang des Strandes reihten.

»Gern.« Meine Beine waren vom vielen Laufen müde, und ich musste erst mal in Ruhe durchatmen, ehe ich ihm erklären konnte, warum ich ihn treffen wollte. Aber Bruno hatte offenbar zu wenig Zeit, um mich erst mal durchschnaufen zu lassen.

»Du suchst also Gabriela?«, fragte er unverzüglich.

»Gabriela Maria Braga«, vervollständigte ich den Namen, um Missverständnisse vorwegzunehmen. Nicht, dass wir von unterschiedlichen Personen sprachen.

»Sim. Aber ich habe sie lange nicht gesehen. Warum suchst du sie?« Bruno klang ehrlich interessiert.

»Sie ist meine Mutter.«

Bruno zuckte bei meinen Worten zusammen. Er blinzelte mehrmals, dann schüttelte er leicht den Kopf. »Não, Gabriela hat keine Kinder. Sie … sie hat nie von welchen erzählt.« In seinen Augen erkannte ich, wie es in seinem Kopf ratterte, ob ich nicht doch recht haben könnte. Er musterte mich nachdenklich.

»Gabriela war bis vor zwanzig Jahren in den USA«, sagte ich. »Sie hat mich als einjähriges Kind dort zurückgelassen.« Das auszusprechen tat nicht mehr weh. Ich hatte es in meinem Leben schon zu oft erklärt.

Brunos Mund öffnete sich, doch er sagte nichts darauf. Offenbar wusste er von ihrem Aufenthalt in den Staaten. Nicht aber von dem Kind, das sie dort bekommen hatte.

»Kannst du mir helfen, sie zu finden?«, fragte ich hoffnungsvoll.

Bruno starrte mich an, als hätte er meine Frage gar nicht

gehört. Währenddessen ließ sich Brent neben mir auf die Bank nieder und legte mir eine eisgekühlte Wasserflasche in die Hand. Ich war aber gerade zu aufgeregt, um einen Schluck davon zu trinken, auch wenn mein Körper danach verlangte.

»Du bist Gabrielas Tochter«, sagte Bruno nur, ohne es als Frage klingen zu lassen. Ein sanftes Lächeln legte sich um seine Lippen. »Jetzt sehe ich die Ähnlichkeit. Du hast ihre Augen. Schöne Augen.«

»Ja, die hat sie«, sagte Brent hinter mir, und ich spürte seine von den Getränken leicht gekühlte Hand, die mir über den Oberschenkel strich.

»Gabriela war sehr jung, als sie nach Amerika gegangen ist. Sie war drei Jahre weg«, erklärte Bruno plötzlich. Obwohl er mich dabei ansah, merkte ich, wie er versuchte, die Erinnerungen daran abzurufen. Ob er sich überhaupt noch daran erinnern konnte? Ich schätzte ihn nicht viel älter als mich. »Danach hat sie einige Jahre in São Paulo gelebt, ehe sie nach Recife zurückgekommen ist.«

»Und dann?«, drängte ich ruhelos. Es war schwer, geduldig zu bleiben, wenn ich so kurz davor war, endlich zu erfahren, wo meine Mutter war.

»Sie blieb nur kurz in Recife«, setzte Bruno fort. »Das war vor … vor drei, nein, vier Jahren. Dann wollte sie nach Buenos Aires, aber wir haben nichts mehr von ihr gehört. Der Kontakt ist abgebrochen.«

»Meine Mutter ist in Buenos Aires?« Mir klappte der Mund auf. Warum wollte meine Mutter nach Argentinien?

»Não, Buenos Aires, Argentina«, sagte Bruno, als hätte

29

er meine Gedanken gelesen. »Buenos Aires in Brasil. Es ist etwa zwei Stunden mit dem Auto von Recife entfernt.«

»Und dort lebt sie jetzt?«

»Vielleicht. Ich weiß es nicht.« Bruno blickte mich mitfühlend an, als täte es ihm leid, mir nichts Genaueres sagen zu können. »Gabriela war immer ...« Er stockte erneut und suchte offenbar nach dem richtigen Begriff. Ungeduldig schnippte er mit den Fingern. »In Bewegung.« Er verzog verärgert das Gesicht, offenbar, weil ihm nicht das richtige Wort einfiel. »Sie wollte immer unterwegs sein und war nie lange an einem Ort.«

Ich war ihm dankbar für jedes Detail, das er mir über meine Mutter erzählen konnte. Bislang hatte ich nichts über sie gewusst, außer ihrem Namen. Mein Vater hatte nichts aufbewahrt, was an sie erinnern konnte. Nicht einmal ein Foto. Wenn ich Fragen gestellt hatte, wollte er nie über sie sprechen. Wahrscheinlich, weil er ihr nie verziehen hatte, dass sie gegangen war.

»Deshalb ist Gabriela in die USA gegangen«, erklärte Bruno weiter. »Tia Luara sagt, sie wollte etwas Großes erleben, etwas Neues.«

Das Neue war dann wohl ich gewesen.

»Wie alt war sie damals?«

»Jung«, antwortete Bruno. »Ich glaube neunzehn.«

Laut meiner Geburtsurkunde war meine Mutter zum Zeitpunkt meiner Geburt einundzwanzig gewesen. Genauso alt, wie ich es jetzt war. Vielleicht war sie in dem Alter mit einem Baby überfordert gewesen, vielleicht hatte ich nicht zu ihrer Lebenseinstellung gepasst, wenn sie immer *unterwegs sein wollte.*

»Wer ist Tia Luara?«, fragte Brent und erinnerte mich damit an den Namen, den Bruno zuvor erwähnt hatte.

»Tia Luara ist meine Großtante«, antwortete Bruno.

»Ist das die Frau, die uns deine Telefonnummer gegeben hat?«, fragte ich, auch wenn er das vermutlich gar nicht wissen konnte.

Bruno schmunzelte.»Sim. Sie hat mich gleich angerufen, nachdem wir telefoniert haben. Sie wird außer sich sein, wenn sie hört, wer du bist.«

»Und bin ich auch mit Tia Luara verwandt?«, wollte ich wissen, weil ich die Familienzusammenhänge durchschauen wollte. Vielleicht fand ich hier ja nicht nur meine Mutter, sondern gleich meine ganze Familie.

Bruno dachte nur kurz nach.»Sie ist auch deine Großtante«, sagte er dann.»Deine Großmutter, mein Großvater und Tia Luara sind Geschwister.«

»Also sind wir so etwas wie Cousins zweiten Grades«, fasste ich zusammen.

»Ich glaube, ja.« Bruno war anzusehen, dass ihn diese Neuigkeit ziemlich überraschte. Aus seiner Freude wurde aber plötzlich Ernst.»Sie hat nie von einer Tochter erzählt.«

Es fühlte sich wie ein Stich in meine Brust an. Meine Mutter hatte bei ihrer Rückkehr nach Brasilien nicht einmal von mir erzählt. Dabei war ich doch ihre Tochter. Bedeutete ihr das denn gar nichts?

Die Worte hingen schwer zwischen uns und übertönten

alles. Den Lärm der vorbeifahrenden Autos, die spielenden Kinder am Strand, das Rauschen des Meeres. Selbst meine Gedanken rückten nun weit in die Ferne. Als hätte Brent meine innere Leere gespürt, legte er seine Hand auf meine. Er schob seine Finger in meine und strich mit dem Daumen sanft über meinen Handrücken. Ich war unglaublich froh, ihn an meiner Seite zu haben. *Ihm* bedeutete ich etwas.

»Kannst du mich dorthin bringen?«, bat ich Bruno wie von selbst. »Nach Buenos Aires?«

»Buenos Aires? Ich habe kein Auto.«

»Ich miete eines. Kommst du mit? Bitte?« Die Kosten dafür waren mir egal. Ich hatte im letzten Jahr genug gespart, und dank des Erbes von Wyatt musste ich mir darüber keine Gedanken machen. »Ich brauche jemanden, der Englisch spricht und sich hier auskennt. Und du kennst meine Mutter!« All meine Hoffnungen lagen in diesem Mann, der mir gegenübersaß und den ich erst seit fünf Minuten kannte. Er war mir so fremd, und gleichzeitig fühlte ich mich ihm so verbunden. Nicht nur, weil wir über einige Ecken miteinander verwandt waren.

»Ich muss arbeiten«, sagte Bruno und wand sich mit den Worten, als wäre es ihm unangenehm, mich zurückzuweisen. So schnell würde ich aber nicht lockerlassen.

»Bitte, Bruno, ich brauche deine Hilfe.«

Er holte tief Luft und sah mich nachdenklich an. »Está bem! Wir können am Samstag fahren.«

»Samstag?«, wiederholte ich, nur um sicherzugehen, dass ich ihn richtig verstanden hatte. Das war in zwei Tagen.

»Ja, Samstag«, bestätigte er. »Ich muss morgen arbeiten, und Sonntag ist immer ein Essen bei Tia Luara.«

»Samstag ist toll!«, sagte ich schnell, nur um ihm zu zeigen, dass ich jeden vorgeschlagenen Tag akzeptierte. Wenn meine Mutter so in Bewegung war, wie Bruno es angedeutet hatte, bestand leider auch das Risiko, dass sie gar nicht mehr in Buenos Aires war. Doch das würde ich mit etwas Glück am Samstag erfahren.

»Gut, Samstag. Du mietest ein Auto.«

Ich nickte schnell. »Vielen Dank.«

3.

Blair

Der Punchingball zitterte noch von meinem Schlag. Er gehörte zwar Peyton, aber irgendwie musste ich ja rauslassen, was sich in mir angestaut hatte. Die Verzweiflung, die Wut, die Angst davor, was jetzt auf mich zukommen würde. Mit zusammengepressten Lippen rieb ich über meine Handknöchel, die von den Schlägen schmerzten. Dann wandte ich mich um und ging zu dem Sofa, auf dessen Beistelltisch ich eine Flasche Rum und ein Glas gestellt hatte. Erschöpft ließ ich mich in die Kissen fallen und schloss für einen Moment die Augen. Ich war müde, weil ich den ganzen Tag mit dem Staff die Insel aufgeräumt hatte, und frustriert, weil es immer noch aussah, als wäre Elsa gerade erst über unsere Köpfe hinweggefegt. Immerhin hatte der Wind nachgelassen, und die Wolken am Himmel sahen nicht mehr ganz so bedrohlich aus.

Und obwohl der Hurrikan die Karibik nicht mit voller

Wucht getroffen hatte, war die Liste der Schäden, die wir im Laufe des Tages erstellt hatten, erschreckend lang. Gebrochene Terrassentüren in den Gästezimmern, gesprungene Fensterscheiben, beschädigte Fassadenteile und massenhaft geknickte und ausgerissene Palmen und Bäume waren nur ein Teil davon.

»Bist du okay?«, hörte ich plötzlich Ezras Stimme.

»Seh ich so aus?«, murmelte ich und machte mir nicht mal die Mühe, die Augen zu öffnen. Ich hörte, wie er näher kam und neben meinem Kopf stehen blieb.

»Sorry, unnötige Frage.« Er lachte tief, bevor er fragte: »Hast du noch ein Glas?«

»Warum bist du überhaupt noch hier? Hast du nicht eine Ranch in Texas oder so, wohin du dich absetzen kannst?« In Wahrheit war ich ihm sehr dankbar, dass er heute mit Jesse die schweren Trümmer beiseitegeschafft hatte, die die Eingänge versperrt hatten. Er konnte wirklich gut anpacken, ich nahm an, das lag an den Cowboy-Genen. Aber dass ich ihn schätzte, brauchte er nicht zu wissen. Dass ich ihn mochte, ebenfalls nicht.

Neben mir senkte sich das Sofa. »Cheers.«

Ich sah auf und fand vor meiner Nase ein gefülltes Glas Rum. Ezra hatte mir offenbar auch eingeschenkt. »Danke.« Ich stieß mit ihm an. »Auf Umweltkatastrophen.«

»Auf Zusammenhalt und Freunde, die für einen da sind«, verbesserte Ezra mich mit seinem typischen unerschütterlichen Optimismus und nahm einen Schluck.

»Habe ich nicht. Kenne ich auch nicht«, erwiderte ich nur und trank von dem Rum.

»Das darfst du nicht sagen.« Ezra schenkte mir einen bedauernden Blick, doch der ließ mich kalt.

»Ich habe Trevor verraten«, sprach ich aus, was schon viel zu lange in mir gärte. Ich hatte meinen einzigen Freund verraten, indem ich das Foto von ihm und Maci *verkauft* hatte. Verkauft für diese Insel, die nun zerstört war. Das war Schicksal. Karma! Ich hatte es nicht anders verdient. Es fühlte sich erleichternd an, es auszusprechen, auch wenn ich mich gleichzeitig wie ein richtiges Miststück fühlte. Ein Miststück, das es nicht wert war, mit Trevor befreundet zu sein. Stattdessen saß Ezra neben mir und hörte mir schweigend zu. Ich wusste nicht, womit ich das verdient hatte, doch ich war froh, dass er hier war.

»Trevor war der wichtigste Mensch in meinem Leben, trotzdem habe ich nur an mich gedacht, weil ich diese Insel haben wollte. Es geschieht mir nur recht, dass jetzt alles zerstört ist. Lovett Island, unsere Freundschaft.« Ich schüttete verbittert den restlichen Rum in mich hinein.

»Sag das nicht. Die Insel kann wieder aufgebaut werden, und wenn du dich ehrlich bei Trevor entschuldigst, wird er dir verzeihen. Vielleicht nicht sofort, aber er kennt dich und weiß, dass du es manchmal nicht so meinst.« Ezra glaubte das wohl wirklich. In seiner schönen Welt mochte das funktionieren, aber nicht bei mir.

»Und wenn sie ihn nicht finden?«, fragte ich, weil das eine Option war, die wir bislang konsequent von uns fortschoben. Wir wussten, dass Laureen und Maci ihn den ganzen Tag gesucht hatten, doch da wir noch keine erlösende Nachricht gehört hatten, war die Suche wohl noch nicht erfolgreich gewesen.«Dann waren seine letzten Gedanken an mich, dass ich an allem schuld war.«

»Gerade deshalb ist es jetzt so wichtig, dass wir die Hoffnung nicht aufgeben.« Ezra drehte sich ein Stück mehr zu mir. »Ich glaube fest daran, dass sie ihn finden. Oder er irgendwo auftaucht. Lebend.«

»Deinen Optimismus hätte ich gerne«, murmelte ich, weil ich das nicht nur in Bezug auf Trevor meinte. Ich beugte mich vor und griff nach der Rumflasche, um uns beiden nachzuschenken. Ezra hatte zwar noch etwas im Glas, doch das gehörte definitiv aufgefüllt. »Willst du gar nicht wissen, was ich getan habe?«, fragte ich und stellte die Flasche auf den Tisch zurück. Als ich mich wieder zurücksinken ließ, streifte mein Arm seinen. Es kribbelte auf meiner Haut, und ich versuchte zwanghaft, dieses Gefühl zu verdrängen.

»Willst du es erzählen?« Er ließ mir die Wahl, was wieder einmal so typisch für ihn war. Er war zu gut. Zu gut für mich.

Ich nahm erst einen Schluck Rum, der endlich seine Wirkung entfaltete und mich ein wenig beruhigte. Dann sah ich zu Ezra und sagte: »Kannst du dich an meinen Geburtstag und das Karten-Kuss-Spiel erinnern, bei dem Trevor Maci geküsst hat?«

Heute erinnerte ich mich selbst nur ungern daran. Nicht wegen des Kusses, sondern weil ich deshalb eifersüchtig gewesen war. Weil ich solch kindische Spielchen überhaupt nötig gehabt hatte. *Tja, anders konnte sich eine Blair Wilkins offenbar nicht helfen*, dachte ich verbittert.

Er nickte leicht.

»Als ich den Anteil meines Vaters an der Insel haben wollte, habe ich ihm das Foto davon angeboten.« Und im Gegenzug noch Scott bekommen, der genauso eine Katastrophe gewesen war wie der Hurrikan. Nur, dass *er* auch Menschen auf der Insel verletzt hatte. »Mein Vater hat sich das Bild teuer von Hugh abkaufen lassen.«

»Warum sollte Hugh das tun?«

»Weil mein Dad es sonst im Prozess hätte nutzen können. Die beiden streiten vor Gericht um seine Anteile an Parkins. Das alles ist an einen Vertrag geknüpft, der regelt, dass sämtliche Anteile an Hugh übergehen, wenn mein Vater sich etwas zu Schulden kommen lässt«, erklärte ich. Keine Ahnung, warum ich Ezra das überhaupt erzählte. Oder warum er sich das anhörte. Wahrscheinlich, weil ich niemand anders zum Reden hatte und weil Ezra zu nett war und sich nicht traute, einfach wieder zu gehen.

»Mit diesem Foto hätte mein Vater die Chance gehabt, den Prozess zu kippen. Maci war es, die als Erste Anschuldigungen erhoben hat, und ihre Verbindung zu Hughs Sohn hätte diese Vorwürfe in ein schiefes Licht gerückt.«

»Aber Baron wurde dafür doch schon verurteilt«, warf Ezra nachdenklich ein.

»Das sind zwei unterschiedliche Prozesse«, antwortete ich und zuckte mit den Schultern. Ich warf ihm erneut einen flüchtigen Seitenblick zu, sah aber schnell wieder weg, als er mich interessiert betrachtete. Stattdessen starrte ich nun auf meine Hände im Schoß. »Vielleicht wäre es auch gar nicht durchgegangen. Das Risiko wollten offenbar beide nicht eingehen, weshalb Hugh meinem Vater zwanzig Millionen Dollar dafür bezahlt hat.«

»Was?« Ezra, der gerade von seinem Rum trinken wollte, verschluckte sich. Er stellte das Glas weg und sah mich mit großen Augen an. »So viel für ein Handyfoto?«

Mein Blick blieb für einen kurzen Atemzug auf seinen Lippen hängen, und ich dachte automatisch an unseren Kuss, nachdem wir völlig durchnässt dem Sturm entkommen waren. So schön der Moment auch gewesen war, war es wohl nicht mehr als eine Adrenalinabbaureaktion. Auf keinen Fall würde sich das aber wiederholen.

Ich verdrängte meine Gedanken mit einem Räuspern. »Für Hugh ist das wohl nicht viel«, sagte ich. »Für meinen Vater, wie es aussieht, aber schon. Er hat wohl Geldprobleme.«

»Das wusste ich nicht.«

»Ich bis vor wenigen Tagen auch nicht.« Ich massierte mit den Fingerspitzen meine Schläfen, die leicht pulsierten. »Aber woher auch? Ich habe den Kontakt abgebrochen, und das ist gut so.«

Ezra sagte nichts dazu, was auch besser war. Entweder er akzeptierte diesen Bruch, oder er sollte die Klappe halten. Es gab Dinge, die man nicht verzeihen konnte, und ich fürchtete, meine Taten würde Trevor auch nicht verzeihen.

»Und warum sollte Trevor denken, dass du an allem schuld bist?«, fragte er.

»Weil Hugh befürchtet, Trevor könnte seinen eigenen Weg gehen. Sich von Parkins abwenden und ihm nicht mehr die Kontrolle über sein Leben überlassen«, antwortete ich und wollte mir am liebsten noch ein Glas Rum genehmigen, doch das würde mich wohl schneller aus den Latschen kippen lassen, als gut war.

»Was haben Maci und das Foto damit zu tun?«

»Maci ist nur die Spitze des Eisbergs. Hugh will nicht, dass Trevor mit ihr zusammen ist, und wenn sich Trevor darüber hinwegsetzt, wird er auch nicht davor zurückschrecken, seine eigenen Zukunftswege zu verfolgen.« Ich langte doch nach der Rumflasche. Noch lieber wäre ich zum Punchingball gegangen, um meinen Ärger über Hugh dort rausgelassen, aber meine Hände schmerzten jetzt noch davon. Wahrscheinlich hätte mich aber auch eine Umarmung beruhigt. »Hugh hat gedroht, dass er dafür sorgt, dass Maci an keiner Uni mehr angenommen wird, wenn Trevor nicht zu Parkins geht.«

»Das kann er doch nicht, oder?« Er sah mich stirnrunzelnd an. »Kann er das?«

»Kann er zwanzig Millionen Dollar für ein beschissenes Foto lockermachen?«, stellte ich als rhetorische Gegenfrage. Natürlich konnte er.

Einen Moment lang dachte Ezra darüber nach, dann fuhr er sich frustriert durch sein Haar und nahm den Rum entgegen, den ich ihm eingeschenkt hatte. »Und das nur, weil Maci ihr Stipendium nicht mehr hat. Warum auch immer.« Er schüttelte kurz den Kopf, ehe er von dem Rum trank.

Ich stieß ein angestrengtes Stöhnen aus, ließ mich wieder in die Kissen des Sofas sinken und legte den Kopf in den Nacken.

»Sag bloß, du hast auch *damit* zu tun.« Ezra hatte mich

natürlich durchschaut. Er brauchte nicht mal eine Antwort meinerseits, um weiterzusprechen. »Blair, willst du es unbedingt darauf anlegen, Trevor zu verlieren?«

»Natürlich nicht!« Ich hob den Kopf und warf ihm einen vorwurfsvollen Blick zu. »Das ist alles anders gelaufen, als ich gedacht hätte.«

»Du meinst, wenn es so gelaufen wäre, wie du dir das vorgestellt hättest, würde das deine Entscheidungen rechtfertigen?«

»Falls du denkst, ich hätte nicht kapiert, dass ich Scheiße gebaut habe, kann ich dich beruhigen. Ich sehe doch selbst, wie gerade alles rund um mich auseinanderbricht!«, fauchte ich ihn an. Ich stand auf und ging energischen Schrittes zu dem Punchingball. Mir war es egal, ob Ezra mich noch mochte. Mir war es egal, ob er mich jetzt hasste für das, was ich seinem besten Freund Trevor und Maci angetan hatte.

»Dann behalte genau diese Emotionen im Hinterkopf.« Ezra stand auf und kam zu mir herüber. »Und wenn es wieder bergauf geht, Lovett Island wieder zur Trauminsel wird und du die Chance bekommst, dich bei Trevor zu entschuldigen, dann erinnere dich an die Gefühle, die du jetzt in dir trägst. Lerne zu schätzen, was du hast.«

Ich schlug heftig gegen das Leder des Punchingballs. »Du solltest so einen Kalender machen, mit einem weisen Spruch jeden Tag.« Noch ein Schlag.

»Sag mal, stellst du dir gerade *mich* vor? So schlimm war mein Spruch gar nicht.« In der einen Hand das Glas und die andere Hand in der Hosentasche, stellte er sich zu mir.

Aber ich bin so schlimm.

Ich ballte meine Faust aufs Neue und drosch auf diesen blöden Punchingball ein, bis sich meine Knöchel schmerzhaft rot färbten. Aber ich hörte nicht auf, zu sehr war ich frustriert. Alles lief schief: die Freundschaft zu Trevor, die Beziehung zu meinem Vater, der Waffenstillstand mit Maci – und jetzt zerstörte auch noch der verdammte Hurrikan meine Insel.

Ich holte für den nächsten Schlag noch mal weit aus, als sich Ezras Hand auf meine Faust legte.

»Was ist?«, fauchte ich ihn erneut an. Ich wollte nicht aufgehalten werden. Nicht mit vernünftigen Gründen, dass jetzt genug sei … es war nie genug.

Dennoch hielt ich inne und sah ihn an. In seinem ernsten Gesicht tauchte ein Lächeln auf. Seine Hand war immer noch auf meiner, warm und fest und mit einer elektrisierenden Intensität, die ich kaum aushielt.

»Warum verziehst du dich nicht einfach zu deinen Kühen?«, blaffte ich ihn daher an und wandte mich ab.

»Kühe?«

»Dann halt Rinder, oder wie die Dinger heißen.«

»Welche Rinder?«, wiederholte er.

»Hast du nicht gesagt, dass du auf einer texanischen Ranch groß geworden bist?«

Ezra lachte so schallend los, dass sein Kehlkopf bebte. Als er sich wieder beruhigte, nickte er zum Sofa hinüber.

»Setzen wir uns noch mal, dann verrate ich dir, was für eine Ranch das ist.«

Skeptisch kniff ich die Augen leicht zusammen und musterte ihn, als könnte ich dadurch erkennen, ob er mich nur necken wollte.

»Hast du Angst, dass ich beiße?«

Ich hab eher Angst, dass ich dich noch mal küsse, dachte ich, aber ich sagte: »Als ob, Cowboy!« Ich stolzierte auf die Couch zu und ließ mich elegant hineinfallen. »Dann erzähl mal.«

»Diese Ranch gehörte ursprünglich meinem Großvater. Er hat auch Rinder gehalten«, erklärte Ezra und ließ sich entspannt in die Kissen sinken. »Mein Vater hat daraus ein Luxusresort mit Golfplatz und Spa gemacht.«

Das konnte doch nur ein Scherz sein. Das musste ein Scherz sein. All meine Witze verloren jegliche Wirksamkeit, wenn das stimmte.

»Also habt ihr gar keine Rinder?«

Ezra schüttelte amüsiert den Kopf.

»Und was ist mit der anderen Hälfte der Familie? Haben die wenigstens Rinder?«

»Der Familie meiner Mutter gehört ein Medienkonzern mit Fernsehsendern, Zeitschriften- und einem Publikumsverlag«, antwortete er, als wäre das selbstverständlich.

Ich starrte ihn an, als hätte er mir eben erzählt, er wäre im Buckingham Palace aufgewachsen und Queen Elizabeth wäre seine Großmutter. Warum hatte Trevor das nie erwähnt? Ich erinnerte mich genau, wie er mir mal von einem Wochenende auf der Ranch von Ezras Vater erzählt hatte. Da war von Golf und Spa keine Rede gewesen.

»Studierst du deshalb Literatur? Weil du in die Fußstapfen deiner Mutter treten willst?« Ich versuchte, es ganz beiläufig klingen zu lassen. Er sollte nicht denken, dass ich mehr über den Mann erfahren wollte, dessen weiche Lippen ständig meine Aufmerksamkeit auf sich zogen.

Ezra schwenkte sein Rumglas sanft, sodass die braune Flüssigkeit rotierte. »Ich weiß noch nicht genau, in welche Richtung es für mich geht. Mein älterer Bruder wird das Resort meines Vaters übernehmen, und meine Schwestern arbeiten bereits im Medienkonzern.«

»Du hast drei Geschwister?« Nicht einmal das hatte ich gewusst.

»Vier«, korrigierte er mich. »Mein kleiner Bruder will Astronaut werden. Er ist erst acht.«

Ich schüttelte fassungslos den Kopf. Jetzt kannte ich Ezra schon so lange und hatte ein völlig falsches Bild von ihm gehabt. Warum hatte er nie etwas gesagt? Kein Wunder, dass er sich die meisten meiner Beleidigungen nicht zu Herzen genommen hatte.

»Das heißt, du kannst tun, was du willst?« Das klang irgendwie ganz eigenartig aus meinem Mund. Trevor und ich waren immer in diese Schiene gepresst worden, auch wenn für mich nun alles anders kam. Es gab Morgen, da wachte ich auf und glaubte noch, meine Zukunft läge bei Parkins. Nach einundzwanzig Jahren, in denen man mir das eingeredet hatte, ließ sich diese Vorstellung nicht so einfach abschütteln.

»Ich würde gerne Schriftsteller betreuen und ihre Texte lektorieren. Vielleicht auch mal ein eigenes Buch schreiben, wenn mich die Muse küsst.«

Das passte wiederum sehr zu dem Ezra, den ich immer

gesehen hatte. Dennoch beeindruckte es mich. Vielleicht auch, weil er mit einer solchen Leichtigkeit an seine Zukunftspläne heranging.»Das klingt interessant«, gab ich zu.

Er lächelte.»Vielleicht wirst du ja meine Muse.«

Ob er damit meinte, dass ich seine Kreativität anregte, oder dass ich ihn küssen sollte?

Ich wusste es nicht und wollte mir in diesem Augenblick auch keine Gedanken darüber machen. Es reichte mir erstmal, sein Lächeln zu erwidern.

4.

Maci

Das *Firefly Hotel* auf Saint Croix war eines der wenigen, die momentan Gäste beherbergten. Obwohl die Insel im Großen und Ganzen glimpflich davongekommen war, hatte der Sturm auch hier seine Spuren hinterlassen. Die Zimmer des Hotels waren im Vergleich zu Lovett Island einfach, ein schmales Doppelbett, eine kleine Kommode und ein Badezimmer ohne Fenster. Laureen und ich hatten hier eingecheckt, weil es nicht weit zum Hubschrauberlandeplatz war, von dem aus wir unsere Erkundungsflüge starten konnten. Wir waren den ganzen Tag unterwegs gewesen und würden auch den morgigen Tag in der Luft verbringen. So lange, bis wir Trevor gefunden hatten.

Ich hatte mich nach unserer Rückkehr ins Hotel geduscht und machte mich nun auf dem Weg zur Bar. Von der Treppe aus ging ich an der Rezeption vorbei in die kleine Bar, die nur aus einer Theke und einigen Tischen bestand, die zum Teil besetzt waren. Leise Musik lief im

Hintergrund und vermischte sich mit dem Surren der Klimaanlage.

Laureen saß über eine Landkarte gebeugt und studierte diese konzentriert. Eine kleine Falte lag zwischen ihren Augenbrauen und ließ sie ein paar Jahre älter wirken. Ihr langes braunes Haar hatte sie mit einer Klammer am Hinterkopf hochgesteckt, doch eine Strähne hatte sich gelöst und hing bis auf das Papier hinunter. Daneben standen ein Glas Wasser und ein Glas Rum.

»Hey.« Ich rutschte auf den Sessel ihr gegenüber und warf auch einen Blick auf die Landkarte.

»Warte!« Ohne aufzusehen, hob Laureen die Hand, um sich noch einen Moment Konzentration zu bewahren. Sie kniff die Augen leicht zusammen, um ein Detail auf der Karte besser lesen zu können. Dann ließ sie ihre Fingerspitze so langsam und fest über das Papier gleiten, dass ich es hören konnte. Mit der anderen Hand schob sie mir eine Schüssel mit Erdnüssen herüber.

Wie automatisch griff ich hinein und steckte mir ein paar davon in den Mund. Der salzig-nussige Geschmack auf meiner Zunge weckte für einen kurzen Moment sogar meinen Appetit. Ich hatte außer ein paar schnellen Snacks, um meinen größten Hunger zu stillen, bislang nichts gegessen. Dafür würde immer noch genug Zeit sein, wenn wir mehr über Trevor wussten.

»Ich muss die Windrichtung berücksichtigen«, sagte Laureen plötzlich und hob den Kopf. Sie sah mich an, als erwartete sie meine Meinung dazu. »Der Wind könnte ihn in Richtung Nordwesten gelenkt haben. Hier hinüber. Wenn wir das beachten, kommen wir in eine ganze neue Zone, die wir absuchen müssen.«

Ich war erstaunt über den hoffnungsvollen Ton in ihrer Stimme. Vielleicht würde sie aber auch nie aufgeben und das Suchgebiet einfach immer weiter und weiter ausdehnen. Es war ihr Sohn, der da draußen war und vielleicht dringend Hilfe brauchte. Ihr einziger Sohn. Ich bewunderte sie dafür, dass sie in dieser Situation die Kraft und die Sicherheit fand, um in einen Helikopter zu steigen und stundenlang über das Meer zu fliegen. Ich hätte im Augenblick weder die Ruhe noch die Konzentration dafür.

Ich streckte meine Hand über den Tisch und legte sie auf ihre. »Wir sollten weitere Suchtrupps um Hilfe bitten.«

Laureen schnaubte leise. »Die werden sich wohl kaum um einen jungen Mann bemühen, der das Risiko eingegangen ist, bei diesem Sturm mit einem Helikopter loszufliegen. Trotz Startverbot. Die haben genug Opfer, um die sie sich kümmern müssen.«

Ihre Worte waren wie ein Schlag ins Gesicht, doch ich musste zugeben, dass sie einen Sinn ergaben. Es gab genug Vermisste und Verletzte. Die Hilfskräfte hatten ohnehin alle Hände voll zu tun.

»Und Trevors Vater?«, fragte ich, um Hugh bewusst nicht als ihren Mann zu bezeichnen, obwohl er das genau genommen noch war. »Kann er uns nicht helfen?«

Sie seufzte und nahm sich einen Moment, ehe sie antwortete. »Er unterstützt mich bei der Suche, indem er die Kosten dafür übernimmt«, antwortete sie. »Für ihn ist es wichtig, dass die Medien nichts von Trevors Unfall erfahren. Er kümmert sich darum, dass alles unter Verschluss bleibt.«

Ich spürte Wut in mir aufkommen. *Das* war jetzt seine größte Sorge? Der Ruf der Firma? »Wäre es denn so schlimm, wenn die Öffentlichkeit davon erfährt?«, spuckte ich die Frage aus.

Laureen ließ sich von meinen Emotionen nicht mitreißen, obwohl sie ebenso verärgert sein musste wie ich. »Für Hugh geht's doch immer nur um das Image der Firma«, sagte Laureen und rollte mit den Augen. »Für ihn muss Trevor der perfekte Vorzeigesohn sein, und der darf nicht den geringsten Fehler machen. Schon gar nicht einen solchen.«

Es fühlte sich an, als wäre das auch ein Vorwurf gegen mich. Als wäre ich mit »Fehler« gemeint. Ich schloss die Augen und wünschte, Trevor hätte das nicht getan. Nicht wegen des bescheuerten Images, sondern seinetwegen. Er hätte unsere Abmachung einfach vergessen und auf Saint Croix ausharren sollen, bis Hurrikan Elsa vorbeigezogen war. Besser noch hätte er in Florida bleiben sollen. Ich war in dem Bunker sicher gewesen, im Gegensatz zu ihm in dem Helikopter.

»Tu das nicht, Maci!«

Erschrocken öffnete ich die Augen.

»Ich sehe doch, wie du dir Vorwürfe machst«, sagte Laureen mit einem so müden und traurigen Ausdruck in den Augen, dass es mir das Herz zerriss. Ich hatte ihr erzählt, dass Trevor und ich vereinbart hatten, uns zu treffen. Dass ich der Grund war, warum er überhaupt anreisen wollte. »Und glaub mir, auch ich würde dir gerne diese Vorwürfe machen. Und Trevor. Und Elsa. Und einfach jedem, der mir über den Weg läuft. Aber nicht, weil ihr schuld seid, sondern weil ich eine solche Wut in mir habe. Ich weiß einfach nicht, wo mein Kind ist. Aber diese Wut wird mir genauso wenig weiterhelfen wie sinnlose Vorwürfe. Es ist nicht deine Schuld, was passiert ist, okay?«

Ich nickte, auch wenn es mir schwerfiel. Ich wollte die Wut in mir herauslassen, die Vorwürfe hinausbrüllen. Doch es fühlte sich an, als wäre ich die einzige Person, der ich einen Vorwurf machen konnte.

»Wir werden ihn finden.« Nun war es Laureen, die meine Hand drückte, etwas fester, als wollte sie ihre Zuversicht mit mir teilen.

»Ich helfe dir, so gut ich kann«, sagte ich, weil ich mir an ihrer Seite eigentlich völlig nutzlos vorkam. Ich konnte gerade mal im Hubschrauber neben ihr sitzen und auf die weiten Wellen starren, die sich so hypnotisierend unter uns bewegten, dass es kaum auszumachen war, wo eine aufhörte und die nächste begann. Selbst wenn Laureen den Helikopter tief über dem Wasser flog, war es fast unmöglich, etwas zu erkennen. Geschweige denn, Rufe durch den Lärm des Motors zu hören.

»Ich will morgen um sieben Uhr losfliegen.« Laureen deutete auf die Landkarte zwischen uns. »Wir haben uns bislang auf den Bereich südlich von Saint Thomas konzentriert. Flat Cay, Frenchcap, Buck Island, Turtledove und Saba Island. Hier im Westen gibt es die Savana Passage.« Sie tippte auf eine Stelle im Meer zwischen mehreren Inseln. »Savana Island grenzt sie im Westen ein. Das ist eine größere, aber unbewohnte Insel. Wir sollten hier beginnen. Dann gibt es noch mehrere Cays, die kleiner und in vielen Karten nicht eingezeichnet sind. Kalkun Cay, Saltwater Money Rock, West und Salt Cay sowie höher im Norden Dutchcap Cay und Cockroach Island.«

Laureen versprühte trotz dieser frustrierenden Situation einen Optimismus, den ich mir nur zu gern aneignen wollte. Er würde uns die Kraft geben, um durchzuhalten, die Hoffnung nicht aufzugeben. Vielleicht war Trevor auf einer Insel gestrandet. Vielleicht hatte er sich irgendwie auf einen dieser größeren Felsvorsprünge retten können. Ich würde mich an jeden Strohhalm klammern, der sich uns bot.

»Okay. Suchen wir dort«, sagte ich und bemerkte das Lächeln auf meinen Lippen erst, als es bereits da war.

Laureen erwiderte es sichtlich erleichtert.

5.

Blair

Ich konnte mich nicht erinnern, wann ich zuletzt Sneakers getragen hatte. Mein Schuhschrank umfasste alles zwischen Riemchensandalen für den Strand und eleganten High Heels für den Abend. Ich hatte Varianten mit verschiedenen Absatzhöhen, aus unterschiedlichen Materialien, mit Glitzersteinchen, verspielten Mustern, Schleifen, Schnallen und noch vielem mehr. Dass ich in den Tiefen meines Schuhschranks tatsächlich ein Paar Turnschuhe aufbewahrte, hatte selbst mich überrascht.

Zu den Sneakers trug ich Shorts, ein einfaches T-Shirt und hatte meine langen Haare zu einem Dutt gebunden. Ebenfalls etwas, mit dem man mich bestenfalls beim Duschen zu Gesicht bekam. Ich fühlte mich völlig fremd, doch die momentane Situation war weder für enge Kleider noch hohe Schuhe oder offene Lockenfrisuren gemacht.

Ich lief über den Außenweg vom Familientrakt zum Haupthaus hinüber, weil ich die Glasstege hatte sperren lassen, solange die Statik nicht überprüft worden war. Nicht, dass noch jemand samt dem Steg in die Tiefe stürzte und es doch noch Verletzte auf der Insel gab. Ich hatte ein Meeting mit den Mitarbeitern im Restaurant einberufen. Wir mussten klären, wie es weiterging, wer welche Aufgaben übernahm und wo es noch was zu tun gab. Nach dem Telefonat, das mich vor wenigen Minuten erreicht hatte, wusste ich jedoch nicht mehr, ob all das überhaupt noch einen Sinn hatte.

In der Lobby erinnerten nur noch die Flecken an der Wand und das Loch in der Decke an den Wasserschaden, den Hurrikan Elsa hinterlassen hatte. Von hier aus betrat ich das Restaurant, wo bereits alle warteten: Karlee, Jesse, das Küchen- und Serviceteam, das Housekeeping und Pedro, der Inselmeister.

»Danke, dass ihr gekommen seid«, sagte ich und trat näher. »Ich weiß, einige von euch sind selbst von Schäden durch den Hurrikan betroffen, aber ich bin froh, dass ihr heute hier seid und mithelft, Lovett Island wieder zu der Urlaubsinsel zu machen, die wir alle kennen.« Ich nickte dem Serviceteam und den Zimmermädchen zu, die mit ihren Familien auf umliegenden Inseln lebten und trotz der Probleme dort heute gekommen waren.

»Schön zu sehen, dass alle gesund sind«, fügte ich leiser hinzu. Nicht nur, weil ich nie damit gerechnet hatte, solche Worte für das Personal zu finden, sondern auch, weil ich es wirklich so meinte. Ich schluckte den Frust und die Angst hinunter, weil in diesem Augenblick kein Platz für sie war. Stattdessen richtete ich meine Aufmerksamkeit auf die Unterlagen in meiner Hand. »Wir haben gestern eine Bestandsaufnahme über das Ausmaß der Schäden gemacht. Die gute Nachricht ist, dass die Gebäude keine großen Schäden abbekommen haben. Zwar bedarf es größerer Renovierungsarbeiten bei zwei Bungalows sowie dem Gym, doch die restlichen Gebäude können wohl schon bald wieder benutzt werden. Die schlechte Nachricht ist, dass es trotzdem viel zu tun gibt. Viele Bäume und Sträucher wurden zerstört, der Sand großflächig abgetragen, und die Insel muss von Grund auf gereinigt werden.« Ich räusperte mich und zog einen kleinen Stapel an Kopien heraus, die ich Jesse, der mir am nächsten saß, reichte. »Das hier ist eine Liste mit allen Aufgaben, die Priorität haben. Ihr könnt Teams bilden und euch die Aufgaben selbst aufteilen. Pedro wird die Aufsicht übernehmen. Er hat die meiste Erfahrung. Wenn ihr Fragen habt, wendet euch direkt an ihn.« Ich nickte dem Inselmeister zu, mit dem ich schon im Vorfeld alles besprochen hatte. Für ihn war es nicht der erste Hurrikan, den er in der Karibik erlebt hatte. Und er musste nicht zum ersten Mal mit anpacken, um Lovett Island wieder zu einer Trauminsel zu machen.

Pedro wollte einige Bekannte kontaktieren, die uns bei den Reparaturen behilflich sein sollten. So würde es nicht lange dauern, bis wir wieder Gäste empfangen konnten. Das war gut, denn jede Woche, in der die Zimmer leer standen, riss ein riesiges Loch in das Budget. Ganz zu schweigen von den Reparaturen, die nun anstanden.

»Gibt es noch Fragen?« Ich ließ meinen Blick durch die Runde gleiten.

»Weiß du schon etwas von Trevor?« Es war Karlee, die sich traute, die Frage laut auszusprechen.

Ich schüttelte kaum merkbar den Kopf. »Sie suchen noch nach ihm«, antwortete ich und spürte, wie sich dabei ein dicker Kloß in meinem Hals bildete. Er nahm mir fast die Luft zum Atmen.

Die Mitarbeiter warfen sich stumme Blicke zu. Ich konnte ihre Gedanken regelrecht in meinem Kopf hören. Dass es sinnlos war, noch zu hoffen. Dass die Zeit gegen uns spielte. Wenigstens stellten sie keine weiteren Fragen dazu. Ich hätte ohnehin keine Antworten darauf gewusst.

»Also gut, wer möchte welche Aufgabe übernehmen?«, warf nun Pedro ein, dem ich dankbar war, dass er das Gespräch zurück zu den Aufräumarbeiten und damit weg von Trevor führte.

Ich wandte mich von den anderen ab und schloss die Augen, um mir selbst einen Moment Zeit zu geben. Meine Sorgen wegen der Insel vermischten sich zu sehr mit der Angst um Trevor, was mich jedes Mal fast zusammenbrechen ließ. Es zerrte so sehr an meinen Nerven, dass ich fürchtete, dieser Last schon bald nicht mehr standhalten zu können.

Als ich die Augen wieder öffnete, stand Ezra direkt vor mir. Schnell straffte ich die Schultern und wischte mir eine Träne aus dem Augenwinkel. »Wie lange bist du schon hier?«

»Lange genug, um zu sehen, wie stark du bist«, antwortete er und trat einen Schritt näher. Er legte seine Hand auf meine Schulter und ließ sie sanft bis zu meinem Ellenbogen hinabgleiten.

»Von wegen stark. Diese Situation macht mich viel zu sentimental«, murmelte ich. Ich war nie ein gefühlsduseliger Mensch gewesen und hatte auch nicht vorgehabt, einer zu werden. Ich empfand es als meine Stärke, kühl und distanziert zu bleiben. Vor allem, um mich selbst zu schützen. »Es ist völlig verständlich, wenn dich diese Situation belastet«, sagte Ezra. »Wir sind alle damit überfordert.« Ich schnaubte leise. Er hatte keine Ahnung, wie es mir im Moment wirklich ging. Er bangte um Trevor – das taten wir alle. Doch egal, wie die Sache mit unserem Freund ausging, früher oder später würden sie in ihren Alltag zurückfinden. Für mich stand aber so viel mehr auf dem Spiel. Und das schien er nicht zu kapieren. »Hast du eigentlich eine Ahnung, wie viel Geld mich das kostet?«, fuhr ich ihn daher an. »Nicht nur die Reparaturen, sondern jeder Tag, an dem wir keine Gäste aufnehmen können.«

»Du bekommst einen Ersatz von der Versicherung. Für den Schaden und den Umsatzverlust.«

»Nein, das tue ich nicht!«, platzte es aus mir heraus. Ich trat einen Schritt von Ezra weg und fuhr mir verzweifelt mit beiden Händen durchs Haar, wodurch sich mein Dutt zur Hälfte löste. Ich machte mir dennoch keine Mühe, ihn neu zu binden. »Die Versicherung wurde erst kürzlich auf ein Minimum reduziert. Sie deckt bloß einen Bruchteil der Schäden ab. Vom Umsatzeinbruch will ich erst gar nicht sprechen.«

Ezra brauchte einen Moment, um zu verstehen, was ich da sagte. »Wer sollte das getan haben? Und warum?«

»Woher soll ich das wissen?« Meine Stimme schlug in die

Höhe. »Hugh wollte die Insel verkaufen. Wahrscheinlich wollte er die laufenden Kosten beschönigen, um potenzielle Käufer zu täuschen.«

Ezra holte tief Luft, dann stieß er einen schweren Atemzug aus. »Das ist natürlich scheiße, aber Geld ist kein Grund zum Verzweifeln.«

Ich starrte ihn wortlos an. Was hatte er da gesagt? Geld wäre kein Grund zum Verzweifeln?

»Ezra, hier geht es nicht um ein paar tausend Dollar«, erklärte ich entsetzt von seiner unverständlichen Ruhe. »Es kostet ein Vermögen, alles hierherzubringen. Die Materialien, die Arbeiter. Ich muss kaputte Bäume entfernen und neue setzen lassen. Und verdammt noch mal, ich muss den halben Strand mit Sand auffüllen lassen.« Es war mir völlig egal, dass einige Mitarbeiter noch im gleichen Raum waren. Sie alle konnten sich wohl denken, dass da einiges auf mich zukam.

»Du hast recht.« Ezra hob entschuldigend die Hände. »Aber wenn du finanzielle Unterstützung brauchst, kann ich dir aushelfen.«

»Ich will deine Hilfe nicht.«

»Blair.«

»Nein, Ezra!« Ich wollte ihn nicht weiter zu Wort kommen lassen. Nicht, wenn er hier den großen Retter spielen wollte. »Ich kriege das alleine auf die Reihe. Das habe ich bislang auch.«

Er öffnete den Mund, ließ es dann aber, noch etwas dazu zu sagen. Wie schwer ihm das fiel, war ihm ins Gesicht geschrieben. Ich wusste, er wollte nur helfen, aber diese Hilfe wollte ich nicht annehmen. Schon gar nicht von ihm. Nicht solange dieses blöde Ding in meiner Brust mehr von ihm wollte. Niemand sollte denken, meine Zuneigung zu ihm gründete darauf. Das klang vielleicht unsinnig, aber ich wusste, was für eine Rolle Geld in einer Beziehung spielte. Manchmal sogar so eine starke Rolle, dass die Beziehung zu Bruch gehen konnte. Und ich wollte nichts aufs Spiel setzen, was noch nicht mal begonnen hatte. Ich wollte gar nichts mehr aufs Spiel setzen.

»Ich muss jetzt weiterarbeiten«, sagte ich, weil ich von ihm wegwollte. Seine Anwesenheit brachte mich jedes Mal aus dem Gleichgewicht, und ich war mir nicht sicher, wohin das führen sollte. Am Ende gab ich noch zu, dass ich einfach mal in den Arm genommen werden und mich klein und schwach fühlen wollte. »Wenn du es dir gemütlich machen willst, um deine Bücher zu lesen, sage ich Jesse, er soll dir eine Strandliege rausstellen.« Mit diesen Worten ließ ich ihn stehen und schüttelte selbst den Kopf, wie schnell ich von Verzweiflung auf Arschloch umswitchen konnte.

6.

Maci

Das Geräusch des Hubschraubers war mir mittlerweile ebenso vertraut wie das Gefühl in meinem Bauch, wenn Laureen die Flughöhe änderte oder in eine Kurve steuerte. Wir waren früh losgeflogen und hatten erst Savana Island erreicht, jene Insel, bei der Laureen sich die größte Hoffnung gemacht hatte, Trevor zu finden. Außer Müll und Trümmern, die jedoch nicht von einem Hubschrauber stammten, hatte unser Erkundungsflug nichts gezeigt. Auch der Flug über weitere, nahe gelegene Cays brachte keinen Erfolg. Nach einer Pause auf Saint Thomas, wo wir den Helikopter neu tankten und einen Kaffee tranken, waren wir nun nordwestlich der Insel unterwegs. West Cay und Salt Cay waren vorgelagerte unbewohnte Inseln, die aussahen, als wären sie mit Saint Thomas wie Perlen auf einer Schnur aufgefädelt. Mehrmals umkreisten wir die bewaldeten Cays in der Hoffnung, etwas zwischen den Felsen und Bäumen zu entdecken, doch da war nichts.

Keine einzige Sekunde löste ich meinen Blick von dem Gebiet unter uns. Egal, ob wir über Land oder dem offenen Meer flogen. Zu groß war meine Angst, ich könnte etwas übersehen.

»Hier ist nichts«, stellte Laureen verbittert fest. »Fliegen wir weiter zu Dutchcap Cay.« Sie steuerte den Helikopter in einer weiten Kurve von den Inseln weg.

Ich blickte durch das Fenster hinunter auf das Wasser. Wieder breitete sich dieses flaue Gefühl in mir aus. Eine Mischung aus der Geschwindigkeit des Hubschraubers und der Verzweiflung, die mit jeder Minute größer und größer wurde. »Das ist weit abgelegen«, stellte ich fest, als wir in Richtung Norden flogen. »Das lag doch gar nicht auf seiner Route. Denkst du wirklich, der Wind könnte ihn so weit weggetrieben haben?«

»Ich verneine diese Frage erst, wenn ich mich vergewissert habe«, antwortete Laureen. Ich war froh über diese Stärke in ihr.

Dutchcap Cay war eine einzelne unbewohnte Insel mitten im Meer. Die Küste bildete vom Meer scharf ausgeschnittene Felsvorsprünge, die nichts mit den flach verlaufenden Sandstränden gemein hatten, die ich von anderen karibischen Inseln kannte. Die aus dem Wasser ragenden Stellen waren grün überzogen, vielleicht von einer Art Moos oder Flechten. Nur vereinzelt gab es Sträucher zwischen den felsigen Teilen der Insel.

»Dort reflektiert etwas die Sonne«, sagte ich und deutete auf ein Teil, das zwischen den Felsvorsprüngen eingekeilt war und vom Wasser umspült wurde.

Wir näherten uns, und das runde Gehäuse mit den kreisförmig angeordneten Rotorblättern wurde immer klarer erkennbar.

»Ein Heckrotor!« Laureens Stimme überschlug sich.

»Von Trevors Hubschrauber?« Mein Herzschlag beschleunigte sich.

»Von meinem.« Sie sah kurz zu mir herüber. In ihren blauen Augen, die mich so sehr an Trevors erinnerten, funkelte der Optimismus wieder auf. Dann wandten wir uns beide wieder der kleinen Insel unter uns zu.

Ich drückte den Helm gegen das Fenster, um noch besser sehen zu können. Panisch suchte ich die Felsvorsprünge ab, dann die höhere Ebene. »Dort vorne!«, rief ich und zeigte auf einen leblosen Körper zwischen einigen Sträuchern. Er lag ungeschützt im Freien. Die Sonne, die sich zwischen den Wolken durchkämpfte, strahlte auf ihn herab.

»Trevor«, hauchte Laureen atemlos.

Ich bekam kaum noch Luft, als mir klar wurde, dass wir ihn gefunden hatten. »Kannst du hier landen?«

Laureen antwortete nicht sofort. Sie steuerte über das kleine Stück Land und versuchte, eine geeignete Stelle zu finden, an der sie den Helikopter sicher zu Boden bringen konnte. »Es ist sehr uneben, aber auf der südlichen Seite habe ich eine Stelle gesehen, an der wir es versuchen können.«

Ich nickte aufgeregt. »Wenn nicht, springe ich einfach raus. Hauptsache, ich komme zu Trevor!«

»Wir sind so weit gekommen, dann wird es nicht an einer verdammten Landung scheitern«, fügte Lauren hinzu –

mehr zu sich als zu mir. Sie steuerte zu einem flachen Vorsprung, der zwar begrünt, aber ohne Sträucher war. Gekonnt brachte sie den Hubschrauber zu Boden. Der Motor dröhnte noch, als ich mich bereits abschnallte.

»Ich werde ein Bergungsteam verständigen«, sagte Laureen, ehe ich den Helm vom Kopf nahm. »Wenn Trevor schwer verletzt ist, können wir ihn nicht einfach mitnehmen.«

Ich nickte ihr zu, dann schlug ich die Tür auf, sprang ins Freie und warf den Helm auf meinen Sitz zurück.

Meine Beine trugen mich wie von selbst, als ich über das steinige Gelände der Insel lief. Es erinnerte mich an jenen Teil Lovett Islands, der vom Nordstrand zum Landeplatz führte. Auch dort war der Boden steinig und nur von flach wachsenden Bodendeckern überzogen. Mein Herz raste, als würde es jeden Augenblick in meiner Brust explodieren.

»Trevor!« Meine eigene Stimme kam mir fremd vor. Verzerrt, abgehetzt, panisch. Ich wagte nicht, daran zu denken, was mit ihm sein könnte. Keuchend erreichte ich ihn und ließ mich einfach kraftlos auf die Knie fallen. Sie schlugen hart auf dem steinigen Untergrund auf. »Trevor«, hauchte ich und beugte mich über ihn. Mein Kopf bildete einen Schatten über seinem Gesicht.

Schwer blinzelnd sah er zu mir auf, reagierte aber nicht weiter auf meine Stimme und meine Hände, die vorsichtig sein Gesicht betasteten. Seine Haut war fahl, und seine Lippen waren trocken und rissig. Blut klebte auf seiner Stirn und in seinem dunklen Haar. Doch er atmete, er lebte. Ich konnte mein Glück gar nicht fassen.

»Alles wird gut, Trevor. Hörst du mich? Ich bin da.« Ich suchte nach seiner Hand, die schlaff neben ihm lag, und schob meine Finger in seine. Zitternd strich ich über seinen Handrücken. Mein Blick fiel auf das zerrissene, mit Blut und Dreck befleckte Shirt, die Hose und sein Bein. Eine breite Wunde klaffte auf seinem Unterschenkel, blutverschmiert und mit stark geröteter Haut darum herum. Ich schnappte nach Luft und spürte, wie mir bei dem Anblick das Blut aus dem Kopf wich.

»Maci.« Seine Stimme war so leise, dass ich sie fast nicht hören konnte. Gleichzeitig erfüllte mich der Hauch seiner Stimme mit so viel Glück, dass ich automatisch lächelte. Tränen lösten sich aus meinen Augenwinkeln, als ich zu Trevors Gesicht blickte. »Bist du es wirklich?«

»Ja. Ja, ich bin es!«, brach es erleichtert aus mir heraus. Auch wenn Trevor geschwächt und verletzt war, so hatten wir ihn gefunden. Lebend. »Deine Mom ist auch hier. Sie ruft Hilfe.«

Trevor presste die Augen fest zusammen. »Ich habe solche Schmerzen«, brachte er schwer hervor.

Die Wunde an seinem Bein sah entzündet aus, doch ich fürchtete, dass er noch mehr Verletzungen hatte. Ich konnte mir nicht vorstellen, wie die letzten Tage für ihn gewesen sein mussten. Wie er den Sturm hier im Freien erlebt hatte. »Es kommt gleich Hilfe, versprochen!«

»Mein Arm«, sagte er schwach. »Ich glaube, die Schulter ist ausgekugelt.« Tatsächlich lag sein rechter Arm verdreht neben ihm.

Zu sehen, wie schlecht es ihm ging, zerriss mir fast das

Herz. »Es tut mir so leid, Trevor«, flüsterte ich und spürte, wie mir Tränen über das Gesicht liefen. »Es tut mir so leid.« »Maci, nicht ...« Wieder schloss er kurz die Augen, als könnte er die Schmerzen nicht ertragen. »Es wird alles wieder gut.« Ich sagte es zu ihm wie zu mir selbst. »Ich bin so froh, dass du lebst.« Ich beugte mich vor und küsste vorsichtig seine Stirn. Ich wollte ihm nicht wehtun, doch seine Nähe zu spüren, seine Haut auf meinen Lippen, zeigte mir, dass das nicht bloß ein Traum war. »Und ich erst.« Er hustete schwach.

»Du brauchst Wasser.« Ich ärgerte mich, nicht gleich eine Flasche mitgenommen zu haben. »Ich hole etwas zu trinken aus dem Heli.« Gerade als ich aufstehen wollte, legten sich seine schwachen Finger fester um meine Hand. Als würde er all seine Kraft dafür aufwenden.

»Nicht«, stöhnte er. »Bleib bei mir.«

7.

Violet

Die Straßen von Recife in das etwa fünfzig Meilen entfernte Buenos Aires waren gut asphaltiert, schnurgerade
und wenig befahren. Die meisten Fahrzeuge, die uns ent-
gegenkamen, waren landwirtschaftliche Gefährte oder alte
Autos, wie man sie in den USA kaum noch zu Gesicht bekam. Die Motorräder, die unterwegs waren, dröhnten nicht
nur laut, sondern verströmten auch ziemlich starke Abgase
durch die Klimaanlage in unser Auto.

Bruno lenkte den Wagen durch mehrere kleine Ortschaften mit Tankstellen, heruntergekommenen Werkstätten und
Marktständen am Straßenrand. Die Gehwege waren im Gegensatz zu den Straßen brüchig und aufgerissen. Die Parkplätze vor den Geschäften und Lokalen bestanden nur aus
platt gefahrener Erde. Zwar hatte ich auch in Recife Häuser
mit Gittern gesehen, doch hier auf dem Land war jedes einzelne Haus mit Gittertoren und Stäben vor den Fenstern
gesichert. Selbst die Balkone waren wie Käfige verkleidet.

Bruno hatte uns gewarnt, dass wir vorsichtig sein sollten. Zwar waren die Ortschaften durchaus sicher für Einheimische, doch als Tourist zog man schnell die Blicke auf sich und machte auch Kriminelle auf sich aufmerksam.

»Ist es noch weit?«, fragte ich Bruno, der ohne Navi oder Landkarte losgefahren war. Ich saß neben ihm im Mietwagen, während Brent freiwillig die Rückbank gewählt hatte.

»Circa zehn Minuten noch, dann sind wir da«, antwortete Bruno und bog erstmals seit unserer langen Fahrt von der Straße ab. Wir waren ihr, seit wir Recife verlassen hatten, die ganze Zeit gefolgt.

Ich nickte und leerte die Wasserflasche, die ich an der letzten Tankstelle gekauft hatte. Meine innere Aufregung nahm Stück für Stück zu, je näher wir unserem Ziel kamen. Ich öffnete den Rolltop zwischen meinen Füßen und schob die leere Flasche hinein. Ehe ich ihn schloss, spielte ich mit der kleinen Schnalle zwischen meinen Fingern und erinnerte mich an meine Freunde, die ich so sehr vermisste. Ich könnte gerade jedes vertraute Gesicht brauchen, das mich auf diesem nervenaufreibenden Weg begleitete. Zum Glück hatte ich ja Brent bei mir.

Ich warf einen Blick zu ihm auf die Rückbank. Die Klimaanlage schien dahinten nicht viel zu bewirken, denn Brent sah ziemlich verschwitzt aus. Seine Kappe hatte er schon kurz nach Recife abgenommen. Als sich unsere Blicke trafen, schenkte er mir ein Lächeln.

Bruno überholte einen Pritschenwagen, der zwei große Wasserkanister transportierte. Ein Ortsschild kündigte unser Ziel in zwei Kilometern an. Ich hatte keine Ahnung, in welchen Verhältnis das zu Meilen stand, ahnte aber, dass wir bald da waren.

»Tia Luara hat gesagt, dass Gabriela in Buenos Aires aufgewachsen ist«, sagte Bruno plötzlich.

»Ich dachte, sie wäre in Recife geboren.« Verwundert sah ich ihn von der Seite an.

»Geboren, ja, aber Gabrielas Vater hat in Buenos Aires eine Farm gekauft, auf der sie viele Jahre gelebt haben. Meine Tante sagt, sie ist erst mit fünfzehn Jahren nach Recife gekommen.«

»Alleine?«, hakte ich nach.

»Ja. Sie hat in einem Hotel gearbeitet. Als Zimmermädchen.«

Ich sank in meinem Sitz zurück und ließ diese Information auf mich wirken. Mit fünfzehn Jahren war meine Welt noch in Ordnung gewesen. Damals hatte ich noch nichts von der Krankheit meines Vaters gewusst. Auf keinen Fall wäre ich bereit gewesen, alleine in eine Großstadt zu ziehen, um dort zu arbeiten. Ich hatte mich aber auch mit siebzehn noch nicht dazu bereit gefühlt, doch welche Wahl hatte ich damals noch gehabt? Vielleicht hatte meine Mutter diese mit fünfzehn auch nicht.

»Was weißt du von Gabrielas Eltern? Leben sie noch?«, wollte ich wissen, weil mich mit Brasilien schließlich mehr verband als nur meine Mutter.

»Nein«, antwortete Bruno mit Bedauern in der Stimme. »Gabrielas Vater ist schon vor einigen Jahren gestorben. Er hatte etwas mit dem Bauch.« Er deutete auf seinen Magen.

Als ich in der Ferne die ersten Ziegelhäuser sah, spürte ich die gleiche Unruhe aufkommen wie in dem Moment, als ich bei Tia Luara angeläutet hatte. Und als Brent und ich zu dem Strand gelaufen waren, um Bruno zu treffen. Ich hatte jedes Mal solche Angst vor dem Unbekannten gehabt. Vor Enttäuschungen, vor Zurückweisung, vor einer Sackgasse, die das Ende meiner Reise bedeutete.

»Und ihre Mutter?«, fragte ich, auch um meine Nervosität zu verdrängen.

»Sie hatte vor zwei Jahren einen Herzinfarkt«, erklärte Bruno. »Kurz nachdem Gabriela nach Buenos Aires gegangen ist.«

Wir kamen in die Ortschaft, zu deren Beginn es gleich eine Tankstelle und eine Autowerkstatt gab. Das war hier wohl wie das Amen im Gebet. Erst danach wies ein unscheinbares weißes Schild am Straßenrand darauf hin, dass wir Buenos Aires erreicht hatten.

»Tia Luara und sie waren Schwestern, aber hatten in den letzten Jahren keinen Kontakt. Frauen.« Er warf mir einen flüchtigen Blick von der Seite zu und zuckte mit den Schultern.

Ich vermutete, er meinte damit, dass sich die beiden zerstritten hatten.

Brent schien das Gleiche zwischen den Zeilen herausgehört zu haben, denn er lachte leise. »Frauen«, hörte ich ihn mit einem Schmunzeln in der Stimme wiederholen. Ich warf ihm einen finsteren Blick über die Schulter zu, und er hob schnell entschuldigend die Hände.

Plötzlich wurde der Wagen langsamer, und Bruno beugte

sich vor, um besser durch die Windschutzscheibe sehen zu können, während wir an einer geschlossenen Pizzeria und einem Kleiderladen vorbeirollten. »Ich war auch noch nie hier«, sagte er, während wir die Hauptstraße entlangfuhren. »Aber ich habe mir die Karte angesehen.«

Plötzlich bremste Bruno abrupt, wartete ein entgegenkommendes Auto ab und bog nach links in eine Seitengasse ein. Über uns kreuzten sich unzählige Strom- und Telefonleitungen. Nach einem Straßenstück, das rechts und links von fensterlosen Mauern begrenzt war, erreichten wir eine Kreuzung, an der mehrere Kinder Fußball spielten.

Bruno wartete, bis sie Platz machten, und rollte dann weiter. Suchend sah er sich in den Straßen um, die sternenförmig von dieser Kreuzung in alle Richtungen verliefen.

Ganz unbewusst hatte auch ich mich nach vorn gebeugt. Aufgeregt versuchte ich, jedes Detail dieser Gegend in mich aufzunehmen. Ich stellte mir vor, wie meine Mutter hier entlanglief, obwohl ich gar nicht wusste, wie sie aussah. Ich vermutete, dass sie mir ähnlich sah, da ich meine schwarzen Haare und den bronzefarbenen Teint definitiv nicht von meinem Vater geerbt hatte.

Bruno bog in eine gepflasterte Straße, die den Mietwagen unsanft rumpeln ließ. Es war eine Wohngegend ohne Lokale oder Einkaufsläden. Stattdessen reihten sich kleinere Häuser dicht aneinander. Jedes war in einer anderen Farbe gestrichen. Himmelblau, orange, türkis, sonnengelb. Dennoch wirken sie größtenteils stark abgewohnt. Jedes

Haus war mit einer großen radförmigen Satellitenschüssel bestückt.

Gedankenversunken murmelte Bruno etwas auf Portugiesisch. Er steuerte in eine Nebengasse, deren Untergrund nur aus Erde bestand. Der letzte Regen hatte dünne Rinnen entlang der Fahrbahn ausgespült.»Das ist die Straße«, sagte Bruno und brachte den Wagen am Rand zum Stehen.

Vor einem Haus standen drei ältere Männer, deren angeregte Unterhaltung ein Ende fand, als sie uns bemerkten. Vermutlich kam hier nicht oft ein fremdes Fahrzeug vorbei.»Ich frage bei ihnen nach«, sagte Bruno und ließ den Motor verstummen.»Wollt ihr lieber im Auto warten? Das ist keine Gegend für Touristen.«

»Wenn Vi aussteigt, komme ich mit«, sagte Brent sofort.

Ich lächelte Brent dankbar an, dann sah ich zu Bruno. »Wir kommen mit.«

Nachdem wir ausgestiegen waren, ging Bruno grüßend auf die Männer zu, die verhalten, aber durchaus freundlich reagierten.

Brent und ich blieben einen Schritt hinter Bruno stehen. Mein Herz hämmerte in meiner Brust, und ich krallte vor Aufregung die Hände in meine Shorts. Die Vorstellung, endlich mein Ziel erreicht und meine Mutter gefunden zu haben, lähmte und beflügelte mich zugleich. Wenn sie hier lebte, würden die Männer bestimmt wissen, wo sie war.

Bruno begann, ihnen auf Portugiesisch zu erklären, was uns hierherführte. Er sprach so schnell, dass ich es fast überhörte, als er den Namen meiner Mutter erwähnte. Aber der Name meine Mutter war wie eine Leuchtrakete in dem Nebel der mir leider fremden Sprache. Ich hing an Brunos Lippen, obwohl ich kaum ein Wort verstand. Ich mochte die Sprache, die sehr kräftig und gleichzeitig melodisch klang. Sie fühlte sich in meinen Ohren gut und vertraut an.

Einer der Männer machte eine abweisende Handbewegung, als würde er nicht wissen, von wem Bruno sprach, doch die anderen zwei begannen miteinander zu diskutieren. Wie es aussah, kannten sie meine Mutter. Mein Puls holperte und stockte für einen Moment, als sie erst Bruno und dann mich ansahen und weiterredeten. Hatte der eine gerade *morte* gesagt? Bedeutete das nicht Tod? Und im gleichen Satz *mãe*, Mutter?

Als die Männer plötzlich verstummten, schnappte ich nach Luft. Was hatte das zu bedeuten? Hilfesuchend sah ich zu Bruno. Die Hände immer noch in den Stoff meiner Hose gekrallt, begannen sie dennoch zu zittern.

Bruno zögerte. Warum, verdammt noch mal, zögerte er? Jeder Atemzug fühlte sich plötzlich so unglaublich schwer an. Als würde sich mein Hals mehr und mehr verengen. Mein Körper war wie gelähmt, bewegte sich keinen Millimeter, obwohl ich vor der Wahrheit nun einfach nur davonlaufen wollte.

»Gabriela hat nach dem Tod ihrer Mutter an der Tankstelle gearbeitet«, begann Bruno schließlich.

Daher die Wörter »Tod« und »Mutter«. Ich spürte wie die Anspannung abrupt von mir fiel. Zittrig atmete ich ein,

71

und ein warmes Gefühl breitete sich in meinen eiskalt erstarrten Gliedern aus. Flüchtig sah ich zu Brent hinüber, der mich leicht unsicher anlächelte. Dann wandte ich mich wieder Bruno zu, der weitersprach: »Es gab einen Überfall. Vor zwei Monaten.«

Die Stille, die nun in der kleinen Straße lag, war erdrückend. Ich spürte, wie sich etwas in meiner Brust schmerzhaft zusammenzog. Ich konnte kaum atmen.

»Gabriela wurde schwer verletzt. Es tut mir leid, Violet, aber deine Mutter hat nicht überlebt.«

In mir war nichts außer Leere. Die gleiche Leere, die mich mein ganzes Leben begleitet hatte. Seit ich denken konnte und begonnen hatte, nach meiner Mutter zu fragen. Ich hatte nie mehr als einen Namen gehabt. Nun wusste ich, dass ich diese Leere auch nie füllen konnte. Nicht mit Worten, nicht mit Umarmungen und schon gar nicht mit Erinnerungen.

Ich war zu spät. Zwei beschissene Monate.

»Violet.« Das war Brents Stimme hinter mir.

Ich drehte mich langsam zu ihm um, nicht wissend, wie ich diese Situation überstehen sollte. Ich war mit so großen Hoffnungen nach Brasilien gekommen, und jetzt lagen sie in Scherben zerbrochen vor mir. Und mein Innerstes fühlte sich an, als läge es verstreut dazwischen.

Die brasilianische Mittagssonne brannte auf uns herab. Autos rauschten über die Hauptstraße an der Tankstelle vorbei, an der wir den Wagen noch einmal auftankten und uns kühle Getränke kauften. Bruno kümmerte sich darum, während Brent und ich neben dem Auto warteten.

»Alle Menschen in meiner Nähe sterben«, murmelte ich und lehnte meinen Kopf an seine Schulter. »Mein Dad, Wyatt und nun auch meine Mom.«

»Das hat doch nichts mit dir zu tun.«

Statt darauf zu antworten, zuckte ich nur mit den Achseln.

»Du warst doch gar nicht in der Nähe von Wyatt oder deiner Mom, als sie starben«, setzte er ungeachtet meiner Reaktion fort, und strich mir sanft eine Haarsträhne hinters Ohr. »Was ihnen passiert ist, war tragisch, aber für nichts davon bist du verantwortlich. Bitte denk nicht mal daran, Vi.«

»Soll ich dir mal meine letzten vier Jahre zusammenfassen? Ich habe seit meinem siebzehnten Geburtstag beide Elternteile und meinen Ehemann verloren. Ich bin Vollwaise und Witwe. Und das mit einundzwanzig.« Ich war so wütend, so enttäuscht und frustriert, dass ich nur noch laut losschreien wollte.

»Das tut mir sehr leid für dich. Und auch für die drei, denn sie verpassen zu sehen, wie großartig du geworden bist.«

Ich war ihm dankbar für seine Worte. Sie entlockten mir ein kleines Lächeln, weil ich wusste, dass er sie ernst meinte. »Das heißt, du hast keine Angst, an meiner Seite zu bleiben?«

»Ich war schon immer ein risikofreudiger Mensch«, scherzte Brent und beugte sich vor, um mich zu küssen. Ein kurzer liebevoller Kuss, der mir wieder bewusst machte, wie sehr ich ihn brauchte. »Es tut mir leid, dass du sie nicht mehr kennenlernen konntest«, sagte er dann und verstärkte den Griff um meine Hand.

»Mir auch«, flüsterte ich und spürte eine tiefe Traurigkeit in mir. Nie hätte ich gedacht, dass mich diese Reise mit so gemischten Gefühlen zurücklassen würde. Hätte ich mich früher getraut hierherzukommen, um sie zu suchen, hätte ich sie vielleicht noch kennenlernen können. Vielleicht hätte es so vieles geändert, und sie wäre nie bei diesem Überfall ums Leben gekommen.

»Hey«, sagte Brent sanft. Als hätte er den Schmerz in mir gespürt, zog er mich an seine Brust. »Ich weiß, dass du traurig bist, aber ich bin für dich da, okay?«

Ich nickte, schloss die Augen und krallte meine Finger fest in sein Shirt. Brent gab mir mehr Halt, als er sich vorstellen konnte.

Als ich die Augen wieder öffnete, kam Bruno aus der Tankstelle heraus.

»Eine Cola und eine Limo«, sagte er und reichte uns die kalten Getränke.

Wir bedankten uns und tranken davon, ehe die Mittagshitze sie zu warmen Sirupen machte.

»Ich habe nach deiner Mutter gefragt«, erklärte Bruno. »Der Besitzer sagt, Gabriela war eine sehr fleißige Frau. Freundlich und hat gerne mit den Kunden geplaudert. Er hat mir die hier gegeben.« Bruno reichte mir eine zusammengerollte Zeitung. »Seite sieben.«

Ich zögerte erst, doch dann drückte ich Brent meine Getränkeflasche gegen die Brust und riss Bruno die Zeitung förmlich aus der Hand. Ich blätterte hektisch auf Seite sieben und wusste sofort, welcher Artikel über den Tankstellenüberfall berichtete. Ein kleines Foto zeigte das Gebäude, vor dem wir gerade standen. Ein anderes ein Porträt einer Frau. Sie trug ein Kleid und hatte die langen Haare zu einem Zopf gebunden. Leider war die Qualität des Bildes nicht sehr gut, doch ich hatte nun endlich ein Foto von ihr. Von meiner Mutter.

»Das ist sie?«, fragte ich atemlos.

»Sim«, antwortete Bruno.

Brent legte seinen Arm um meine Schultern und warf ebenfalls einen Blick in die Zeitung. »Was steht da?«

Bruno hatte den Artikel offenbar bereits gelesen, denn er antwortete, ohne noch einmal den Text zu lesen. »Der Überfall war in der Nacht. Gabriela wollte dem Angreifer nichts geben. Er hat zwei Mal auf sie geschossen und ist dann mit einem Motorrad geflüchtet. Sie starb später im Krankenhaus.«

Ich schluckte hart, als ich hörte, unter welchen Umständen meine Mom gestorben war. Und das nur wegen ein paar verdammter Real.

»Wurde der Täter gefasst?«, fragte Brent, und ich war froh, dass er es tat. Ich hatte nicht die Kraft, etwas zu sagen. Es war, als wäre mein Körper in einem Schwebezustand.

Bruno nickte. »Der Besitzer sagte, sie haben ihn eine Woche später bei einem weiteren Überfall erwischt. Ein siebzehnjähriger Junge aus der Gegend und ohne Eltern.«

Ich presste die Lippen aufeinander. Ich wusste, wie es war, mit siebzehn Jahren ohne Eltern dazustehen. Aussichtslos, verzweifelt und überfordert. Wyatt hatte mir damals Halt

gegeben. Durch ihn hatte ich den Job in dem Stripclub bekommen, der mich erst zu Baron und dann nach Lovett
Island gebracht hatte. Wyatt war das kleine Detail in meinem Leben gewesen, das mich vor einer dunklen Zukunft
bewahrt und hierhergebracht hatte. An Brents Seite. Ich
legte meinen Kopf auf seine Schulter. »Ich möchte jetzt zu-
rückfahren.«

8.

Maci

»Ms Stiles?«

Ich blickte auf und musste ein paar Mal gegen das grelle Licht der Deckenlampen blinzeln, ehe ich das Gesicht der Ärztin erkannte, die mich und Laureen vor einigen Stunden gebeten hatte, hier zu warten. Sofort sprang ich auf. »Dr. Kobayashi, wie ist die Operation verlaufen?«

Bislang hatten wir nur gehört, dass Trevor viel Blut verloren hatte und sehr schwach war. Laureen hatte mir versichert, dass er in diesem Krankenhaus auf Saint John in guten Händen war.

»Trevor hat die OP überstanden«, erlöste mich die Ärztin von meiner quälenden Unwissenheit.

Ich schlug die Hände vor den Mund und ließ die schwere Last von meinen Schultern sacken. Auch wenn ich nicht gewagt hatte, daran zu denken, was passieren könnte, war mir das Risiko die ganze Zeit über bewusst gewesen.

»Wie geht es ihm?«, brachte ich mit dünner Stimme hervor.

»Er hat eine schwere Schulterverletzung und eine Blutvergiftung, weshalb er sehr schwach ist«, erklärte Dr. Kobayashi. »Aber er wird wieder.« Sie lächelte mich zuversichtlich an. »Wollen Sie zu ihm?«

Mein Blick schweifte zu der Tür, durch die Laureen verschwunden war, um sich einen Kaffee zu holen.

»Ms Parker sollte gleich zurück sein«, sagte ich, obwohl alles in mir drängte, zu Trevor zu kommen. Ich wollte ihn sehen, ihn berühren. Ich wollte dieses Bild aus dem Kopf bekommen, wie ich ihn auf dem Cay vorgefunden hatte, und durch ein neues ersetzen. Durch eines, auf dem es ihm besser ging. »Soll ich auf sie warten?«

»Wie Sie möchten, aber Trevor hat bereits nach Ihnen gefragt.«

Mein Herz schlug schneller. Er war bei Bewusstsein und wusste, dass ich hier war. Ein kaum zu bändigender Bewegungsdrang durchströmte mich. Ich hielt es nicht länger aus. Ich musste zu ihm.

Dr. Kobayashi führte mich durch eine Flügeltür und weiter durch einen fensterlosen Gang, bis wir an ein Zimmer kamen, dessen Tür bereits offen stand. »Gehen Sie ruhig vor. Ich werde seine Mutter suchen und komme dann zu Ihnen.«

Zu aufgeregt, um darauf zu reagieren, trat ich in das Krankenhauszimmer. Eine Geruchsmischung aus Desinfektionsmittel und Verbandszeug stieg mir in die Nase. Mein Blick fiel auf Trevor, der in dem einzigen Bett in dem

Raum lag. Er hatte die Augen geschlossen und sah aus, als würde er schlafen. Sein Oberkörper war leicht erhöht und zur Hälfte von einem weißen Laken bedeckt. Eine Bandage an seiner rechten Schulter erinnerte mich an die Verletzung, die Dr. Kobayashi erwähnt hatte. Zum Glück hatte er überlebt.

Ich ging langsam näher, nicht sicher, ob ich ihn wecken oder weiter ausruhen lassen sollte. Auf alle Fälle aber brauchte ich seine Nähe – so wie er laut Dr. Kobayashi meine brauchte. Die vergangenen Tage hatten mich gelehrt, wie sehr er mir fehlte. Mein Atem war unregelmäßig, als ich die Bettkante erreichte und Trevor betrachtete. Ich war überwältigt von dem Glück und der Erleichterung in mir, gleichzeitig zeigte mir sein Anblick, was er durchgemacht haben musste.

Ein Schlauch führte in seine Nase, die mit einer großen Schramme versehen war. Seine rechte Gesichtshälfte war geschwollen und aufgeschürft, Blutergüsse zeichneten dunkle Schattierungen unter seinen Augen. Auf seiner Stirn, direkt am Haaransatz war ein großes Pflaster. Es war jene Stelle, an der vorhin so viel Blut geklebt hatte.

Ich spürte den Druck in meiner Kehle, als die Tränen hochquellen wollten. Es tat weh, ihn so zu sehen, verletzt und wieder zusammengeflickt. Natürlich war ich unendlich dankbar, dass wir ihn gefunden hatten, dass er lebte und die Operation gut überstanden hatte. Doch ich fühlte mich auch mitverantwortlich, weil er meinetwegen überhaupt diesen Flug angetreten hatte.

Meine Finger zitterten, als ich nach seiner Hand an seinem unverletzten Arm griff und sie vorsichtig in meine bettete. Die Haut an den Knöcheln war rissig und trocken. Er musste nach diesen Tagen völlig dehydriert gewesen sein.

Eine Träne fiel von meinem Kinn auf Trevors Handrücken. Seine Finger zuckten leicht. Als wollten sie meine Berührung erwidern. Langsam drehte er den Kopf in meine Richtung und blinzelte mir entgegen. Seine blauen Augen, in die ich mich von der ersten Sekunde an verliebt hatte, wirkten nun müde und leer.

»Hey«, hauchte ich und setzte mich vorsichtig zu ihm auf das Bett. Die Decke raschelte unter mir.

»Maci.« Der Ansatz eines Lächelns bewegte seine Mundwinkel.

Ich beugte mich vor und legte meine Hand sanft auf seine Wange. Ein erleichtertes Lächeln überkam mich, das ich in ein verzweifeltes Kopfschütteln ausklingen ließ. »Warum hast du das nur getan?«

»Du sagtest doch, ich soll kommen, wenn ich noch an uns glaube«, brachte Trevor mit kratziger Stimme mühevoll hervor. »Wenn ich finde, dass wir zusammengehören.«

»Doch nicht bei diesem Sturm!« Ich schnappte nach Luft, wurde erneut von einer solchen Erleichterung durchströmt. »Du hast uns eine Scheißangst eingejagt.«

Trevor schloss für einen Moment die Augen, und ich fürchtete schon, er hätte Schmerzen. Dann aber öffnete er sie wieder. »Es tut mir so leid. Ich war so entschlossen, zu dir zu kommen. Ein Zeichen zu setzen, dass uns nichts aufhalten kann. Weder mein Dad noch dieser beschissene Sturm.«

Seine Worte lösten den Knoten in meiner Brust, der sich in den letzten Tagen zu sehr zusammengezogen und verkrampft hatte. »Du hättest das verdammte Glück nicht so herausfordern müssen«, sagte ich, immer noch fassungslos, welches Risiko er eingegangen war.

»Ich mach's nie wieder, versprochen.« Trevor grinste schief, und ich konnte nicht anders, als mich vorzubeugen und ihm einen Kuss auf seine trockenen Lippen zu geben.

Mein Herzschlag war plötzlich so leicht und frei. Ich hatte zeitweise nicht mehr daran geglaubt, dieses Gefühl noch einmal erleben zu dürfen. Trevors Duft noch einmal in mich einatmen zu dürfen. Selbst wenn die Minznote verflogen war und stattdessen ein Hauch von Desinfektionsmittel an ihm haftete, war es eindeutig Trevors Geruch, der mich einen Moment lang innehalten und verstehen ließ, dass er wieder bei mir war.

»Trevor!« Laureen kam ins Zimmer und verharrte wenige Schritte vor dem Bett. In ihren feinen Gesichtszügen vermischten sich ihre Emotionen. Die Erleichterung einer Mutter, die ihr Kind wiederhatte, die Angst und der Schrecken, die sich nicht so leicht vertreiben ließen, und das Mitgefühl, ihn so verletzt vor sich zu sehen.

Ich stand auf, damit sie zu ihrem Sohn konnte.

Dr. Kobayashi trat mit einem Klemmbrett an das Fußende des Bettes, gab aber Laureen die Zeit, die sie und Trevor brauchten.

»Ich hoffe, das war dein letztes Abenteuer dieser Art«, sagte Trevors Mom tadelnd und setzte sich auf die Bettkante. Sie legte ihre Fingerspitzen an seine Wange, als hätte sie Angst, ihm wehzutun.

»Beim nächsten Startverbot werde ich mich daran halten«, sagte Trevor mit einem entschuldigenden Lächeln.

»Das will ich aber hoffen!«

»Das hoffe ich auch, Mr Parker«, mischte sich Dr. Kobayashi ein. Ihr weißer Kittel streifte das Bettgestell. »Sie sind dem Tod noch einmal von der Schippe gesprungen, aber glauben Sie mir, es hat nicht viel gefehlt.«

»Wie knapp es wird, wusste ich schon während des Flugs«, antwortete Trevor und wandte seinen Blick zur anderen Seite ab, als fiele es ihm zu schwer, einen von uns jetzt anzusehen.

»Warum bist du überhaupt geflogen?«, fragte Laureen atemlos. Als Pilotin konnte sie wohl als Einzige wirklich abschätzen, wie gefährlich diese Aktion gewesen war.

Trevor seufzte, fast, als könnte er sich das heute auch nicht mehr erklären. Dann setzte er zu einer Antwort an: »Ich habe das Unwetter unterschätzt. Ich dachte, ich würde es schon schaffen, nach Lovett Island zu kommen und Maci nach Saint Croix zu bringen. Das dauert normalerweise nicht länger als zwanzig Minuten.« Er machte eine Pause, die sich wie ein Stich in meiner Brust anfühlte. Es war kein Geheimnis, dass ich der Grund für dieses waghalsige Manöver gewesen war. »Ich dachte echt, ich schaffe den Überflug. Als mir klar wurde, dass der Sturm zu stark war, war ich längst irgendwo und hatte den Funkkontakt verloren. Diese kleine Insel war meine einzige Chance für eine Notlandung.«

»Dutchcap Cay«, murmelte Laureen ehrfürchtig. Sie hatte mir auf der Karte gezeigt, wie weit der Sturm ihn abgetrieben hatte. Es grenzte an ein Wunder, dass Trevor überhaupt zu dieser Insel gekommen war. In ihrer Nähe hätte es nichts Vergleichbares gegeben, das ihn gerettet hätte. Nach ein paar Sekunden klärte sie ihren Blick und sah Trevor mit großen Augen an. »Wie hast du es überhaupt geschafft zu landen?«

»Vermutlich nicht mit einer Glanzleistung«, antwortete Trevor. »Kurz bevor ich aufgesetzt habe, hat mich eine Windböe von der Seite erfasst und den Helikopter ins Kippen gebracht. Ein Rotorblatt muss den Boden berührt haben, denn plötzlich hat es mich herumgeschleudert. Ich konnte mich irgendwie aus dem Wrack befreien, aber dann muss ich vor Schmerzen ohnmächtig geworden sein. Als ich wieder aufwachte, war es dunkel und verdammt stürmisch.«

»Sie hatten großes Glück, dass der Hurrikan einen Bogen um die Karibik gemacht hat«, sagte die Ärztin, die ebenso wie Laureen und ich gebannt an seinen Lippen gehangen hatte.

»Das hat sich in dem Moment nicht so angefühlt«, entgegnete Trevor ihr, ehe er wieder zu Laureen sah. »Als es wieder hell wurde, war ich allein auf dieser beschissenen Insel und der Heli weg.«

Mein Körper war wie in einer Schockstarre. Seine Geschichte zu hören lähmte mich.

»Fuck, Mom, es tut mir so leid wegen der Maschine.«

»Nicht!« Laureen schüttelte entschieden den Kopf. »Vergiss den Helikopter!« Sie beugte sich vor und drückte Trevor an sich, der es mit schmerzverzerrtem Gesicht ertrug.

»Vorsichtig, Ms Parker«, warf nun Dr. Kobayashi ein. »Wir wollen nur ungern die Dosis der Schmerzmittel noch höher stellen.«

»Natürlich.« Schnell wich Laureen zurück, und auch wenn Trevor es mit einem leicht verkrampften Lächeln überspielte, hatte ihm diese Umarmung offensichtlich Schmerzen bereitet.

»Mr Parker, Sie können wahrlich von Glück reden, dass die beiden Sie gefunden haben«, setzte die Ärztin fort. »Das Ärzteteam im OP war sich sicher, dass Sie ohne Hilfe eine weitere Nacht im Freien nicht überlebt hätten. Mal abgesehen von Ihrer starken Dehydrierung hatten Sie eine beginnende Blutvergiftung.«

Für einen Augenblick hielten wir alle die Luft an. Wir wussten, dass es knapp gewesen war, doch es aus dem Mund einer Medizinerin zu hören machte es noch greifbarer.

»Wir mussten Sie lange operieren«, fuhr sie fort. »Die Blutversorgung an Ihrem Arm war durch den schwierigen Bruch und das ausgekugelte Schultergelenk stark eingeschränkt, weshalb wir sogar eine Amputation des Arms in Betracht ziehen mussten.«

Geschockt, was ich da hörte, hielt ich die Luft an. Ein eisiges Kribbeln fuhr durch meinen Körper, als ich auf Trevors bandagierte Schulter und den verletzten Arm sah. Um ein Haar hätten sie ihm diesen abnehmen müssen. Ihm, der mit einem Bein so gut wie in der Major League stand.

»Die nächsten Tage werden zeigen, ob alle Bereiche des Arms wieder versorgt werden und die Blutvergiftung keine weiteren Schäden angerichtet hat«, fügte Dr. Kobayashi hinzu.

Mir wurde übel, und ich sah kleine Sternchen vor meinen Augen aufblitzen. Das Risiko einer Armamputation bestand also immer noch.

»Ms Stiles?« Die Stimme der Ärztin klang plötzlich wie aus der Ferne. »Geht es Ihnen gut? Bitte setzen Sie sich!«

Vor meinen Augen war es längst schwarz, doch ich hörte das Kratzen von Stuhlbeinen über dem Boden. Dann spürte ich schon eine Kante in meinen Kniekehlen und eine Hand, die mich nach unten drückte.

Ich ließ mich auf den Stuhl sinken und merkte, wie mein Kopf dröhnte.

»Ich hole Ihnen ein Wasser. Bleiben Sie sitzen.«

Es war, als würde der Druck aus meinem Kopf auf meinen restlichen Körper entweichen und wieder abklingen. Mein Sichtfeld klärte sich und fiel auf zwei besorgte Gesichter.

»Geht schon«, murmelte ich, weil es nicht ich war, um die sie sich jetzt kümmern sollten.

»Du hast den ganzen Tag nichts gegessen«, sagte Laureen, als mir Dr. Kobayashi bereits ein Glas Wasser vor die Nase hielt.

Ich nahm es leise dankend entgegen und trank mehrere Schlucke davon.

»Ist es jetzt besser?«, erkundigte sich die Ärztin fürsorglich.

Ich nickte schnell, weil ich eigentlich nicht von Trevor ablenken wollte. Er war es, der hier schwer verletzt im Krankenhaus lag. »Alles wieder gut«, versicherte ich daher mit einem schweren Lächeln.

»Möchten Sie lieber draußen warten, Ms Stiles?«, fragte Dr. Kobayashi besorgt.

»Warum? Kommt es noch schlimmer?« Laureens Stimme bebte.

»Nein, ich bleibe«, antwortete ich entschlossen. Trevor streckte seinen unverletzten Arm vom Bett aus zu mir herüber. Ich legte meine Hand in seine, die überraschend kühl war.

Dr. Kobayashi gab uns noch einen kurzen Moment, vermutlich auch, um sich zu vergewissern, dass ich nicht gleich wieder zusammenklappte. Dann wandte sie sich wieder Trevor zu. »Wenn die Heilung Ihrer Schulter optimal verläuft, werden Sie mit einer auf Sie abgestimmten Physiotherapie Ihren Arm wieder nahezu normal verwenden können.«

»*Nahezu* normal?«, wiederholte Trevor keuchend. Sein Brustkorb hob und senkte sich schwer.

Ich umschloss seine Hand etwas fester, doch er schien es kaum zu bemerken.

»Das ist sein Wurfarm«, sagte Laureen mit zitternder Stimme. »Kann er je wieder Baseball spielen?«

Schon von der Frage wurde mir übel. Für Trevor bedeutete Baseball so viel wie für mich der Tennissport. Vielleicht sogar noch mehr. Ein solch abruptes Karriereende konnte einen Athleten zerstören.

»Ich fürchte nicht«, antwortete Dr. Kobayashi sanft.

»Und wenn ich hart dafür kämpfe?« Trevor klang gequält, als bräuchte er all die Kraft, die sein Körper noch hatte, um in diesem Augenblick nicht zusammenzubrechen. Als bräuchte er diesen Strohhalm, an den er sich klammern konnte, um nicht aufzugeben.

»Das werden Sie müssen«, antwortete die Ärztin. »Alleine schon, um Ihren Arm über den Kopf heben zu können. Und da rede ich noch nicht davon, eine Wurfbewegung durchzuführen.« Ihr war anzusehen, wie schwer es ihr fiel, diese schlechten Nachrichten zu überbringen.

»Ist es wirklich so schlimm?«, fragte Laureen erschüttert und sah auf Trevors Schulter, die mit der Bandage gar nicht so schlimm verletzt aussah.

»Wie gesagt, wir sind noch nicht einmal sicher, ob der Arm erhalten bleiben kann«, antwortete die Medizinerin. »Alles Weitere lässt sich erst nach Abheilung der Verletzung sagen.« Sie sah bedauernd von Laureen zu Trevor. Er war es, dessen Schicksal hier gerade in einen Verband gepackt am seidenen Faden hing. »Selbstverständlich werden wir Ihnen in dieser schweren Zeit psychologische Unterstützung zur Seite stellen. Ich habe einen Kollegen gebeten, noch heute vorbeizukommen.«

Trevor starrte in die Luft, seine Hand glitt aus meiner, und er legte sie einfach neben sich auf die Decke.

»Wann können Sie mehr zu dem Heilungsverlauf sagen?«, fragte Laureen. »Ob der Arm erhalten bleiben kann oder …« Sie beendete den Satz nicht.

»Entscheidend sind die nächsten achtundvierzig Stunden«, erklärte die Ärztin. »Die fehlende medizinische Versorgung in den ersten Tagen hat seine Verletzung sehr kritisch gemacht. Wir haben das Beste getan, was wir konnten. Jetzt liegt es nicht mehr in unserer Hand.«

Ich wünschte, sie hätte etwas anderes sagen können, dennoch schätzte ich, was sie und ihre Kollegen in den letzten Stunden geleistet hatten.

Plötzlich stieß jemand die Tür auf und platzte einfach in den Raum. Ich sah von meinem Stuhl aus auf und blickte direkt in das Gesicht von Trevors Vater. Er stand da, schwer atmend und den Blick auf seinen Sohn gerichtet, als könnte er nicht glauben, dass er wirklich hier vor ihm lag.

»Trevor«, stieß er hervor und erstmals, seit ich ihn kannte, hatte ich das Gefühl, dass er doch ein Herz in seiner Brust hatte. Er war mir bislang immer so kühl und unbarmherzig vorgekommen, doch dieser Ausdruck jetzt in seinem Gesicht zeigte, wie viel ihm Trevor bedeutete. Als Sohn und nicht als Nachfolger seines Imperiums.

»Hugh!« Laureen löste sich vom Bett und ging zu ihrem Noch-Ehemann. Sie umarmte ihn kurz, und nichts deutete auf Eheprobleme oder ein Scheidungsverfahren hin. All das spielte jetzt keine Rolle.

»Wie geht es ihm?«, fragte Hugh Parker die Ärztin. Seine Hand lag auf Laureens Schulter, ein Zeichen, dass auch für ihn die Alltagsprobleme hier keinen Platz hatten.

»Ich habe es Ihrer Familie gerade erklärt«, sagte Dr. Kobayashi geduldig. »Er hat ...«

»Maci und ich«, unterbrach Laureen sie schnell, »holen uns etwas zu essen, während ihr das noch einmal durchgeht. Ist das in Ordnung?« Diese Frage galt wohl nicht nur mir, sondern auch Trevor.

Er nickte geistesabwesend, und ich war mir nicht sicher, ob ich nicht besser bei ihm bleiben sollte. Andererseits fühlte ich mich noch schwummerig und unterzuckert. Etwas zu essen würde mir wieder ein wenig Kraft geben.

»Komm, wir sind gleich wieder zurück«, sagte sie und nahm mich an der Hand.

Ich warf noch einen Blick zu Trevor, doch der starrte nur in die Leere.

Vor dem Krankenhauszimmer verharrte ich einen Moment lang auf der Stelle und wartete, ob mein Kreislauf überhaupt schon dazu bereit war, aufrecht zu stehen. Es tauchten keine Sternchen oder schwarzen Flecken vor meinem Gesichtsfeld auf. Und auch der Druck in meinem Kopf blieb aus.

Laureen zog hinter uns die Tür zu. »Dort vorn ist ein Snackautomat. Den plündern wir jetzt mal!« Trotz der leichten Worte klang sie ebenso mitgenommen, wie ich mich fühlte. Sie legte mir die Hand auf die Schulter und führte mich den Flur entlang. Wir sagten beide nichts, als bräuchten wir diese leeren Minuten, um das Gehörte sacken zu lassen.

Geistesabwesend sah ich ihr zu, wie sie nach und nach Münzen in den Automaten warf und einen Snack nach dem anderen ausspucken ließ. Schokoriegel, Waffeln, Chips und Jelly Beans. Ich sagte nichts, sondern ließ mir die Snacks einfach in die Hand drücken.

Schließlich setzten wir uns auf eine Wartebank im Flur.

»Nimm dir, was du willst«, sagte Laureen und öffnete die Waffeln. Kopfschüttelnd starrte sie darauf: »Ich kann das immer noch nicht fassen«, murmelte sie.

»Das muss so schrecklich für ihn sein.« Ich schluckte schwer und wünschte, ich wäre doch bei Trevor geblieben. Er sollte sich nicht allein fühlen.

Laureen sah zu mir auf, die Waffeln immer noch in der Hand. »Genau deshalb ist es wichtig, dass wir für ihn da sind. Egal, was die nächsten achtundvierzig Stunden bringen.«

Ich wusste, worauf sie anspielte. Wenn die Ärzte Trevors Arm amputieren mussten, würde er erneut in den OP müssen. Die Gedanken daran und was danach geschehen würde, bereiteten mir fürchterliche Magenschmerzen. So sehr, dass ich keinen Appetit mehr auf den Schokoriegel in meiner Hand hatte.

»Ich weiß gar nicht, ob ich hier sein soll«, sagte ich irgendwann.

Laureens fragender Blick traf mich von der Seite.

»Wir haben noch gar nicht geklärt, was das zwischen uns ist«, erklärte ich mich. Es war mir ein wenig unangenehm, dieses Gespräch mit ihr zu führen, doch sie war gerade die Einzige, mir der ich darüber reden konnte.

»Natürlich musst du bei ihm sein«, widersprach sie mir entschieden. »Du warst es, die mit mir nach ihm gesucht hat und deren Hand er gerade halten wollte.«

»Schon, aber …«

»Nein, Maci!«, fiel sie mir ins Wort, warm und bestimmt. »Ich kenne meinen Sohn, und er hat mir schon

90

vor einer Weile erzählt, wie viel du ihm bedeutest und dass er große Angst hat, es vermasselt zu haben. Was auch immer zwischen euch passiert ist, ich hoffe, deine Gefühle für ihn sind so stark wie seine für dich.« Sie machte eine kurze Pause. »Und, dass du ihm durch diese schwere Zeit helfen kannst.«

Ich nickte. Erst langsam, dann entschiedener. »Das werde ich«, versicherte ich ihr. Nicht, weil ich das Gefühl hatte, es ihm schuldig zu sein, sondern weil mein Herz es nicht anders akzeptierte. Vor nicht mal vierundzwanzig Stunden hatte ich geglaubt, ihn verloren zu haben. Wie konnte ich jetzt nur daran zweifeln, nicht an seine Seite zu gehören?

Plötzlich trat Hugh Parker aus dem Krankenzimmer und kam auf uns zu. »Laureen, siehst du bitte nach Trevor. Ich möchte noch kurz mit Maci sprechen.«

Ich krallte meine Hand fester um den noch eingepackten Schokoriegel und spürte die Schokolade darunter brechen. Ich rechnete fest damit, dass Hugh Parker mir nun die Schuld für Trevors Unfall geben würde. Dass er mich fortschickte, weil ich hier nichts zu suchen hatte. Dass er nicht aufgeben würde, bis ich endlich aus Trevors Leben verschwand. Doch dazu war ich nicht bereit. Nicht, nachdem mir mein Herz so klar gesagt hatte, was Trevor mir bedeutete.

Laureen warf mir noch einen aufmunternden Blick zu, dann ließ sie die restlichen Snacks auf ihrem Stuhl liegen und ging zu Trevor. Wahrscheinlich wusste sie nichts von Hughs Abneigung gegen mich. Vielleicht hatte sie aber auch gerade keinen Kopf dafür.

Als wir zu zweit waren, setzte sich Hugh Parker auf meine andere Seite. Er starrte auf den Boden, sagte aber nichts. Auch ich saß angespannt da, die Hand fest um den Riegel. Die Schokolade wurde unter der Folie in meiner Hand immer weicher. Ich war entschlossen, mich nicht von ihm fortschicken zu lassen. Trevor gehörte zu mir, wie ich zu ihm gehörte.

»Ich dachte, ich würde ihn nie wiedersehen«, begann Trevors Vater nach einer Weile milde. Diese Worte aus seinem Mund zu hören formte ein ganz anderes Bild von dem Mann, als den ich ihn bislang gesehen hatte. Für mich war er immer der harte Geschäftsmann gewesen, der seinen Sohn unter Druck setzte, um seine eigenen Ziele zu erreichen. Hinter der Fassade steckte aber offenbar auch ein Vater mit einem großen Herzen. »Ich weiß, dass du Laureen geholfen hast, ihn zu finden.« Erst jetzt wandte er sich mir zu, und in seinen Augen flackerte etwas wie Dankbarkeit auf. Vielleicht glaubte er mir jetzt endlich, dass ich seinen Sohn nicht ausnutzen wollte, sondern es absolut ehrlich mit ihm meinte.

Dann wandte er seinen Blick wieder von mir ab und sah auf den weißen Boden vor uns hinab. »Trevor hatte sein Leben lang große Ziele, für die er hart gekämpft hat«, setzte er fort, und seine Stimme nahm wieder einen kühleren, distanzierten Ton an. »Dieser Unfall hat seinen Weg zu einer Baseballprofikarriere zunichtegemacht. Du sollst wissen, dass ich nicht zulasse, dass du seinen Weg zu Parkins ebenfalls zerstörst.«

»Ich zerstöre seine Ziele nicht«, entgegnete ich ihm verärgert, weil ihm in diesem Moment offenbar das am wichtigsten war. Das gute Bild, das ich gerade noch von ihm bekommen hatte, zerbröckelte wieder. »Ich will nur, dass Trevor glücklich ist.«

»Und du denkst, bei Parkins ist er das nicht?« Hugh Parker richtete sich auf und sah mich herausfordernd an.

»Ich denke, Trevor sollte alleine entscheiden, was ihn glücklich macht.«

Meine Antwort schien ihm nicht zu gefallen, doch er konnte offenbar nur schwer etwas dagegen sagen. Welcher Vater würde öffentlich zugeben, dass er sein Kind nicht glücklich sehen wollte?

»Hör zu, Maci, ich bin dir wirklich dankbar dafür, dass du dich an Trevors Rettung beteiligt hast«, sagte er stattdessen. »Und weil er jetzt erst mal schnell zu Kräften kommen soll, werde ich eure Beziehung tolerieren. Fürs Erste.«

»Ich hoffe, Sie erwarten nicht, dass ich Ihnen dafür danke, Mr Parker«, entgegnete ich verstimmt. Was zwischen Trevor und mir war, brauchte keine Erlaubnis von ihm.

Er lächelte über meine Aussage, weniger amüsiert als beeindruckt, dass ich mir das nicht einfach so gefallen ließ. Er war definitiv kein Mann, der gerne Widerspruch erfuhr, aber auch keiner, der Menschen respektierte, die immer klein beigaben. »Natürlich nicht. Ich hoffe, es versteht sich von selbst, dass Trevors Unfall nicht an die Öffentlichkeit gelangen darf. Es wäre ein großer Imageschaden, wenn bekannt werden würde, was passiert ist. Das ist schließlich in seinem Sinne.«

»Natürlich«, antwortete ich nicht ganz ehrlich. Ich bezweifelte, dass er dabei an Trevor und nicht an den Ruf von

Parkins dachte. Doch das war etwas, worin ich mich nicht einmischen würde.

»Schön.« Er klopfte sich auf die Knie und stand dann auf. Das Gespräch schien für ihn beendet zu sein. Trotzdem wandte er sich noch einmal mir zu. »Sollte ich aber merken, dass du dich zwischen Trevor und Parkins stellst, wird das Konsequenzen haben.«

9.

Blair

Mit einem leisen Brummen notierte Mr Osborne etwas auf seinem Tablet, nachdem er den Wasserschaden in der Lobby begutachtet hatte. Ein herumfliegendes Teil hatte ein Loch in das Dach gerissen, wodurch Regen ins Haupthaus eingedrungen war.

Ich hatte den Sachverständigen der Versicherung vom Steg abgeholt, von wo aus wir das Boots- und Strandhaus besichtigt und anschließend die Wellnessbereiche begutachtet hatten. Die Tür des Spas war hinüber, und das Dach des Gyms war undicht, wodurch mehrere Fitnessgeräte beschädigt geworden waren. Im Haupthaus gab es in einem Doppelzimmer eine zerstörte Terrassentür und in zwei anderen zu Bruch gegangene Fensterscheiben. Außerdem war die Fassade von einem umgestürzten Baum beschädigt worden.

Mr Osborne hatte alles dokumentiert, fotografiert und erste Kosteneinschätzungen zu den Reparaturarbeiten notiert. Da er sich immer so hinstellte, dass ich keinen Blick auf seine Zahlen werfen konnte, wusste ich nicht, was mich kostenmäßig erwarten würde. Leider stand uns noch einiges zum Begutachten bevor, weshalb ich mal vorfühlen wollte. »Können Sie bereits etwas zu Ihrer Einschätzung sagen?«

Er machte nicht den Eindruck, als gäbe es einen Grund für Optimismus. »Ja, und zwar, dass Ihr Deckungsbetrag längst überschritten wurde«, antwortete er harsch und klang dabei, als hätte ich diesen Hurrikan absichtlich heraufbeschworen.

»Heißt das, wir bekommen den Deckungsbetrag?«, fragte ich, nicht sicher, ob das gut oder schlecht war. Durch die Reduzierung der Versicherungsbeiträge auf ein Minimum war auch der Deckungsbetrag lächerlich niedrig. Wir würden auf einer hohen Selbstbeteiligung sitzen bleiben.

Ich wusste immer noch nicht, wie das hatte passieren können. Da Hugh die Insel ursprünglich hatte verkaufen wollen, hatte er vielleicht die Zahlen der Fixkosten beschönigen wollen und deshalb die Versicherungsstufe geändert. Er hätte mich bei unserem Übergabegespräch ruhig darauf hinweisen können.

»Laut meinen Daten haben Sie die Versicherungsprämie um fünf Tage zu spät einbezahlt.« Mr Osborne schüttelte vorwurfsvoll den Kopf.

Auch das noch!

»Das waren die Vorbesitzer der Insel«, erklärte ich und versuchte, dabei ruhig zu bleiben. Leider war ich auf seine Einschätzung angewiesen, weshalb ich freundlich bleiben musste.»Ich habe Lovett Island erst kürzlich übernommen und wusste nicht, dass die Vorbesitzer kurz vor der Übergabe die Versicherungsstufe reduziert haben.«

»Darum hätten Sie sich kümmern müssen, bevor Sie den Vertrag unterschrieben haben«, entgegnete Mr Osborne kühl, womit er leider recht hatte.»Aber Sie haben doch bestimmt Rücklagen, um die Reparaturkosten für Sturmschäden zu decken, oder? In einem Gebiet wie der Karibik ist ein Hurrikan schließlich nichts Ungewöhnliches.« Er blickte mich an, als wüsste er, dass ich diese Rücklagen nicht hatte.

»Selbstverständlich«, log ich und lächelte über meinen inneren Ärger hinweg.

»Selbstverständlich.« Mr Osbornes Lächeln war genauso falsch.

»Sie werden dennoch verstehen, dass wir jeden Dollar haben wollen, der uns rechtmäßig zusteht«, fügte ich schnell hinzu.

»Sie werden die Summe erhalten, die Ihnen zusteht«, entgegnete Mr Osborne unbeeindruckt.»Machen Sie sich dennoch auf eine Schadensumme gefasst, die um ein Vielfaches höher ist.«

Ich glaubte, einen Funken Schadenfreude aus seiner Stimme herauszuhören. Am liebsten hätte ich ihm mit dem Tablet eins übergebraten. Doch das war vermutlich keine gute Idee, wenn ich mir erhoffte, dass er eine kulante Lösung fand, um das Problem zu lösen. Außerdem würde ein neues Tablet auch noch was kosten …

»Selbstverständlich wollen wir die Versicherungsstufe

umgehend anpassen lassen«, betonte ich daher, um zu zeigen, dass wir treue Kunden bei dieser Versicherung bleiben wollten. Mit etwas Glück würde das seinem Entgegenkommen ein wenig auf die Sprünge helfen.

»Das freut mich natürlich zu hören«, sagte Mr Osborne, und für einen kurzen Augenblick hatte ich die Hoffnung, er würde sich tatsächlich darauf besinnen, etwas Kulanz walten zu lassen. »Dann hoffe ich, Sie haben entsprechende Versicherungsbeiträge in Ihrem Budget einkalkuliert. Diese werden Ihre momentanen Beiträge stark übersteigen.«

Meine Hoffnung platzte wie eine Seifenblase. »Selbstverständlich«, presste ich zwischen zusammengebissenen Zähnen hervor. Ich hatte weder ein Budget noch eine Kalkulation noch eine Ahnung, welche Beitragshöhe mich erwarten würde. Das musste dieser Versicherungsfuzzi aber nicht wissen.

Der Sachverständige deutete auf die beiden Glasstege, die von hier aus in die Nebentrakte führten. »Wo geht es da hin?«, wollte er wissen, nachdem wir mit der Besichtigung des Haupthauses fertig waren.

»Hier geht es in den Mitarbeiter- und dort in den Familientrakt«, erklärte ich frustriert. Vermutlich hatte es ohnehin keinen Sinn mehr, weitere Schäden zu dokumentieren. Wir würden keinen Penny mehr ausbezahlt bekommen.

»Dann sehen wir uns die mal an.« Mr Osborne steuerte bereits auf den Steg zu, der zum Mitarbeitertrakt führte.

»Das ist nicht nötig. Dort gibt es keine Schäden«, entgegnete ich.

Osborne hielt inne und sah mich mit diesem arroganten Gesichtsausdruck an, für den ich sein Tablet vielleicht doch noch opfern würde. Ich konnte schließlich den Kosten-Nutzen-Faktor noch mal in Erwägung ziehen. »Und wer sagt das?«

»Ich sage das.«

»Meines Wissens sind Sie aber keine Sachverständige, die das abschätzen kann«, erwiderte er so herablassend, dass es langsam meine Geduld überstieg.

»Ich habe einen kompetenten Mitarbeiter, der die Gebäude begutachtet hat«, sagte ich in Anspielung auf Pedro. »Die beiden Nebentrakte sind unbeschädigt, auch wenn Ihnen das offenbar keine Genugtuung ist.«

»Ms Wilkins, das hat nichts mit Genugtuung zu tun.« Mr Osborne lachte spöttisch über meine Aussage. »Es ist mir völlig gleich, ob Sie am Ende einen Dollar oder zehn Millionen als Entschädigung bekommen.«

Das bezweifelte ich sehr.

»Ich sehe es als meine Pflicht, mein geschultes Auge darauf zu werfen. Alleine schon, um die Sicherheit Ihrer Mitarbeiter zu gewährleisten.« Er drehte sich um und wollte den Steg zum Nebentrakt entlanglaufen.

»Mr Osborne, das ist immer noch *meine* Insel, und Sie müssen hier gar nichts gewährleisten«, rief ich ihm entschlossen nach. Wenn er glaubte, er könnte hier in den Privaträumen des Staffs und in den Büros herumschnüffeln, obwohl es nicht notwendig war, hatte er sich geschnitten.

Irritiert über meine Zurechtweisung blieb er stehen und wandte sich langsam mir zu.

»Das kann ich nicht zulassen«, sagte er dann. »Ich befürchte sonst, dass es bestehende Schäden gibt, die Sie beim nächsten Unwetter geltend machen wollen, nachdem Sie Ihre Versicherungsstufe angepasst haben.«

»Sie können die Nebentrakte von außen begutachten und sich davon überzeugen, dass dem nicht so ist«, entgegnete ich ihm entschlossen.

Mr Osborne verharrte noch mehrere Sekunden am Steg, ehe er einsah, dass ich ihn nicht so gewähren ließ, wie er wollte. Widerwillig kam er zurück. »Das ist eine wirklich schöne Insel, Ms Wilkins«, sagte er, als er an mir vorbeiging. »Es werden sich bestimmt einige Interessenten finden, sobald Ihnen die Kosten über den Kopf gestiegen sind.«

Mit hängenden Schultern kam ich zurück in das Strandhaus, dessen Dach strandseitig zu einem Teil abgetragen war. Die Bar war leer geräumt, die Hocker waren hinter der Theke verstaut, und neben den weiteren Sitzmöglichkeiten türmten sich hier die Strandliegen, Sonnenschirme und Tische der Terrasse. Alles war von einer dicken Sandschicht überzogen, sodass es unter meinen Schuhen bei jedem Schritt knirschte.

Ich trat auf der anderen Seite des Hauses auf die Terrasse hinaus und blieb stehen. Auch wenn Hurrikan Elsa die Karibik verschont hatte, war der Sturm stark genug gewesen, um den Sand des Hauptstrands völlig zu verwehen. Jetzt erinnerten nur noch Reste sowie ein unebener, steiniger Boden bis hin zum Meer an das ehemalige Herzstück Lovett Islands.

Für einen Moment schloss ich die Augen. Mr Osbornes Besuch hatte mich noch mehr Nerven gekostet, als ich ohnehin befürchtet hatte. Zum Glück saß er nun auf einem Boot zurück nach Saint Croix. Noch länger hätte ich seine überhebliche Art nicht ertragen. Ich wusste nicht genau, woran es gelegen hatte, dass er mir gegenüber so herablassend gewesen war. Hatte er mich aufgrund meines Alters nicht ernst genommen? In mir nur ein verwöhntes, reiches Töchterchen gesehen, das von der Welt keine Ahnung hatte?

Ich fühlte mich wie in einer Achterbahn, die nur abwärtsfuhr und immer schneller und schneller wurde. Ohne eine Chance, aussteigen zu können. Wie lange war es her, als mein Leben noch in Ordnung gewesen war? Vier Wochen? Fünf? Bevor die Sache mit meinem Vater herausgekommen war und Hugh es zum Anlass genommen hatte, um ihn und mich um jeden Preis aus Parkins hinauszudrängen? Oder lag nicht schon viel länger alles in Scherben?

»Was hat er gesagt?« Ezras Stimme holte mich zurück aus meinen Gedanken. Als ich die Augen öffnete, stand er vor mir. Einen mitfühlenden Ausdruck im Gesicht, als ahnte er bereits, dass die nächste Hiobsbotschaft wartete. Er hatte mir angeboten, mich zu dem Termin mit Mr Osborne zu begleiten, doch ich hatte das alleine machen wollen. Ich war nun auf mich gestellt und musste lernen, selbstständig meine Angelegenheiten zu klären.

»Die Versicherung übernimmt nur einen Bruchteil«, erklärte ich mit einem schweren Druck in der Brust. Die

Summe, die er mir nach Freigabe der Zentrale in Aussicht gestellt hatte, war genau jene Deckungssumme, die im Vertrag stand. Keinen Penny mehr. Die zu erwartenden Kosten überstiegen die Entschädigung um ein Vielfaches. Weit mehr, als mir zur Verfügung stand.

Frustriert rieb ich mir über das Gesicht, als ich seine Hand an meiner Schulter spürte.

»Mein Angebot steht immer noch«, sagte er sanft.

»Ich weiß!«, antwortete ich ein bisschen zu harsch, schüttelte seine Hand ab und lief den nun steinigen Strand entlang. Ich konnte das nicht – weder seine Hilfe noch seine Berührungen annehmen. Auch wenn es sich gut anfühlte, dass er da war und mir zuhörte, jetzt war kein Platz für diese Emotionen. Ich musste einen klaren Kopf bewahren und eine Lösung für meine Probleme finden.

»Es ist meine Schuld. Ich hätte nach der Übernahme die Versicherungen überprüfen müssen.«

»Das war einfach eine völlig neue Situation für dich«, hörte ich Ezra hinter mir sagen. »Da war so vieles, mit dem du dich hast auseinandersetzen müssen. Da darf man schon mal den Überblick verlieren. Erst recht, nachdem Peyton ausgefallen ist und du mehr oder weniger ins kalte Wasser gestoßen wurdest.«

Das entschuldigte nur leider nicht, dass ich einen Fehler gemacht hatte. Es war meine Verantwortung gewesen.

Ich drehte mich um und sah Ezra an, der einige Schritte von mit entfernt stehen geblieben war. Für einen Moment war es still. Nur der Wind spielte mit den Strähnen, die aus meinem Dutt herausgefallen waren. Eine größere Welle schob sich den Strand hoch, und das Wasser leckte an meinen Füßen.

Aus Ezras Augen traf mich ein ernster Blick, und automatisch versteifte ich mich. Ich war es nur zu sehr gewohnt, dass in solchen Situationen Vorwürfe kamen. Mein Vater hatte es mir all die Jahre eingetrichtert, aber auch Hugh und nun Mr Osborne: dass ich zu jung, zu unerfahren, zu naiv, zu dumm war. Ich musste mir in Erinnerung rufen, dass Ezra niemals so etwas sagen würde. Selbst wenn ich ihn geärgert und ihm gemeine Sprüche an den Kopf geworfen hatte, war er immer für mich da gewesen.

Ich atmete aus und zwang mich, mich zu entspannen, bevor ich wieder zu Ezra zurückkehrte. »Derzeit läuft einfach so vieles schief. Die Sache mit meinem Dad und mit Parkins, der Streit mit Trevor und sein Verschwinden und jetzt die Angst, alles zu verlieren, weil mir das Geld fehlt, um diese Insel wieder aufzubauen ...« Ich seufzte und trat den letzten Schritt auf Ezra zu, um meine Stirn an seine Schulter zu legen.

Er fing mich mit einer Umarmung auf, als hätte er nur darauf gewartet, die Erlaubnis dazu zu bekommen. Seine starken Arme schlangen sich um meinen Körper, gaben mir in diesem Moment Schutz und Geborgenheit. Und wenn es nur für eine Minute war, so war das mehr, als ich in manchen Tagen zusammen erlebt hatte.

»Ich weiß nicht, wie ich das schaffen soll ...« Meine Worte verloren sich in dem Stoff seines Shirts, in den ich mein Gesicht drückte. Ezras Geruch stieg mir in die Nase. Eine Mischung aus Nadelholz und einer honigartigen Tabaknote. Ein süß-warmes Aroma, das ich tief in mich einsaugen wollte.

»Du darfst das Positive nicht aus den Augen verlieren«, sagte Ezra und drückte mich noch ein Stück fester an sich.

»Was wäre das?«, nuschelte ich in sein Shirt.

»Dass Trevor gefunden wurde. Dass es die Insel hätte schlimmer treffen können. Dass ich für dich da bin.«

Seine Worte gingen mir tief unter die Haut, und ich hob den Kopf, um in seine Augen zu sehen. »Ich kann das alles noch gar nicht fassen«, gestand ich. Es war so surreal. Dass Trevor nach diesem Unfall überhaupt gefunden wurde. Die Verwüstung des Sturms, die sich leider nicht so harmlos anfühlte, wie sie vielleicht war. Und Ezra. Einfach nur Ezra.

»Wem sagst du das?«, wisperte Ezra und strich langsam eine Haarsträhne hinter mein Ohr. Seine Fingerspitzen hinterließen ein elektrisierendes Gefühl auf meiner Haut, das mich nach mehr verlangen ließ.

Ich schob meine Hände über seine Brust zu seinem Hals hoch und streckte mich seinem Mund entgegen. Sein warmer Atem strich über meine Lippen, und ich glaubte schon, seinen Kuss darauf zu spüren, als mein Telefon zu läuten begann.

»Lass es läuten«, flüsterte Ezra, als wir beide in der Bewegung erstarrt waren.

Ich schloss die Augen und hoffte für einen Moment, dieser nervige Ton würde von selbst aufhören. Irgendwann würde er das auch, aber vielleicht war es wichtig. »Ich muss nachsehen, wer es ist«, sagte ich, ohne meine Verbitterung über die Störung zu verbergen, und löste meine Hände von seinem Nacken. Ich hasste den Anrufer schon jetzt.

Auf dem Display meines Telefons wurde mir eine unbekannte Nummer angezeigt. Vielleicht ein Anruf aus dem Krankenhaus? Oder von der Versicherung?

Ich trat einen Schritt von Ezra weg und nahm das Telefonat entgegen. »Hallo?«

»Hallo, Blair.«

Der Schauder, der meinen Körper durchlief, ließ mich die Luft anhalten. Es war, als hätte jemand den Reset-Knopf in meinem Kopf gedrückt, und ich müsste erst wieder hochfahren. Es waren nur wenige Sekunden, ehe ich wieder meine Fassung hatte. Dazwischen eine Pause, die Ezra fragend die Stirn runzeln ließ.

»Wie läuft es auf Lovett Island?« Der Ton in der Stimme meines Vaters ließ anklingen, dass er ahnte, wie es hier gerade aussah. Er hatte die Insel schon mehrmals nach einem Sturm gesehen. Vermutlich auch in viel schlimmeren Zuständen, weshalb er sich ausmalen konnte, wie die aktuelle Lage war.

Ich schluckte den Kloß in meinem Hals hinunter. Auf keinen Fall wollte ich, dass er merkte, wie sehr mich sein Anruf aus der Balance brachte. Gerade jetzt. Vor Ezra und in einem Moment wie diesem, wo ich ohnehin genug Sorgen und Probleme hatte.

»Hallo?«

Erst als er nachfragte, bemerkte ich, dass ich keinen Ton mehr hervorgebracht hatte. Ich räusperte mich schnell.

»Es war etwas stürmisch in den letzten Tagen«, antwortete ich dann.

»Etwas stürmisch?«, wiederholte er lachend.

Ezra schien das gehört und erkannt zu haben, wer der Anrufer war. Seine Miene verfinsterte sich schlagartig.

»So stürmisch, dass kaum ein Sandkorn auf dem Strand liegen geblieben ist?«

Ich wandte mich automatisch um, als würde ich damit rechnen, dass er hinter mit stand. Doch mein Vater war weder im Strandhaus noch auf der Terrasse oder am Strand davor. Woher, zum Teufel, wusste er dann davon? Hatte ihm ein Mitarbeiter davon erzählt? Oder konnte er nur eins und eins zusammenzählen?

»Mich würde interessieren, auf welche Summe sich der Schaden beläuft.« Er sagte es so süffisant, als freute er sich über jeden einzelnen Dollar, den ich zahlen musste.

»Nur geht dich das jetzt gar nichts mehr an«, zischte ich ins Telefon. Wie konnte er nur so abscheulich sein und sich über meinen Rückschlag erfreuen?

»Du musst es mir ja nicht sagen«, meinte er nur unbeeindruckt von meiner Reaktion. »Ich schätze, er beläuft sich auf eine mittlere einstellige Millionenhöhe.«

Erschrocken sah ich auf. »Lass mich raten, du hast Freunde in der Versicherungsbranche?«, knurrte ich, weil außer Mr Osborne niemand bislang so genaue Zahlen kannte.

Mein Vater lachte gehässig. »Ich habe überall Freunde.« In seiner Stimme konnte ich sein triumphierendes Grinsen regelrecht hören. »Peter Osborne zum Beispiel hat mich gut beraten, als ich ihm erzählt habe, mit welchen Tricks Hugh und du zusammenarbeiten.«

»Hugh und ich?«, platzte es voller Entsetzen aus mir heraus. »Denkst du ernsthaft, wir würden unter einer Decke stecken?«

Das war mit Abstand das Letzte, was ich mir unterstellen lassen wollte.

»Keine Sorge, Blair«, unterbrach mich mein Vater. »So clever bist du auch wieder nicht. Sonst hättest du schließlich bemerkt, dass ich einen Tag nach deinem hinterhältigen Vorhaben bei Gericht die Versicherung habe anpassen lassen.«

»Du?«, entwich es mir atemlos.

»Ja, ich. Dachtest du etwa, ich würde Lovett Island einfach so hergeben?«

»Was ist los?«, formte Ezra stimmlos mit seinen Lippen.

Ich starrte ihn einfach nur an. Regungslos. Ratlos.

»Kommen wir zum Geschäftlichen.« Der bislang amüsierte Tonfall meines Vaters schlug in bitteren Ernst um. »Ich machte dir ein Angebot für die Insel.«

»Du willst was?«

Meine Stimme schoss in die Höhe. Langsam setzten sich die Teile dieses Puzzles vor meinem Auge zusammen. Mit dem Geld, das mein Vater Hugh für das Foto von Trevor und Maci abgeknöpft hatte, wollte er nun Lovett Island zurückkaufen. Mit den bestehenden Schäden und meinem finanziellen Druck bestimmt zu einem unattraktiven Preis.

»Das hier ist eine Nummer zu groß für dich, Blair«, setzte

er fort. »Da ich deine finanziellen Mitteln kenne und dank Peter auch die anstehenden Kosten, die auf dich zukommen, ist es meine Pflicht als fürsorglicher Vater, dich von diesem Problem zu erlösen.«

»Fürsorglicher Vater?«, wiederholte ich spöttisch.

»Als ob du es in den letzten einundzwanzig Jahren so schlecht gehabt hättest«, zischte er durchs Telefon, und seine Gehässigkeit schlug in Ärger um. Meine Reaktion hatte ihn wohl härter getroffen, als ich vermutet hätte.

»Ja, weil ich dich zum Glück nur selten sehen musste.«

»Du bist ein undankbares Miststück, weißt du das?«, fuhr er mich an. »Das hier ist meine Insel, die ich zu dem gemacht habe, was sie heute ist. Du besitzt nicht die Größe, um sie zu führen.«

»Du wirst schon noch sehen, welche Größe ich besitze«, entgegnete ich und war von meiner eigenen Ruhe in den Worten beeindruckt. Denn selbst wenn ich Angst vor der Zukunft hatte, so würde ich mir vor ihm keine Blöße geben. »Ich lehne dein Angebot ab.«

»Du kennst noch nicht einmal die Höhe.«

»Und ich lehne es dennoch ab.«

Einen kurzen Moment war es still in der Leitung, und ich rechnete sogar damit, dass er einfach auflegte, doch das tat er nicht. »Du machst einen Fehler, Blair.« Seine Stimme war so eisig, dass mir eine Gänsehaut über den Rücken lief.

»Vielleicht«, entgegnete ich, »vielleicht mache ich aber auch erstmals in meinem Leben etwas richtig.«

»Das ist noch nicht vorbei. Versprochen.«

Dann war es still in der Leitung. Mein Vater hatte aufgelegt.

Ich nahm das Telefon vom Ohr und sah auf das leuchtende Display. Ich hoffte so sehr, keinen Fehler gemacht zu haben.

Als ich zu Ezra aufsah, nickte er mir bestärkend zu.

10.

Violet

Tia Luara, wie alle in der Familie sie nannten, schnitt mir ein großzügiges Stück des *Bolo de rolo* ab. Der Kuchen war ein mit Marmelade bestrichener aufgerollter Biskuit. »Obrigada.« Dankend nahm ich den Teller an. Obwohl ich von der *Feijoada*, einem Eintopf aus Bohnen und Fleisch, den Tia Luara mit Reis und Orangenscheiben serviert hatte, schon pappsatt war, wollte ich mir die Nachspeise nicht entgehen lassen. Sie sah einfach zu lecker aus.

Bruno hatte mir erklärt, dass seine Tante eine passionierte Köchin war und es liebte, ihre Familie und Gäste kulinarisch zu verwöhnen. Ihre Einladung nach unserem Ausflug nach Buenos Aires war überraschend gekommen, doch ich war dankbar, meine Reise mit einem Teil der Familie meiner Mutter abschließen zu können. Brent blieb die ganze Zeit geduldig an meiner Seite, auch wenn er an diesem Tag ein wenig in den Hintergrund gerückt war.

»Der Bolo de rolo ist typisch für Pernambuco«, erklärte

Bruno und ließ sich von Tia Luara ebenfalls ein Kuchenstück auf den Teller legen.

Bruno war der Einzige am Tisch, der so gut Englisch sprach, um sich mit ihm unterhalten zu können. Neben ihm und Tia Luara saßen noch ihr Mann, ein weiterer Onkel, zwei Cousinen und drei Kinder in dem kleinen Esszimmer. Sie alle hatten meine Mutter gekannt und waren neugierig auf die Tochter, von der Gabriela nie erzählt hatte. Ich hätte zu gern gewusst, warum meine Mutter es verschwiegen hatte, doch ich wollte mir nicht vorstellen, wie schwer es für sie gewesen sein musste, Amerika ohne mich zu verlassen.

Während wir aßen, bekam ich viele Fragen über meine Mutter beantwortet. Jeder am Tisch sprach sehr liebevoll über sie. Meine Mutter soll eine sehr freundliche, wenn auch manchmal in sich gekehrte Frau gewesen sein. Sie war sehr hilfsbereit und empathisch gewesen und hatte immer ein offenes Ohr für ihre Mitmenschen gehabt.

»Ich glaube, du hast viel von ihr geerbt«, flüsterte Brent und hauchte mir einen Kuss hinters Ohr. Für ihn war es vermutlich weniger spannend, mit diesen fremden Menschen zusammenzusitzen. Dennoch hörte er genau zu und streichelte mir zwischendurch über den Rücken, als wollte er mir zeigen, dass ich jeden Moment mit meiner Familie auskosten sollte.

Als wir mit dem Nachtisch fertig waren und Tia Luara und die anderen beiden Frauen aufstanden, um abzuräumen, erhob ich mich ebenfalls. Ich stellte die benutzten Teller aufeinander und ging mit ihnen in die Küche.

Cousine Ana, die noch mal die Kaffeemaschine befüllte, sah mich lächelnd an, als ich das Geschirr in die Spüle legte. »Café?«, fragte sie und stellte eine kleine Tasse unter den Auslauf.

»Não obrigada«, lehnte ich dankend ab, blieb aber bei ihnen in der Küche, auch wenn gar nicht so viele helfende Hände für den Abwasch nötig waren.

Anas Schwester Beatriz stellte gerade die benutzten Teller in die Spülmaschine und plapperte dabei etwas auf Portugiesisch. Sie sah dabei auch zu mir herüber, als würde ich ihre Sprache sprechen. Leider konnte ich nur mit den Schultern zucken.

»Danke, dass ich heute bei euch sein darf«, sagte ich ihnen auf Englisch, langsam und deutlich, in der Hoffnung, sie würden ihrerseits verstehen, was ich ihnen verdeutlichen wollte. »Ich finde es sehr schön, einen Teil meiner brasilianischen *família* kennenzulernen.« Und ja, es stimmte so sehr. Ich war richtig stolz auf den Teil *meiner* brasilianischen Familie.

Tia Luara, die gerade das übrig gebliebene Essen in Frischhaltedosen gab, hielt inne und sah liebevoll zu mir herüber, als hätte sie jedes Wort von mir verstanden. Sie ließ die Sachen einfach stehen und kam zu mir herüber.

Ihre nächsten Worte waren nicht mehr als ein Flüstern. Ich hörte nur den Namen Gabriela, doch als Tia Luara mir die Hände auf die Schultern legte und mich mit feucht schimmernden Augen ansah, wusste ich, dass sie etwas Liebevolles über meine Mutter gesagt hatte. Über mich.

Es brauchte keine Worte, um mich bei ihnen willkommen zu fühlen. Es lag eine so wunderbare Atmosphäre in der Luft, dass ich wusste, ich gehörte nun zu ihnen.

Meine Großtante nahm meine Hand. »Você«, sprach sie ganz deutlich, »você é como Gabriela.«

Ich bin wie Gabriela.

Diese Worte waren so klar, so deutlich. Und sie gingen mir bis tief ins Herz, wo sie einen Teil der Leere, die meine Mutter hinterlassen hatte, warm ausfüllten.

»Venha comigo!« Tia Luara nahm mich bei der Hand und zog mich aus der Küche.

Ich folgte ihr durch den Flur in ein kleines Schlafzimmer, auf dessen Kommode frische Blumen und eine Marienstatue standen. Darum herum waren mehrere gerahmte Fotos aufgestellt, von denen viele schon alt aussahen.

Tia Luara nahm einen Bilderrahmen zur Hand, in dem ein leicht vergilbtes Foto steckte. Darauf waren zwei Mädchen abgebildet, die in die Kamera lachten. Sie waren im jungen Teenageralter, hübsch angezogen und strahlten wie die Sonne über ihnen, die das Bild etwas überbelichtete. Tia tippte auf das eine Mädchen, dann auf ihre Brust.

»Eu«, sagte sie und meinte damit wohl, dass sie das war. »E minha irmã Mayara.« Sie zeigte auf das zweite Mädchen, dann auf mich. »Mayara é sua avó. *Großmutter.*« Es klang, als hätte sie dieses Wort nur dafür gelernt, um es mir zu sagen.

Ich wandte mich dem Bild zu, spürte eine vertraute Wärme in mir, als ich die Gesichtszüge des Mädchens betrachtete. Sie war hübsch, voller Fröhlichkeit und Energie. Dann sah ich wieder zu Tia Luara. »Das ist meine Großmutter?«, fragte ich überwältigt, und sie nickte, als hätte sie mich verstanden. »Sie hieß Mayara?«

»Mayara«, bestätigte Tia und sprach den Namen so zärtlich aus, dass ich wusste, die beiden Schwestern hatte mehr verbunden als ein Streit, der sie in den letzten Jahren vor Mayaras Tod entzweit hatte. So, wie Bruno es im Auto erwähnt hatte.

Als ich das Bild behutsam an seinen Platz zurückstellte, holte meine Großtante ein anderes Bild hervor, auf dem eine Gruppe von Menschen abgebildet war. Ein warmes Lächeln legte sich über ihre Lippen, als sie es ansah und dann auf eine junge Frau tippte, die am Rand stand und statt in die Kamera verträumt in die Ferne blickte. Eine Sehnsucht in den dunklen Augen, der Wunsch nach Freiheit, nach großen Träumen.

Tia musste nicht sagen, wer sie war. Ich spürte es auch so in meiner Brust. Sie war so wunderschön gewesen. Auf dem Foto war sie noch jünger als auf dem Bild in der Zeitung, doch ich mochte beide gleich gerne.

»Darf ich ein Foto davon machen?«, fragte ich auf Englisch und nahm mein Telefon aus der Hosentasche.

Tia Luara nickte lächelnd.

Ich wollte sie nicht fragen, ob sie mir das Bild mitgab, weil es auch für sie von großer Bedeutung war, sonst stünde es wohl nicht an diesem wunderbaren Platz.

Ich machte erst ein Foto des ganzen Fotos, dann eine Nahaufnahme von meiner Mutter. Meine Finger zitterten dabei, weil es sich so wunderbar anfühlte, endlich einen Teil von ihr mit mir tragen zu dürfen. Jetzt konnte ich sie ansehen, wann immer ich wollte. Nachdem ich auch noch meine Großmutter Mayara fotografiert hatte, steckte ich das Handy wieder weg.

Tia Luara öffnete nun eine Schublade der Kommode und holte etwas aus einer mit rotem Stoff bezogenen Schatulle hervor. Es war in raschelndes Papier eingewickelt, das sie vorsichtig entfernte, ehe sie mir etwas in die Hand legte.

Ich erkannte erst jetzt den kleinen Anhänger aus grünem Stein, der zu einer Faust geschliffen war. Ich fühlte den kalten Stein und spürte sofort, dass er für Tia Luara eine besondere Bedeutung hatte.

»A figa«, erklärte sie und formte mit ihrer eigenen Hand diese Faust, bei der der Daumen zwischen Zeige- und Mittelfinger steckte. Sie bedeutete mir, das Gleiche zu tun. »Glück«, fügte sie mit leicht harter Aussprache hinzu.

Ich sah zu Tia, dann erneut auf meine geformte Figa und den Glücksstein in meiner anderen Hand. »A figa«, flüsterte ich ehrfürchtig.

Plötzlich klappte Tia Luara meine Hand zu, sodass meine Finger den Stein umschlossen. Sie sagte etwas, und ich ahnte, was sie mir erklären wollte. Trotzdem fragte ich vorsichtig nach: »Ich darf den Stein behalten?«

Sie nickte, als hätte sie mich verstanden. Erneut zeigte sie auf meine Faust und sagte: »A figa de Mayara.« Dann holte sie eine Halskette unter ihrer Bluse hervor, an der genau der gleiche Anhänger hing. Ihre Stimme war belegt, als sie hinzufügte: »E minha.« Sie schluckte, und wieder glänzten ihre Augen feucht.

»Das ist ein wunderschönes Geschenk. Ich danke dir«,

flüsterte ich und spürte, wie mir Tränen hochkamen. Das war nicht nur ein einfacher Anhänger, sondern ein Glückssymbol, das meine Großmutter und meine Großtante miteinander verbunden hatte. Nun würde ich ihn bei mir tragen und mich meiner Familie ein Stück weit näher fühlen. Tia schloss mich in eine feste Umarmung. Es fühlte sich fast so an, als wäre sie *meine* Großmutter. Zumindest hatte ich es mir immer so vorgestellt, in den Armen einer Großmutter zu liegen. Dieser Tag bei Tia Luara hatte mich mit so viel Liebe gefüllt, dass es sich anfühlte, als hätte man ein weiteres großes Puzzlestück in mich hineingesetzt. Eines, das in den letzten Jahren zu sehr gefehlt hatte.

Es war unser letzter Abend in Brasilien, ehe wir morgen früh zurück nach Lovett Island flogen. Ich hatte noch einmal zum Praia da Boa Viagem zurückkehren wollen, jenem Strand in Recife, an dem wir Bruno das erste Mal getroffen hatten. Die Sonne neigte sich landseitig dem Horizont zu und blitzte zwischen den Hochhäusern immer wieder hervor, während Brent und ich Hand in Hand die Küste entlangspazierten.

Es war viel los an diesem späten Sonntagnachmittag. Die Menschen ließen ihr Wochenende mit den letzten Sonnenstrahlen und begleitet vom Meeresrauschen ausklingen. Obwohl alle paar Meter ein Schild stand, das vor Haiangriffen warnte, badeten hier Kinder wie Erwachsene. Bruno hatte beim Mittagessen erzählt, dass seit dem Bau eines Tiefwasserhafens nahe Recife die Jagdreviere und der Lebensraum vieler Haiarten gestört waren und sie vermehrt an die stark besuchten Strände bei Recife kämen. In den letzten dreißig

Jahren hatte es hier über sechzig Haiangriffe gegeben. Viele davon endeten tödlich.

»Wie war es für dich, nach Brasilien gekommen zu sein?«, fragte Brent, der in seiner freien Hand meine Sandalen trug, damit ich barfuß durch den warmen Sand laufen konnte.

»Es war definitiv die richtige Entscheidung.« Ich strich mir die Haare über den Kopf nach hinten. »Auch wenn ich jetzt weiß, dass meine Mutter tot ist, muss ich nicht mehr all diese Fragen mit mir tragen.« Ich blickte auf das Lederband um meinen Hals, an dem der Figa-Anhänger baumelte, der mir nun so viel positive Energie schenkte.

»Es war sehr schön zu sehen, dass du jetzt ein Teil dieser Familie bist.« Er hauchte mir einen Kuss auf den Kopf, und ich drückte mich noch fester an seine nach Erdbeer-Surferwachs riechende Brust.

»Ich bin so froh, dass du mit mir gekommen bist.«

Brent schob mich sanft von sich, damit er mir ins Gesicht sehen konnte. »Ich will immer an deiner Seite sein, Violet«, flüsterte er.

Ich streckte mich, um seine Worte mit einem Kuss zu besiegeln. Was er sagte, war genau das, was ich in mir fühlte. Ein unbändiges Verlangen nach seiner Nähe.

Als wir uns wieder lösten, öffnete ich nur langsam meine Augen und sah direkt in seine. Es war, als wären wir auf diesem riesigen Strand ganz alleine. Nur wir, der Sonnenuntergang und unsere Gefühle füreinander.

»Ich will nicht nur eine Freundin für dich sein«, wisperte ich, weil mein Herz nach so viel mehr verlangte. »Ich will so viel mehr sein als ein *friend with benefits*.«

Brent lächelte mich mit einem Leuchten in den Augen an. »Es fühlte sich schon immer nach so viel mehr an«, sagte er und schob seine freie Hand wieder in meine. Seine Worte hüllten mich warm ein. Sie zeigten mir, dass sich all die Mühe, das Warten und die Tränen gelohnt hatten. Brent und ich gehörten zusammen. Wir hatten unsere Vergangenheiten voreinander offengelegt und waren nun stark genug, um alles zu meistern. Nichts könnte uns mehr trennen. Keine Schicksalsschläge, keine Vergangenheit – Brent und ich gehörten zusammen. Ich führte seine Hand an meinen Mund und hauchte einen Kuss auf seinen Handrücken. Mein Blick fiel auf die rote Linie, die sein Gelenk umkreiste. Der *rote Faden des Schicksals*. Brents Verbindung zu Ally.

Ich wollte niemals das Band der beiden durchtrennen, das würde ich auch nie schaffen, dafür sorgte schon ein kleines Mädchen, das viel näher bei ihm sein sollte. Ich hatte vor, es in Ehren zu halten, wie Ally und Bonnie es verdient hatten. Dennoch bedeutete Brents Vergangenheit mit Ally nicht, dass er nicht einen neuen Menschen fürs Leben finden konnte. Einen, der auch für ihn bestimmt war. Für einen neuen Lebensabschnitt.

»Ich möchte auch ein Tattoo«, sagte ich und sah zu Brent auf. »Eins mit dir. Ein Zeichen, das auch uns verbindet.«

»Bist du sicher?«, fragte er, auch wenn der warme Ton in seiner Stimme verriet, wie sehr ihn meine Idee berührte.

Ich nickte entschlossen, worauf er mich glücklich anlächelte. »Brent, ich liebe dich«, flüsterte ich und küsste ihn.

11.

Maci

Ich öffnete mit einem Becher Kaffee und einigen Tageszeitungen in der Hand die Tür zu Trevors Krankenhauszimmer. Vorsichtig lugte ich hinein, um mich zu vergewissern, dass die Visite bereits vorbei war.

Dr. Kobayashi und zwei Assistenzärzte hatten mich zuvor gebeten, für die tägliche Untersuchung hinauszugehen. Ich hatte die Zeit genutzt, um Trevors Bitte nach den Zeitungen und einem doppelten Espresso nachzukommen.

Es war nun achtundvierzig Stunden her, seit er die OP überstanden hatte. Achtundvierzig Stunden, in denen ich die meiste Zeit an seiner Seite geblieben und nur hinausgegangen war, wenn mich die Ärzte rausgeschickt hatten. Doch wir hatten nicht viel miteinander gesprochen. Es war, als wollte er das Thema totschweigen, bis wir Gewissheit hatten, wie die Verletzung an seinem Arm verheilen würde. Wir hatten einfach nur nebeneinander in seinem Bett gelegen und Serien geguckt.

Trevor saß auf der Bettkante und tippte mit der linken Hand in sein Handy. Auf seinen Lippen lag ein Lächeln, und in seinen Augen funkelte Erleichterung.

»Gute Neuigkeiten?«, fragte ich, und mein Herz machte bei seinem Anblick einen kleinen Hüpfer.

Er grinste mich kurz an, dann tippte er noch schnell fertig. »Sehr gute Neuigkeiten«, antwortete er und warf das Telefon auf sein Kopfkissen. »Mit links dauert das Nachrichtenschreiben immer ewig.«

Ich stellte seinen Kaffeebecher auf die Ablage neben seinem Bett und legte die Zeitungen daneben. »Benutz doch die Spracheingabe«, sagte ich grinsend und dachte an Laureen, die auf diese Weise ihre Mails diktierte, während sie alle Hände voll zu tun hatte.

Trevor schnaubte. »Dieses blöde Voice-to-Text-Dings will absichtlich nicht erkennen, was ich sage!«

Lachend ging ich auf ihn zu und gab ihm einen Kuss auf den Mund. Dann fiel mein Blick auf seine rechte Schulter, die immer noch einbandagiert war. Sein Arm hing in einer Schlinge, um ihn so gut wie möglich zu schonen. »Was sagt die Ärztin?«, fragte ich ungeduldig.

»Ich habe in drei Fingerspitzen ein Gefühl«, antwortete er voller Stolz.

»Das ist großartig.« Gestern noch hatte er bloß ein Kribbeln gespürt, teilweise sogar nicht einmal das.

»Nur der Ringfinger und der kleine Finger sind noch taub, aber Dr. Kobayashi ist zuversichtlich, dass sich auch hier die Nerven erholen werden.« Zufrieden betrachtete Trevor seine Hand, die schlaff aus der Schlinge hing.

»Das sind wirklich gute Neuigkeiten. Sieht sie vielleicht doch eine Chance, dass du in den Sport zurückkehrst?«

Trevors Fröhlichkeit war wie aus seinem Gesicht gewischt.

»Es tut mir leid …«, sagte ich erschrocken, weil ich ihn nicht hatte verletzen wollen. »Ich meine nur, weil es besser verläuft als …«

»Nein«, schnitt er mir das Wort ab, ohne dabei vorwurfsvoll oder gekränkt zu wirken. »Meine Karriere ist vorbei. Ich werde nie wieder so ein Gefühl in den Fingern, so eine Kraft im Arm und so eine Beweglichkeit in der Schulter haben, dass ich auf Profiniveau spielen kann.«

Es nun auch aus seinem Mund zu hören hinterließ ein bitteres Gefühl in mir. Ich ließ mich schwer neben ihn auf das Bett sinken. Dr. Kobayashi hatte von Anfang an gesagt, dass es für ihn keine Chance mehr auf eine Sportkarriere gab. Sie hatte uns nie falsche Hoffnungen gemacht, doch ein Teil von mir hatte es wohl nicht glauben wollen.

»Ich kann mir das gar nicht vorstellen«, wisperte ich.

»Ich auch nicht«, sagte Trevor und klang dabei unglaublich gefestigt. »Aber ich muss lernen, damit umzugehen. Akzeptieren, dass meine Zukunft nicht mehr so aussieht, wie ich es mir jahrelang vorgestellt habe.«

Wie konnte er nur die Kraft für diese Worte finden? Die Kraft, diese Situation so hinzunehmen. Er hatte so lange so hart dafür trainiert, und jetzt ließ er diesen Lebensweg einfach los und davonziehen.

»Ich stelle mir das so schwer vor«, gestand ich.

»Ich muss mich auf die anderen Türen konzentrieren, die mir noch offen stehen«, sagte Trevor, als hätte er sich in den vergangenen Tagen viel mehr Gedanken darüber gemacht, als er mir gegenüber zugegeben hatte. In all der stillen Zeit, die wir miteinander verbracht hatten, war ihm offenbar vieles durch den Kopf gegangen.

»Meinst du das Hubschrauberfliegen?«

Trevor seufzte schwer und ließ seinen Blick auf den Krankenzimmerboden sinken. »Ich habe das Glück genug herausgefordert. Einen zweiten Absturz werde ich nicht überstehen.«

»So weit wird es nicht kommen«, versicherte ich ihm schnell, weil ich nicht wollte, dass er mit einer solch negativen Stimmung an sein verbliebenes Hobby heranging. »Sobald du wieder in einem Helikopter sitzt …«

»Ich werde nicht mehr fliegen«, unterbrach er mich erneut. Dieses Mal sah er mich an, als stünde dieser Entschluss längst fest. Als hätte ihm der Absturz gezeigt, dass das Fliegen nicht sein Element war. Doch das konnte ich gar nicht glauben.

Erschöpft rieb er sich mit der linken Hand über sein Gesicht. »Ich will jetzt einfach nur mein Studium beenden, diese Therapie hinter mich bringen und mir dann überlegen, wie es weitergehen soll.«

Ich ließ seine Worte im Raum stehen. Er sollte nicht denken, dass ich ihn in irgendeine Richtung drängen wollte. Weder zu Parkins hin noch davon weg. Das hatte nichts mit Hughs Drohung zu tun. Vielmehr wollte ich seine Entscheidungen so respektieren, wie ich es mir von ihm erwartete. Abgesehen davon musste er so viel Erlebtes verarbeiten, dass er keine Zeit für Zukunftsüberlegungen hatte.

»Ich finde das gut«, sagte ich stattdessen. »Du solltest dir mehr Zeit für dich nehmen. In einem Jahr, wenn du mit deinem Studium fertig bist, sieht die Welt vielleicht schon wieder ganz anders aus.«

Trevor lächelte mich sanft von der Seite an, als hätte ich genau das Richtige gesagt. Er beugte sich zu mir und gab mir einen Kuss auf die Wange. »Mir ist klar, dass auch zwischen uns noch einige Herausforderungen liegen.«

»Ich habe das Gefühl, als gäbe es nichts, was uns jetzt noch schwer werden kann«, sagte ich. Ich hatte solche Angst um ihn gehabt, dass mir all die Probleme, die auf unserem bisherigen Weg gelegen waren, so banal vorkamen. Vielleicht würden sie eines Tages noch an Bedeutung gewinnen, aber nicht heute.

»Nicht, wenn du an meiner Seite bist.«

Ich legte meine Hände um sein Gesicht und küsste ihn. Noch immer konnte ich nicht glauben, dass ich ihn wiederhatte. Die Tage, in denen ich nicht gewusst hatte, wo er war und wie es ihm ging, kamen mir wie in ewiger Ferne liegend vor. Gleichzeitig saß die Angst um ihn noch fest in meinen Gliedern. Es hatte Momente gegeben, da hatte ich mir nur gewünscht, ihn noch einmal sehen zu können. Ihn zumindest zu finden und zu wissen, was mit ihm geschehen war. Jetzt durfte ich so viel mehr. Seine Stimme hören, seine warme Haut an meiner fühlen, ihn küssen. Ich wollte die Angst wieder loswerden und mit ihm in eine gemeinsame Zukunft schauen. Wir beide wussten nun zu schätzen, was wir hatten.

Ein tiefes Räuspern unterbrach unseren Kuss. Im ersten

Augenblick dachte ich an einen Arzt oder einen Kranken-pfleger, doch Trevors Reaktion zeigte mir schnell, wer da zur Tür hereingekommen war.

»So schlecht, wie es deine Mutter geschildert hat, scheint es dir wohl doch nicht zu gehen«, sagte Hugh Parker und kam mit langsamen, festen Schritten näher. Obwohl er ge-sagt hatte, dass er unsere Beziehung fürs Erste tolerieren wolle, machte er nicht den Eindruck, sich über meine An-wesenheit zu freuen. Doch was hatte er gedacht? Dass ich ebenfalls noch am gleichen Tag von Trevors OP für wich-tige Geschäftstermine abreisen würde?

Mit einem Kopfnicken deutete er auf die Zeitungen, die neben Trevors Bett lagen. »Die habe ich bereits durchgese-hen«, sagte er. »Bislang ist nichts über deinen Unfall und deine Verletzungen bekannt geworden. Ich sorge dafür, dass es auch so bleibt. Wenn jemand fragt, hast du dich auf Lovett Island verletzt.«

Trevor erwiderte nichts darauf. Sein verbissener Ge-sichtsausdruck gab auch keinen Hinweis, wie er über diese Entscheidung seines Vaters dachte. Auch darüber hatte er bislang geschwiegen. Stattdessen nahm er den Kaffeebe-cher, den ich mitgebracht hatte, in die Hand. Der dop-pelte Espresso war bestimmt längst lau. »Ich wusste gar nicht, dass du vorbeikommst«, sagte er und trank von dem Kaffee.

Sein Vater ging zum Fenster, um seinen Blick hinauszu-richten. Die Art, wie er dabei mit den Händen in den Ta-schen seiner Stoffhose und dem hochgereckten Kinn sei-nen Blick über das Areal vor der Klinik gleiten ließ, hatte etwas von einer Machtdemonstration. Ob er sie uns oder den Leuten dort unten demonstrieren wollte, konnte ich nur schwer einschätzen. »Ich treffe deine Mutter auf Saint John für weitere Verhandlungen«, erklärte er.

Ich nutzte den kurzen unbeobachteten Moment aus, um aufzustehen und mich auf den Stuhl zu setzen, der neben dem Bett stand. Trevor warf mir einen bedauernden Blick zu.

»Nach all den Strapazen deiner Mutter wollte ich ihr ein Stück weit entgegenkommen«, fügte Hugh Parker hinzu, ehe er sich wieder uns zuwandte, aber vor dem Fenster stehen blieb.

Trevor stellte den Kaffeebecher ab und rutschte auf dem Bett hoch, um sich an das hochgestellte Kopfteil anzulehnen.

»Und natürlich wollte ich die Gelegenheit nutzen, um bei dir nach dem Rechten zu sehen.«

»Wie praktisch, wenn ich förmlich am Weg liege«, sagte Trevor und ließ es wie einen Scherz anklingen. Ihm war jedoch anzusehen, dass er auf den Besuch gut und gern verzichtet hätte. »Ich hoffe, die Scheidungsgespräche verlaufen harmonisch.«

Seinem Vater schien es unangenehm zu sein, in meiner Anwesenheit darüber zu sprechen. Sein finsterer Blick traf mich unverhohlen über Trevor hinweg. »Wie harmonisch es bleibt, wird sich erst zeigen«, murrte er. »Immerhin weiß ich jetzt, dass sie hinter meinem Rücken Investitionen in ihr geplantes Unternehmen getätigt hat. Mit Geld, dass sie an der Scheidung vorbeibringen wollte.«

»Das kannst du ihr nicht übel nehmen«, warf Trevor ein. »Du sitzt auf einem Vermögen, bei dem die Summen, die Mom für den Helikopter ausgegeben hat, Peanuts sind.«

»Darum geht es nicht«, schmetterte Hugh Parker den Versuch ab, Laureen zu verteidigen.

Nun wurde auch mir meine Anwesenheit unangenehm. Ich überlegte, das Zimmer zu verlassen, doch die beiden ließen sich nicht von mir abhalten, ihr Gespräch weiterzuführen. Außerdem wollte ich für Trevor da sein. Er würde mir schon sagen, wenn es ihm lieber wäre, dass ich rausginge.

»Sie wollte sich bloß eine Grundlage für danach schaffen«, setzte sich Trevor weiter für seine Mutter ein.

»Und diese Grundlage liegt jetzt irgendwo am Meeresgrund.« Hughs Worte waren wie ein Faustschlag in Trevors Gesicht.

Ich konnte ihm ansehen, wie er bei diesem Vorwurf zusammenzuckte. Der Ausdruck in seinem Gesicht war eine Mischung aus Schuldgefühlen und dem Schrecken dieses verheerenden Unfalls. Automatisch stand ich auf und ging zu Trevor. Ich hatte ihm versprochen, ihn zu unterstützen und an seiner Seite zu bleiben. Damit meinte ich nicht nur für seinen Heilungsprozess.

»Wie auch immer«, beendete sein Vater das Thema abrupt. »Ich habe von deiner Ärztin erfahren, dass die Versorgung deines Arms gewährleistet ist und deine Blutwerte besser sind.«

»Du hättest auch ruhig mich fragen können«, knurrte Trevor.

Ich legte meine Hand sanft auf seine Schulter, auch wenn es die verletzte war.

»Ich werde veranlassen, dass du in den nächsten Tagen nach Orlando überstellt wirst.«

»Was?« Trevor richtete sich ein Stück weit auf und zuckte gleichzeitig bei dem Schmerz, den diese Bewegung auslöste, zusammen.

»Du wirst dort medizinisch betreut werden und deine Therapie starten«, erklärte sein Vater unbeeindruckt von Trevors Reaktion. »Außerdem gibt es bei Parkins viel zu tun. Dein Bruder und ich haben gerade alle Hände voll zu tun. Barons Ausstieg gestaltet sich als problematisch. Wie es aussieht, hat er wichtige Unterlagen verschwinden lassen.«

»Nur habe ich gerade genug eigene Probleme«, entgegnete ihm Trevor. »Wir waren uns einig, dass ich erst nach meinem Studium bei Parkins aktiv werde.«

Hughs Blick traf schlagartig mich. Warnend, als sollte ich nicht auf dumme Gedanken kommen und Trevor in der Hinsicht bestärken.

»Die Ablenkung wird dir guttun, jetzt, da deine Baseballkarriere vorbei ist.« Er sagte das so kühl und gefühllos, dass ich ihm dafür am liebsten ins Gesicht gespuckt hätte.

»Was mit seiner Karriere ist, weiß er selbst. Das brauchen Sie ihm nicht so harsch unter die Nase zu reiben!«, warf ich nun ein. Wütend und entsetzt, dass sein Vater so eiskalt sein konnte. »Er muss das erst verarbeiten und sich mit seiner neuen Zukunft auseinandersetzen. Und Sie sprechen stattdessen von einem Bruder, den Trevor noch nicht einmal kennenlernen konnte.«

»Er wird ihn kennenlernen«, sagte Hugh Parker unbeeindruckt. »Sobald Trevor in Orlando ist.«

»Ich werde nicht nach Orlando kommen«, widersprach dieser. »Mom leitet alles in die Wege, um meine ärztliche Betreuung und die Therapie nach Lovett Island zu verlegen.«

Sein Vater lachte spöttisch auf. »Falls es dir entgangen ist, ein Hurrikan ist an der Karibik vorbeigezogen. Lovett Island ist nicht mehr das Urlauberparadies, das es vor einer Woche noch gewesen ist.«

Ich biss wütend die Zähne zusammen, weil ich diesen Familienstreit nicht weiter eskalieren lassen und etwas Gemeines sagen wollte. Allerdings fiel mir das richtig schwer, denn Hughs Art, mit Trevors Unfall umzugehen, war zum Kotzen.

»Es fühlt sich trotzdem mehr wie mein Zuhause an als Orlando«, sagte Trevor abgeklärt. Fast ein wenig, als wollte er seinen Vater damit verletzen.

»Du klingst schon wie Blair«, meinte dieser verächtlich. »Wie sie mich angebettelt hat, ihre Parkins-Anteile gegen die Insel zu tauschen. Weil sie sonst alles verlieren würde, was ihr je etwas bedeutet hat.« Den letzten Satz sprach er in einer jammernden Stimme, als versuchte er, Blair nachzuahmen. »Völlig weltfremd, dieses Mädchen. Aber sie wird schon noch lernen, worauf es im Leben ankommt.«

»Du wolltest ihr alles nehmen«, zischte Trevor aufgebracht. »Sie für Fehler bezahlen lassen, die Baron begangen hat.«

»Das Leben ist hart«, entgegnete sein Vater schulterzuckend. »Das wird sie noch lernen, und das wirst auch du noch lernen.«

Meine Hand lag immer noch sanft auf Trevors Schulter, doch ich spürte jeden Muskel, der sich darunter trotz des Schmerzes verspannte.

»Ich denke, du solltest jetzt besser gehen«, brachte Trevor zwischen zusammengebissenen Zähnen hervor.

Als wäre das kein direkter Rauswurf gewesen, schüttelte Hugh Parker seine Armbanduhr locker und warf einen Blick auf das Ziffernblatt. »Ich muss jetzt ohnehin weiter. Du weißt ja, Scheidungsgespräch.«

Trevor antwortete nichts darauf, sondern starrte seinen Vater nur an, wie dieser durch das Krankenhauszimmer schritt und es ohne eine Verabschiedung verließ. Als die Tür hinter ihm zufiel, atmete ich schwer aus. Auch wenn er jetzt weg war, hinterließ Trevors Vater eine bedrückende Atmosphäre, die im Raum festzustecken schien.

»Du willst also nach Lovett Island?«, fragte ich, um die angespannte Stille zu durchbrechen.

»Ich will möglichst bald aus diesem Krankenhaus raus«, antwortete er. »Sobald ich die Erlaubnis habe, bin ich von hier weg. Mom hält es auch für eine gute Idee, mich auf Lovett Island zu erholen, bevor ich nach Gainesville zurückgehe.«

»Du weißt aber schon, dass auf der Insel momentan die Aufräumarbeiten stattfinden?«, sagte ich, um ihn daran zu erinnern. »Karlee hat mir Fotos geschickt. Es sieht ziemlich verwüstet aus.«

Trevor lächelte nur. »Glaub mir, ich weiß, wie Lovett

Island nach einem Sturm aussieht. Das ist trotzdem der einzige Ort, an dem ich jetzt sein möchte. Gemeinsam mit dir.«

»Ich möchte auch gerne zurück«, sagte ich und setzte mich so auf die Bettkante, dass ich ihn ansehen konnte. »Ich will den anderen helfen, die Insel wieder auf Vordermann zu bringen.« Es war mir wichtig, hier auf Saint John bei Trevor zu sein, doch gleichzeitig sah ich es als meine Pflicht, den restlichen Staff zu unterstützen. Wenn wir beide auf die Insel zurückkehrten, konnte ich vielleicht beides schaffen.

»Ich hoffe nur, Blair kriegt das alles auch ohne Peyton auf die Reihe. Hast du von ihr etwas gehört?«, erkundigte sich Trevor besorgt.

»Peyton wurde noch vor dem Hurrikan nach Florida überstellt. Sie soll dort eine Reha machen«, antwortete ich. Karlee hatte mich auf dem Laufenden gehalten. »Es wird noch dauern, bis sie wieder die Alte ist, aber wenn alles gut verheilt, kommt sie noch in diesem Jahr nach Lovett Island zurück.«

Trevor schnaubte. »In diesem Jahr. Wir haben August.« Er schüttelte fassungslos den Kopf. »Dieser Typ, der ihr das angetan hat, sollte mir mal besser nicht über den Weg laufen.«

»Mir auch nicht«, murmelte ich und spürte eine glühende Wut in mir. Wahrscheinlich konnte ich froh sein, damals nicht auf der Insel gewesen zu sein, als es zu dem Unfall gekommen war. Es musste schrecklich gewesen sein, wie ich von Karlee und Vi gehört hatte.

Mein Blick fiel auf die Zeitungen, die ich Trevor mitgebracht hatte. »Wolltest du noch nachsehen, ob sie über dich berichten?«

Trevor sah kurz hinüber, dann seufzte er. »Das hat Dad ja schon gemacht. Wahrscheinlich sollte ich ihm echt dafür dankbar sein, dass nichts an die Öffentlichkeit gelangt ist«, gestand er leise. »Die Presse würde sich auf die Geschichte stürzen.«

Ich hatte keine Ahnung, wie es war, so im Interesse der Öffentlichkeit zu leben. Bei jedem Schritt überlegen zu müssen, welche Konsequenzen er mit sich bringen könnte. »Ich wünschte, ich könnte dir einen Teil dieses Drucks abnehmen«, sagte ich leise. Diese Hilflosigkeit fühlte sich gerade so schwer in mir an. »Dabei habe ich überhaupt keine Ahnung, wie die Situation für dich gerade ist.«

»Das ist auch besser so«, sagte Trevor mit einem schiefen Lächeln, als wollte er mir seine Gefühlswelt nicht zumuten. »Ich bin ja schon froh, dass du mit einem Freund wie mir nicht das Handtuch schmeißt.« Seine türkisblauen Augen blickten mich betrübt an, als hätte ein Teil in ihm tatsächlich befürchtet, ich könnte ihn im Stich lassen.

»Wir stehen das durch!«, versprach ich ihm und legte meine Hände an seine Wangen. Ich wollte auf keinen Fall, dass er in der momentanen Lage seine Gedanken an so etwas verschwendete. »Gemeinsam.« Ich verdeutlichte ihm meine innere Entschlossenheit mit einem Kuss.

Erleichtert schloss er die Augen und ließ seine Stirn gegen meine sinken. »Du weißt gar nicht, wie viel mir das bedeutet.«

12.

Blair

Ich konnte mich nicht erinnern, in meinem ganzen Leben so viel telefoniert zu haben wie in den Tagen, seit Hurrikan Elsa an der Karibik vorbeigezogen war. Es musste viel organisiert werden, und ohne das Dutzend Listen und Hunderte Notizzettel, die überall rund um mich in Peytons Büro klebten, hätte ich wohl längst den Überblick verloren. Wahrscheinlich hatte ich ihn auch mit den Notizen verloren.

»Ich kann nicht bis November auf diese Sandlieferung warten«, sagte ich entsetzt ins Telefon. »Ich brauche ihn jetzt. Am besten noch heute.«

»Es tut mir leid, Ms Wilkins, aber Sie sind nicht die Einzige, die einen Strand neu auffüllen muss«, erklärte mir der Lieferant betont höflich. »Wir haben schon jetzt mehr Aufträge, als wir in einem Monat abarbeiten können, und unser Zulieferer hat bereits Verzögerungen gemeldet.«

»Wir sind seit fünfundzwanzig Jahren Ihr Kunde«, entgegnete ich unnachgiebig. »Da darf ich mir wohl mehr erwarten, als bis November vertröstet zu werden.«

Ich trommelte mit den Fingern auf den Stapel Rechnungen der Sandlieferungsfirma, die nicht nur ein Vierteljahrhundert alt waren, sondern auch zeigten, mit welchen Kosten ich rechnen musste. Das Material selbst war nicht teuer, aber der Transport mit einem Schiff sowie die Verladung und Verteilung am Strand kosteten Unsummen.

»Ms Wilkins, selbst wenn ich Sie dazwischenschiebe, benötigen Sie eine Menge, die ich einfach nicht liefern *kann*.« Es klang, als würde er sich wirklich bemühen, eine Lösung zu finden.

»Dann liefern Sie, was Sie haben.« Mit weniger wollte ich mich nicht zufriedengeben. Wenn ich bald wieder Gäste empfangen wollte, *durfte* ich mich nicht mit weniger zufriedengeben. »Und den Rest eben so schnell wie möglich.«

»Ich werde sehen, was ich tun kann, Ms Wilkins.«

»Vielen Dank.« Ich legte auf und lehnte mich in Peytons Schreibtischstuhl zurück. Das Telefon ließ ich in meinen Schoß fallen, dann presste ich meine Handballen auf die Augen. Ich musste mir keine Gedanken machen, ob ich mein Make-up verschmierte, denn ich hatte mich seit Tagen nicht mehr geschminkt. Dafür blieb ebenso wenig Zeit wie für alles andere. Die Ringe unter meinen Augen hätte selbst mein teurer Concealer nur schwer kaschiert.

Es war eine Woche her, seit wir in den Bunker hatten gehen müssen. Eine Woche, in der ich drei Kilo abgenommen hatte. Dabei war ich mit meiner Figur immer zufrieden gewesen. Jetzt schlabberten die engen Blusen an mir, und meine Schlüsselbeine traten viel zu weit hervor. Ich musste mich öfter daran erinnern, etwas zu essen. Alleine schon, um die Kraft für all die Arbeit zu haben.

Jemand klopfte an Peytons Bürotür.

Ich nahm die Hände von meinen Augen, sah erst nur schwarze Flecken vor mir, bis Karlee zum Vorschein kam. »Was gibt's?«

»Ein Boot ist angekommen«, sagte sie und nestelte an den Bändern ihrer Shorts herum.

»Mit einer Ladung Sand?«, fragte ich wenig hoffnungsvoll.

»Mit deinem Vater.«

Mir drehte sich bei ihren Worten der Magen um. »Was?«, brachte ich tonlos hervor.

»Er ist unten beim Strandhaus und unterhält sich mit ein paar Handwerkern«, erklärte Karlee. »Er tut so, als würde ihm die Insel noch gehören.«

Das hatte mir gerade noch gefehlt. Als ob ich ihm nicht klar und deutlich gesagt hätte, dass ich sein Angebot ablehnte.

Ich strich mir die gelösten Haarsträhnen hinters Ohr und stand auf. Ich durfte jetzt keine Schwäche zeigen. Weder vor meinem Vater noch vor dem Staff. »Danke, ich kümmere mich darum«, sagte ich, als wäre das keine große Angelegenheit.

Ich machte mich auf dem Weg zum Strandhaus. Alleine – denn Karlee hatte vorgegeben, noch im Haupthaus etwas erledigen zu müssen. Ich konnte es ihr nicht verübeln, dass sie meinen Vater nicht sehen wollte. Das wollten wir doch alle nicht. Umso wichtiger war es, dass ich ihn schnell wieder loswurde.

Da das Strandhaus gesperrt war, musste ich rundherum laufen. Wegen des stark beschädigten Daches wollte Pedro niemanden darin sehen, solange die Stützstreben nicht getauscht und gesichert waren. Zum Glück kannte er allerlei Handwerker, die er schnell zusammengetrommelt hatte, um die Reparaturarbeiten in Gang zu setzen. Er wusste wie ich, dass wir schon bald wieder Gäste hier empfangen mussten. An jedem Tag, an dem wir niemanden einquartiert hatten, entging uns viel Geld. Zu viel Geld.

Als ich um die Ecke des Strandhauses bog, entdeckte ich meinen Vater. Er trug geblümte Bermudashorts und ein gelbes luftiges Hemd, als wäre er ein Urlauber, der mit einem Bier und einer Zeitung den Nachmittag auf der Terrasse verbringen wollte. Er stand bei zwei Handwerkern und unterhielt sich offenbar über die noch anstehenden Arbeiten mit ihnen.

»Was tust du hier?«, unterbrach ich das Gespräch betont unhöflich. Er sollte nicht glauben, dass ich seinen unangekündigten Besuch gutheißen würde.

Mein Vater lächelte entspannt und schob sich die Sonnenbrille auf den Kopf. »Entschuldigt mich«, sagte er zu den beiden Männern, ehe er zu mir kam. Sein Lächeln entblößte frisch gebleichte Zähne. »Blair, Schätzchen.« Er breitete die Arme aus, als wollte er mich gleich in eine freudige Umarmung ziehen.

Ich hob abwehrend die Hand. »Nicht!« Zu einer solchen

Geste war ich nicht bereit. Nicht nach dem, was er getan hatte.

Er ließ sich diese Zurückweisung nicht anmerken, sondern wandte sich wieder dem Strand zu. »Ich wollte nach dem Rechten sehen«, erklärte er. »Peter sagte, du hättest die Summe von der Versicherung bereits erhalten. Hier werden doch jetzt schon Reparaturen geleistet, die du gar nicht bezahlen kannst. Wissen das deine Arbeiter?« Er sprach so laut, dass es die Handwerker gar nicht überhören konnten. Ich bemerkte ihre irritierten Blicke. »Was weißt du schon von meiner finanziellen Lage?«, fragte ich nur und deutete ihm, vom Strandhaus wegzugehen. Was auch immer er mir noch sagen wollte, war wirklich nicht für fremde Ohren bestimmt. »Mr Osborne scheint sehr geschwätzig zu sein. Offenbar nimmt es die Versicherung nicht sehr genau, persönliche Daten an Dritte weiterzugeben.«

»Blair, ich bitte dich. Ich bin dein Vater«, entgegnete er mir lachend. »Abgesehen davon will ich über die Insel informiert bleiben. Früher oder später wird sie schließlich wieder mir gehören.«

»Ich versichere dir, dass es nicht dazu kommen wird«, zischte ich wütend über sein überhebliches Auftreten.

»Sobald dir der letzte Dollar durch die Finger rutscht und du die Rechnungen nicht mehr bezahlen kannst, wirst du froh sein, wenn ich dir unter die Arme greife«, sagte er. »Du hast in deinem Leben noch keinen Finger krumm gemacht und eigenes Geld verdient. Wahrscheinlich glaubst du, es wächst auf Bäumen.«

Ich lachte spöttisch auf. »Du hältst mich also für blöd, dabei glaubst du aber selbst, du würdest Lovett Island jemals zurückbekommen.«

Er machte einen Schritt auf mich zu. Die Augen leicht zusammengekniffen zischte er: »Alles, was du hast, verdankst du nur mir.«

»Da hast du recht.« Ich blieb nach außen hin ruhig, obwohl ich innerlich brodelte. »Zum Beispiel eine beschissene Kindheit.«

»O nein, Blair.« Mein Vater schüttelte vehement den Kopf. »Diesen Schuh ziehe ich mir nicht an. Deine Kindheit war beschissen, weil deine Mutter abgehauen ist. Mit meinem Geld. Und jetzt machst du das Gleiche.«

Dass er meine Mutter ins Spiel brachte, versetzte mir einen dumpfen Stich. Er wusste, dass das mein wunder Punkt war. Dennoch bemühte ich mich, es mir nicht anmerken zu lassen, dass mich dieses Thema schwach werden ließ.

Ich schluckte den dicken Kloß hinunter, der sich in meinem Hals festgesetzt hatte, und bemühte mich, das Zittern in meiner Stimme zu verbergen. »Bist du nur hier, um mir das zu sagen?«

»Ich bin hier, um dir ein Angebot zu machen.«

Ich starrte ihn fassungslos an. Wohin sollte das führen? Würde er mir jetzt ständig neue Angebote unterbreiten? Mal am Telefon, mal hier vor Ort? Was kam als Nächstes? Ein Brief? Ein Geldkoffer?

»Und wie schon am Telefon lehne ich es erneut ab.« Ich schob mein Kinn ein Stück höher. »Ich werde dir die Insel nicht zurückgeben, egal, welche Summe du mir nennst.«

»Ich dachte mir schon, dass dich die Summe nicht beeindrucken wird.« Mein Vater hatte so ein süffisantes Lächeln auf den Lippen, dass mit schlecht wurde.

Ich kannte dieses Lächeln, hatte ich es doch früher nur allzu oft selbst eingesetzt. Mittlerweile konnte ich mir einen solchen Hochmut nicht mehr leisten.

»Ich habe ein kleines Extra für dich, um deiner Unentschlossenheit auf die Sprünge zu helfen.«

»Ich bin alles andere als unentschlossen«, sagte ich gelangweilt.

»Meinst du?« Meinen Vater schien meine ablehnende Haltung mehr zu amüsieren, als aufzuregen. Er langte in seine Hosentasche und zog ein gefaltetes Stück Papier hervor. Mit zwei Fingern hielt er es zwischen uns in die Luft, als wäre es etwas, worauf ich schon lange sehnsüchtig gewartet hatte.

»Soll mich das beeindrucken?«

»Es überrascht mich, dass du daran nicht interessiert bist«, sagte mein Vater mit einem Ton in der Stimme, der mich tatsächlich etwas neugierig werden ließ. Ich konnte mir aber absolut nichts vorstellen, das mich auch nur überlegen ließe, die Insel wieder herzugeben.

»Was kannst du schon haben?«, fragte ich genervt.

»Zum Beispiel die Adresse deiner Mutter.«

Er hätte mir auch ins Gesicht schlagen können, und ich wäre nicht perplexer gewesen. Jahrelang hatte er behauptet, er wüsste nicht, wohin sie verschwunden war, und jetzt stand er da und bot mir ihre Adresse an?

»Soll ich sie nach sechzehn Jahren auf Kaffee und Kuchen einladen?«, fragte ich zynisch. Es kostete mich all meine Beherrschung, ihm diesen Zettel nicht einfach aus der Hand zu reißen. Mein halbes Leben lang hatte er behauptet, sie sei unauffindbar. Habe ihren Namen geändert und sei untergetaucht. Und wofür? Nur, um mich heute unter Druck setzen zu können?

»Du pokerst hoch, Blair.«

»Ich pokere überhaupt nicht«, behauptete ich und verschränkte die Arme vor der Brust.

Mein Vater trat langsam näher, das Stück Papier immer noch zwischen uns haltend. Vielleicht pokerte auch er? Er hätte jede x-beliebige Adresse auf diesen Zettel schreiben können.

»Letzte Chance.« Mein Vater legte den Kopf leicht schief, wieder dieses arrogante Grinsen im Gesicht.

»Soll ich dir ein Boot rufen, oder verschwindest du von selbst?«, fragte ich stattdessen kühl. Ich hasste ihn dafür, mich unter Druck setzen zu wollen. Die Mittel, die er einsetzte, waren sogar unter seinem Niveau.

Sein eindringlicher Blick verharrte noch einen Moment lang auf mir, ehe er einsah, dass er bei mir nicht erreichen würde, was er vorgehabt hatte. Seine Mundwinkel verzogen sich nach unten, und er steckte das Papier zurück in die Hosentasche. Dabei machte er zwei langsame Schritte zurück.

»Wie du meinst, Blair«, knurrte er verärgert über mein Verhalten. »Ich gehe schon von selbst, aber vorher muss ich noch ein paar Sachen holen.« Er machte eine Andeutung, in Richtung Haupthaus gehen zu wollen.

Ich stellte mich ihm in den Weg. »Da gibt es nichts mehr, was du holen kannst«, sagte ich. »Ich habe dir die Sachen aus deinem Appartement und deinem Büro schon schicken lassen.« Kaum dass ich die beglaubigten Verträge für Lovett Island in der Hand gehabt hatte, hatte ich eine Spedition beauftragt, seine persönlichen Gegenstände an seine Wohnadresse zu bringen. Das hatte sich zum Glück schnell und unkompliziert regeln lassen.

»Das habe ich gesehen«, sagte mein Vater nicht sehr erfreut über diesen Schachzug von mir. »Es geht aber nicht um meine Sachen, sondern um Scotts.«

Dass er diesen Namen ins Spiel brachte, versetzte mir den nächsten Dämpfer. Wenn der Hurrikan etwas Gutes an sich gehabt hatte, dann, dass ich diesen Vollpfosten Scott aus dem Kopf verdrängt hatte. Und meine Schuldgefühle, die ich wegen Peytons Unfall hatte.

»Warum hast du mir diesen Armleuchter überhaupt aufs Auge gedrückt?«, wollte ich wissen, weil mich diese Frage seit dem Tag bei Gericht gequält hatte.

»Was kümmert's dich noch? Du wolltest die Insel, und das war meine Bedingung.« Er zuckte mit den Schultern und schob mich beiseite.

Erneut trat ich ihm in den Weg. »Das ergibt keinen Sinn.«

Mein Vater betrachtete mich einen Augenblick lang, dann sagte er: »Er war ein ehemaliger Mitarbeiter in der IT-Abteilung bei Parkins, dem ich noch etwas schuldig war. Ich habe versprochen, ihm einen neuen Job zu besorgen, und das hat sich mit Lovett Island gut ergeben.«

Ich sah ihn prüfend an, doch mein Vater ließ sich zu dieser Aussage nichts weiter anmerken. »Hat er deinetwegen den Job verloren?«, fragte ich, auch wenn ich mir gut vorstellen konnte, dass Scott mit seiner verantwortungslosen Art ohnehin nicht lange eine Stelle bei Parkins hätte behalten können.

»Nein.« Mehr sagte er nicht dazu. »Kann ich jetzt seine Sachen holen?« Er deutete erneut an, an mir vorbeigehen zu wollen.

Etwas daran ließ mich skeptisch werden. Erneut machte ich einen Schritt zur Seite, um meinen Vater zu blockieren. Ich hatte das Gefühl, dass er das nicht aus bloßer Nettigkeit seinem ehemaligen Mitarbeiter gegenüber machte. »Er kann sich bei mir melden, und ich schicke ihm die Sachen nach. Gerne auch ins Gefängnis, wo er meiner Meinung nach hingehört.« Ich wusste nicht mal, was mit ihm nach Peytons Unfall passiert war. Die Polizei hatte ihn mitgenommen, danach hatte ich nichts mehr gehört. Vermutlich auch, weil der Hurrikan wichtiger geworden war.

»Du kannst dir die Mühe sparen, wenn du mich kurz in sein Zimmer lässt.«

»Das geht nicht.«

»Blair!«, zischte er ungeduldig.

»Genau genommen hat dir das Gericht verboten, überhaupt hierherzukommen. Daran hat sich auch mit der Übergabe der Insel nichts geändert.«

Diese unterschwellige Androhung, die Polizei kommen zu lassen, schien ihre Wirkung zu entfalten. Mein Vater nickte leicht und gab widerwillig klein bei. »Wenn du deine Meinung änderst, weißt du ja, wo du mich findest«, fügte er erbost hinzu, ehe er sich umwandte und über den leer gefegten Strand hinweg in Richtung Bootshaus ging.

Innerlich bebte ich, als ich ihm nachsah. Die Vorstellung, dass er wieder ungefragt hier aufkreuzen könnte, schnürte mir vor Wut die Kehle zu.

»Was wollte er hier?«, fragte Jesse plötzlich an meiner Seite.

Ich sah flüchtig zu ihm auf. »Nichts«, antwortete ich abweisend. »Würdest du ihm bitte folgen? Ich will sichergehen, dass er von hier verschwindet.«

»Klar.«

Ich vergewisserte mich nicht einmal, ob er meiner Anweisung nachkam. Ich war mir sicher, er würde es tun. Stattdessen machte ich auf dem Absatz kehrt, lief ums Strandhaus herum und weiter hinauf zum Haupthaus. Dieses Mal lief ich wirklich. Meine Beine waren so schnell, dass sie sich fast überschlugen.

Ich riss die Tür auf und steuerte direkt auf die Gästezimmer zu, die größtenteils von Schäden verschont geblieben waren. An Türnummer 103 klopfte ich wie wild an.

»Ich komme schon, ich komme schon«, hörte ich Ezras Stimme sich nähern.

Als er mir öffnete, betrat ich keuchend sein Zimmer, schlug die Tür hinter mir zu und lehnte mich dagegen.

»Ist alles okay?«, fragte Ezra besorgt.

Ich brauchte noch ein paar Atemzüge, um wieder etwas sagen zu können. Mein Blick fiel währenddessen auf sein Bett, auf dem zwei Notizblöcke und ein Buch ausgebreitet waren. Obwohl er bei den Aufräumarbeiten mithalf und bei schwereren Aufgaben mit anpackte, nahm er sich auch die Zeit, sich für das kommende Semester vorzubereiten.

»Mein Vater war gerade hier«, brachte ich schließlich atemlos hervor.

Ich musste mit jemandem darüber sprechen, und Ezra war der Einzige, mit dem ich überhaupt darüber reden wollte. »Dieses arrogante Arschloch ist einfach hergekommen, als würde ihm die Insel immer noch gehören, und macht mir Vorwürfe, ich sei undankbar, weil er mir bislang ein so tolles Leben ermöglicht hat.« Ezra schnaubte leise, sagte aber nichts dazu, als wollte er meinen Emotionen keinen Raum nehmen. Stattdessen ließ er mich einfach weitersprechen. »Er hat mir wieder ein Angebot gemacht«, setzte ich fort. »Dieses Mal hat er mir die Adresse meiner Mutter angeboten.« Ich war mir nicht sicher, wie viel Ezra über sie wusste. Zwar hatte ich ihm noch nie von meiner Vergangenheit erzählt, aber seinem wissenden Ausdruck nach kannte er die Geschichte trotzdem.

Ezra setzte sich auf sein Bett und klopfte neben sich. Ich zögerte noch kurz, doch dann ging ich zu ihm und ließ mich neben ihm nieder. Unsere Oberarme berührten sich dabei, obwohl das Bett breit genug war, um Abstand zu halten. Doch das wollte ich gar nicht.

»Willst du denn Kontakt zu ihr haben?«, fragte er schließlich.

Ich holte tief Luft, setzte bereits zu einer Antwort an, doch es kam nichts aus meinem Mund heraus. Ratlos hob ich die Schultern und ließ sie schwer wieder sinken. »Ich weiß es nicht.« Ich klang verzweifelt, genauso wie ich mich auch fühlte. »Sie hat mich einfach im Stich gelassen. Als fünfjähriges Mädchen! Ich habe die Welt nicht mehr verstanden.«

Er nahm meine Hand, die auf meinem Oberschenkel lag, und schob seine Finger zwischen meine. Sie waren warm und fühlten sich da so richtig an. »Was sagt dein Bauchgefühl?«

»Irgendwie will ich sie schon wiedersehen. Aber nicht weil ich sie vermisse … Ich will wissen, wieso sie es getan hat.« Ich schüttelte hilflos den Kopf, den Blick auf unsere verwobenen Finger gerichtet. »Aber für die Insel …«

»Was? Mit Angebot meint er die ganze Insel?« Ezra wandte sich mir entsetzt zu, sodass unsere Hände auseinanderglitten. »Das darfst du auf keinen Fall annehmen!«

Jetzt rutschte ich ein Stück von ihm weg und funkelte ihn an. »Ich treffe meine Entscheidungen selbst. Das gilt auch für dich!«

»So meinte ich das nicht, Blair. Ich sehe nur, wie wichtig dir die Insel ist. Und wenn er dir die Adresse nur im Austausch geben will, ist das Angebot beschissen. Und um ehrlich zu sein, ist es das Verhalten deines Vaters auch.« Die Worte waren so aus Ezra herausgesprudelt, dass sie ihn wohl selbst überrumpelt hatten. Er musste erst mal tief Luft holen, dann presste er die Lippen fest aufeinander.

Irgendwie war es tröstlich, ihn so zu sehen. Zu sehen, dass auch er, der ansonsten so bedachtsam und so gefasst war und sich nicht reizen ließ, nicht jede Situation souverän meisterte, sondern auch emotional reagierte und sich unsicher fühlte. Ich wusste noch vieles von ihm nicht, aber jedes bisschen, was ich neu kennenlernen durfte, gefiel mir.

Ein Blick in seine bernsteinfarbenen Augen genügte, um mir die Ruhe zu geben, die er für einen kurzen Augenblick verloren hatte. Ich ärgerte mich, vor seiner Nähe zurückgewichen zu sein, und rutschte wieder an ihn heran.

»Und wenn ich damit riskiere, sie nie zu finden?«, flüsterte ich und spürte, wie mein Herz dabei schneller schlug.

»Wenn du wirklich nach ihr suchen willst, werden wir es auch so hinbekommen. Aber wenn du deinem Vater die Insel überlässt, riskierst du, die starke Frau zu verlieren, zu der du geworden bist«, sagte Ezra und legte seine Hand an meine Wange. Zärtlich schob er seine Fingerspitzen in mein Haar. »Du hast in den letzten Wochen so viel Mut bewiesen, so viel Stärke. Lass das alles nicht umsonst gewesen sein.«

»Findest du das wirklich?« Seine Worte legten sich warm um all die Unsicherheiten, die ich in dieser Zeit mit mir getragen hatte. Meine Fehler, Trevor hintergangen zu haben. Meine Schuldgefühle gegenüber all den Frauen, die mein Vater verletzt und gedemütigt hatte. Meine Zukunftsängste, die mich Sachen hatten tun lassen, die ich heute bereute. Ich wollte wirklich nicht, dass ein verpasstes Wiedersehen mit meiner Mutter dazugehörte.

»Absolut, Blair«, hauchte Ezra und verringerte die Distanz zwischen uns auf ein Minimum. »Wir wissen beide, dass nicht jede deiner Entscheidungen völlig okay war, auch wenn du nur nach einem Weg gesucht hast, der dich glücklich macht. Aber du kannst dich deinen Fehlern stellen, dich bei den Menschen, die du hintergangen hast, aufrichtig entschuldigen. Und ich weiß, dass du mutig genug bist, noch mal mit Trevor zu reden.«

Ich schloss die Augen und legte meinen Kopf in seine Hand. Eine Geste, die so vertraut war und mich geborgen fühlen ließ. Ich hatte mich noch nie bei einem Menschen so sicher gefühlt. So wertgeschätzt.

»Ich will glücklich sein, ohne die Menschen, die mir wichtig sind, zu verletzen.« Ezra schob seine Hand an meinen Hinterkopf und bettete mein Gesicht sanft auf seine Brust. Den anderen Arm legte er um meinen Körper und gab mir einfach nur Halt. Ohne irgendein Anzeichen, sich aus dieser Nähe mehr zu erwarten. »Und damit meine ich nicht nur Trevor. Sondern auch Maci, weil sie zu ihm gehört.« Ich hob meinen Kopf nur ein Stück weit, um Ezra in die Augen zu sehen. »Und dich.«

Er nahm sich mehrere Sekunden, in denen er mich einfach nur ansah, statt auf dieses Geständnis zu reagieren. Denn so fühlte es sich an. Wie ein Geständnis – zumindest für die frühere Blair.

»Du warst oft gemein, aber du hast mich nie verletzt«, sagte er dann und entlockte mir damit ein kleines Lächeln.

»Bei dir habe ich manchmal das Gefühl, nichts kann dich verletzen. Du bist immer so ruhig und stark.«

Ezra schmunzelte über diese Aussage. »So würde ich es nicht sehen, aber ich bin wohl ziemlich zäh.« Aus seinem Schmunzeln wurde ein Grinsen.

Ich schob meine Hände über seine Brust hoch und legte sie um seinen Hals. »Würdest du mir helfen, meine Mutter zu finden?«, bat ich ihn leise und fühlte mich dabei so unglaublich verletzlich. Er war der erste Mensch, vor dem ich offen zugab, wie sehr ich sie eigentlich sehen wollte.

»Natürlich.« Er lächelte sanft. »Ich werde sehen, was ich tun kann. Und du weißt, dass ich dir auch jederzeit finanziell helfen würde.«

»Diese Art von Hilfe möchte ich nicht annehmen. Was ich von dir brauche, sind dein Verständnis und deine Ruhe. Deine Nähe.« Ich besiegelte diese Worte mit einem Kuss, den Ezra so gefühlvoll erwiderte, dass ich wusste, ich würde genau das von ihm bekommen. Er war ein Mensch, dem ich voll und ganz vertrauen konnte. Wahrscheinlich sogar der Einzige in meinem Leben.

13.

Violet

Ich klopfte den Staub vom Rucksack mit dem tropischen Blumenmuster, doch die pinken Blüten und tiefgrünen Blätter hatten einen Schleier, der nicht mehr abging. Die Farben waren verblasst, aber die Erinnerungen an meine Freunde und den Tag, an dem sie mir den Rolltop geschenkt hatten, waren dafür umso glasklarer.

Brent stieg vom Boot auf den Steg und reichte mir die Hand. Ich ergriff sie, und mein Blick fiel dabei auf die rote Linie an seinem Handgelenk. Sie stach mir jedes Mal ins Auge und ließ mein Herz schneller schlagen.

»Endlich wieder Lovett Island'schen Boden unter den Füßen«, sagte ich und seufzte zufrieden.

Der Fahrer des Boots reichte uns die Reisetaschen.

Brent bedankte sich und wünschte noch einen schönen Abend.

»Ich glaube nicht, dass man das so sagt«, sagte er dann an mich gewandt.

»Was meinst du?«

»Lovett Island'scher Boden.«

»Wie sagt man dann?«

Brent betrachtete mich nachdenklich, dann lachte er leise. »Ich habe keine Ahnung. Und jetzt lass uns gehen. Ich habe einen Bärenhunger.«

Wir gingen den Weg zum Strand entlang. Die Sonne neigte sich hinter uns dem Horizont zu und tauchte den Himmel in warme Rot- und Violetttöne. Als wir den kleinen Waldabschnitt durchquert hatten und den Strand erreichten, schnappte ich nach Luft. Der Anblick hatte nichts mit dem Lovett Island gemeinsam, das wir verlassen hatten. All der Sand war verschwunden. Das Aushängeschild der Insel einfach weggeblasen. Stattdessen erinnerte eine steinige, unebene Landschaft daran, was hier mal gewesen war.

»Keine Sorge, das war vor zwei Jahren auch so«, sagte Brent, dem mein Entsetzen nicht entgangen war.

»Und das wird einfach wieder aufgefüllt?«, fragte ich, während ich aufpassen musste, nicht zu stolpern. Ich hatte mir nie Gedanken darüber gemacht, wie all der Sand hierhergekommen war. Oder wie es ohne ihn aussehen würde.

»Sozusagen.« Brent deutete zum Strandhaus hinüber. »Schau mal, wir werden schon erwartet.«

Mit einem Mal waren meine Gedanken über den fehlenden Sand fort. Ich sah nur das kleine Lagefeuer, um das Karlee und Jesse standen und uns zuwinkten. Unsere Freunde wiederzusehen ließ mich automatisch grinsen, auch wenn ich Maci in der Runde vermisste.

Brent ließ unsere Taschen auf den Boden fallen und begrüßte Jesse mit einer Umarmung, bei der sie sich fest auf den Rücken klopften.

»Da seid ihr ja endlich.« Karlee fiel mir um den Hals und drückte mich an sich. »Wie geht es dir?«, flüsterte sie an mein Ohr, als wäre die Frage zu persönlich, um sie laut auszusprechen.

Ich ließ mir mit einer Antwort Zeit, einfach nur, um den Moment mit meiner besten Freundin ein Stück länger festzuhalten. »Gut, und dir?«, antwortete ich schließlich.

»Jetzt, da ich nicht mehr mit dem da alleine bin, auch gut.« Karlee deutete grinsend zu Jesse, den ich als Nächstes umarmte.

»Vermisst du die weiblichen Gäste schon so sehr, dass du stattdessen Karlee auf den Geist gehst?«, fragte ich neckisch.

»Ich weiß nicht, was sie hat«, sagte er gespielt ahnungslos. »Auch wir beide hätten unseren Spaß haben können.«

»Nicht mal, wenn du der letzte Mann auf Erden bist«, sagte Karlee und streckte ihm die Zunge raus.

Ihr spielerisches Geplänkel ließ mich grinsen. »Leute, ich hab euch so vermisst.« Ich legte einen Arm um Karlees Taille und zog sie an meine Seite.

»Wir holen etwas zu trinken«, sagte Jesse und ging mit Brent zum Strandhaus.

Als wir alleine waren, wandte sich Karlee mir zu. »Erzähl schon! Wie war die Reise? Konntest du deine Mom finden?«

Ich versuchte, tapfer zu lächeln, doch ich merkte, wie mich gleichzeitig die Traurigkeit überkam. Nun, da all die

Fragen nicht mehr laut durch meinen Kopf hallten, war da stattdessen eine finstere Leere, die mich immer wieder überkam und festhielt.

»Nicht?«, wisperte Karlee, als ahnte sie es bereits. Sie sah genauso traurig aus, wie ich mich fühlte.

»Sie ist vor Kurzem gestorben.« Es auszusprechen fühlte sich mit jedem Mal schwerer an.

»Ach, Violet!« Karlee nahm mich erneut in eine feste Umarmung. Sie strich mir beruhigend über den Rücken. »Das tut mir so leid.«

Ich klammerte mich an ihre Schultern und ließ diesen Moment einfach zu. »Ich bin zu spät gekommen«, flüsterte ich und spürte einen tiefen Stich in meinem Bauch. Ich hasste diesen Gedanken mit jedem Tag ein Stück mehr.

Neben uns knisterte das kleine Lagerfeuer, dahinter rauschte das Meer, doch beides beruhigte mich nicht so wie sonst.

»Das konntest du doch nicht wissen.« Karlees weiche warme Stimme ging viel tiefer unter die Haut. Sie machte keine Anstalten, mich wieder loszulassen, als wollte sie mir so lange Zeit geben, wie ich es brauchte.

»Ich wünschte, ich könnte die Zeit zurückdrehen«, sagte ich irgendwann und löste mich langsam aus Karlees Armen. »Ich wünschte, ich wäre früher da gewesen, dann wäre bestimmt alles anders verlaufen.«

»Was ist denn passiert?«, fragte Karlee vorsichtig, als ahnte sie bereits eine tragische Geschichte.

»Sie wurde bei einem Überfall so schwer verletzt, dass sie gestorben ist.«

»O Scheiße!« Meine Freundin sah mich so fassungslos und traurig an, wie ich mich fühlte. »Das ist ja schrecklich.«

»Aber es gab auch schöne Momente«, sagte ich, weil ich nicht wollte, dass unser Wiedersehen nur von trübseligen Gedanken überschattet wurde. »Ich konnte einen Teil ihrer Familie kennenlernen. Meiner Familie. Das war ein ganz tolles Gefühl.« Ich erinnerte mich zu gern an das Essen mit Bruno und Tia Luara sowie einem Teil ihrer Familie.

Karlee bemühte sich um ein Lächeln, doch ihr war anzusehen, dass sie noch geschockt von dem Gehörten war. Ich war froh über die Menschen in meinem Leben, die so mit mir mitfühlten.

»Zudem hat die Reise Brent und mich noch stärker zueinander geführt«, sagte ich und warf automatisch einen Blick in Richtung Strandhaus.

»Seid ihr jetzt zusammen? Also, so richtig und offiziell?« Karlees Augen weiteten sich. Natürlich wussten unsere Freunde längst, dass wir mehr als nur gute Freunde waren.

Ich nickte, und es fühlte sich verdammt gut an. Brent war jetzt mein Freund.

»Ich freue mich für euch!« Karlee sah mich richtig glücklich über diese Neuigkeit an. Trotzdem hing noch die Schwere vom Tod meiner Mutter über uns. »Ihr zwei passt einfach zusammen.«

»Das wusste ich schon lange!«, sagte ich lachend.

Auch Karlee grinste. »Männer brauchen da manchmal etwas länger.«

Ich war froh, dass die Stimmung wieder leichter wurde. Der Abend sollte nicht nur davon geprägt sein, dass ich meine Mutter verloren hatte. Wenn ich noch einmal darüber reden wollte, wusste ich, dass ich jederzeit zu Karlee gehen konnte. Aber jetzt wollte ich einfach nur die Zeit mit meinen Freunden genießen.

»Und jetzt erzähl du!«, forderte ich sie auf. »Mal abgesehen davon, dass hier der ganze Sand fehlt, was hat der Sturm für Schäden angerichtet?«

Karlee stieß einen schweren Atemzug aus. »Schon einige, aber zum Glück keine sehr schweren. Pedro kennt genug Leute, die uns helfen können. Er meint, wenn alles gut läuft, können wir in einem Monat wieder aufsperren.«

»Einem Monat?«, wiederholte ich entsetzt. Das war richtig lang, wenn man bedachte, dass der Hurrikan die Insel gar nicht direkt getroffen hatte. Wie musste es dann erst aussehen, wenn ein Wirbelsturm frontal auf die amerikanischen Jungferninseln traf?

»Es gibt viel zu tun.« Karlee wirkte erschöpft. Bestimmt hatte sie in den letzten Tagen härter arbeiten und mit anpacken müssen als während der Urlaubersaison.

»Und wie schlägt sich Blair?«, fragte ich interessiert. Schließlich gehörte ihr jetzt nicht nur die Insel, sie hatte auch die Leitung von Peyton übernommen.

Karlee zögerte mit einer Antwort und wich meinem Blick aus. Unruhig trat sie von einem Bein auf das andere.

»Was ist denn? Gibt es Probleme?«, hakte ich irritiert von ihrer Reaktion nach.

»Offenbar mit der Versicherung. Ich kenne auch keine

Details, aber es sieht so aus, als würde sie kaum etwas von den Reparaturkosten übernehmen«, erklärte Karlee schließlich.

»Willst du mir sagen, Blair hat Geldprobleme?« Ich schmunzelte, schließlich war sie in ganz anderen Verhältnissen aufgewachsen als wir. Baron musste mit Parkins ein Millionenvermögen erzielt haben. Davon war doch bestimmt etwas an sie abgefallen.

»Sieht so aus«, sagte Karlee. »Baron hat ihr ein Angebot für die Insel gemacht.«

Mein Lächeln war schlagartig weg. Alles in mir zog sich krampfartig zusammen, als ich seinen Namen hörte. Ich hatte ihn in den vergangenen Tagen erfolgreich verdrängt.

»Sie hat es abgelehnt«, fügte Karlee schnell hinzu.

Es beruhigte mich dennoch nicht. Nervös schob ich mir den Daumennagel zwischen die Zähne. Vor Karlee musste ich nicht verbergen, was die Vorstellung von Barons Rückkehr in mir auslöste.

»Es klang, als wäre das nicht Barons erstes Angebot gewesen«, erklärte sie weiter.

»Du hast es gehört?«

»Nicht ich, aber Jesse.«

»War Baron etwa hier?« Mir blieb die Luft weg. Ich hatte mich auf Lovett Island mittlerweile sicher gefühlt. War das ein naiver Irrglaube gewesen?

»Blair hat ihn weggeschickt«, versicherte mir meine Freundin schnell. »Jesse musste sogar dafür sorgen, dass er wirklich wieder verschwand.«

Trotz ihrer Erzählung beschleunigte sich mein Puls. Ich

wusste nicht, wie ich reagiert hätte, wäre ich dabei gewesen. Wenn Baron plötzlich vor mir gestanden hätte.

»Es ist alles okay, Vi.« Karlee sah mich an, als bereute sie, dieses Thema überhaupt angesprochen zu haben. Doch ich war froh, darüber Bescheid zu wissen. Schließlich könnte er jederzeit wieder auf der Insel aufkreuzen.

Ich nickte, weil ich die Sache nicht zu nah an mich heranlassen wollte. Nicht heute Abend.

»Seht mal, was wir gefunden haben.« Jesses Stimme hallte vom Strandhaus zu uns herüber. Er winkte mit einem Glas Würstchen und Spießen in der Hand, in der anderen hielt er zwei Bierflaschen.

Brent trug neben ihm zwei Stühle zum Lagerfeuer. »Ich hole noch zwei.«

»Und ich besorge Karlee und mir etwas zu trinken«, fügte ich hinzu und folgte Brent. Ich entschied mich, ihm nichts von Barons Besuch zu erzählen. Entweder hatte Jesse das ohnehin schon getan, oder es konnte zumindest er einen unbeschwerten Abend haben. Ich wusste, die Information würde ihn ebenso aufwühlen wie mich.

»Es ist schön, wieder hier zu sein«, sagte Brent, während wir über den steinigen Boden gingen. »Ohne Gäste fühlt es sich so an, als würde uns die Insel gehören.« Er grinste.

»Stimmt. Das ist richtig gruselig, wenn alles so leer ist.« Ich konnte mich nicht erinnern, dass jemals so wenige Menschen auf Lovett Island gewesen waren. Normalerweise war hier ein ständiges Kommen und Gehen.

»Alle Gästezimmer stehen leer. Wir könnten mal eine

Nacht in einem verbringen«, schlug Brent vor und wackelte mit den Augenbrauen. Er blieb auf der Terrasse stehen, wo die Stühle bereitstanden.

»Tolle Idee. Du nimmst Zimmer 104 und ich 105«, scherzte ich.

»Irgendwie habe ich mir das anders vorgestellt«, sagte er und zwinkerte mir zu. Dann schnappte er sich die beiden Stühle.

Grinsend lief ich ins Strandhaus. Ich war froh, dass das zwischen Brent und mir etwas so Besonderes war. Dass wir immer noch miteinander lachen konnten wie beste Freunde. Und dass wir uns trotzdem lieben konnten.

Im Strandhaus sah ich mich erschrocken um. Die Bar war leer geräumt, so, wie ich es vor der Abreise Richtung Brasilien getan hatte. Doch dort, wo sonst die Cocktails über die Theke gingen, war eine dicke Sandschicht auf der Arbeitsfläche. Und in den Regalen und am Boden. Und auf den Tischen und Liegen, die hier gelagert wurden. Da kam noch einiges an Arbeit auf uns zu, ehe wir hier wieder Gäste bedienen konnten.

Mein Blick fiel auf die Kühlvitrine, die als Einzige einen halbwegs sauberen Eindruck machte. Offenbar hatte jemand die dicke Sandschicht entfernt und die Maschine wieder eingeschaltet. Einige Flaschen Bier, Wasser, Cola, Limonaden und Säfte waren frisch eingekühlt. Ich schnappte mir für Karlee eine Limo, von der ich wusste, dass sie diese gern trank, und nahm mir selbst eine Cola.

Ich blies eine Stelle der Theke vom Sand frei und stellte die Getränke dort ab. Vielleicht fand ich ja noch etwas, um meine Cola aufzupeppen. Suchend durchforstete ich die Schränke der Bar und fand tatsächlich eine angebrochene Flasche Wodka im letzten Winkel. »Ha!«, rief ich und holte sie hervor. Wenigstens war bis hierhin kein Sand vorgedrungen.

Da es keine Gläser gab, trank ich ein paar Schlucke von der Cola, um Platz für den Wodka zu machen.

»Ziemlich erfinderisch.«

Als hätte man mich bei etwas Verbotenem ertappt, zuckte ich zusammen und verschüttete prompt etwas Alkohol, der im Sand auf der Theke versickerte.

Blair war hereingekommen und sah mich mit hochgezogenen Augenbrauen an.

Grinsend hielt ich den Wodka hoch. »Wenn du auch so einen Drink willst, musst du selbst von einer Cola runtertrinken.«

Sie starrte mich an, als wäre das völlig daneben. Dann aber seufzte sie und kam näher. »Gibt's auch Diätcola?«

»Nein, nur normale«, sagte ich mit einem Blick in die Vitrine.

»Also gut, gib mir bitte eine.«

Ich holte eine Flasche aus der Kühlung und reichte sie ihr über die sandbedeckte Bar. »Unfassbar, was der Sturm angerichtet hat«, sagte ich, während sie von der Cola trank.

Sie setzte wieder ab und stellte die Flasche zwischen uns.

»Den Sand wieder hinauszukehren ist mein geringstes Problem, das kannst du mir glauben.« Sie klang frustriert, vielleicht sogar verzweifelt.

Ich goss ihr Wodka bis knapp unter den Rand ein.

Wir prosteten uns zu, ehe wir beide einen Schluck von meiner spontanen Kreation nahmen.

»Ich habe von dem Angebot deines Vaters gehört.« Ich musste es einfach ansprechen.

Blair wirkte nicht überrascht, dass ich bereits davon wusste. Sie nahm nur noch einen Schluck aus der Colaflasche.

»Wenn du es annehmen willst«, setzte ich fort, »sag mir bitte rechtzeitig Bescheid. Ich will nicht mehr hier sein, wenn er zurückkommt.«

»Vergiss es, Violet!«, entgegnete Blair trocken. »Er ist der Letzte, dem ich die Insel geben würde. Wenn's bloß um Geld geht, kann ich hier immer noch eine trashy Realityshow drehen lassen. Es gibt genug Sender, die dafür hohe Summen hinblättern.« Ihre Mundwinkel zuckten nach oben, und auch mir entlockten ihre Worte ein leises Lachen.

Ich konnte mir echt nicht vorstellen, dass dieser paradiesische Ort für eine miese Realityshow genutzt wurde.

»Danke, Blair.«

»Danke mir nicht zu früh. Wenn aus der Realityshow etwas wird, bist du mein Aushängeschild.« Sie grinste – etwas, das ich an Blair noch nicht oft gesehen hatte.

»Bevor es so weit kommt, suchen wir zusammen nach einer anderen Lösung.« Ich hob die Cola-Wodka-Flasche und prostete ihr über der Theke zu.

Blair trank erneut davon und verzog dann das Gesicht. »Das wird wohl nicht mein neuer Lieblingsdrink.«

»Sorry, die Bar gibt noch nicht mehr her.«

»Schon gut. Zur momentanen Situation passt die Mischung irgendwie.« Auch wenn Blair es sich vielleicht gar nicht anmerken lassen wollte, sah ich ihr die Verzweiflung an. Ich musste mir erst einen Überblick über die Schäden verschaffen, doch ich konnte mir vorstellen, dass Blair mehr als genug zu tun hatte, um wieder Ordnung auf die Insel zu bringen.

»Könnte ich, bevor wieder Gäste auf die Insel kommen, jemanden einladen?«, tastete ich mich vor. Die Überlegung dazu hatte ich schon länger, und nun war es an der Zeit, den nächsten Schritt zu gehen. Ich wollte Brent zeigen, dass ich ihn genauso unterstützte wie er mich.

»Du hast deine Mutter gefunden?«, schlussfolgerte Blair mit einem Strahlen in den Augen. Dass sie sich so für mich freute, überraschte mich. Wir waren schließlich keine Freundinnen. Vielleicht lag es aber auch daran, dass sie wusste, wie es war, ohne Mutter aufzuwachsen.

»Nein, habe ich nicht«, antwortete ich etwas bedrückt.

Blair räusperte sich verlegen, und ich wusste, sie würde nicht weiter nachhaken. Stattdessen fragte sie: »Wen möchtest du denn einladen?«

»Brents Familie.« Es war das erste Mal, dass ich diese Idee laut aussprach. Dass Blair die Erste war, die davon hörte, war vielleicht gar nicht so schlecht. Sie würde nicht viele Fragen stellen, da war ich mir sicher. »Es sind nur drei Personen«, erklärte ich, weil ich Bonnie nicht erwähnen wollte. »Ich denke, die ruhige Atmosphäre würde dem Wiedersehen guttun.«

»Natürlich. Das lässt sich bestimmt machen.«

»Danke, Blair.« Ich hob erneut meine Flasche und prostete ihr zu. »Auf die Familie.«

»Auf die Familie«, stimmte sie zu, und wir tranken den Mix, der verglichen mit meinen Cocktails eigentlich ziemlich beschissen schmeckte. Wir verzogen beide das Gesicht. »Brent hat immerhin eine«, fügte sie verbittert hinzu.

Es war mir ein wenig unangenehm, weil es eigentlich sehr persönliche Themen waren, doch gleichzeitig hatte ich das Gefühl, ihr meine Hilfe anbieten zu wollen. Vielleicht hatte sie sonst niemanden dafür. »Möchtest du darüber reden?«

Blair senkte den Blick auf den Sand und schob ihn mit dem kleinen Finger hin und her. Sie nahm sich noch einen Moment Zeit, ehe sie etwas sagte. »Mein Vater hat versucht, mich zu erpressen. Die Kontaktdaten meiner Mutter im Austausch zu Lovett Island.«

»Er hat was?«, brachte ich entsetzt hervor.

Baron war wirklich ein Schwein. Und das vor seiner eigenen Tochter. Kein Wunder, dass Blair Jesse geschickt hatte, um sicherzugehen, dass Baron von der Insel verschwand. Zumindest was das betraf, fühlte ich mich nun etwas sicherer.

»Nett, nicht wahr?« Sie lachte frustriert.

»Hast du denn eine Ahnung, wo sie ist?«, erkundigte ich mich vorsichtig. Ich wusste, dass Blairs Mutter vor vielen Jahren abgehauen war, doch ich hatte gedacht, sie hätte trotzdem Kontakt zu ihr. Oder zumindest die Möglichkeit dazu.

»Nein. Sie hat wohl ihren Namen geändert.« Blair hob ratlos die Schultern.

»Willst du sie denn kennenlernen?«, fragte ich vorsichtig.

Blair sah mich an, einen Ausdruck in den Augen, als wäre diese Frage überflüssig. »Das fragst ausgerechnet du?«

14.

Maci

»Willkommen zurück auf Lovett Island.« Laureen breitete freudestrahlend die Arme aus, als Trevor und ich mit dem Golfcart das Haupthaus erreichten. Neben ihr standen zwei Männer, ein dunkelhaariger, den ich Mitte fünfzig schätzte, und ein jüngerer, der sehr athletisch wirkte und Sportklamotten trug.

Trevor stieg aus dem Golfcart und ließ sich von seiner Mom mit einer Umarmung begrüßen. Sein rechter Arm musste noch immer mit einer Schlinge ruhiggestellt werden. Laureen war mit einem Helikopter angereist, während Trevor darauf bestanden hatte, ein Boot zu nehmen. Nach dem, was passiert war, wollte er nicht in einen Hubschrauber steigen. Laureens Reaktion darauf zufolge war das wohl normal.

»Darf ich euch vorstellen: Das sind Dr. Omar und Peter Milano.« Laureen trat zur Seite und deutete auf die beiden Männer. »Dr. Omar ist Sportarzt in San Juan und wird deinen Heilungsprozess beobachten. Mr Milano ist Physiotherapeut in Tortola und wird deine Therapie begleiten.«

»Bitte nenne mich Peter«, warf der Physiotherapeut freundlich ein.

Ich wusste, dass Trevor der Sport und die Bewegung fehlten. Was er jetzt brauchte, war Unterstützung von allen Seiten. Dass er auf Lovett Island den Heilungsprozess fortsetzen wollte, fand ich – nicht nur, weil es hier ohne Gäste gerade sehr ruhig war – eine sehr gute Idee. Ich wollte allerdings nicht wissen, was es seine Eltern kostete, die beiden regelmäßig hierherbringen zu lassen.

Ich warf einen Blick zu Trevor, und seiner entschlossenen Miene nach schien er ebenfalls von dem Plan überzeugt zu sein.

»Freut mich, Sie kennenzulernen«, sagte Trevor, ohne ihnen die Hand zu schütten.

»Wie ich sehe, bist du gut in Form«, stellte Peter zufrieden fest. »Sobald Dr. Omar das Okay gibt, kann ich dir Übungen zeigen, wie du deinen gesamten Körper fit hältst, ohne deine Schulter zu belasten. Außerdem werden wir schonend an der Beweglichkeit deines Arms arbeiten.«

»Gern.« Das Strahlen in Trevors Augen zeigte mir, wie die Hoffnung in ihm aufkeimte. Er würde wieder Fortschritte machen, die ihn für die harte Arbeit motivierten, die ihm noch bevorstand.

»Mr Parker, Ihre Mutter hat mir bereits Ihre Krankenakte gezeigt«, sagte Dr. Omar. »Sie haben sich einen wirklich komplizierten Bruch in der Schulter zugezogen, dessen Heilung viel Geduld in Anspruch nehmen wird. Das

Therapieprogramm, das Peter und ich für die erste Zeit erstellt haben, wird langsam und sanft beginnen und sich immer weiter steigern, ganz nach Ihren Bedürfnissen. Ziel ist es, dass Sie Ihren Arm im Alltag wieder uneingeschränkt verwenden können.«

»Klingt gut«, erwiderte Trevor.

»Ich würde Sie jetzt gerne untersuchen und gemeinsam mit Peter den weiteren Ablauf besprechen. Ist das für Sie in Ordnung?« Dr. Omar war sehr höflich, und ich war zuversichtlich, dass Trevor bei ihm gut aufgehoben war.

»Ja, klar. Am besten gehen wir dafür in mein Appartement«, sagte Trevor und deutete mit einem Kopfnicken auf das Haupthaus.

»Sehr schön.« Laureen wirkte ein wenig erleichtert, fast, als hätte sie damit gerechnet, Trevor könnte sich weniger kooperativ zeigen. »Wir warten auf der Terrasse auf euch.«

Während Dr. Omar und Peter Trevor folgten, holte ich unsere Sachen aus dem Golfcart. Ich hatte Trevor verboten, sie zu tragen, weil er sich immer noch schonen musste, was ihm natürlich nicht gefallen hatte. Er meinte, er könne ja mit links alles machen, doch ich wollte nicht, dass er seine Schultern einseitig belastete.

»Ich bin froh, dass das gerade so gut geklappt hat«, sagte Laureen zufrieden.

»Du siehst aus, als hättest du etwas anderes erwartet«, warf ich ein. Ich stellte meine und Trevors Reisetaschen in die Lobby.

»Bei unseren Telefonaten hat Trevor den Eindruck gemacht, als wollte er keine Hilfe annehmen«, erklärte Laureen und deutete auf das Restaurant. »Hast du Zeit für einen Drink?«

»Gern.« Wir gingen durch das Restaurant auf die Terrasse hinaus, wo Laureen uns hinter der Bar etwas zu trinken holte.

»Es gibt noch nicht viel«, stellte sie bei einem Blick in die Kühlschränke fest. »Willst du Eistee?«

»Eistee klingt gut.« Ich setzte mich auf eine der Schaukeln, die auf der anderen Seite der Theke von der Decke hingen. Meine Füße baumelten über den Boden, als ich mich ein wenig hin und her schwingen ließ.

»Wie kommt dir Trevor vor?«, fragte Laureen und stellte mir ein Glas mit gekühltem Eistee vor die Nase.

»Was meinst du?«

»Trevor macht auf mich den Eindruck, als wäre er etwas … depressiv«, erklärte sie, und ich hörte die Besorgnis in ihrer Stimme. »Was nicht mal verwunderlich wäre, jetzt, da seine Karriere vorbei ist.«

»Ich war bislang eher überrascht, wie gut er die Situation wegsteckt«, sagte ich etwas erschrocken über ihre Worte. »Er redet nicht viel darüber und wirkt auch oft nachdenklich und betrübt, aber er kam mir nicht depressiv vor.« Ich legte meine Hände um das kühle Glas und überlegte, welche Anzeichen es dafür hätte geben können. Leider wusste ich nicht mal, wie diese aussehen würden.

Laureen trank von ihrem Eistee, ehe sie weitersprach. »Wenn dir doch etwas auffällt, sag mir bitte Bescheid. Ich will nicht, dass er das in sich hineinfrisst. Die psychologische Hilfe, die ich ihm besorgen wollte, hat er abgelehnt.«

Ich bekam ein schlechtes Gewissen, weil ich Angst hatte, etwas zu übersehen. Hatte er vielleicht Probleme, diesen Unfall und seine Auswirkungen zu verarbeiten? Und ich bemerkte das nicht, weil ich nur daran dachte, wie froh *ich* war, ihn nicht verloren zu haben? Unruhig stellte ich die Füße wieder auf den Boden und hörte mit dem Schaukeln auf.

»Habe ich doch richtig gehört.« Blair kam von der Außentreppe auf die Terrasse hoch. Ihr folgte Ezra, der Laureen ebenso herzlich begrüßte, wie Blair es tat.

Mich hingegen sah Blair unsicher an und strich ihre Haare zurück. Ich schickte ihr nur einen kühlen Blick zurück. Bloß weil sie sich mit Ezra verstand und Trevors beste Freundin war, hieß das noch lange nicht, dass ich ihr ein zweites Mal verzeihen würde.

»Schön, euch beide zu sehen«, sagte Laureen und holte mich aus meinen Gedanken. Sie hatte anscheinend nicht gemerkt, dass die Stimmung einige Grade gesunken war – oder sie wollte nichts merken. »Danke, dass Trevor hierbleiben kann, meine Liebe. Wäre es nach Hugh gegangen, wäre Trevor längst in der Firmenzentrale einquartiert.«

»Kein Problem.« Blair winkte ab und blieb hinter der Bar stehen, während Ezra sich auf einem der Barhocker neben meiner Schaukel niederließ. »Die Gebäude sind zum Glück alle vom Sturm verschont geblieben. Ich habe nur einen kurzen Blick in die Appartements geworfen, um sie auf Schäden zu überprüfen. Bis auf kleinere Reparaturen an der Fassade ist alles in Ordnung.«

»Darüber wollte ich ohnehin noch mit dir sprechen.« Laureen stellte ihren Eistee ab. »Trevor und ich wollen unsere Appartements weiter benutzen, wenn das für dich in Ordnung ist. Natürlich würde ich dir dafür Miete zahlen. Wenn du willst, kann ich auch einen befreundeten Immobilienmakler bitten, einen angemessenen Preis zu schätzen. Zuerst wollte ich aber dein Okay dafür haben.«

»Ähm, ja, klar.« Blair wirkte von diesem Vorschlag ein wenig überrumpelt, gleichzeitig aber auch erleichtert. »Bitte mach das. Im Moment habe ich ohnehin genug anderes zu tun.«

»Das glaube ich dir gern. Vor allem jetzt, wo Peyton ausfällt.« Laureen sah sie mitfühlend an. Man merkte in den Blicken und Gesten der beiden, dass sie mehr verband als nur eine Bekanntschaft. »Wenn ich dir irgendwie helfen kann, lass es mich wissen.«

»Also, um ehrlich zu sein …« Blair nahm den Eisteekrug, der noch auf der Anrichte stand, und füllte geistesabwesend zwei Gläser damit auf. Ihr Blick wich kurz zu Ezra, dann zu mir, als würde sie sich wohler fühlen, wenn wir beide nicht dabei wären. Trotzdem setzte sie dann fort: »Meine finanzielle Lage ist derzeit etwas schwierig. Durch die Reparaturarbeiten kommen täglich neue Rechnungen ins Haus, und außer der Hälfte der Insel habe ich von meinem Vater nichts bekommen.«

Ich merkte, wie Ezra sich neben mir verspannte, und warf einen flüchtigen Blick zu ihm hinüber. Offenbar war es ihm unangenehm, dass über dieses Thema gesprochen wurde.

»Wie viel brauchst du?«, fragte Laureen, auch wenn sie wenig hoffnungsvoll aussah, dass sie ihr helfen könnte.

Neugierig hob ich den Kopf.

Sie schob Ezra ein Glas Eistee über die Theke zu, auch wenn ich ihn noch nie hatte Eistee trinken sehen. Vielleicht kannte sie ihn aber mittlerweile besser als ich ...»Etwa vier Millionen Dollar«, sagte sie dann.

Ich glaubte, fast von der Schaukel zu fallen. Karlee hatte am Telefon gesagt, die Schäden seien überschaubar. Vier Millionen Dollar hörten sich aber nicht danach an.

Bedauernd schüttelte Laureen den Kopf.»Solange die Scheidung nicht durch ist, kann ich dir nicht so viel Geld geben.« Sie seufzte schwer.»Die Sache mit dem zerstörten Helikopter hat meine Situation nicht gerade leichter gemacht.«

»Was ist mit Trevor?«, schlug Ezra vor.»Vielleicht kann er was machen.«

»Ich bezweifle, dass er einfach so auf vier Millionen Dollar zugreifen kann«, antwortete Laureen.»Hugh hat sein Geld angelegt. Zwar könnte Trevor mit ihm reden, aber ich sehe kaum eine Chance, dass Hugh da kooperativ ist.«

»Nein, Hugh ist keine Option«, sagte Blair entschieden. Ich wusste nicht, welches Verhältnis sie zu ihm hatte, aber nachdem er ihr die Parkins-Anteile weggenommen hatte, herrschte bestimmt auch zwischen ihnen eine Anspannung.

»Hast du schon mit Banken gesprochen?«, fragte ich.»Du könntest doch einen Kredit aufnehmen und die Insel als Sicherheit nutzen.«

»Ja, aber die geben einer Studienabbrecherin ohne finanzielle Mittel oder Einkünfte keinen Kredit in der Höhe«, antwortete Blair frustriert.

»Vielleicht kann dich ein privater Investor unterstützen«, schlug Laureen vor. Auch ihr schien es wichtig zu sein, dass sie Insel nicht einfach in fremde Hände fiel.

»Wer denn?« Blair klang verzweifelt. »Die würden doch nur Geld geben, wenn sie einen Anteil an der Insel bekommen – und das will ich nicht.«

»Ich denke schon, dass sich jemand finden würde«, murmelte Ezra und trank von seinem Eistee, nur um danach das Gesicht zu verziehen, als hätte er mit etwas anderem im Glas gerechnet.

»Ich finde einen Weg, okay«, sagte Blair entschlossen und stellte den Krug mit dem restlichen Eistee in den Kühlschrank zurück. Es war, als wäre mit dem Schließen der Kühlschranktür auch dieses Thema beendet.

»Es gibt noch etwas anderes, worüber ich mit euch sprechen muss«, sagte Laureen, und ihre Aufmerksamkeit lag dabei bei uns allen. »Hugh besteht darauf, dass Trevors Unfall nicht an die Öffentlichkeit gelangt.«

»Was schert uns schon, was Hugh will?«, zischte Blair und beantwortete damit meine Frage nach ihrem Verhältnis zu Trevors Vater endgültig.

»Ich weiß, was du meinst, aber wir sollten dabei auch an Trevor denken«, antwortete Laureen ruhig. »Hugh hat nicht nur die Kosten für die Suche nach Trevor übernommen, sondern bezahlt auch seine weitere medizinische Betreuung.«

»Hugh hat ja ein so großes Herz«, sagte Blair mit einem falschen Lächeln.

»Ich kann Hughs Bedenken verstehen«, erklärte Laureen,

die sich von Blairs bissiger Art nicht mitreißen ließ.»Er will Trevor davor bewahren, dass die Medien sich auf diese Geschichte stürzen und ihn als den verwöhnten, reichen Unternehmersohn hinstellen, der sich alles erlauben kann.« Auch ich wollte nicht, dass dieses völlig falsche Bild von Trevor in den Medien kursierte. So war er nicht. Er hatte einen Fehler gemacht und dafür die Quittung bekommen. Etwas, das ihn sein Leben lang begleiten würde und das er tapfer zu ertragen versuchte.»Und wie erklärt ihr seine Verletzung? Und sein Karriereende?«, fragte Ezra irritiert.»Die Uni geht bald los.«

»Offiziell hat er sich die Verletzung hier auf der Insel zugezogen«, antwortete Laureen, doch es klang nicht wie ihre eigenen Worte. Offenbar hatte sich Hugh genau überlegt, wie die Sache geregelt wurde. Er war kein Mann, der etwas dem Zufall überließ.»Trevor hat das Startverbot aufgrund eines technischen Defekts überhört und ist nach Lovett Island geflogen. Hier hat er sich bei den Aufräumarbeiten verletzt, als er vom Dach gefallen ist.«

»Das ist doch lächerlich.« Blair schnaubte und verschränkte die Arme vor der Brust.»Will Trevor das überhaupt so?«

»Das tut für Hugh nichts zur Sache«, antwortete Laureen leicht verbittert.»Bitte haltet euch an diese Geschichte und erklärt es auch dem Staff. Die Wahrheit darf nicht an die Öffentlichkeit gelangen. Tut es für Trevor.«

»Laureen hat recht«, sagte Ezra.»Trevor hat es schon schwer genug. Da braucht er nicht noch den Druck der Presse, die ihn in den Zeitungen zerreißen will.«

»Ich weiß, wir stecken momentan alle in schwierigen Situationen.« Laureen bedachte erst mich mit einem mitfühlenden Blick, dann Blair. »Aber wenn wir zusammenhalten, werden wir diese Zeit überstehen, okay?«

Blair und ich sahen uns stumm über die Anrichte hinweg an, und ich erkannte in ihrem Blick, dass sie wusste, was ich dachte: Wie sollte ich ihr noch vertrauen? Sie hatte mir Steine in den Weg gelegt, Trevor manipuliert, um uns auseinanderzubringen. Ihretwegen hatte ich mein Stipendium nicht mehr. Auch wenn sie sich dafür entschuldigt hatte – ihre nächste Intrige kam bald darauf: Sie hatte Trevor mit einem Foto an ihren Vater verkauft. Es fiel mir schwer zu glauben, dass das nun anders sein sollte.

Doch auch ihr Leben hatte sich in den letzten Wochen stark verändert. Der Ausstieg aus Parkins, die Sache mit ihrem Vater und der Hurrikan auf ihrer Insel. Ich durfte nicht nur an mein Misstrauen denken, sondern auch an Trevor. Er brauchte uns beide, um durch dieses Tief zu kommen.

»Ich schaffe das«, sagte ich. Für Trevor wollte ich das wirklich.

Blair schob ihr Kinn ein Stück höher. »Ich auch.«

»Danke, Mädels!« Laureen lächelte uns beide erleichtert an.

Schritte näherten sich vom Restaurant aus. Als ich mich umdrehte, entdeckte ich Trevor, der mit Dr. Omar und Peter auf die Terrasse kam.

»Na, wie sieht's aus?«, fragte Laureen mit einem freudigen Lächeln, das nicht auf das Gespräch gerade eben hindeutete. »Haben Sie noch Hoffnungen für meinen Sohn, Dr. Omar?«

»Die Heilung verläuft bis jetzt sehr gut«, antwortete dieser. »In einer Woche werde ich die Fäden ziehen und möchte, dass Trevor dafür in meine Praxis kommt. Dort kann ich seine Blutwerte überprüfen lassen und ein Röntgenbild erstellen.«

»Sehr gut.« Laureen war sichtlich zufrieden mit ihrer Auswahl von Trevors medizinischer Betreuung.

Trevor blieb an meiner Seite stehen, wandte sich jedoch Blair zu. »Wie sieht denn das Gym momentan aus? Können wir es für die Therapie benutzen?«

»Das ist noch voller Sand und muss erst gereinigt werden«, antwortete sie. »Das kann noch einige Tage dauern.«

»Kein Problem«, warf Peter, der Physiotherapeut, ein. »Ich kenne genug Übungen, die wir am Strand machen können.«

»Dann geht mal besser an den Nordstrand«, warf Ezra ein. »Dort soll es noch Sand geben.«

So, wie er das sagte, fürchtete ich mich schon vor dem ersten Rundgang über die Insel.

»Dr. Omar, Peter, wollen Sie beide noch etwas trinken?«, bot Laureen höflich an.

»Vielen Dank, aber wenn es Ihnen recht ist, würde ich gerne zurückfliegen. Ich habe heute noch wichtige Termine«, antwortete der Arzt.

»Selbstverständlich.« Laureen kam hinter der Bar hervor. Der Arzt verabschiedete sich, während Peter zum Gruß die Hand hob. »Wir sehen uns morgen«, sagte er an Trevor gewandt.

»Bis dann«, verabschiedete sich Trevor mit einem kurzen Nicken.

Kurz darauf waren Trevor, Blair, Ezra und ich alleine auf der Terrasse.

»Alter, darf ich dir sagen, dass du echt scheiße aussiehst?« Ezra grinste glücklich, seinen besten Freund trotzdem zu sehen.

»Rate mal, wie ich mich fühle«, entgegnete dieser. »Gibt's hier eigentlich auch etwas Richtiges zu trinken?« Trevor setzte sich zu mir auf die Schaukel.

»Ich glaube, ich habe irgendwo eine Flasche Whisky gesehen«, sagte Blair und holte ein sauberes Glas aus dem Regal.

Ich war gespannt, wie es zwischen den beiden weitergehen würde. Das letzte Mal, als sie sich gesehen hatten, hatte Hugh Trevor einfach mitgenommen. Ezra hatte nur angedeutet, dass es mit Blair zu tun hatte, aber nie gesagt, was der wahre Grund war.

»Darf's ein Johnnie Walker sein?« Blair hielt eine Flasche mit einem dunkelblauen Label hoch. Noch bevor Trevor antworten konnte, nahm sie den Verschluss ab und goss großzügig in das Glas ein. »Du auch, Sweeting?«

Ich war über ihre Frage überrascht. Nicht, weil sie ihm etwas anbot – dass die beiden sich irgendwie nahestanden, war kein Geheimnis für mich. Dass sie ihn aber noch beim Nachnamen nannte, irritierte mich dann doch. Ob es an unserer Anwesenheit lag?

»Gerne.«

Trevor und Ezra prosteten einander zu, ehe sie von ihren Whiskys tranken.

Ich beobachtete die Situation, vor allem Trevor und Blair.

»Jetzt wo ich da bin«, sagte dieser plötzlich und stellte sein Trinkglas auf die Theke vor uns, »möchte ich Steve Thompson hierher einladen, wenn das für dich in Ordnung ist, Blair.«

Sie sah überrascht auf, als sie den Namen hörte. Offenbar kannte sie ihn. »Der arbeitet doch für Parkins, oder?«, fragte sie, doch es klang, als wüsste sie das ganz genau.

»Ja«, antwortete Trevor ruhig. »Und er ist mein Halbbruder.«

Blair erstarrte, dann blinzelte sie einmal und fragte verdutzt: »Steve ist dein Halbbruder?«

»Du kennst ihn offenbar besser als ich«, stellte Trevor ein wenig irritiert fest.

Blair räusperte sich und drehte ihr Trinkglas mit nervösen Fingern im Kreis. »Ich habe ihn nur einmal getroffen. Da wusste ich aber nicht, dass er …« Sie unterbrach sich selbst und sah Trevor auf eine weitere Erklärung abwartend an.

»Ich weiß es auch erst seit Kurzem.« Entweder versteckte Trevor seine Vorfreude auf dieses Kennenlernen sehr gut, oder er war eigentlich wenig begeistert, seinen Halbbruder endlich zu treffen. Trotzdem fand ich es gut, dass er ihn einladen wollte. Er war ein Teil seiner Familie und würde fortan ein wichtiger Teil seines Lebens sein. Abgesehen davon, würde ihn das Treffen von dem Absturz und seinen Auswirkungen ein wenig ablenken.

»Könntest du uns ein gemeinsames Abendessen organisieren?«, fragte Trevor an Blair gerichtet. »Ich hätte euch alle gerne dabei.« Sein Blick ging durch die Runde.

Erneut war es, als hätte eine unsichtbare Hand bei Blair ein Reset durchgeführt. Nur dass sie dieses Mal nicht steif und unbehaglich zu sich kam, sondern stolz, dass Trevor sie in diesen Teil seines Lebens mit einbezog. Mit einem warmen Ausdruck in den Augen lächelte sie ihn an. »Natürlich, das mache ich gerne«, sagte sie, ehe sie leise auflachte. »Du hast also einen Halbbruder. Das ist echt mal eine Überraschung.«

»Wem sagst du das.« Zwischen den beiden entstand ein kurzer, sehr vertrauter Moment. Trotz Ezras und meiner Anwesenheit verband die beiden gerade eine Vergangenheit, eine Kindheit, die nur ihnen gehörte.

Das war etwas, zwischen das ich mich nie stellen wollte, weil ich wusste, wie wichtig Trevor dieser Kontakt zu Blair war. Und wenn er ihr so vertraute, dann wollte auch ich es noch einmal versuchen.

»Und wegen dem, was vor dem Hurrikan passiert ist … mit meinem Vater«, setzte Trevor nach einer Weile an sie gewandt fort. »Vergessen wir das! Ich will auf solche Belanglosigkeiten keinen Gedanken mehr verschwenden, jetzt, da ich weiß, wie schnell alles vorbei sein kann.«

15.

Blair

Ein Schiff hatte heute früh eine gewaltige Ladung Sand abgeladen, welche ein Bagger nun über den Strandabschnitt verteilte. Zumindest über den mittleren Bereich, um einen Übergang zwischen dem Strandhaus und dem Ufer anzulegen. An den Seiten, wo Karlee üblicherweise ihre Yoga- und Pilatesstunden praktizierte, blieb der Boden steinig. Hier mussten wir auf eine weitere Lieferung in einigen Wochen warten.

Violet stellte sich zu mir auf die Terrasse des Strandhauses. »Das sieht aus wie ein Spielzeugbagger in einem etwas zu großen Sandkasten. Ob er mich auch mal damit fahren lässt?«

Irritiert sah ich zu ihr hinüber. »Bist du schon mal mit einem Bagger gefahren?«

»Nö, aber hier kann ich eh nichts kaputtmachen.« Sie grinste mich voller Begeisterung an.

»Das Risiko wollen wir lieber nicht eingehen«, sagte ich,

auch weil ich fürchtete, sie würde nicht die Einzige bleiben, die das ausprobieren wollte. Abgesehen davon hatte ich schon genug Geldprobleme, da wollte ich nicht auch noch für einen Bagger aufkommen müssen, der beschädigt werden könnte. Der Kostenvoranschlag, den das Unternehmen für die Sandlieferung geschickt hatte, hatte mir bereits einen ziemlichen Dämpfer verpasst. Ich hoffte, ich könnte die Zahlung noch hinauszögern, bis die ersten Gäste wieder herkamen und Geld auf mein Konto brachten.

»Es ist so ruhig hier«, sagte Violet nach einer Weile. »Ich freue mich schon darauf, wenn hier wieder mehr los ist.«

»Ich auch«, seufzte ich und warf einen Blick auf meine Armbanduhr. Viertel nach zwei. Steve sollte bald am Bootssteg ankommen. Er hatte Trevors Einladung sofort angenommen, obwohl es mich doch überrascht hatte, dass Trevor dieses Kennenlernen nun wirklich durchziehen wollte. Seit seiner Ankunft auf Lovett Island hatte er sich von allen anderen abgeschottet. Meistens war er in seinem Appartement oder im Gym. Maci und sein Physiotherapeut Peter waren die Einzigen, die er an sich ranließ. Es war, als wollte er vor allem und jedem seine Ruhe haben.

Selbst als ich ihm mal angeboten hatte, einen gemütlichen Abend zu organisieren mit Spielen, Musik oder einem Lagerfeuer, hatte er einfach abgelehnt. Er meinte, die momentane Situation würde ihn viel Kraft kosten – körperlich wie psychisch.

Manchmal wünschte ich mir, ich könnte mich auch einfach so ausklinken.

»Ich muss jetzt zum Steg«, sagte ich zu Violet. »Wenn der

Baggerfahrer etwas benötigt, kannst du dich darum kümmern?«

»Klar!«, rief sie, als würde ihr die Aufforderung, diesem Sandherumgeschiebe noch länger zuzusehen, durchaus willkommen sein. Sie setzte sich auf einen der Sessel auf der Terrasse und überkreuzte die ausgestreckten Beine.

Ich machte mich auf den Weg zum Bootshaus, wobei ich am Rand des Strandabschnitts entlanglief, um dem Bagger nicht in die Quere zu kommen. Auf dem Weg zwischen dem Strand und dem Bootshaus zupfte ich einen geknickten Ast von einem Baum, der auf den Weg herunterhing. Die Pflanzen der Insel hatten den meisten Schaden abbekommen, doch Pedro hatte mir versichert, sie würden sich schnell wieder erholen.

Kaum dass ich den Steg erreichte, legte bereits ein Motorboot an dessen Ende an. Ich erkannte Steve Thompson auf der hinteren Rückbank. Er trug eine Pilotenbrille, und der Fahrtwind hatte sein blondes Haar etwas zerzaust.

»Dann wollen wir mal«, sagte ich zu mir selbst und stellte mich an den Anfang des Stegs. Ich war ein wenig aufgeregt. Steve war mir bei unserer Begegnung vor Hughs Büro sehr sympathisch gewesen. Ich hatte sogar den Eindruck gehabt, er hätte damals mit mir geflirtet. Heute aber würde ich ihm als Trevors Halbbruder begegnen. Ein Umstand, der auch mich nervös machte. Trevor war immer noch so etwas wie ein Bruder für mich, auch wenn das Verhältnis zwischen uns nicht mehr so eng wie früher war. Doch wir waren miteinander aufgewachsen, und genau genommen hätte Steve da dazugehört.

Das Boot legte am Steg an, und Steve stieg geschickt auf die Holzplanken. Er hatte eine kleine dunkelblaue Reisetasche bei sich. Mit seiner kurzen beigen Stoffhose, den weißen Sneakers und dem weißen Hemd sah er aus, als käme er für ein Fotoshooting auf die Insel. Als er mich sah, legte sich ein Lächeln über seinen Mund, und er schob sich die Sonnenbrille in sein Haar, das dadurch wieder etwas ordentlicher aussah.

Steve war ein attraktiver Mann mit Stil, wie ich es zu schätzen wusste. Sein selbstbewusstes Auftreten gefiel mir ebenso wie seine freundliche offene Art.

»Hallo, Blair«, sagte er, kurz bevor er mich erreichte. Seine Stimme war genauso, wie ich sie in Erinnerung hatte. Tief und dabei samtig weich.

»Willkommen auf Lovett Island. Ich hoffe, du hattest eine gute Anreise.« Ein wenig schwang der Stolz in meinen Worten mit, dass diese Insel nun mir gehörte.

»Dieser Anblick hätte mich wohl ohnehin alle Strapazen der Anreise sofort vergessen lassen«, antwortete Steve, und mir fiel schnell auf, dass er sich gar nicht umsah, sondern seine Augen fest auf mich gerichtet hatte.

Seine Worte schmeichelten mir, auch wenn ich es mir nicht anmerken lassen wollte. Bevor mein Lächeln ihm zu viel Zuspruch gab, drehte ich mich zum Strand und deutete auf den Weg dorthin.

»Komm mit!« Auch wenn dieser im Moment nicht gerade das Highlight der Insel war, wollte ich Steve herumführen und ihm erst mal einen Willkommensdrink im Strandhaus anbieten, ehe er seine Sachen in sein Zimmer bringen konnte. »Wie geht es eigentlich deinen Pflanzen?«, fragte ich in Anspielung auf unser früheres Gespräch. Ob er sich daran erinnern konnte?

»Ich bin auf Kakteen umgestiegen«, antwortete er grinsend.

»Klingt vernünftig.«

»Danke, dass Trevor und ich uns hier kennenlernen dürfen«, sagte er, als wir zwischen den Bäumen den Weg entlangliefen.

»Das ist doch selbstverständlich.« Das war es für mich wirklich. Abgesehen davon war auch ich neugierig auf den jungen Mann, den Hugh so lange vor uns geheim gehalten hatte. »Ihr werdet hier die Ruhe finden, die ihr für euer Kennenlernen braucht.«

»Bestimmt. Ich wollte schon immer mal nach Lovett Island.« Steve ließ das ganz normal klingen, doch ich kannte die Bedeutung dahinter. Lovett Island war die Insel von Hugh und seiner Familie gewesen. Seiner offiziellen Familie. Und zu der hatte Steve bislang nicht gehört.

Zwei Vögel flatterten bei unserem Näherkommen aus dem Gebüsch und suchten das Weite.

»Ganz schön fies, dass dich Hugh nie hierher mitgenommen hat«, sagte ich und merkte, wie meine Stimme einen finsteren, leicht verbitterten Ton angenommen hatte. Dass ich nicht gut auf Hugh zu sprechen war, war kein Geheimnis. Das wusste bestimmt auch Steve.

»Wie hätte er das erklären sollen?« Aus Steves Mund klang das, als wollte er seinen Vater in Schutz nehmen. Dabei war er das Opfer von Hughs Geheimnis gewesen. »Ich bin mit dem Wissen aufgewachsen, dass unsere Verbindung nie öffentlich werden darf.«

Ich blieb entsetzt stehen und wandte mich ihm zu. Der Strand war nur noch wenige Schritte entfernt. Egal, wie gut Steves Verhältnis zu Hugh auch war, er konnte diesen Umstand doch nicht einfach so akzeptieren. Genau genommen hatte Hugh ihn sein Leben lang verleugnet. »Hat dich das nie gestört?«

»Nein, warum auch?« Steve lächelte sanft, fast als amüsierte ihn meine Reaktion. »Er hat mir damit die Möglichkeit gegeben, in Ruhe aufzuwachsen. Ohne dass alle Augen auf mich gerichtet waren. Für Kinder ist es nicht gut, wenn die Medien ständig von ihnen berichten. Du weißt ja bestimmt, wie das ist.«

»Ja, das weiß ich«, gestand ich leise und erwiderte sein Lächeln, froh darüber, dass in seinen Worten keine Wertung mitschwang.

»Mein Vater hat mich immer gefördert«, setzte Steve fort. »Er hat mich auf gute Schulen geschickt, mein Studium finanziert und früh begonnen, mich auf meine Position bei Parkins vorzubereiten.«

»Klingt nach einer perfekten Kindheit …«, sagte ich leicht wehmütig.

Trevor und ich waren der Öffentlichkeit ausgesetzt gewesen. Uns hatte nie jemand gefragt, ob wir das wollten. Zwar waren wir keine Kinderstars gewesen, die einfach ins Rampenlicht gestoßen worden waren, doch wir hatten früh lernen müssen, wie wir uns zu verhalten hatten. Wir mussten Vorzeigekinder sein, auf Veranstaltungen ebenso wie in der Firma. Mit sieben Jahren stand Trevor das erste Mal für einen Werbespot von Parkins vor der Kamera. Ich konnte mich nicht erinnern, ob er gefragt wurde, ob er das überhaupt wollte. Mich hatte die Aufmerksamkeit nie gestört, ich hatte sie lange Zeit sogar genossen, doch für Trevor war das anders. Er hatte immer seine Ruhe haben wollen.

»Ich weiß, dass mein Vater in erster Linie verhindern wollte, dass Laureen von mir erfährt«, fügte Steve hinzu.

»Was ja super geklappt hat«, sagte ich schnippisch. Trevors Familie war mir wichtig, aber nicht nur, weil er wie ein Bruder für mich, sondern auch, weil Laureen viele Jahre wie eine Mutter gewesen war. Sie war meine engste erwachsene Bezugsperson. Der Verrat an ihr machte auch mich wütend.

»Früher oder später wäre die Sache bekannt geworden«, erklärte Steve ruhig. »Und das ist auch gut so. Ich will mit Trevor auf einer Augenhöhe die Firma führen.«

»Ja, Trevor und du.« Es tat weh, das auszusprechen, auch wenn ich mich mittlerweile damit abgefunden hatte.

Wir gingen weiter, erreichten den Strand und wichen dem Bagger aus, um zum Strandhaus zu gelangen.

»Blair, es tut mir leid. So habe ich das nicht gemeint!« Steve wirkte ehrlich schuldbewusst, als wäre ihm erst jetzt bewusst geworden, was er damit gesagt hatte. Er berührte mich sanft an der Schulter, damit ich noch einmal mit ihm stehenblieb und ihn ansah. »Ich habe von deinem Ausstieg auch erst erfahren, als du deine Anteile abgegeben hast. Das musst du mir glauben.«

»Es tut nichts zur Sache, ob ich dir glaube oder nicht«, erwiderte ich, um mir meine innere Aufgewühltheit nicht anmerken zu lassen. Ich wollte nicht hier und jetzt erklären, was die Sache mit meinem Vater und der Rausschmiss bei Parkins mit mir gemacht hatten. Schon gar nicht vor Steve. So gut kannten wir uns schließlich auch noch nicht.

»Ich hatte uns immer zu dritt an der Spitze von Parkins gesehen«, sagte er nun versöhnlich, während der Bagger nur unweit von uns herumschipperte. »Selbst nach dem, was mit deinem Vater passiert ist, hatte ich keine Sekunde daran gedacht, dass es sich auf deine Position auswirken würde. Das hatte schließlich nichts mit dir zu tun.«

»Da warst du wohl der Einzige, der das dachte.« Leider!

Als der Bagger ein Stück weit in unsere Richtung rollte, deutete ich Steve mit einem Kopfnicken, dass wir weitergehen sollten. Wir liefen an Violet vorbei, die freundlich grüßte, und betraten das Strandhaus, in dem ich mich direkt hinter die Bar stellte, um den Tresen als Barriere zwischen Steve und mir zu nutzen.

Ich konnte nicht leugnen, dass er mir sympathisch war, dass ich seine freundliche und offene Art mochte. Trotzdem hatte sich da ein Detail in mir festgehakt, das bitter schmeckte. Steve war in den vergangenen Jahren still und verborgen Hughs rechte Hand geworden. Ich hoffte inständig, er würde sich nicht als sein überhebliches und eiskaltes Abbild herausstellen.

»Willst du etwas trinken?«, fragte ich und ließ meinen Blick über all die Gläser und Flaschen gleiten, die Violet längst vorbereitet hatte, als würden noch heute Abend die ersten Gäste auf die Insel kommen.

Beeindruckt sah Steve sich im Strandhaus um. »Ein Wasser, bitte.«

Bloß Wasser? »Wir haben auch Bier, Limo, Kaffee, Säfte, Spirituosen, und ich kann auch Violet bitten, dir einen Cocktail zu mixen.« Wir waren ein Luxusresort, da hatten wir natürlich mehr zu bieten als bloß Wasser.

»Wasser ist okay.« Steve belächelte meinen Versuch, ihn zu etwas anderem zu überreden.

Ich holte eine Flasche Wasser aus der Kühlvitrine und reichte sie ihm über die Theke.

Steve steckte gerade seine Pilotenbrille ins Hemd. Er bedankte sich, doch statt zu trinken, sah er mich mit einem entschuldigenden Blick an.

»Ich wollte dich nicht verärgern, Blair.«

»Ich bin nicht verärgert.« Meine Stimme hüpfte dabei, als fühlte ich mich ertappt. Dabei war ich wirklich nicht verärgert, sondern vielmehr verwirrt. Hinter dem verborgenen Halbbruder, auf den wir alle neugierig gewesen waren, steckte schließlich doch mehr, als ich zu Beginn bedacht hatte.

»Du hast dich wie Trevor und ich dein Leben lang auf diese Position vorbereitet«, setzte er fort – ein Versuch, mir seine Empathie zu demonstrieren.

»Stell dich nicht auf eine Ebene mit Trevor und mir«, sagte ich leise. »Du hast keine Ahnung, wie wir aufgewachsen sind.«

»Bloß weil ihr nichts von mir wusstet, bedeutet das nicht,

dass es auch umgekehrt so war.« Er lächelte, doch der bedauernde Ausdruck in seinen Augen zeigte, wie es wirklich in ihm aussah. »Ich weiß, ich bin drei Jahre älter als ihr, aber glaub mir, ich wäre gerne *mit* euch aufgewachsen und nicht nur daneben.«

»In der Öffentlichkeit?«, fragte ich in Anspielung auf unser Gespräch vom Steg hierher.

»Ich kann verstehen, dass du sauer bist, weil du deine Anteile abgeben musstest«, fuhr Steve fort, ohne auf meinen spitzen Kommentar einzugehen. Er drehte die Wasserflasche zwischen seinen Fingern und senkte seine Stimme. »Ich dachte mir, wenn sich Hughs Ärger über deinen Vater gelegt hat und Trevor und ich mehr Einfluss in der Firma haben, holen wir dich zurück ins Boot. Du sollst die Position bekommen, die immer für dich bestimmt gewesen war.«

»Und du denkst, Hugh würde das zulassen?«

Ich wandte mich ab, um mir ebenfalls eine Wasserflasche aus der Vitrine zu nehmen. Eigentlich hatte ich keinen Durst, doch ich brauchte einen Moment, um meine Gedanken über seine Ideen sacken zu lassen. Steve schien wirklich einen sehr lieben Teil von Hugh kennengelernt zu haben, während Trevor und ich den Arschlochanteil abbekommen hatten.

»Irgendwann, ja«, antwortete Steve. »Er wird sich beruhigen, und es wird der Tag kommen, an dem Trevor und ich die Entscheidungen treffen. Wenn wir zusammenhalten, können wir noch mehr Druck ...«

»Ich habe keine Anteile mehr«, fiel ich ihm ins Wort

und drehte mich zu ihm zurück. »Für euch gibt es keinen Grund, auf mich Rücksicht zu nehmen.« Mal abgesehen davon, dass ich gar nicht wusste, ob ich das überhaupt noch wollte.

»Dann hast du eben keine Anteile. Das ist doch völlig egal.« Steve zuckte mit den Schultern. »Du wirst es nicht glauben, aber auch ich besitze keine.«

»Wenn du keine Firmenanteile besitzt, glaubst du dann wirklich, du würdest jemals auf einer Ebene mit Trevor stehen? So naiv wirst du wohl nicht sein.« Ich lachte spöttisch auf.

»Doch, so naiv bin ich«, antwortete Steve unbeeindruckt. Er sah mir fest in die Augen, offenbar um seine Entschlossenheit auszudrücken. »Ich bin davon überzeugt, dass Trevor und ich ein gutes Team werden. Und dich, Blair, sehe ich im gleichen Team.«

»Du bist wirklich naiv. Sehr, sehr naiv.« Ich verdrehte die Augen und nahm einen Schluck von meinem Wasser. Die Kohlensäure prickelte mir in der Nase.

Ich bezweifelte nicht, dass es Steve gut meinte und mich wirklich dabeihaben wollte, aber er sollte keine Versprechen machen, die er nicht halten konnte. Wer sagte, ob er sich je gegen Hugh und dessen Erbe widersetzen konnte? Wer sagte, dass sich Steve nicht änderte, sobald er die Leitung bei Parkins übernahm? Mit der Machtposition würde auch das Bestreben nach mehr kommen, das Bestreben, seinen eigenen Weg zum Erfolg einzuschlagen … Spätestens da war kein Platz mehr für Naivität. Und mich.

»Ich weiß, du hast keinen Grund, mir einfach so zu vertrauen«, sagte Steve einsichtig. »Ich hoffe trotzdem, dass du mir die Chance gibst, dein Vertrauen zu gewinnen. Auch in Trevors Interesse.«

»Vielleicht sollten wir uns vorerst darauf besinnen«, antwortete ich, weil ich derzeit ohnehin keinen Nerv hatte, einen Gedanken an Parkins zu verschwenden. Ich hatte genug andere Probleme, die gerade wichtiger waren.

Steve nickte mir zufrieden zu.

»Da seid ihr ja«, sagte Ezra plötzlich, der mit Maci das Strandhaus betrat. Er streckte Steve die Hand entgegen. »Ich bin Ezra, ein Freund von Trevor und Blair.«

Steve begrüßte erst ihn, dann auch Maci.

»Maci, kannst du Steve zu seinem Zimmer bringen?«, fragte ich, auch weil ich etwas Abstand brauchte, um diese Begegnung mit all ihren Informationen kurz sacken zu lassen. Die Überlegung, vielleicht wieder ein Teil von Parkins zu werden, wühlte mich mehr auf, als ich gedacht hätte.

»Klar.« Maci lächelte Steve freundlich an.

»Zimmer 102. Es steht offen«, fügte ich noch hinzu und wartete, bis Steve und Maci in Richtung Haupthaus davongingen.

Meine Skepsis gegenüber Steves guten Absichten tat mir fast ein wenig leid. Er schien es wirklich ernst zu meinen – zumindest heute. Doch ich zweifelte daran, dass irgendein Mensch bei den guten Absichten blieb, sobald er *wirklich* mit Geld zu tun hatte. Mal abgesehen von Ezra vielleicht.

»Wie findest du ihn?«, fragte Ezra interessiert und setzte sich auf einen Hocker auf der anderen Seite der Bar. Er ließ es ganz beiläufig klingen, doch sein genauer Blick verriet mir, dass er mehr wissen wollte.

»Er wirkt sehr nett«, antwortete ich, weil es nicht fair wäre, meine Bedenken laut auszusprechen und damit Vorurteile zu erzeugen. Ezra sollte sich selbst ein Bild von ihm machen können.

»Er sieht Trevor nicht mal ähnlich«, stellte Ezra fest. »Er kommt eindeutig nach Hugh.«

»Hoffentlich nur äußerlich«, sagte ich und ließ es wie einen Scherz klingen. Doch der wahre Kern in dem Scherz bereitete mir jetzt schon Magenschmerzen.

»Ich kann mir vorstellen, dass er ein Teil eurer Familie sein will«, überlegte Ezra. »Damit meine ich nicht Trevor und Hugh, sondern Trevor und dich. Ihr seid wie Geschwister, und Steve war immer das Einzelkind, das außen vor gelassen wurde.«

»Wie rührend«, entgegnete ich kühl und ließ mir damit nicht anmerken, dass ich ein wenig Angst hatte, Parkins würde jegliche geschwisterlichen Gefühle überschatten. Sowohl Trevors als auch meine.

»Lassen wir das Thema«, sagte Ezra ruhig. »Es wird beim Abendessen bestimmt noch zur Genüge durchgekaut werden. Wie läuft es hier? Ist der Bagger immer noch da?« Er beugte sich zurück, um einen Blick durch die Tür in Richtung Strand zu werfen.

Ich stützte die Ellenbogen auf die Arbeitsfläche und legte mein Gesicht in die Hände. »Ja«, stöhnte ich gequält. »Es ist, als würde er sich extra lang Zeit lassen. Wenn du den Stundensatz gesehen hättest, wüsstest du auch, warum.«

»So teuer?«

»Ich könnte mir für das Geld auch einen Sportwagen kaufen. Einen richtig teuren«, antwortete ich verstimmt und hob wieder den Kopf. »Blöd nur, dass wir hier nicht mal Straßen haben.«

»Du weißt, dass ich da bin, wenn du Hilfe brauchst«, sagte Ezra und spielte wieder auf die finanzielle Unterstützung an, die er mir schon einmal angeboten hatte. Ganz ohne Eigennutz, im Gegensatz zu meinem Vater. Dennoch konnte ich sie nicht annehmen. Nicht wenn sich dadurch unsere Gefühle füreinander verändern könnten. Und wenn es nur der bittere Beigeschmack des ungleichen Geldverhältnisses zwischen uns war.

Leider hatte ich noch keine andere vernünftige Lösung gefunden, um all die Rechnungen zu bezahlen. Obwohl es aussichtslos war, hatte ich mir erst heute Morgen eine Liste von Kontakten bei Bankinstituten erstellt, die ich um Hilfe bitten wollte. Mehr als absagen konnten die schließlich auch nicht.

»Ich krieg das schon auf die Reihe«, sagte ich, obwohl es sich wie eine glatte Lüge anfühlte.

16.

Maci

»Wie sehe ich aus?« Trevor stand vor dem Spiegel seines Schlafzimmers und zupfte mit der linken Hand an seinen Haaren herum, die eigentlich am besten aussahen, wenn er sie komplett zerzaust ließ. Er hatte sich für ein lockeres helles Hemd entschieden. Auch weil er da mit seinem Arm besser hineinschlüpfen konnte als in ein T-Shirt.

»Richtig gut«, antwortete ich und trat hinter ihn. Vorsichtig schob ich meine Hände unter seinen Armen hindurch und legte sie auf seine harte Brust. Dass er seit Wochen nicht hatte trainieren können, verriet sein Körper nicht. Der war immer noch gut in Form.

Über seine Schulter hinweg warf ich seinem Spiegelbild ein Lächeln zu, das Trevor verhalten erwiderte. Er wirkte angespannt, obwohl ich ihm versichert hatte, dass Steve wirklich nett zu sein schien. Außerdem war das Dinner nichts Formelles, auch wenn sich hier zwei zukünftige Geschäftspartner trafen. Es war ein Kennenlernen zweier Brüder. Leger, locker und in einer sicheren Atmosphäre. Ich hoffte, er würde schnell auftauen, sobald wir im Restaurant beisammensaßen. Noch dazu, wo nicht nur ich, sondern auch sein bester Freund und Blair dabei waren.

Trevor drehte sich zu mir um. Er legte seine linke Hand an meine Taille und strich mit dem Daumen über den dünnen Stoff meines Sommerkleids. »Wenn ich nur halb so gut wie du aussehe, genügt das vollkommen.«

Ich lachte, schob meine Arme um Trevors Hals und legte meine Stirn an seine. Sein Parfüm war leicht holzig und dezent, sodass es den Minzduft nicht verdeckte, den ich so an ihm mochte. »Ich freue mich auf heute Abend.«

Es war gut, dass die beiden Zeit für sich selbst abseits von Hugh und Parkins bekamen. Dieses Treffen war ein wichtiger Moment für beide, und ich war froh, Trevor begleiten zu können.

Trevor schob seine Hand an meinen unteren Rücken und zog mich fester an sich heran. »Wir sind in letzter Zeit viel zu kurz gekommen«, flüsterte er und küsste mich. Seine warmen Lippen lagen weich auf meinen.

Vor meinem inneren Auge blitzte mein erster Abend auf Lovett Island auf. Als Trevor die Spielkarte – das Herzass – einfach weggezogen und mich vor all den Anwesenden auf Blairs Geburtstagsparty geküsst hatte. Für einige Herzschläge hatte ich die Menschen um uns herum gar nicht wahrgenommen, nur Trevors Nähe, das Prickeln auf meinen Lippen und das Verlangen nach mehr. Jetzt löste der Kuss immer noch das Gleiche in mir aus. Ich brauchte seine Nähe, und meine Körpermitte verlangte nach noch viel mehr.

Als sich unsere Münder qualvoll langsam voneinander lösten, entwich mir ein leises Seufzen.

»Wir sollten das Abendessen canceln und ins Bett gehen«, hauchte Trevor an meine Lippen. Nach nichts anderem sehnte ich mich gerade. Um seinen Vorschlag zu bestärken, küsste Trevor mich erneut. Dieses Mal intensiver, leidenschaftlicher. Ich spürte sein Becken an meiner Hüfte, die Erektion, die er gar nicht erst zu verstecken versuchte.

Ich drückte ihn sanft von mir. »Dieses Abendessen war deine Idee«, sagte ich, obwohl ich kurz davor war, mich auf das Bett hinter mir fallen zu lassen.

»Ich nehme die Schuld für das geplatzte Treffen auf mich.« Trevors Hand wanderte tiefer und legte sich um meinen Po. Wieder wollte er mich küssen, doch ich wandte den Kopf leicht zur Seite, sodass seine Lippen meinen Nacken trafen – was ihn trotzdem nicht daran hinderte, meinen Hals mit heißen Küssen zu liebkosen.

»Das können wir auf jeden anderen Abend verschieben«, sagte ich, auch wenn ich keine Anstalten machte, mich von ihm zu lösen. »Steve ist nur heute hier.«

»Wir werden uns in Orlando über den Weg laufen«, entgegnete Trevor und saugte an meinem Schlüsselbein, was mich fast einknicken ließ.

Der Hinweis auf Orlando erinnerte mich aber auch an Hugh, der es für ausreichend empfunden hatte, dass sich seine Söhne in einer Kaffeepause kennenlernen könnten. Nein, das war nicht genug. Die beiden hatten mehr verdient.

»Schluss jetzt!« Ich trat einen Schritt zurück, und Trevor ließ den Kopf schwer hängen. »Steve wartet bestimmt schon. Wenn der Abend nicht zu lang wird, können wir das hier später fortsetzen.« Ich lächelte ihn zweideutig an.

»Ich werde gleich nach dem Hauptgang aufstehen und gehen«, antwortete Trevor ungeduldig.

»Nein, du wirst dir alle Gänge schmecken lassen«, erwiderte ich unnachgiebig. »Den Nachschlag im Bett musst du dir erst verdienen.«

Auf Trevors Lippen breitete sich ein Grinsen aus. In seinen meeresblauen Augen blitzte etwas auf, und ich wusste, er würde mit der Aussicht auf eine anschließende Belohnung von mir mitkommen.

»Ich lege dir noch die Armschlinge um«, bot ich ihm an.

»Glaubst du, ich tauchte vor meinem großen Bruder mit dem Ding auf?« Trevor schnaubte. »Den Abend schaffe ich auch ohne.«

»Du musst deinen Arm noch schonen«, erinnerte ich ihn an Dr. Omars Worte.

»Aber nicht zu sehr, sonst bekomme ich eine *Frozen Shoulder*.« Trevor warf mir einen Blick zu, der mir bestätigte, dass er sich nicht von seiner Einstellung abbringen ließ. Tatsächlich hatte Peter bei seinem letzten Besuch davor gewarnt, Trevor könnte eine Schultersteife bekommen, wenn er den Arm zu viel ruhigstellte. Aber bis »zu viel« war es noch ein wenig hin.

»Du weißt schon, dass das kindisch ist«, sagte ich und hörte selbst den resignierenden Ton in meiner Stimme. Eine Diskussion war völlig aussichtslos.

»Können wir?«, fragte Trevor und ging aus dem Schlafzimmer.

Seufzend folgte ich ihm, ging aber noch kurz ins Bad, wo ich die kleine orangefarbene Dose mit den Schmerzmitteln holte, die im Spiegelschrank verstaut war. Ich ließ sie in meiner Handtasche verschwinden, ehe ich zu Trevor auf den Flur ging.

Er hatte seinen verletzten Arm leicht angewinkelt, ähnlich, wie wenn er in der Schlinge hängen würde. Ich hoffte wirklich, er wusste, was er tat.

Wir gingen über den verglasten Steg ins Haupthaus hinüber, wo Steve, Ezra und Blair bereits im Restaurant warteten.

Der runde Tisch war hübsch gedeckt, mit frischen Blumen und einem beigen Tischtuch, dazu passende Servietten. Blair hatte sich um das Abendessen gekümmert, auch wenn sie mit der Organisation für die Reparaturarbeiten voll eingedeckt war.

»Da seid ihr ja.« Ezra sah freudig vom Tisch zu uns auf. An seiner linken Seite saß Blair, danach kam Steve, der sich sofort erhob, als er uns bemerkte.

»Hallo, Trevor«, sagte er ruhig und streckte ihm die Hand entgegen.

Ich war mir nicht sicher, ob er nicht wusste, dass Trevors Arm verletzt war, oder ob er es in der Aufregung und mit fehlender Armschlinge einfach vergessen hatte.

Statt ihn darauf aufmerksam zu machen, streckte Trevor ihm den rechten Arm entgegen und schüttelte ihm die Hand. Ihm war regelrecht anzusehen, wie er schmerzverzerrt die Zähne zusammenbiss.

»Freut mich«, brachte er gequält hervor.

Ich stand dahinter und schüttelte den Kopf. Warum zum Teufel sagte er Steve nicht einfach, dass seine Schulter verletzt war? Das musste so ein Ding der toxischen Männlichkeit sein.

»Hallo, Maci.« Steve wandte sich mir zu. »Schön, dich wiederzusehen.« Er begrüßte mich mit einem Küsschen links und rechts auf die Wange.

»Das finde ich auch.« Ich lächelte ihn zuversichtlich auf einen guten Verlauf dieses Abends an. Auch Steve wirkte ein wenig nervös, obwohl er damals im Florida Park beim Gators-Spiel einen so souveränen Eindruck gemacht hatte. Damals waren die Umstände jedoch völlig anders gewesen.

Als würde er es vermeiden wollen, direkt neben seinem Bruder zu sitzen, ließ Trevor sich neben Ezra nieder, während ich mich zwischen die beiden Halbbrüder setzte. Die Wahl eines runden Tisches war gut, so konnte jeder jedem in die Augen sehen.

»Ich hoffe, ihr mögt Weißwein«, sagte Blair. »Ich habe einen Chardonnay aus Frankreich öffnen lassen. Er passt perfekt zum heutigen Menü.« Sie lächelte uns alle an.

»Danke, Blair«, sagte Steve, ehe er sich Trevor zuwandte. Dieser hatte den Blick jedoch abgewandt. »Es freut mich, dass wir uns endlich besser kennenlernen können. Ich habe lange auf diesen Moment gewartet.«

»Und fast wäre nichts daraus geworden«, fügte Trevor etwas verbissen hinzu. Er langte nach dem Glas Wasser, das vor ihm stand, und nahm einen Schluck.

»Wir sollten auf alle Fälle darauf trinken, dass wir uns gefunden haben«, warf nun Ezra ein und hob sein Weinglas. »Nach dem, was in letzter Zeit so passiert ist, können wir von Glück reden, heute Abend in der Runde beisammenzusitzen.«

»Ja, viele glückliche Zufälle in letzter Zeit«, murmelte Trevor.

Ich bekam mit, wie er dabei flüchtig zu Steve hinübersah.

Auch Blair griff nach ihrem Chardonnay. »Auf uns.«

»Auf uns«, stimmte ich schnell mit ein. Aus den Augenwinkeln sah ich, wie Trevor von seinem Wein trank, ohne dabei zu Steve zu sehen. Wich er seinen Blicken absichtlich aus? Er hatte ihn doch kennenlernen wollen. Nun wirkte er gequält, als hätten wir ihn dazu verdonnert, dieses Abendessen hinter sich zu bringen. Hatte ich etwas übersehen? Ein Anzeichen, dass er noch gar nicht dafür bereit war?

Ich betrachtete Trevor genauer und entdeckte kleine Schweißperlen, die ihm auf der Stirn standen. Im Restaurant herrschten dank Klimaanlage angenehme Temperaturen, weshalb ich einen prüfenden Blick auf seinen rechten Arm warf. Er lag schwer in seinem Schoß, die Hand fest zu einer Faust geballt.

»Es ist cool, dass ich dich endlich mal treffen kann – so als Bruder.« Steve ließ sich von Trevors steifer Art nicht verunsichern.

»Ich habe meine Zeit als Einzelkind eigentlich immer genossen«, sagte Trevor, immer noch den Blick starr nach vorn gerichtet. Irgendwo zwischen Ezra und Blair hindurch.

»Blödsinn!«, warf Blair lachend ein. »Du hast mir als Kind immer erzählt, dass du gerne Geschwister hättest. Am liebsten einen großen Bruder.«

Nun klärte sich Trevors Blick und traf Blair eisig und fest.

»Familie kann man sich ohnehin nicht aussuchen«, sagte Ezra mit einem Schulterzucken. »Das wissen wir doch alle.« Sein Lächeln ging durch die Runde.

Es war, als wäre nur mir Trevors angespannte Haltung aufgefallen. Oder die anderen überspielten ihr Entsetzen darüber besser.

»Nein, das kann man offenbar wirklich nicht«, flüsterte Trevor und sah auf seine Faust hinunter. Sie zitterte.

»Was man sich aber aussuchen kann, ist gutes Essen«, sagte Blair und lächelte Steve freundlich an. »Starten wir mit dem ersten Gang. Magst du Conch Salad?«

Als wäre das ihr Stichwort, tauchte im gleichen Moment ein Kellner auf und brachte das Essen.

»Was ist Conch?«, fragte Steve neugierig und inspizierte seinen farbenfrohen Salat aus würfelig geschnittener Paprika, Tomaten, Gurke und Sellerie. Dazu die weißen Fleischstücke der Meeresschnecke.

»Conch ist eine Delikatesse auf den Bahamas«, erklärte Blair und griff nach ihrer Gabel. »Sie ist auch als große Fechterschnecke bekannt.«

»Eine Schnecke?« Steve schluckte, und seine Hand verharrte skeptisch über der Gabel.

»Probier es«, bat ihn Blair belustigt. »Es schmeckt wirklich gut. Vertrau mir.«

Während sie sich weiter über das Essen unterhielten,

wandte ich mich Trevor zu. Auch er rührte seinen Salat nicht an. Stattdessen massierte er mit der linken Hand seinen rechten Unterarm, auch wenn ich mir sicher war, dass sein Schmerz viel höher saß. Er hatte sich in den vergangenen Tagen öfter über Schmerzen beklagt, aber körperlich nie so stark darauf reagiert. Das Händeschütteln zuvor war eine wirklich blöde Idee gewesen.

Ich tastete nach meiner Handtasche, die ich über die Stuhllehne gehängt hatte, und holte die Pillendose hervor. Unauffällig reichte ich sie Trevor unter dem Tisch. Überrascht sah er zu mir auf, dann trat ein erleichterter Ausdruck in sein Gesicht. Geschickt holte er eine Schmerztablette heraus.

Ezra beobachtete ihn dabei, und ich fürchtete schon, er würde es vor den anderen ansprechen. Für Trevor wäre es eine unangenehme Situation, nicht so fit wie sonst und dazu auf Schmerzmittel angewiesen zu sein. Doch statt etwas zu sagen, beugte Ezra sich vor und schenkte Trevor aus dem Krug Wasser ein. Ich warf ihm ein dankbares Lächeln zu. Blair und Steve waren in ihr Gespräch über karibisches Essen so vertieft, dass sie auch nicht bemerkten, als Trevor die Pille in den Mund schob.

Als ich die Medikamentendose wieder in meine Handtasche steckte, beugte ich mich zu Trevor und flüsterte: »Willst du dich nicht etwas aktiver am Gespräch beteiligen?« Er hatte seinen Halbbruder doch nicht eingeladen, um ihn keines Blickes zu würdigen.

Trevor verzog das Gesicht und stocherte mit der linken Hand im Conch Salad herum.

»Du hast recht, das schmeckt richtig lecker«, sagte Steve und führte den nächsten Bissen zum Mund.

»Ich sagte ja, du kannst mir vertrauen«, antwortete Blair mit einem zufriedenen Lächeln. »Warst du schon mal in der Karibik, Steve?«, fragte sie dann und strich sich mit einer eleganten Handbewegung eine Haarsträhne hinter die Schulter, wobei sie sich gleichzeitig Steve noch ein Stück mehr zuwandte.

Etwas irritiert starrte ich sie an, dann fiel mein Blick auf Ezra. Ich hatte gedacht, die beiden seien mittlerweile ein Paar. Oder zumindest auf dem Weg dorthin. Jetzt sah es eher so aus, als würde Blair Steve anflirten und Ezra es einfach akzeptieren.

»Zählt ein Wochenende mit meiner Mom auf den Florida Keys dazu?«, stellte Steve grinsend als Gegenfrage.

»Ich hab gehört, das Klima auf den Keys ist dem der Karibik ähnlich«, sagte Blair, die ihrem Conch Salad längst keine Aufmerksamkeit mehr schenkte.

»Es war jedenfalls sehr heiß«, sagte Steve.

»Möchtest du uns etwas über deine Mom erzählen?«, fragte ich neugierig, weil mir der warme Ausdruck in seinen Augen aufgefallen war, als er sie erwähnt hatte. Ich wollte, dass er sich in unserer Runde wohlfühlte. Jeder sollte das.

»Das halte ich für keine gute Idee«, warf Trevor ein, und seine Hand krallte sich fester um die Gabel. »Seine *Mom* hatte eine Affäre mit meinem Vater, als meine Eltern bereits verheiratet waren«, brachte er zwischen zusammengebissenen Zähnen hervor. »Das Ergebnis davon sitzt heute mit uns an einem Tisch und ist der Grund, warum sich meine Eltern scheiden lassen.«

Perplex starrte ich ihn an und wusste nicht, wie ich darauf reagieren sollte. »Trevor …«

»Als ob Laureen ohne Steve bei deinem Vater geblieben wäre«, warf Blair verärgert über sein Verhalten ein und sprach das aus, wofür mir die Worte fehlten. »Das war doch nur eine Frage der Zeit.«

Trevors schlechte Laune übertrug sich blitzartig auf uns alle. Bloß ich saß da, von einem schlechten Gewissen zerfressen, weil ich ein Thema angeschnitten hatte, das Trevor unangenehm war. Dabei hatte ich die beiden nur näher zueinanderbringen wollen.

»Sie hat recht, Trevor.« Ezra bestärkte Blairs Meinung und legte dazu seine Hand auf ihre. Mir entging jedoch nicht, wie sie ihre wegzog und auf den Schoß bettete.

Trevors Kiefermuskel trat stark hervor. Sein Blick war fest auf das leere Weinglas gerichtet. »Natürlich«, sagte er dann nur und schob den Stuhl ruckartig zurück.

»Trevor!« Ich wollte ihn aufhalten, doch da ging er schon in Richtung Terrasse davon.

Verlegen wandte ich mich den anderen zu. »Bitte entschuldigt uns kurz.«

Ezra und Blair bemühten sich um freundliche Mienen, als wäre das alles halb so wild, doch in Wahrheit war diese Situation für uns alle unbequem. Auch Steve wirkte nicht mehr so entspannt wie zu Beginn dieses Treffens. Dabei hatte ich mir so viel davon erhofft. Vor allem, dass Trevor eine Ablenkung von seiner Verletzung bekam. Jetzt war es, als wäre Steve die Krönung seiner schlechten Laune.

Auf der Terrasse fiel mein Blick auf den Sitzbereich, wo Violet, Karlee, Brent und Jesse den Abend verbrachten. Sie hörten über einen kleinen Lautsprecher Musik, hatten Fingerfood auf einer Platte vor sich stehen und dazu Getränke auf dem Tisch.

»Ich brauche nur einen Moment«, sagte Trevor plötzlich von der anderen Seite. Er stand hinter der Bar und versuchte, mit einer Hand eine Whiskyflasche zu öffnen.

Ich ging zu ihm und nahm ihm die Flasche aus der Hand, um ihm zu helfen. »Du weißt schon, dass Whisky und Schmerzmittel keine gute Kombination sind«, sagte ich und schenkte ihm dennoch ein. Er würde sich ohnehin nicht davon abbringen lassen.

»Vielleicht setzt die Wirkung damit schneller ein«, antwortete er und trank einen Schluck. Er schloss für einen Moment die Augen und ließ den Alkohol auf seinen Körper wirken.

»Wie schlimm sind die Schmerzen?«, fragte ich, weil es keinen Sinn ergab, ihm jetzt Vorwürfe zu machen.

»War schon mal besser.«

Also waren sie unerträglich.

»Nimm dir die Zeit, die du brauchst.« Ich legte meine Hand auf seine unverletzte Schulter und merkte, wie er sich unter meiner Berührung entspannte. Egal, ob es meine Nähe oder der Alkohol war, Hauptsache, es ging ihm etwas besser. Ich hatte mir geschworen, für ihn da zu sein, egal, was kommen würde, und daran würde sich nichts ändern.

»Im Moment strahlt der Schmerz in den ganzen Oberkörper aus«, sagte Trevor gequält.

Wir wussten beide, dass sein Stolz, die Armschlinge in seinem Appartement zu lassen, daran schuld war. Ich würde es ihm dennoch nicht vorhalten. »Soll ich die Schlinge holen?«, bot ich trotzdem an.

»Nein!« Die Antwort kam prompt, wenn auch nicht vorwurfsvoll. »Diese Blöße werde ich mir nicht geben.«

»Welche Blöße?«, fragte ich fassungslos. »Doch nicht etwa wegen Steve?«

»Mein Vater will ihm und mir die Firma übergeben. Wenn ich jetzt Schwäche zeige, hat das Auswirkungen auf unsere gemeinsame Zusammenarbeit.« Er kippte den restlichen Whisky hinunter.

»Hörst du dir eigentlich selbst zu?«, wollte ich nun etwas forscher wissen. »Welche Auswirkungen soll das schon haben?«

»Er ist der Ältere von uns«, erklärte Trevor, als wäre das selbstverständlich. »Er hat vor mir eine wichtige Position bei Parkins übernommen. Er weiß sein Leben lang von mir, während ich einundzwanzig Jahre völlig ahnungslos war. Steve ist mir in allem voraus!«

»So wie Steve Stärke zeigt, um sich gegen den Sohn durchzusetzen, von dem die ganze Welt wusste?« Meine Brust bebte. Ich war so aufgewühlt, weil Trevor sich hier etwas einredete, was nicht der Wahrheit entsprach. »Steve macht nicht den Eindruck, als wollte er sich gegen dich durchsetzen oder dich gar unterkriegen. Er ist einfach nur nett.«

»Nett? Wie gut kennst du ihn schon?«

»Wie gut kennst *du* ihn denn?«, erwiderte ich, weil es nicht fair war, mir diesen Vorwurf zu machen. Immerhin gab ich ihm eine Chance. »Genauso wenig. Aber wenn du weiter so abweisend bist, wirst du ihn auch nie besser kennenlernen.«

Trevors Lippen kräuselten sich leicht, als er den Blick nachdenklich auf seinen leeren Tumbler richtete.

»Du warst es doch, der Steve eingeladen hat«, fuhr ich versöhnlicher fort. »Zeig ihm, dass in deinem Leben Platz für ihn ist. Denn ich glaube, nichts anderes wünscht er sich.«

Trevor seufzte und sah mich mit in Falten gelegter Stirn an. »Hast du mir nicht mal vorgeworfen, in meinem Leben sei kein Platz für dich?«, fragte er leise.

Ich legte meine Hände auf seine Brust und trat näher.

»Dann beweise uns nicht, wie stark du bist, indem du Steve abweist, sondern wie stark du bist, indem du für uns alle Platz in deinem Leben schaffst.« Ich lächelte ihn aufmunternd an, wissend, dass er das konnte. »Dein Herz ist groß. Da wird doch auch ein Halbbruder noch hineinpassen.«

Ich merkte, wie Trevors Mundwinkel zuckten. Er legte seine Stirn gegen meine. »Ich will ihn ja kennenlernen«, flüsterte er, was wie ein Geständnis klang. »Aber es ist, als würde sich etwas in mir dagegen wehren.«

»Was meinst du damit?«, fragte ich, weil er nicht glauben sollte, ich würde seine Gedanken nicht ernst nehmen.

»Ich weiß es auch nicht genau«, druckste Trevor herum. »Vielleicht ist es wirklich wegen Mom. Vielleicht auch wegen mir selbst. Steve ist der Grund, warum mein Vater uns jahrelang belogen hat.«

»Nicht Steve ist der Grund«, widersprach ich ihm. »Er war nur das Detail, das dein Vater verschwiegen hat, aber bestimmt nicht, weil Steve das so wollte.« Ich schob meine Hände um Trevors Hals und küsste seine Wange. »Gib nicht ihm die Schuld dafür.«

»Wahrscheinlich hast du recht«, antwortete Trevor mit einem leisen Seufzen. Ich konnte jedoch spüren, wie er gleichzeitig erleichtert war, diese Blockade in sich loslassen zu können. Als hätte er nur den Anstoß von außen benötigt, um über seinen eigenen Schatten zu springen. Er erwiderte meine Nähe, indem er mich küsste. »Ich werde netter sein«, sagte er dann.

»Nur zu Steve oder zu allen?«, fragte ich, weil ich den Augenblick nutzen wollte, um das anzusprechen, was Laureen bereits erwähnt hatte. Ich hatte in den letzten Tagen vermehrt darauf geachtet, und tatsächlich war Trevor in den meisten Unterhaltungen mit anderen sehr reserviert gewesen. Als hätte er ständig schlechte Laune und würde sich von allem und jedem gestört fühlen.

Er wich leicht zurück. »Wie meinst du das?«

»Das sollte kein Vorwurf sein«, sagte ich schnell, weil ich ihn nicht vor den Kopf stoßen wollte. »Wir alle wissen, dass du eine wirklich harte Zeit durchmachst, aber du solltest das nicht an deinen Mitmenschen auslassen.« Es tat mir leid, ihn zu kritisieren, doch ich hatte Angst, er würde mit seinem Verhalten Freundschaften und gute Beziehungen aufs Spiel setzen.

»Ich wollte nie unfreundlich zu dir sein«, sagte er bestürzt und nahm meine Hand fest in seine.

»Das warst du nicht!« Ich erwiderte seinen Händedruck. »Aber du lässt kaum jemand anders an dich heran. Selbst deine engsten Freunde nicht. Deine Mom hat sogar die Sorge, du könntest in eine Depression fallen.«

Trevor öffnete den Mund, hielt dann aber inne. Ich konnte in seinen blauen Augen förmlich sehen, wie er über die letzten Tage reflektierte.»Das ist mir nicht aufgefallen«, sagte er betrübt.

»Das weiß ich«, besänftigte ich ihn und küsste ihm die Wange.»Niemand nimmt es dir übel. Zumindest noch nicht.« Mein kleiner Nachsatz sollte ihn nur necken, doch es steckte wohl auch ein Funken Wahrheit darin.

»Mir macht das alles mehr zu schaffen, als ich dachte«, gestand er dann.»Ich habe mich immer sehr auf meine Zeit als Profibaseballspieler gefreut.«

»Das glaube ich dir«, sagte ich sanft und spürte, wie mir seine Worte einen schmerzhaften Stich in der Brust versetzten. Ich wollte ihn nicht so leiden sehen. Vor allem, weil ich erahnen konnte, wie schwer es sein musste, seine Sportkarriere loslassen zu müssen.

»Aber ich bin nicht depressiv, okay«, fügte er hinzu, als wäre es ihm wichtig, das zu erwähnen.»Ich brauche keinen Psychiater oder so.«

»In Ordnung.« Ich wollte ihm nicht das Gefühl geben, ihn zu etwas drängen zu wollen.»Wenn es doch einmal so sein sollte, ist das auch okay.«

Es schien ihm nicht ganz zu gefallen, dass ich das in Erwägung zog, als hätte er Angst, dadurch wieder schwächlich zu wirken, doch dann nickte er leicht. Er sollte nur wissen, dass er die Hilfe, die er brauchte, jederzeit bekam.

»Warum gibst du mir nicht einen kleinen unauffälligen Hinweis, wenn ich mich wieder danebenbenehme?«, schlug er vor.

»Meinst du so etwas wie ein Codewort?« Mir gefiel die Vorstellung.

»Ja, wie wär es mit ›Flamingo‹?« Ein verschmitztes Lächeln huschte über seine Lippen. Ich wusste, woran er dachte.

»Flamingo? Okay.«

Trevor holte tief Luft. Sein Blick fiel auf die Tür, die ins Restaurant führte. Offenbar war er bereit, wieder zurück an den Tisch zu gehen.

»Wirkt die Pille schon?«, fragte ich, auch weil ich das Gefühl hatte, er hätte sich in den letzten Minuten deutlich entspannt.

»Vielleicht sollte ich noch einen Whisky trinken«, schlug er grinsend vor.

»Lieber nicht. Und jetzt komm!«

Als wir uns später auf die Terrasse setzten, war die Stimmung deutlich besser. Zwar hatte Trevor nach unserer Rückkehr an den Tisch noch ein wenig gebraucht, bis er aufgetaut war, doch das Gespräch kam nach und nach in die Gänge.

Als sich Trevor, Steve und Blair gut zu unterhalten schienen, gingen Ezra und ich zur Bar, um Getränke zu holen.

»Na, wie läuft's?«, fragte Violet neugierig.

Ich ließ mich auf einen Hocker fallen. »Wir hatten leichte Startschwierigkeiten«, antwortete ich, und Ezra nickte zustimmend. »Aber jetzt ist das Eis gebrochen.«

»Die Umgebung ist auf alle Fälle das Richtige für die beiden«, pflichtete Ezra mir bei. »Sobald die Medien davon erfahren, werden sie abseits von Lovett Island keine Ruhe mehr haben.«

»Ich kann's immer noch nicht glauben, dass Trevor einen Bruder hat.« Vi warf einen Blick zwischen uns hindurch auf die Sitzlounge, auf der sich Trevor, Blair und Steve niedergelassen hatten. Jeder auf einer eigenen Couch. »Die beiden sehen sich überhaupt nicht ähnlich.«

»Du müsstest mal meine Brüder sehen. Die sehen bei Weitem nicht so gut aus wie ich«, warf Ezra grinsend ein.

Violet lachte amüsiert. »Darauf sollten wir einen trinken. Also, was darf ich euch geben?« Sie ließ ihre Finger in der Luft tanzen, als bräuchte sie dringend eine Beschäftigung. »Ich habe schon Entzugserscheinungen, weil ich so lange keine Cocktails mehr gemacht habe. Brent will immer nur Bier.« Sie verdrehte die Augen.

»Wir nehmen einen Cosmopolitan, zwei Gin Tonic, einen Old Fashioned und einen Cuba Libre«, sagte ich und freute mich, ihr damit einen Gefallen zu tun.

»Kommt sofort.« Violet lächelte zufrieden und machte sich an die Arbeit. Ihre Handgriffe saßen noch genauso exakt und flink wie vor ihrer Brasilienreise. Vielleicht sogar mit ein bisschen mehr Freude und Enthusiasmus.

Während sie die ersten Zutaten zu mischen begann, setzte sich Ezra neben mich.

»Wie geht es Trevor wirklich?«, fragte er leise, sodass nur ich ihn hören konnte. Er klang besorgt. »Wenn ich ihn frage, meint er nur, alles sei bestens. Ich habe das Gefühl, er will mich nicht näher an sich heranlassen. Niemanden, außer dich.«

Ich warf einen kurzen Blick zu Trevor nach hinten. Er hatte den rechten Arm schlaff neben sich liegen, doch dank der Schmerzmittel dürfte ihn die Schulter zumindest vorerst in Ruhe lassen. Als Steve etwas sagte, das ich von hieraus nicht verstehen konnte, lachte er so offen, dass meine Bedenken von vorhin wie weggeblasen waren.

»Er will keine Schwäche zugeben«, antwortete ich schließlich. »Und natürlich fällt es ihm schwer, den Sport an den Nagel zu hängen.«

»Das ist bestimmt frustrierend«, sagte Ezra mitfühlend. »Wie geht es dir damit? Belastet dich seine Situation sehr?«

Ich musste über seine Frage tatsächlich kurz nachdenken. Ich hatte sie mir in den letzten Wochen nie gestellt. Es war bislang immer nur um Trevor gegangen, auch weil ich unglaublich froh war, dass es ihm gut ging.

»Nein, mit Trevors Situation komme ich bislang klar«, antwortete ich, obwohl es klang, als würde mir sein abruptes Karriereende nichts ausmachen. Natürlich fand ich das schade und traurig, doch nicht ich war es, die diesen harten Rückschlag überwinden musste. Ich musste ihm nur genau dabei helfen, und dazu fühlte ich mich bereit. Was mich tief in mir mehr belastete, waren meine eigenen Zukunftsfragen. Auch wenn ich eigentlich überzeugt davon war, dass mir das verlorene Stipendium mittlerweile nicht mehr so viel ausmachte, war ich immer noch enttäuscht. Und die Ungewissheit, wie es weitergehen sollte, nagte an mir. Es erschien mir jedoch nicht richtig, diese Gedanken in den Vordergrund zu stellen. Weder vor Trevor noch jetzt vor Ezra.

»Diese beiden gehören bestimmt euch.« Violet stellte unsere Lieblingsgetränke, einen Cuba Libre und einen Old Fashioned, auf die Theke. »Ich bringe die anderen Drinks hinüber.«

»Danke, Vi!« Ich legte meine Finger um den eisgekühlten Cocktail. Der süßliche Duft stieg mir gemischt mit den Limonen in die Nase.

»Hat Trevor schon gesagt, was er jetzt tun will?«, fragte Ezra, als wir ungestört waren. »In nicht einmal einem Jahr ist er mit dem Studium fertig und wollte bei einem Major-League-Team unterkommen.«

»Ich möchte ihn dabei unterstützen, sich die Zeit zu nehmen, um sich an die neue Situation zu gewöhnen«, antwortete ich. »Das Einzige, was er bereits gesagt hat, ist, dass er nicht mehr fliegen will.« In mir zog sich bei dem Gedanken alles zusammen. Das Helikopterfliegen war Trevors Leidenschaft. Die konnte er doch nicht auch wie den Sport einfach von einem Tag auf den anderen verlieren.

Ezra nickte nachdenklich und starrte dabei auf den Old Fashioned in seiner Hand. »Er muss wieder fliegen«, sagte er irgendwann, die Augen immer noch auf die karamellfarbene Flüssigkeit gerichtet. »Das ist, wie wenn man vom Pferd fällt. Wenn man nicht sofort wieder aufsteigt, verfestigt sich die Angst.«

»Du meinst, er sollte wieder fliegen?«

»Unbedingt.« Mit einem entschlossenen Ausdruck sah er mich wieder an.

Vielleicht war die Idee nicht so schlecht. Im Cockpit hatte Trevor sich immer wohlgefühlt. Diese Selbstsicherheit hatte ihm ein Sturm genommen, gegen den er machtlos gewesen war.

»Ich werde mit Laureen darüber sprechen«, sagte ich und nahm mir vor, sie morgen früh zu kontaktieren. Sie hatte mir gesagt, ich könne sie jederzeit anrufen.

»Bitte halte mich auf dem Laufenden. Wenn Trevor es schon nicht tut.« Er lächelte, doch seine Augen verrieten, dass es ihm nicht leichtfiel, mit Trevors momentan distanzierter Art klarzukommen. Die beiden waren schließlich beste Freunde.

»Versprochen.« Ich nickte ihm aufmunternd zu.

»Wollen wir uns wieder zu den anderen setzen?«, schlug Ezra vor und nahm noch einen Schluck von seinem Old Fashioned.

»Gern.« Ich folgte ihm über die Terrasse zu Trevor, Steve und Blair. Die drei lehnten gemütlich in ihren Kissen, die Drinks in der Hand und ein Lächeln auf den Lippen, als hätten sie gerade über etwas Lustiges gesprochen.

Ich setzte mich zu Trevor, der mich angrinste und mir den linken Arm um die Schultern legte. »Worüber sprecht ihr denn?«, fragte ich neugierig, weil ich zu gern das Thema kannte, mit dem man Trevor ein solches Lächeln ins Gesicht zaubern konnte.

»Über Parkins«, antwortete er leichthin. Diese Antwort erstaunte mich noch mehr als sein Gesichtsausdruck.

»Ich hatte eine Idee«, erklärte Trevor weiter. »Mein Vater hat mir mein Leben lang erklärt, dass auf meinen Schultern die Verantwortung für Parkins liegt. Dass ich, als sein Sohn, in seine Fußstapfen treten müsste. Erst recht, nachdem Blair nicht mehr ihren Teil übernimmt.«

»Ganz freiwillig natürlich«, fügte diese mit einem spitzen Lächeln hinzu, was nicht ganz verriet, wie sie wirklich darüber dachte.

»Und was willst du mir damit sagen?«, fragte ich, weil ich nicht verstand, worauf er hinauswollte.

»Dass sich eine Sache geändert hat.« Trevors Hand auf meiner Schulter streckte den Zeigefinger vor und deutete auf Steve, der etwas verhalten lächelte.

»Steve?«

»Ja, Steve. *Er* kann jetzt in diese Fußstapfen treten. Und das Beste: Er *will* es auch.«

Irritiert sah ich von Trevor zu Steve.

»Ich glaube, darüber unterhalten wir uns noch ein anderes Mal«, sagte Steve lächelnd, doch ihm war anzusehen, dass er dieses Thema nicht so locker sah. Kein Wunder, schließlich kannte er Hugh gut genug, um dessen Reaktion darauf einschätzen zu können.

»Also ich finde die Idee genial«, fügte Trevor noch hinzu, und ich überlegte, ob die Kombination von Schmerztabletten, Whisky und Gin Tonic eine gute Idee war.

»Und was willst du stattdessen tun?«, fragte ich. Mir kam das alles übereilt vor, auch wenn mir der Gedanke gefiel, dass Trevor einen Weg gefunden hatte, seine Wünsche durchzusetzen. Ich wollte mich aber nicht zu früh freuen.

Trevor hob nur grinsend die unverletzte Schulter. »Darüber muss ich mir heute Abend noch nicht den Kopf zerbrechen.«

»Ich denke, der heutige Abend ist ohnehin nicht dazu da, um solche Entscheidungen zu treffen«, sagte nun Ezra, als hätte er die gleichen Gedanken wie ich dazu gehabt. »Lass ihn doch«, warf Blair ein. »Ich bin schon auf Hughs Gesicht gespannt, wenn er davon erfährt.« Ihr Grinsen wurde breiter. Hugh war auch der Grund, warum ich mich nicht in eine naive Vorfreude stürzen wollte. Vielleicht war Trevors Idee eine Option, aber wer Hugh Parker kannte, wusste, dass sie nicht in Stein gemeißelt war.

Trevor nahm seinen Arm von meiner Schulter und beugte sich zu seinem Gin Tonic vor. Als wäre ihm eine unglaublich schwere Last von den Schultern gefallen, lächelte er in die Runde und hob sein Glas: »Auf die Zukunft.«

17.

Blair

Steve stand vor der Terrasse des Strandhauses. Die nackten Füße in den Sand gesteckt und das Gesicht in Richtung Sonne gedreht. Sein weißes Shirt spannte über seinen breiten Schultern.

»Hast du keine Badeshorts dabei, oder willst du uns bloß nicht mit deinem trainierten Körper beglücken?«, fragte ich und stellte mich neben ihn. Der Sand rieselte in meine Sandalen. Sand! Wir hatten tatsächlich wieder Sand. Zufrieden blickte ich dorthin, wo gestern um diese Zeit noch der Bagger herumgefahren war.

Steve schmunzelte über meinen Kommentar. »Ich wusste nicht, ob ich überhaupt Zeit zum Baden hätte, deshalb habe ich sie zu Hause gelassen.«

»Tu dir keinen Zwang an«, winkte ich ab. »Wir erlauben auch Nacktschwimmen. Ich verspreche auch, dass ich nicht hinsehe.«

Steve lachte. Ehrlich, befreit und ansteckend. Er legte seinen Kopf noch ein Stück mehr in den Nacken, und ich sah seinen Kehlkopf springen. Erst dann blickte er wieder zu mir und grinste herausfordernd. »Nur wenn du mitkommst.«

Ich lachte rau. »Ich fürchte, Mr Thompson, das könnte für folgende Geschäftsbeziehungen unpassend sein«, sagte ich gespielt ernst. Dann aber rutschte mir doch ein Lächeln über die Lippen. In seiner Gegenwart passierte mir das ständig.

»Bedeutet das, du denkst darüber nach, zu Parkins zurückzukommen?«, fragte er nun tatsächlich ernster.

Ich zögerte mit einer Antwort, dann schüttelte ich langsam den Kopf. »Wie würde es aussehen, jetzt, da Trevor überlegt, nicht in der Firma zu bleiben?«

»Denkst du, er macht das wirklich?« Steve schien diesen Teil des gestrigen Abends nicht mehr aus dem Kopf zu bekommen. Es war, als würde ihn diese Angelegenheit belasten.

»Ich weiß es nicht«, gestand ich. »Was ich aber weiß, ist, dass Hugh das nicht so einfach akzeptieren würde.«

»Da bin ich mir sogar sicher«, murmelte er und sah wieder auf das Meer hinaus. Sein Ausdruck wirkte nun bedrückter, und ich fragte mich, wie sein Verhältnis zu Hugh wirklich war. Das konnte nach all den Jahren der Geheimnistuerei doch keine normale Vater-Sohn-Beziehung sein, selbst wenn er es vor uns schönredete.

»Trevors Leben steht gerade kopf«, sagte ich, weil ich der bedrückenden Stille, die sich zwischen uns aufbaute, zuvorkommen wollte. Steve würde heute noch abreisen, und ich wollte nicht, dass er das mit einem negativen Gefühl tat. »Der Unfall, die Scheidung, seine veränderten Zukunftspläne, du.« Bei Letzterem sah Steve mich wieder an. »Gib ihm Zeit, das alles zu sortieren und sich daran zu gewöhnen.«

»Ich wollte ihn nicht unter Druck setzen«, verteidigte sich Steve, als wären meine Worte ein Vorwurf gewesen. »Ich will nicht, dass es heißt, ich würde ihn aus Parkins drängen. Oder dich.« Er sah mich entschuldigend an.

»Das denken weder Trevor noch ich«, versicherte ich ihm. Ich hatte mich im Großen und Ganzen damit abgefunden, nicht mehr für Parkins tätig zu werden, und mit Lovett Island hatte ich nicht nur eine gute Alternative, sondern auch jede Menge Ablenkung gefunden. Dennoch gab es in mir drinnen einen leeren Fleck, wo einst eine schillernde Zukunft in dem Sportartikelimperium gewesen war. Jetzt war da nichts mehr.

Mit einem leisen Seufzen sah Steve auf seine nackten Füße hinunter und krallte seine Zehen in den Sand. »Als Kind habe ich mich oft alleine gefühlt«, begann er von sich aus zu erzählen. »Meinen Vater habe ich nur selten gesehen. Nicht mal an Thanksgiving oder Weihnachten. Das waren Familientage, und zu dieser Familie gehörte ich nicht. Meinen Freunden durfte ich nicht von ihm erzählen, und jahrelang hatte ich nicht mal seine Telefonnummer. Ich sollte nicht stören, wenn er gerade bei Laureen oder Trevor war.«

Er sagte es mit der Reife eines angehenden Geschäftsmanns, doch gleichzeitig hörte ich die Traurigkeit eines kleinen Jungen aus seiner Stimme, der sich einfach nur nach einem normalen Familienleben sehnte.

»Das tut mir sehr leid.«

Steve lachte leicht verbittert. »Für dich war es doch nicht viel anders. Ohne Mutter und mit diesem Vater.« Er presste die Lippen aufeinander, als hätte er etwas gesagt, was ihm nicht zustand. »'tschuldige ...«

»Schon in Ordnung. Für mich gibt es keinen Grund, meinen Vater zu verteidigen oder in Schutz zu nehmen.« Was er getan hatte, war schrecklich, und die Art, wie er damit umging und es leugnete, war unentschuldbar. »Außerdem hatte ich Laureen«, sagte ich gedankenversunken. »Und Trevor.« Dank der beiden hatte ich keine schlechte Kindheit gehabt. Sie war zwar nicht perfekt gewesen, doch mir hatte es nie an Zuneigung und Liebe gefehlt. Auch wenn sie nicht von meinen Eltern gekommen war.

»Vielleicht verbindet uns ja doch mehr als nur Parkins.« Steve schenkte mir ein Lächeln, das wohl uns beide aufmuntern sollte.

Ich erwiderte es, was mir ausgesprochen leichtfiel. In meinem Leben gab es nicht viele Menschen, die ich an mich heranließ. Meist, weil ich nie sicher war, ob ich ihnen vertrauen konnte. Steve wollte ich wenigstens die Chance dazu geben.

»Wenn du es dir wegen Parkins doch anders überlegst, sag mir Bescheid. Ich bin sicher, wir finden eine Lösung dafür.«

Ich nickte, auch wenn ich gar nicht darüber nachdenken wollte. Parkins war nicht mein Zuhause, nicht mein Wohlfühlort und auch nicht meine Zukunft, obwohl es einundzwanzig Jahre so ausgesehen hatte. Mein Safe Place war eindeutig Lovett Island.

»Vielleicht kommst du uns ja mal wieder hier besuchen«, schlug ich stattdessen vor, weil das meine Art war, ihm zu zeigen, dass ich ihn mochte. Trotz kleinerer Anlaufschwierigkeiten fand ich, dass er gut zu unserer Runde passte. »Und beim nächsten Mal packst du einfach eine Badehose mit ein.«

»Ich dachte, Nacktschwimmen sei okay.« Wir lachten beide, dann fügte er ruhiger hinzu: »Ich würde wirklich gern öfter kommen und mehr Zeit mit dir und Trevor verbringen.«

»Das fände ich auch schön. Du bist hier jederzeit willkommen«, sagte ich, auch wenn in meinem Hinterkopf die Frage schwebte, wie lange dieses »jederzeit« wohl war. Wenn ich nicht bald die finanziellen Möglichkeiten fand, um die Reparaturkosten zu decken, war meine Zeit als Eigentümerin der Insel kürzer als geplant.

»Danke, Blair.« Er lächelte mich warm und ehrlich an. Dann seufzte er leise, es schien ihm wohl schwerzufallen, sich von dieser wunderbaren Kulisse zu trennen. »Ich muss noch meine Sachen packen. Mein Boot kommt in einer Stunde.«

»Und du willst wirklich nicht länger bleiben«, schlug ich vor, weil sein Aufenthalt für die weite Anreise doch sehr kurz war. »Dein Zimmer ist die nächsten Tage noch frei.«

»Noch länger kann ich Hughs Anrufe nicht ignorieren.« Steve hob ratlos die Schultern.

»Weiß er nicht, wo du bist?«, fragte ich mit einem dumpfen Gefühl in der Brust.

»Nein, und ich hab ehrlich gesagt auch keine Lust, ihm zu erklären, wo ich die letzten vierundzwanzig Stunden verbracht habe.«

Ich fand nicht, dass er Hugh überhaupt Rechenschaft schuldete. Er war ein erwachsener Mann, der tun und lassen konnte, was er wollte. Ich war aber weder die richtige Person, noch war jetzt der richtige Moment, um ihm das zu sagen.

»Ich komme später noch vorbei, um mich zu verabschieden.« Steve ging davon und nickte Ezra kurz zu, der gerade von der anderen Richtung zu uns herkam.

Ezra blieb neben mir stehen und ließ seinen Blick über den Strand gleiten. »Er reist also schon wieder ab?«, fragte er, offenbar darum bemüht, ein Gespräch zu beginnen.

»Ja, Hugh weiß nicht, dass er hier ist«, antwortete ich.

»Also muss Steve zurück zu Parkins.«

»Und du?« Ezras Frage kam so unerwartet, dass ich ihn irritiert ansah. »Musst du auch zurück zu Parkins?«, erklärte er seine Frage.

»Ich muss gar nichts«, erwiderte ich etwas zu schnell. Was Hugh und das Unternehmen betraf, würde ich mir bestimmt keine Vorgaben mehr machen lassen.

Ezra musterte mich noch einen Moment lang nachdenklich, dann wandte er sich mir mehr zu. »Auch wenn ihr gestern Abend nicht offen darüber gesprochen habt, konnte ich Steves Angebot zwischen den Zeilen herauslesen … Er will dich zu Parkins zurückholen, oder?«

Es überraschte mich nicht, dass Ezra das so genau beobachtet hatte. Dabei konnte ich mich gar nicht an bestimmte Gesprächsfetzen erinnern, die darauf hingedeutet hätten. Aber wie Ezra schon sagte, er las gern zwischen den Zeilen …

»Was Steve will, stimmt noch lange nicht damit überein, was auch Hugh will«, sagte ich, um gleich mal vorwegzunehmen, dass ich keine naive Träumerin war. »Genauso wenig mit dem, was ich will.« Es fiel mir ganz leicht, das zu sagen: zuzugeben, dass ich gar nicht zu Parkins zurückwollte. Selbst wenn ein klitzekleiner Teil in mir die Zukunft in dem Sportartikelimperium noch nicht loslassen wollte, war mein Herz längst davon abgekommen.

»Das bedeutet, du willst das Angebot nicht annehmen?«, fragte Ezra ein wenig skeptisch, obwohl gerade er mich doch viel besser kennen sollte. Er, der mich schneller durchschaut hatte als ich mich selbst. »Sein Angebot könnte eine große Hilfe für dich sein. Auch in Bezug auf Lovett Island.«

»Ja, nur will ich seine Hilfe nicht. Und die von Parkins noch weniger«, sagte ich mit Nachdruck.

»Meine willst du aber auch nicht«, fügte Ezra leicht gekränkt hinzu.

»Ja, richtig! Deine finanzielle Hilfe will ich wirklich nicht. Geld könnten mir viele geben, aber Halt und Nähe nur einer …« Ich stockte und sah in Ezras eingefrorenes Gesicht, als mir bewusst wurde, was ich da ausgesprochen hatte.

»Heißt das, du willst … mit mir zusammen sein?«, fragte Ezra unsicher.

»Ja … nein! Ich weiß es nicht.« In mir fuhren die Gefühle gerade Karussell. Es hatte sich gerade so gut angefühlt, es auszusprechen. Dann musste es doch richtig sein, oder? Aber andererseits …

»Du weißt es nicht?« Enttäuschung trat in seine bernsteinfarbenen Augen. Er kam einen Schritt näher, als wollte er mir auch in diesem Moment seine Unterstützung zeigen, doch gleichzeitig wirkte er verunsichert. Gehemmt, ob ich das wirklich wollte.

»Ich weiß nur, dass mir das alles eine Scheißangst macht«, erklärte ich das Chaos in mir. »Die Vorstellung einer Beziehung mit dir.«

Er starrte mich an, als würde ich ihm gerade etwas völlig Unerwartetes vor die Füße knallen. Dabei war das alles nichts Neues für uns. Wir hatten nur beide nicht den Mut gefunden, es auszusprechen.

»Du hast Angst vor einer Beziehung mit mir?« Es war, als könnte er nicht glauben, was ich gerade zugegeben hatte.

Ein kleines Bisschen konnte ich das auch nicht. Noch nie hatte mein Herz für einen Mann so intensiv geschlagen, wie es das bei Ezra tat. Noch nie hatte ich eine solche Angst gehabt, ein Erwidern der Gefühle so wenig zu verdienen.

»Aber warum?«, fragte er, fast schon fassungslos. Als hätte ich damit ihn kritisiert, was ganz bestimmt nicht meine Absicht gewesen war.

»Weil du der erste Mensch in meinem Leben bist, der sich um mich sorgt und kümmert, obwohl er mir gegenüber keine Verpflichtungen hat.« Die Worte kamen wie von selbst über meine Lippen. »Weil ich glaube, dass du der Einzige bist, der mich gut findet, so wie ich wirklich bin. Weil du klug bist und nett und witzig und hilfsbereit …« Ich holte tief Luft, um weiterzureden, doch Ezra kam mir dazwischen. »Und davor hast du eine Scheißangst?«, fragte er gefühlvoll und überwand noch die letzten Zentimeter zwischen uns.

»Ich habe Angst, dass ich nicht gut genug für dich bin«, antwortete ich leise. »Dass ich dich dadurch wieder verliere. Und auch, dass du denkst, ich würde mich nur für dich interessieren, weil du mir finanziell unter die Arme greifen kannst.«

Etwas in seinen Augen leuchtete bei meinen Worten auf.

»Ich kann nicht glauben, dass du Angst hast«, sagte er, doch es klang nicht vorwurfsvoll oder belustigend aus seinem Mund. »Gleichzeitig stehe ich hier vor dir und befürchte, du lässt meine Nähe nur zu, damit dir irgendjemand Nähe und Zuneigung schenkt.«

»Spinnst du?«, entfuhr es mir etwas zu forsch. »Denkst du wirklich, ich würde einfach *irgendjemanden* bei mir haben wollen?«

Ezra verzog geknickt das Gesicht. »Nein, eigentlich nicht. Dazu bist du zu selbstbestimmt.« Er lächelte mich verlegen an, weil er das überhaupt gedacht hatte.

»Sieht so aus, als müssten wir beide unsere Unsicherheiten einfach über Bord schmeißen und uns aufeinander einlassen«, sagte ich, als wäre es das Einfachste auf der Welt. Vielleicht war es das ja auch. Ezra war der einzige Mensch in meinem Leben, vor dem ich diesen verletzlichen Teil von mir überhaupt eingestehen wollte. Und es machte mir überhaupt nichts aus.

Ein erleichtertes Lächeln breitete sich auf Ezras Lippen aus. »Das klingt nach einem guten Plan«, flüsterte er und überwand den letzten Abstand, der zwischen uns noch war. Er schob mir seine Hand in den Nacken und holte mich zu sich, als wollte er all diese Unsicherheiten mit einem Kuss fortjagen. Und das tat er auch.

Unsere Lippen fanden einander, und ich stöhnte leise auf, als er seine Hand in meine Haare schob und seinen Körper fester gegen meinen drängte. Ich schlang meine Arme um seine Schultern und nahm das heiße Ziehen in meinem Unterleib wahr.

Entschlossen drückte ich ihn gegen einen Sessel, der hinter ihm stand, und Ezra plumpste in die Kissen. Ich setzte mich rittlings auf ihn und fand mich in seinen starken Armen wieder.

»Ich will dich, Ezra«, wisperte ich atemlos zwischen unseren Küssen, die immer leidenschaftlicher wurden. »Hier, jetzt!«

»Es könnte jemand kommen«, antwortete Ezra außer Atem, ließ sich aber nicht davon abbringen, mich weiter zu küssen. Seine Hände schoben sich unter mein Shirt und meinen Rücken entlang. Seine warmen Finger hinterließen ein elektrisierendes Gefühl auf meiner Haut, was meinen ganzen Körper mehr und mehr pulsieren ließ.

»Es ist doch niemand da.« Ich wanderte mit meinen Lippen an Ezras Wange entlang zu seinem Ohr und leckte die kleine Stelle darunter. Ein heißer Atemstoß entwich ihm dabei und streifte meine Schulter, von der mein Shirt heruntergerutscht war. Sanft saugte ich an seinem Hals, wo mir die warmen Holznoten und der süßlich-herbe Tabakgeruch in die Nase stiegen, die ich nur mit Ezra verband.

Er stöhnte leise meinen Namen, und ich drängte mein Becken noch fester gegen seines. Ezras Härte presste gegen den Reißverschluss seiner Hose, als wollte sie sich befreien. Ich wollte das auch.

Ungeduldig griff ich zwischen uns und nestelte am Verschluss seiner Hose herum. Verdammt, ich wollte ihn so sehr.

»Nein, das kann ich Ihnen nicht sagen«, hörte ich plötzlich Violets Stimme aus dem Strandhaus heraus.

Als hätte der Blitz zwischen uns eingeschlagen, sprang ich von Ezras Schoß und fuhr mir hastig durch die aufgewühlten Haare.

In dem Moment kam Violet zu uns auf die Terrasse.

»Einen Moment bitte.« Sie hielt Peytons Telefon zu, das ich irgendwo auf der Terrasse des Haupthauses liegen gelassen haben musste. »Es hat schon zum dritten Mal geklingelt, deswegen habe ich abgehoben«, erklärte sie und streckte mir das Handy entgegen.

Ihr irritierter Blick wich nur für den Bruchteil einer Sekunde zu Ezra, dann sah sie mich wieder an. »Es ist der Typ, der die Fenster reparieren soll. Er hat gehört, dass wir nicht zahlen können, und besteht auf einer fünfzigprozentigen Vorauszahlung.«

Ich seufzte, und das pulsierende Gefühl in meiner Körpermitte war endgültig verschwunden. Frustriert nahm ich das Telefon an mich.

18.

Maci

»Heute darfst du die Schlinge in deinem Zimmer lassen«, sagte ich und schob meine Hände über Trevors Schultern in seinen Nacken, wo ich den Verschluss öffnete.

Er rieb sich mit der linken Hand den Nacken und kreiste seinen Kopf hin und her. »Willst du mir noch immer nicht verraten, was wir vorhaben?«

Lächelnd schüttelte ich den Kopf.

»Nicht mal, ob es eine gute oder eine schlechte Überraschung ist?«, versuchte er mehr aus mir herauszukitzeln.

Ich hatte ihm bislang nur verraten, dass ich unseren Nachmittag verplant hatte. »Warum sollte ich dich mit etwas Schlechtem überraschen?«

Trevor rieb sich nachdenklich übers Kinn, als müsste er ernsthaft darüber nachdenken.

»Keine Sorge, es ist eine gute Überraschung«, fügte ich hinzu. Zumindest hoffte ich das. Nachdem Dr. Omar gestern Trevors Fäden entfernt und seine Schulter geröntgt hatte, gab er mir auch das Okay für mein heutiges Vorhaben. Ich warf einen Blick auf die Uhr und sah dann zu Trevor. Ich war definitiv aufgeregter als er. »Bist du bereit?«

»Bin ich das?« Trevor schnitt eine skeptische Grimasse, dann ging er zur Tür hinaus. Ihm war anzusehen, dass er diese Geheimnistuerei nicht mochte, doch Laureen und ich hatten uns darauf geeinigt, ihm erst von unserem Plan zu erzählen, wenn er vor dem Helikopter stand. Als er seine Hand in meine schob, wusste ich, dass er mir meine Verschwiegenheit zumindest nicht übel nahm.

»Verrätst du mir zumindest, wohin ich gehen soll?«, fragte Trevor, als wir über den verglasten Steg liefen.

»Hinaus«, antwortete ich und zog ihn von der Lobby aus ins Freie. Ich steuerte jenen Weg an, der zum Helikopterlandeplatz führte. Die Strecke stieg langsam zu dem höchsten Punkt der Insel an.

»Willst du von den Klippen springen?«, fragte Trevor leicht erschrocken, als ihm auffiel, dass dort oben noch jener Abhang lag, von dem wir gemeinsam gesprungen waren.

»Ich glaube nicht, dass Dr. Omar dir die Erlaubnis dazu geben würde.«

Als verstünde er, welche einzige Alternative es dann dort oben gab, verkrampfte sich seine Hand in meiner. Plötzlich hob er den Kopf, als hätte er ein Geräusch gehört, dessen Richtung er herauszufinden versuchte. Seine Augen wanderten über den Horizont.

Ich nahm das Geräusch des näherkommenden Helikopters erst viel später wahr. Zu dem Zeitpunkt war er bereits klar über dem Meer erkennbar. Mit dem lauter werdenden Dröhnen stieg auch meine Aufregung. Dabei hatte ich mir fest vorgenommen, cool zu bleiben. Trevor sollte sich nicht verunsichert fühlen. Erst recht nicht von mir.

»Wer ist das?«, fragte er, als der Hubschrauber sich über den Landeplatz begab und die Flughöhe verringerte. Das Geräusch der Rotoren vermischte sich mit dem Wind, der uns entgegenschlug.

»Deine Mom.«

»Die Maschine gehört aber nicht ihr«, stellte er irritiert fest.

Ich bestätigte das mit einem leichten Kopfschütteln. Dann sahen wir beide auf den Helikopter, der langsam auf der Landeplattform vor uns aufsetzte. Die Rotorblätter drehten sich noch, als der Motor bereits abgeschaltet wurde, doch der Lärm verebbte schneller.

Laureen stieg aus der Maschine und kam direkt auf uns zu. Ein fröhliches Lächeln lag auf ihren Lippen. Sie hatte ihr langes braunes Haar zu einem tiefen Zopf gebunden, wodurch ihr einige Strähnen ins Gesicht hingen. Mit der Pilotenbrille dazu wirkte sie nicht viel älter als wir.

»Sag bloß, du hast dir einen neuen Hubschrauber gekauft«, waren Trevors erste Worte. Er klang besorgt und gespannt zugleich.

»Der ist nur geliehen«, erklärte Laureen. »Du wirst sehen, es wird sich schnell wieder so anfühlen wie früher.« Sie lächelte Trevor zuversichtlich an.

»*Ich* soll damit fliegen?« Seine Finger rutschten aus meiner Hand.

»Deine Angst vor dem Fliegen darf sich nicht verfestigen«, sagte Laureen einfühlsam. Die Reaktion ihres Sohnes schien sie nicht zu überraschen. Sie hatte ihm einst das Fliegen beigebracht und damit eine Leidenschaft in ihm geweckt, die faszinierend war. Ich hatte vollstes Vertrauen in sie, dass sie wusste, wie sie diese Leidenschaft wiedererwecken konnte.

»Und du wolltest mich nicht erst fragen, ob ich das überhaupt will?« Der Vorwurf klang in seiner Stimme mit.

Ich legte meine Hand auf seinen Oberarm. »Selbstverständlich kannst du Nein sagen, wenn du nicht dazu bereit bist«, sagte ich ruhig. »Wir möchten dir nur die Freude zurückgeben, die du beim Fliegen immer hattest.«

»War das etwa deine Idee?« Das Entsetzen in Trevors kühlen blauen Augen schreckte mich nicht zurück. Ich nahm seine Hand und hielt sie fest.

Ich konnte nicht erahnen, was gerade in ihm vorging. Die Angst, wieder einen Fehler zu begehen, auch wenn sein Absturz während des Sturms gar nicht vermeidbar gewesen wäre. Ich konnte aber auch nicht erahnen, welche Strafe es für ihn sein musste, nie wieder in einen Helikopter steigen zu können. Er hatte seine Karriere als Baseballspieler an den Nagel hängen müssen, das sollte er nicht auch mit diesem Teil seines Lebens machen müssen.

»Habt ihr nur darauf gewartet, dass meine Fäden raus sind?«, fragte Trevor, und sein vorwurfsvoller Blick traf erst mich und dann seine Mom. »Und jetzt wollt ihr mich einfach in eine Maschine setzen, die mich fast mein Leben gekostet hätte?«

»Wir wissen, wie hart das für dich ist«, setzte Laureen fort.

»Ach ja?«

»Du musst wieder ins Cockpit.« Laureen ließ sich von seiner Reaktion nicht aus der Ruhe bringen. »Je länger du dir Zeit lässt, desto schwerer wird es dir fallen, wieder einzusteigen. Diese Angst wird sich in deinem Kopf verfestigen, und du wirst diese Blockade nur noch schwer durchbrechen können.«

Trevor starrte sie schweigend an. Offenbar lösten ihre Worte etwas in ihm aus. Zumindest dachte er darüber nach, was mich bereits hoffnungsvoll stimmte.

»Ich kann meinen Arm doch noch gar nicht richtig heben«, sagte er nach einer Weile. »Ich bin mir nicht mal sicher, ob meine Motorik dazu reicht.« Er hob die Hand und blickte darauf, während er sie zur Faust ballte und wieder öffnete.

Peter hatte in den letzten Tagen viele Übungen mit ihm gemacht, und Trevor selbst hatte mir voller Stolz gezeigt, welche Fortschritte er bereits machte – sowohl, was Motorik als auch was Kraft betraf. Als ich dann mit dem Physiotherapeuten Rücksprache gehalten und von Laureens Vorkehrungen erzählt hatte, bekam ich sein Okay. Wir hatten an alles gedacht!

»Sämtliche Bewegungen, die du nicht ausführen kannst, übernehme ich«, erklärte Laureen. »Ich habe ein Modell mit einer Doppelsteuerung gewählt und kann jederzeit eingreifen, wenn es notwendig ist.«

»Und wenn ich einen Fehler mache, und du nicht rechtzeitig eingreifen kannst?«, hakte er skeptisch nach.

»Warum solltest du?«, fragte Laureen leichthin. »Du hast noch nie einen Fehler gemacht. Selbst deine Landung unter diesen extremen Bedingungen auf dem Cay zeigt, dass du ein hervorragender Pilot bist.«

»Ich vertraue dir, Trevor«, sagte ich entschlossen.

Er sah mit großen Augen zu mir. »Du fliegst mit?«

»Selbstverständlich.« Ich wollte keine Sekunde an ihm zweifeln.

Seine Finger legten sich etwas fester um meine. Erst zaghaft, dann entschlossener. Ein kleines Funkeln erschien in seinen Augen. Eines, das ich so lange vermisst hatte, mich aber sofort an das in ihm lodernde Feuer erinnerte, das ich bereits gesehen hatte, als er mich das erste Mal nach Lovett Island geflogen hatte.

Er holte tief Luft, ehe er zum Helikopter blickte.

»Keine Sorge, ich passe auf euch auf«, sagte Laureen, für die die Entscheidung damit gefallen war. »Und jetzt kommt! Ich bezahle die Maschine nach Stunden.«

Wir gingen zu dem Helikopter, und Laureen reichte mir Kopfhörer mit einem Mikrofon. So würde ich die Gespräche der beiden mithören können.

Während sich die beiden ans Steuer setzen, nahm ich hinter Laureen Platz, um von hinten einen Blick auf Trevor zu haben. Er rutschte ein wenig unruhig auf dem Sitz hin und her, als müsste er erst eine bequeme Position finden. Gleichzeitig huschten seine Augen über all die Knöpfe, Schalter und Riegel, als sähe er so etwas zum ersten Mal. Laureen testete den Funk und fragte, ob ich sie verstehen könnte.

»Ich höre euch gut«, sagte ich und schnallte mich wie üblich an. Anschließend gingen sie einige Details des Cockpits durch, als wollte Laureen Trevor die Möglichkeit geben, sich mit der Steuerung vertraut zu machen. Ich hatte keine Ahnung, wie schwierig es war, von einem Helikopter in einen anderen zu wechseln. Konnte man das mit einem Auto vergleichen? Komplizierter sah es zumindest aus mit den verschiedenen Displays, kreisrunden Messgeräten und Warnleuchten.

Als Trevor den Motor startete und sich über uns die Rotorblätter zu drehen begannen, hüllte mich nicht nur das laute Dröhnen der Maschine ein, sondern auch ein vertrautes Gefühl wie bei unseren bisherigen Flügen. Jeder Handgriff von Trevor wurde sicherer, und er gab die Daten unseres Flugs mit selbstbewusster Stimme über Funk bekannt. Er war wieder in seinem Element.

Es dauerte nicht lang, da hoben wir schon ab. Das sich leicht drehende Gefühl in meinem Magen ließ mich zu Beginn immer ein wenig unwohl fühlen, doch das legte sich, sobald wir die Flughöhe erreicht hatten. Nur in starken Kurven schwappte es noch durch meinen Bauch.

Als hätte Trevor meine Gedanken gelesen, steuerte er die Maschine in eine Linkskurve. Ich hörte ihn durch die Kopfhörer leise lachen. Er war zurück. Zurück an dem Platz, der ihm so viel bedeutete.

In der nächsten halben Stunde umflogen wir die British Virgin Islands, vorbei an den Buchten, wo die Touristen badeten, sowie über die grünen Hügel und Riffe der amerikanischen Inselgruppe, ehe wir wieder Lovett Island erreichten. Während des Flugs musste Laureen kaum helfen, doch beim Landeanflug half sie Trevor bei jenen Bewegungen aus, die er mit der verletzen Schulter nicht schaffte.

»Das war unglaublich«, sagte Trevor, nachdem er den Motor abgestellt hatte. Er sah zu mir nach hinten, ein Strahlen in den Augen, das nicht verheimlichen konnte, dass er am liebsten gleich noch einen Flug machen würde.

»Ja, das war es«, bestätigte ich und freute mich über den Stolz in seinem Gesicht. Über das Selbstvertrauen, das so schnell zurückgekommen war.

»Danke«, sagte Trevor und sah erst zu mir, dann zu Laureen. »Dass ihr so an mich glaubt.«

Später, als wir auf der Terrasse des Haupthauses saßen, blickte Laureen ihren Sohn, der ihr gegenübersaß, zufrieden an. »Ich bin froh, dass das so gut geklappt hat.«

»Hattest du davor etwa Zweifel daran?«, fragte Trevor gespielt schockiert über ihre Aussage.

»Hätte ich keine Zweifel gehabt, hätte ich einen Heli ohne Doppelsteuerung genommen«, antwortete seine Mom grinsend.

»Von wegen, ihr vertraut mir.« Trevor verzog gekränkt das Gesicht.

»Ich hab dir voll und ganz vertraut«, sagte ich und stellte ein Tablett mit drei Gläsern Limonade auf den Tisch. Dann setzte ich mich an Trevors Seite und tätschelte ihm zur Aufmunterung das Knie.

»Hast du die Turbulenzen am Anfang bemerkt?«, fragte Laureen schief grinsend. »Das war kein Wind, sondern Macis Zittern.«

Trevor fand ihre Witze nicht ganz so lustig und rollte nur mit den Augen.

»Ich hatte nur ganz wenig Angst, ehrlich«, zog ich ihn noch ein bisschen mehr auf.

»Mom, wie läuft es eigentlich mit der Scheidung?«, fragte er, um ganz offensichtlich das Thema zu wechseln.

Laureen seufzte und nahm einen Schluck von ihrer Limo. »Es dauert länger als gedacht«, sagte sie und bemühte sich um ein Lächeln, das ihre Gedanken kaschieren sollte. Ihr Blick verriet jedoch, dass sie das lange Verfahren belastete. »Ich hätte wohl längst klein beigegeben und alles akzeptiert, was dein Vater angeboten hat, aber meine Anwältin ist knallhart und lässt ihn nicht aus der Zange.«

Trevor schmunzelte. »Ich würde mich nicht mit Jenkins anlegen wollen.«

»Du kennst die Anwältin?«, fragte ich neugierig.

»Ja, das ist so eine …« Trevor strich das Grinsen aus seinem Gesicht und setzte eine eiskalte kämpferische Miene auf. »Zisch!« Mit einer raschen Handbewegung schwang er eine imaginäre Peitsche. »Mit der kann Mom nur gewinnen!«

Ich kicherte in mich hinein. Es freute mich, dass Trevor, der in letzter Zeit nur düster zu sein schien, wieder Scherze machen konnte. Und auch wenn er seine Mutter anfeuerte, wusste ich, dass er in diesem Scheidungsverfahren keine Partei ergreifen wollte. Er hatte ein sehr gutes Verhältnis zu Laureen, das ihm unglaublich wichtig war, gleichzeitig hatte er großen Respekt vor seinem Vater.

»Leider kann sie auch nicht alles retten«, warf Laureen ein bisschen beschämt ein. »Eigentlich gab es bereits einen Termin für die Unterschrift, aber als herauskam, dass ich ohne sein Wissen einen Helikopter gekauft hatte hat uns das zurückgeworfen. Es wäre wohl besser gewesen, den Hubschrauber erst nach Abschluss des Scheidungsverfahrens zu kaufen. In mehrerlei Hinsicht.« Sie senkte den Blick, und es wirkte auf mich, als würde sie sich Vorwürfe machen, Trevors Absturz nicht verhindert zu haben.

»Du weißt, dass ich dir das Geld zurückzahle«, sagte Trevor mit belegter Stimme. »Sobald ich Zugriff auf mein Vermögen habe …«

»Vergiss es, Trevor«, fuhr ihm Laureen ins Wort. »Ich pfeife auf das Geld. Hauptsachte, es geht dir gut.«

Trevor nickte, doch es schien ihn nicht ganz loszulassen. Die Schuldgefühle zeichneten sich in seinem Gesicht ab. Wir wussten alle, dass sein Flug trotz Startverbot keine Lappalie gewesen war, gleichzeitig war jeder hier froh, dass er noch lebte. Das konnte kein Geld der Welt aufwerten.

»Jedenfalls«, setzte Laureen fort und schob die bedrückte Situation mit einem festen Lächeln beiseite. »Wenn alles nach Plan verläuft, ist die Scheidung noch vor Weihnachten durch.«

»Das heißt, ich muss mich entscheiden, mit wem ich das Weihnachtsfest verbringe?«, fragte Trevor und tippte sich gespielt nachdenklich ans Kinn.

»Du kannst ruhig mit deinem Vater in Orlando sitzen,

während Maci und ich uns hier die Sonne auf den Bauch scheinen lassen.« Laureen lächelte mir warm zu. Dass sie mich in dieses familiäre Fest einbezog, bedeutete mir viel. Trevor und ich waren zwar zusammen, doch wir hatten es nach dem Unfall, der Operation und dem Bangen seinen Eltern nie offiziell gesagt. Es kam uns nach all dem Erlebten einfach selbstverständlich vor.

Es würde das erste Weihnachten sein, das ich nicht mit meinen Eltern verbrachte. Das erste, an dem ich nicht mit einer neuen Tennistasche unterm Baum »überrascht« wurde. Schnell verdrängte ich den dumpfen Schmerz in meiner Brust, der bei dem Gedanken aufkam. Obwohl wir so wütend auseinandergegangen waren, fehlte mir etwas. Ein Abschluss, eine Aussöhnung. Ich ersetzte diese Trübseligkeit schnell mit der Vorstellung, Weihnachten mit Karlee und Violet eierlikörtrinkend am Strand zu verbringen.

»Ich muss dann los.« Laureen klang etwas wehmütig, als würde sie lieber bei uns bleiben. Sie trank ihre Limo aus und stand dann auf. »Ich bin froh, dass es dir immer besser geht, Trevor. Du solltest Maci dankbar sein, dass sie sich so gut um dich kümmert.«

»Das bin ich natürlich«, sagte er und zwinkerte mir von der Seite zu.

Laureen verabschiedete sich von uns und verließ die Terrasse über das Haupthaus.

Als Trevor und ich allein waren, legte er mir die Hand aufs Knie. »Ich hoffe, du weißt, wie dankbar ich dir bin. Nicht nur dafür, dass du bei mir bist, sondern auch, dass du mir Mut machst. Ohne dich wäre ich heute nicht in den Hubschrauber gestiegen. Nicht mal als Mitfliegender.«

Ich fühlte meinen Herzschlag plötzlich viel stärker als zuvor. Nicht schneller, sondern einfach intensiver. Als hätte Trevor eine direkte Verbindung in meine Brust. Es bedeutete mir viel, dass es so war.»Ich bin froh, dass du dich das heute getraut hast.« Ich beugte mich zu ihm und küsste seine warmen Lippen, die nach der süß-sauren Limo schmeckten. Trevors Minzduft damit vermischt machte ihn zu einem fast unwiderstehlichen Leckerbissen.»Damit steht deiner Zukunft als Hubschrauberpilot nichts mehr im Weg, oder?«

Trevor wand sich bei diesen Worten leicht.»Ich bin mir nicht sicher, ob das meine Zukunft sein wird.«

»Auch nicht, wenn du nicht zu Parkins zurückgehst?«, fragte ich überrascht. Ich hatte angenommen, das wäre genau das, was Trevor immer tun wollte. Sein Hobby, seine Leidenschaft zum Beruf machen.

»Ich will mich noch nicht auf etwas festlegen«, erklärte er.»Ich hatte immer klare Ziele vor mir, ohne eine Alternative. Das ist jetzt anders. Ich will erst herausfinden, welche Möglichkeiten ich noch habe.«

Was er sagte, ergab Sinn, und ich ärgerte mich ein wenig, dass ich gedacht hatte zu wissen, was er wollte. Er sollte auf keinen Fall das Gefühl haben, ich würde ihn zu etwas drängen. Ich war bereit gewesen, an seiner Seite zu sein, wenn er zu Parkins ginge – ebenso war ich bereit, mit ihm nach anderen Möglichkeiten zu suchen.

»Vielleicht werde ich auch einfach Manager einer erfolgreichen Tennisspielerin«, fügte Trevor lächelnd hinzu und zog mich wieder an sich. »Ich will das kommende Jahr nicht nur damit verbringen, meinen Weg zu finden, sondern auch dir helfen, deine Ziele zu erreichen.«

Er küsste meinen Hals, und ich schloss die Augen. Es war schön, ihn an meiner Seite zu wissen, auch wenn ich nicht sicher war, ob ich wirklich so lange warten wollte, bis meine Ziele greifbar wurden.

19.

Blair

Ich stand am Fenster meines Appartements, den Blick irgendwo ins Freie gerichtet, das Handy an meinem Ohr. Der Bankberater am anderen Ende der Leitung versuchte bereits seit fünfzehn Minuten, mich abzuwimmeln.

»Ich habe Ihnen alle Unterlagen geschickt, die Sie für eine Hypothek verlangt haben«, setzte ich erneut an, um ihn irgendwie zu überzeugen, sich meiner Bitte noch einmal anzunehmen. »Wenn Sie sich die genau ansehen, werden Sie keine Zweifel mehr haben, dass es sich um ein absolut sicheres Investment handelt.«

»Ich *habe* einen Blick auf Ihre Unterlagen geworfen, Ms Wilkins«, entgegnete mir der Berater, dessen Namen ich längst nicht mehr wusste.

Er war der vierte, den ich in der letzten Stunde angerufen hatte, und der dritte, der mir eine Absage erteilte. Das einzige Angebot, das ich erhalten hatte, beinhaltete nicht nur Zinsen, die unverschämt hoch waren, sondern auch eine

Abtretung von Anteilen der Insel. Ich hatte nicht vor, nur ein Sandkorn meiner Insel jemand anders zu übertragen. Auch keiner Bank.

»Lovett Island gilt seit Jahrzehnten als luxuriöse Urlaubsinsel, die immer hohe Gewinne erzielt hat. Sie müssen sich deshalb keine Sorgen machen«, setzte ich fort. Es war mir völlig schleierhaft, weshalb die Banken sich sträubten, mir einen Kredit zu gewähren. Sobald die Gäste wieder kommen konnten und wir Umsätze erzielten, würde ich die Schulden begleichen können. »Ich brauche nur eine Überbrückungsfinanzierung. Laut meiner Planung müsste ich in fünf Jahren die Schulden erwirtschaftet haben.«

»Ms Wilkins, das sind Annahmen, die sich nicht nachvollziehen lassen.«

»Was meinen Sie? Ich habe Ihnen alle Bilanzen der letzten Jahre ebenso wie die Budgetierung der nächsten fünf Jahre zukommen lassen.« Meine Stimme schoss in die Höhe. Sollte all diese Mühe umsonst gewesen sein? Die stundenlange Aufarbeitung der Unterlagen? Ich hatte die letzten Tage bis spät in die Nacht am Schreibtisch gesessen, um die Finanzpläne zu erstellen. Was mich bestimmt einige graue Haare und eine Vertiefung der Zornesfalte gekostet hatte.

»Ms Wilkins, das sind zusammengewürfelte Zahlen.« Der Bankberater lachte, als wäre ich ein kleines Kind, das behauptete, die Quantenphysik verstanden zu haben.

»Die Zahlen basieren auf den vergangenen Jahren«, entgegnete ich ihm wütend. Es war, als *wollte* er mir einfach nicht helfen.

»Sie haben Ihren Versicherungsbeitrag vor einem Monat reduziert und kämpfen jetzt mit den Auswirkungen der Sturmschäden, die dadurch nicht gedeckt sind«, sagte der Mann nun ernst.

Ich schloss die Augen und lehnte meine Stirn gegen das Glas des Fensters. Warum hatte ich nur diesen beschissenen Fehler gemacht und die Versicherungsleistungen nicht überprüft, nachdem ich die Insel übernommen hatte! All das fiel mir jetzt auf den Kopf. Nicht nur in Form von Rechnungen, sondern auch durch Vorwürfe von Menschen, die mich und meine Situation gar nicht kannten.

»Ms Wilkins, ich habe wirkliche strenge Vorgaben für die Gewährung von Krediten. Es gibt in unserem Unternehmen eine Kontrollinstanz, die jede Hypothek genau überprüft. Ich bringe das ohne Sicherheiten nicht durch.«

»Die Insel ist doch eine Sicherheit«, fiel ich ihm ins Wort.

»Theoretisch ja, aber in Anbetracht der Schäden und ausstehenden Rechnungen müssten wir erst vor Ort ein Gutachten erstellen, das den momentanen Wert schätzt.«

»Dann tun Sie das.«

Der Bankberater seufzte, und ich konnte regelrecht spüren, wie sehr er es bereute, meinen Anruf überhaupt entgegengenommen zu haben. »Ich werde Rücksprache halten und einen Termin mit einem Gutachter vereinbaren. Allerdings müssen Sie die Kosten für die Anreise übernehmen.«

»Das ist nicht Ihr Ernst?« Ich schlug meinen Kopf leicht gegen das Fenster. Das alles war doch eine Farce.

»Sie können sich das ja überlegen. Vor Oktober wird ohnehin kein Termin frei sein.«

»Oktober?«, wiederholte ich, als hätte ich mich verhört. »Wir haben August.«

»Es tut mir leid, aber solche Dienstreisen benötigen Vorbereitung.«

»Sagen Sie doch gleich, dass Sie mich als Kundin nicht haben wollen.« Ich legte einfach auf und war so wütend, dass ich mein Telefon am liebsten quer durchs Appartement geworfen hätte. Leider brauchte ich es noch, um weitere Banken zu kontaktieren. Auch wenn meine Hoffnungen immer geringer wurden, dass mir ein Geldinstitut einen vernünftigen Kredit anbot, bei dem mir die Zinsen nicht das Genick brechen würden.

Wie sollte ich nur eine Möglichkeit finden, die Rechnungen zu bezahlen, die sich bereits auf meinem Schreibtisch stapelten? Mal abgesehen von den Anzahlungen, die ich tätigen musste, um die letzten Reparaturarbeiten in die Gänge zu bringen. Ich hatte nicht mal genug, um Ende des Monats die Gehälter für den Staff auszubezahlen. Wenn mir in den nächsten Tagen nicht etwas einfiel, um dieses Problem zu lösen, blieb mir nichts anderes übrig, als einen Verkauf der Insel in Erwägung zu ziehen.

Es klopfte an der Tür, so fest, dass ich annahm, dass es wohl nicht das erste Mal war.

»Ja, bitte?« Meine Stimme war belegt, und ich schluckte schnell den Kloß hinunter, der sich in den letzten Sekunden in meinem Hals gebildet hatte.

Die Tür ging auf, und Ezra sah herein. »Ich hoffe, ich störe nicht«, sagte er sanft und trat herein. »Ich habe vor fünf Minuten schon mal geklopft, aber da hast du wohl telefoniert.«

Ich rieb mir mit dem Handrücken über die Stirn. »Es ist zum Verzweifeln«, murmelte ich. Dann fiel mein Blick auf den Teller in seiner Hand, auf dem ein diagonal geschnittenes Sandwich lag. »Bringst du mir etwas zu essen?«, fragte ich und merkte, wie leer mein Magen war. Ich hatte einfach keine Zeit gehabt, mir einen Snack zu holen, und es war bereits ... halb acht.

»Du warst nicht beim Abendessen, und ich dachte mir, du könntest eine kleine Stärkung brauchen. Es ist ein Avocado-Sandwich mit Tomaten und Nüssen.« Er kam näher und stellte den Teller auf den Beistelltisch vor meinem Sofa. Dann setzte er sich.

Ich ließ mich erschöpft neben Ezra in die Kissen fallen. Die weiteren Banken, die ich mir für eine Kontaktaufnahme herausgesucht hatte, konnte ich auch morgen noch anrufen. Meine Erwartungen waren mittlerweile ohnehin gegen null gesunken. Meine finanziellen Rücklagen schreckten die Banken allesamt ab. Vor allem, weil es keine gab.

»Du weißt, dass mein Angebot immer noch besteht«, erinnerte er mich. »Egal, was zwischen uns ist.«

»Nein, Ezra«, antwortete ich. »Das kann ich von dir nicht annehmen.«

Ich sah zu ihm hinüber und war erleichtert, als er verständnisvoll nickte. Es fiel mir ohnehin schon schwer, fremdes Geld anzunehmen, um mich aus diesem Loch zu holen, aber er war der Letzte, von dem ich etwas wollte.

Ich beugte mich vor und nahm den Teller in die Hand. »Danke.« Ich biss herzhaft in eine Sandwichhälfte. Es schmeckte richtig lecker. »Ich hab gar nicht bemerkt, wie spät es schon ist«, gestand ich mit halb vollem Mund.

»Du hast in den letzten Tagen viel gearbeitet«, sagte Ezra und drehte sich auf dem Sofa noch ein Stück mehr in meine Richtung, sodass sein Knie meinen Oberschenkel berührte. »Ich hoffe, du übernimmst dich nicht.«

»Besser jetzt, bevor es zu spät ist«, entgegnete ich trostlos.

Er presste besorgt die Lippen aufeinander und streckte den Arm aus, um mir die Hand auf die Schulter zu legen. »Du musst auch auf dich schauen. Du hast in letzter Zeit viel durchgemacht und darfst nicht vergessen, dir eine Pause zu gönnen.«

Ich hatte die erste Hälfte des Sandwichs bereits inhaliert und nahm sogleich die zweite zur Hand. »Siehst du, ich mache Pause.« Ich lächelte müde und biss ab.

»Weil ich auf dich schaue«, fügte Ezra hinzu.

»Du bist viel zu gut zu mir.« Ich schob einen weiteren Bissen nach.

»Merk dir das!«, sagte er lachend und stand dann auf.

»Wo willst du hin?«, fragte ich, weil ein Teil von mir fürchtete, er könnte mich allein lassen. Das war gerade das Letzte, was ich wollte. Falsch! Ich wollte nicht nicht allein sein, ich wollte nicht ohne Ezra sein. Das hatte eine ganz andere Bedeutung.

»Bloß Musik aufdrehen«, antwortete Ezra und deutete auf die Musikanlage neben meinem Fernseher. Beides waren Geräte, die ich schon ewig nicht mehr benutzt hatte.

»Gute Idee.« Ich wollte den Abend nur zu gern mit Ezra

ausklingen lassen, und ein wenig Musik passte gut zu der Stimmung, die ich mir mit ihm vorstellte.

Es dauerte nicht lang, da füllte leise Musik meine Suite. Als Ezra sich zu mir zurückdrehte, musterte er mich interessiert.

Kurz dachte ich, ich hätte Avocado am Kinn kleben, und wischte mir mit den Fingern schnell darüber, aber da war nichts. »Was ist?«

»Du wolltest nicht, dass ich gehe, stimmt's?« Ein erleichtertes Lächeln umspielte seine Lippen, als ihm das bewusst wurde. Ich brauchte es nicht zu leugnen, er hatte mich durchschaut. Und irgendwie fühlte es sich gut an, dass es einen Menschen in meinem Leben gab, der mich so gut verstand, dass ich mich ihm nicht erklären musste.

»Du wolltest dich doch um mich kümmern«, erinnerte ich ihn an seine vorigen Worte und merkte, wie rau meine Stimme war. Ich legte das letzte Stück des Sandwichs zurück auf den Teller und stand auf.

Ezras Augen weiteten sich, als wüsste er, was ich vorhatte. Bei unserer letzten Begegnung hatte ich mich rittlings auf seinen Schoß gesetzt, und er hatte mir mit jeder Faser seines Körpers gezeigt, wie jede Faser meines Körpers ihn wollte.

Langsam lief ich auf ihn zu, den Blick in seinen versenkt und mit vollem Bewusstsein, wie ich auf ihn wirkte. Ich öffnete die ersten Knöpfe meiner Bluse, und Ezra schluckte deutlich. Die Spannung zwischen uns war genauso intensiv wie damals. Nur dass ich ihm dieses Mal zeigen würde, wie sehr jede Faser seines Körpers *mich* wollte.

Dicht vor ihm blieb ich stehen. Ich stellte mich auf die Zehenspitzen und beugte mich zu seinem Ohr, sodass mein heißer Atem ihn streifte, als ich flüsterte: »Ich hätte da eine Idee, wie ich mehr auf mich achte.«

Ich legte meine Hände auf seine Brust und spürte seinen festen Herzschlag darunter.

Er drehte sein Gesicht zu meinem, sodass sich unsere Lippen fast berührten. »Welche denn?«, fragte er heiser.

Ich überwand den letzten Millimeter zwischen uns, streifte seinen Mund mit meinen Lippen, nur um mich wieder grinsend von ihm abzuwenden. »Komm mit!«

Ich zog ihn am Shirt in mein Badezimmer, das vom indirekten Licht in warmen Tönen beleuchtet wurde. Ohne meinen Blick von Ezra zu lösen, legte ich den Riegel des Jacuzzis um und ließ Wasser in das Becken fließen. Das Rauschen übertönte die sanfte Musik, die vom Wohnraum ins Bad gedrungen war.

»Lust auf ein Bad, Sweeting?«, fragte ich herausfordernd.

»Lust auf so viel mehr«, antwortete Ezra und kam auf mich zu. Er schob eine Hand in meinen Nacken und holte mich zu sich, als wäre das längst überfällig. Stürmisch suchten seine Lippen nach meinen. »Ich will dich, Blair«, hauchte er zwischen unseren heißen Küssen.

Ungeduldig zerrte ich an seinem Shirt und löste meinen Mund von seinem, um ihm den Stoff über den Kopf hinweg auszuziehen. Meine Finger glitten über seine breiten Schultern hinab auf seine harte Brust, und ich krallte meine Nägel in seine Haut.

Ezra entwich ein leiser Laut auf meinen Lippen, der das

heiße Ziehen in meinem Unterleib verstärkte. Verdammt, ich wollte ihn auch. Und das so sehr!

Geschickt knöpften seine Finger den Rest meiner Bluse auf, dann rutschte mir der feine Stoff über die Schultern hinunter. Gerade als ich mich wieder auf seinen Mund stürzen wollte, wirbelte er mich herum.

Ich musste mich am Waschtisch festhalten, um das Gleichgewicht zu halten. Ezra drängte sein Becken gegen meinen Hintern, und ich spürte die Härte in seiner Hose. Sein warmer Oberkörper legte sich an meinen Rücken. Im Spiegel trafen sich unsere Blicke, voller Lust, voller Begierde. Ich wusste nicht, was er vorhatte, was mich umso mehr erregte.

Mit einem Schnippen öffnete er meinen BH und zog ihn mir von den Schultern. Immer noch waren unsere Augen aufeinander gerichtet. Ich sah nur unsere nackten Oberkörper, dicht aneinander. Ezra legte einen Arm um meinen Oberkörper, die Finger berührten knapp meinen Brustansatz.

»Mehr«, forderte ich. Was war er auch nur so zaghaft!

Ezra lachte leise. Seine andere Hand schob sich in meine Hose, und ich stöhnte leise auf, als seine warmen Finger unter meinen Slip wanderten und mich dort berührten. Im Spiegel sah ich, wie sich mein Brustkorb unter meinem schweren Atem hob und senkte.

Ezras leicht geöffneter Mund berührte mein Ohr, sein feuchter Atem strich über meine Haut. Währenddessen kreiste sein Finger über meine Klitoris und trieb meine Erregung an einen Punkt, den ich schon bald nicht mehr kontrollieren konnte.

Ich schloss die Augen, legte den Kopf gegen seine Schulter und stieß seinen Namen mit einem heißen Atemzug aus. Meine Finger krallten sich um die Kante des Waschtisches, im Hintergrund rauschte das Wasser in den Jacuzzi. Ezras Finger glitten tiefer, hinein in meine feuchte Hitze.

»Mehr, Ezra. Gib mir mehr!«

Doch statt meine Lust noch weiter mit seinen geschickten Fingern in die Höhe zu treiben, löste Ezra seine zweite Hand, zog die andere aus meinem Schritt und umfasste mit beiden den Bund meiner Hose. Er machte sich nicht mal die Mühe, den Knopf zu öffnen, sondern zog mir den Stoff samt Slip über den Hintern hinunter. Er rieb über meine Haut, ein Schmerz, den ich kaum wahrnahm.

Nackt vor ihm stehend blinzelte ich in den Spiegel.

»Hast du ein Kondom?«, fragte er mit tiefer Stimme. Seine Erektion drückte gegen meinen nackten Hintern, dazwischen nur der Stoff seiner Hose. Am liebsten wollte ich die Beine auseinanderschieben und sie noch viel tiefer in mir spüren.

Erst jetzt wurde mir klar, was er gefragt hatte. Ich öffnete den Spiegelschrank vor mir, griff etwas planlos hinein und tastete das Fach ab. Eine Dose mit Zahnseide fiel klappernd zu Boden. Dann hatte ich, was ich wollte. Ich legte das kleine silbern glänzende Päckchen neben mir auf den Waschtisch. Ob er mich gleich hier, von hinten nehmen würde? Unsere Blicke im Spiegel miteinander verwoben?

Ich spürte, wie Ezra an seiner Hose herumnestelte, dann rutschte sie zu Boden, und er trat sie zur Seite.

»Dreh dich zu mir!« Sein rauer Ton ließ meinen Puls

noch schneller schlagen. Während ich mich langsam zu ihm umdrehte, öffnete er das Kondompäckchen und rollte den Gummi über.

»Du willst mehr?«, fragte er und drängte mich auf den Waschtisch hinauf. Die kalte Keramik kühlte nur kurz meine erhitzte Haut. »Du kriegst mehr.« Er küsste mich leidenschaftlich, hielt nur kurz inne, als er in mich eindrang. Mit dem nächsten Kuss erstickte er mein Stöhnen. Ich spürte tief in mir diese Hitze, nach der ich mich so sehr gesehnt hatte und von der ich jetzt noch viel mehr wollte. Doch Ezra gab mir nicht lange Zeit, um es zu genießen. Er packte meine Oberschenkel und gab mit seinen Hüften einen harten Rhythmus vor. Jeder Stoß ließ uns keuchen, und ich zog mich an seinen Körper, um mich ihm noch mehr entgegenzudrängen. Mein Blick fiel über seine Schulter auf den Jacuzzi, in dem immer noch das Wasser rauschte und nahe der Kante war.

»Das Wasser«, stieß ich schwer atmend hervor.

Ezra versenkte sich noch einmal in mir, dann warf er einen kurzen Blick über die Schulter auf das Becken. »Shit.«

Tief in mir versunken packte er mich am Hintern und hob mich einfach von dem Waschtisch herunter. Ich wickelte meine Beine um seine Hüften und schlang meine Arme fester um seinen Hals.

Spielend leicht trug Ezra mich durch das Bad zu dem Jacuzzi und legte mit einer flüchtigen Handbewegung den Schalter der Armatur um. Dann stieg er mit mir in das Wasser, das zwischen unseren Körpern über die Kante schwappte und sich plätschernd im Badezimmer verteilte.

Er setzte sich in das Wasser, meine Beine immer noch um sich geschlungen. Die Wärme hüllte uns ein, doch im Vergleich zu der Hitze in mir war sie kaum zu spüren.

Ich griff an meinen Dutt und löste den Haargummi heraus. Dann schüttelte ich mein Haar auf, was Ezra unter tiefhängenden Lidern genussvoll betrachtete.

»Du bist wunderschön«, hauchte er mit kratzender Stimme und legte eine Hand auf meine Brust. Seine Finger waren warm vom Wasser und strichen zärtlich über meine Haut. Er beugte sich vor und umschloss meinen Nippel mit seinem Mund. Seine Zungenspitze zog heiße Kreise, dann drückte er sanft seine Zähne in meine Haut.

»Oh fuck, Ezra!«, stöhnte ich und genoss, wie er meine zweite Brust mit der anderen Hand umschloss.

Ezras Härte war immer noch in mir, und ich spürte, wie sich meine Mitte fest darum zusammenzog. Ich schob meine nassen Finger in sein Haar und zog ihn sanft von meiner Brust, nur um meinen eigenen Mund auf seinen zu legen.

Nun war ich es, die den Rhythmus vorgab. Ich bewegte meine Hüften, erst in einem langsamen sanften Takt, den ich mehr und mehr steigerte. Wie unsere Lust schwappte auch das Wasser um uns herum höher und flutete das Bad.

Mein Atem ging stoßweise, so wie meine Bewegungen. Ezra drängte mir sein Becken entgegen, als wollte er noch tiefer in mich hinein. Meine nassen Haarspitzen klebten auf meiner Brust, als ich mich an Ezras Schultern festhielt, um das Tempo zu steigern.

Das heiße Wasser wog uns in unserer Ekstase und trieb

unsere Lust immer höher. Ezras Hände krallten sich um meine Hüften und bewegten sich in meinem Rhythmus. Das Ziehen in meinem Unterleib wurde unerträglich. »Ezra.« Ich stöhnte seinen Namen, den Kopf tief in den Nacken gelegt. Der Orgasmus packte mich heftig und riss mich einfach mit.

Ich hörte meinen Namen aus der Ferne, als Ezra tief in mir kam und sein Becken noch mehr gegen meines presste. Seine Fingerkuppen krallten sich in meine Haut. Es war, als wäre ich in diesem Moment unerreichbar. Nur für mich und doch gemeinsam mit Ezra. Weit weg von allem anderen.

Als ich am nächsten Morgen aufwachte, einen maskulinen holzigen Duft in der Nase, sog ich diesen einfach nur tief in mich ein und ließ alles andere um mich herum so sein, wie es war. Die Rechnungen, die sich auf meinem Schreibtisch stapelten, die Liste der Bankberater, die ich noch anrufen sollte, und das Wasser, das mein halbes Badezimmer überflutet hatte. Die Zimmermädchen waren bis auf Weiteres freigestellt, was hieß, ich musste die Sauerei selbst wegmachen.

Aber nicht jetzt.

Ich drehte mich noch ein Stück mehr zur Seite, vergrub meine Nase in Ezras Oberkörper und schlang meinen Arm um ihn. Er reagierte darauf, indem er leise brummte und mich fester an sich zog.

»Musst du schon aufstehen?«, fragte er nach einer Weile, und sein warmer Atem strich über meinen Scheitel.

»Nein«, antwortete ich, ohne darüber nachzudenken, was heute noch zu tun war. Wir hatten Listen mit Aufgaben erstellt, die wir noch abarbeiten mussten. Vieles waren Kleinigkeiten, wie Reinigungsarbeiten, Pflanzenrückschnitte und Reparaturen, doch in Summe war noch viel zu tun, ehe wir wieder Gäste empfangen konnten.

Ich vertrieb die Gedanken daran und presste stattdessen meine Lippen auf Ezras Haut. Sie war so weich und warm und verführerisch nach ihm riechend. Ein Ziehen breitete sich zwischen meinen Beinen aus, und ich überlegte, wann ich zuletzt Morgensex gehabt hatte.

Meine Hand strich über seine glatte Brust, und ich spürte, wie sich seine Nippel hart zusammenzogen. Es gefiel mir, eine solche Wirkung auf seinen Körper zu haben. Und noch mehr gefiel es mir, wie ich auf seine Nähe reagierte. Meine Finger tasteten tiefer, rutschten unter die Decke und umfassten seine Härte.

»Oh, fuck«, stöhnte Ezra leise, als ich meine Hand zu bewegen begann. Ich liebte es, ihn zu verwöhnen, und wusste, dass ich es später zurückbekommen würde. Uns drängte nichts, und wenn wir wollten, würden wir noch eine zweite Morgenrunde dranhängen.

»Das kann schnell gehen.« Er legte eine Hand auf meine, um das Tempo zu drosseln. »Ich hab gerade von dir geträumt.«

Ich schmunzelte. »Etwas Unanständiges?«

»Nein, etwas Wunderschönes.«

Er drehte sich zu mir, sein Penis lag zwischen uns, meine Hand immer noch auf ihm. Meine Bewegungen wurden schneller, und ich stöhnte leise mit ihm, weil es mich genauso erregte, seine Lust zu fühlen.

»Gefällt dir das?«, hauchte ich, auch wenn es keiner Antwort bedurfte. Sein Körper reagierte genauso, wie ich es wollte. Ein festes Klopfen an der Tür zum Appartement hallte bis in mein Schlafzimmer. Kurz hielt ich inne, und Ezra seufzte frustriert. Aber dann umschloss ich seine Erektion wieder fester. »Die gehen wieder«, flüsterte ich.

»Blair, bist du da?«, ertönte nun dumpf Violets aufgeregte Stimme.

Ich ignorierte sie. Ich würde Ezra nicht so unbefriedigt liegenlassen, nur weil der Staff nicht wusste, was Privatsphäre war. Und das früh am Morgen um ... halb zehn? Hatten wir echt so lang geschlafen? Nicht ganz verwunderlich, nachdem wir uns die halbe Nacht ineinander verschlungen von einer Seite des Bettes auf die andere gewälzt hatten.

»Vielleicht solltest du zu ihr gehen«, sagte Ezra leise.

»Bitte, Blair! Es ist wirklich dringend.«

Mir entwich ein genervtes Stöhnen. Ich ließ Ezras Penis los und mich frustriert in die Matratze sinken. »Ich komme gleich!«, rief ich, auch wenn sich alles in mir sträubte, aus diesem Bett zu steigen. Als würden sich damit der ganze gestrige Abend und die Nacht in Luft auflösen. Als wäre Ezra dann nicht mehr in meinem Schlafzimmer, sobald ich es einmal verließ.

»Ich warte auf dich«, sagte Ezra.

Ich schob meine Beine über die Bettkante und holte mir aus dem Schrank ein Shirt und eine Hose. Auf Slip und BH verzichtete ich, denn ich wollte die zwei Teile so schnell wie möglich wieder loswerden und zu Ezra zurück ins Bett kriechen. Dann aber gleich auf ihn drauf. Und ein Paar Nippel durch ein dünnes Top war nichts, was Violet noch nie gesehen hätte.

Ich riss die Tür meiner Suite etwas unwirsch auf. »Ja?« Violet sah mich mit ihren großen braunen Augen an, als wäre ihr ein Geist über den Weg gelaufen. »Scott ist da.«

Okay. Das erklärte den Geist. Wenn Scott hier war, dann war es das gewissermaßen auch. »Der Arsch kann gleich wieder verschwinden«, zischte ich, weil ich ihn nicht mal zu Gesicht bekommen wollte.

»Er meint, laut seinem Vertrag dürfte er hier sein«, erklärte Violet stotternd. Ihr war anzusehen, dass sie gerade die Bilder von Peytons Unfall im Kopf hatte. Noch viel zu präsent.

Ich presste mir die Handballen auf die Augen und stieß einen frustrierten Laut aus. Das war absolut nicht der Start in den Tag, den ich mir vor fünf Minuten noch vorgestellt hatte. »Okay, ich komme gleich«, sagte ich, als ich die Arme wieder senkte. »Wo ist er denn?«

»Ich glaube auf dem Weg in sein altes Zimmer.«

»Danke, Violet.«

Sie sah erleichtert aus, dass ich mich dem annahm.

Ich schloss die Tür, weil ich mir für eine Begegnung mit Scott noch ein Höschen und einen BH anziehen wollte. Aber sobald dieser Widerling von meiner Insel verschwunden war, würde ich mir die Klamotten von Ezra ausziehen lassen. Mit dem Mund!

»Soll ich mitkommen?«, fragte Ezra, als ich die Unterwäsche aus einer Kommode herausholte. Er lag immer noch nackt in meinem Bett und sah dabei so verdammt gut aus, dass es mir schwerfiel, mich nicht gleich dazuzulegen. »Nein, du rührst dich nicht vom Fleck. Ich erledige das.« Besser gesagt, erledigte ich diesen Arsch namens Scott.

»Ich halte die Laken warm«, sagte Ezra grinsend. Die Vorstellung, schon bald wieder zu ihm unter die Decke zu schlüpfen, munterte mich auf. »Mach ja nicht ohne mich weiter!«

Ich verließ mein Appartement und zog mir erst im Flur etwas umständlich die Sandalen über die Füße. Ich wollte so schnell wie möglich zu Scott kommen, ehe er irgendeinen Schaden hier anrichten konnte. Denn nichts anderes wollte er. Ein Tunichtgut, der nur hier war, um mir Ärger zu bereiten.

Meine Schritte hallten durch den gläsernen Steg, der vom Familientrakt zum Haupthaus führte. Ich durchlief die Lobby und eilte den Weg zum Mitarbeitertrakt hinüber.

»Scott?«, rief ich schon von Weitem, als ich glaubte, jemanden auf der gleichen Ebene zu hören.

Ich erreichte die Zimmer der Mitarbeiter. Und dort stand er, vor dem Zimmer, das er mal bezogen hatte. Die Schulter lässig an den Türrahmen gelehnt, die Beine überkreuzt und ein Lächeln auf den Lippen, als hätte er nur auf mich gewartet. Es war das erste Mal, dass ich ihn sah, seit er Peyton mit dem Motorboot fast umgebracht hatte. Nachdem der Verdacht aufgekommen war, er hätte unter Drogeneinfluss gestanden, hatte ihn die Polizei mitgenommen. Dann kam auch schon der Hurrikan, und wir hatten keinen Gedanken mehr an diesen Arsch verschwendet.

»Blair, wie schön dich wiederzusehen.« Er grinste so selbstgefällig, dass mir die Galle hochkam.

Sein blondes schulterlanges Haar trug er offen, den Bart hatte er kurz geschnitten. In seinen Jeans waren Löcher, die wohl modisch sein sollten, aber billig wirkten. Er löste sich vom Türrahmen, gerade noch, bevor ich vor ihm zum Stehen kam.

Ich holte aus und verpasste ihm eine Ohrfeige.

Er wandte das Gesicht ab und fasste sich an die getroffene Wange. Der Schmerz in meinen Fingern bestätigte mir, dass der Schlag gesessen hatte.

»Du Scheißkerl traust dich noch hierherzukommen?«

Er brauchte einen Moment, um seine Sprache wiederzufinden. Mit der schallenden Begrüßung hatte er wohl nicht gerechnet. Wenigstens blieb mir jetzt sein dämliches Grinsen erspart. Wenn er wirklich gedacht hatte, hier mit offenen Armen empfangen zu werden, war er noch dümmer, als er aussah.

»Ich will meinen Job fertigmachen«, sagte er nun verstimmt.

»Verpiss dich von hier! Wir brauchen dich nicht.« Ich trat zur Seite, um ihm den Weg freizumachen. Ich würde selbst darauf achten, dass er wieder auf ein Boot stieg und von hier verschwand.

»Ich habe einen Vertrag«, entgegnete er mir unbeeindruckt und blieb an der Stelle stehen. »Bis Ende des Monats.«

»Das ist eine Woche. Ich gebe dir frei, und jetzt geh!«

»Ganz so läuft das nicht, Prinzessin.« Sein arrogantes Lächeln brachte das Blut in mir zum Kochen. »Ich sitze meine Zeit hier ab, ob dir das passt oder nicht.«

»Das glaubst du doch selbst nicht.«

»Doch, glaube ich! Und ich sag dir auch, warum.« Sein Grinsen verebbte. Jetzt sah er mich finster, fast schon bedrohlich an. »Wenn du mich wegschickst, werde ich zu einem Boulevardblatt gehen und erzählen, was hier passiert ist. Die hören bestimmt gern von einem Unfall, bei dem Drogen im Spiel waren und eine Urlauberin gefährdet wurde. Denkst du, deine reichen Schnösel werden noch hierherkommen, wenn sie davon erfahren?«

»Damit würdest du dir selbst schaden«, entgegnete ich und versuchte mir nicht anmerken zu lassen, wie sehr mich diese Drohung einschüchterte. Eine Story wie diese würde meine Chancen, die Insel noch mal in Schwung zu bringen, endgültig im Meer ertränken.

»Mach dir mal keine Sorgen um mich«, sagte Scott amüsiert. Er schien sich keinerlei Gedanken darüber zu machen, was diese öffentliche Aufmerksamkeit für ihn persönlich bedeuten würde. »Dank deines Vaters stehe ich schließlich wieder hier. Du wärst erstaunt, wie wenig man den Bullen zahlen muss, um ein paar Dokumente zu ›verlieren‹.«

»Du bist widerlich«, zischte ich in all meiner Wut, als mir nach und nach klar wurde, dass ich ihn wohl nicht gleich wieder loswerden würde.

»Ja, vielleicht«, antwortete er unbeeindruckt, »aber trotzdem ein Teil deines Staffs.«

»Für eine Woche!«, betonte ich scharf.

»Klar.«

»Und ich warne dich. Wenn ich noch einmal mitbekomme, dass du Drogen dabeihast, werde ich höchstpersönlich dafür sorgen, dass sie dich einer Leibesvisitation unterziehen.« Ich hatte keine Ahnung, ob meine Worte irgendetwas bei ihm bewirkten, doch er sollte sehen, dass ich nicht einfach so klein beigab. Sollte er doch die letzten Tage hier absitzen. Zumindest waren keine Gäste hier, die er gefährden konnte. »Und du bleibst auf der Insel, bis deine Zeit vorüber ist. Ich will dir gar nicht erst die Chance geben, Unsinn zu machen.«

Scott schmunzelte. »Wie wäre es, wenn du die Leibesvisitation gleich durchführst?«, schlug er vor und breitete die Arme aus. »Es gibt da allerlei Stellen, wo ich etwas versteckt haben könnte.« Er zwinkerte mir zweideutig zu.

»Du bist echt widerlich«, wiederholte ich nur und drehte mich um, um so schnell wie möglich von hier wegzukommen. Ich konnte ihn nicht mal ansehen, da bekam ich schon einen rasenden Puls.

Blöd nur, dass mir jetzt auch die Lust vergangen war, mir von Ezra mein »Frühstück« zu holen.

20.

Violet

Jesse hatte uns eine Playlist für den heutigen Mädelsabend im Strandhaus erstellt. Eine Mischung aus Camila Cabello, Ariana Grande, Taylor Swift, Beyoncé, Alicia Keys und Demi Lovato. Wir alle fanden diesen Mix aus Powerfrauen gut, und nicht nur einmal sprangen wir von den Sesseln auf, tanzten und sangen mit.

»Wer will eine Gurken-Quark-Maske?« Klimpernd rührte Karlee hinter der Bar mit einem Löffel in einer Schüssel, während sie ihre Hüften zu Lizzo bewegte.

Maci band sich das Haar zu einem hohen Zopf und lehnte sich tief in ihren Sessel zurück. »Solange Vi mir meine Zehennägel währenddessen nicht orange lackiert, bin ich dabei.«

»Beleidige meinen Nagellack nicht!«, schmollte ich. »Orange ist schön.«

»Niemandem steht Orange«, beharrte Maci. »Orange macht krank.«

»Außer, man hat samtig dunkelbraune Haut«, widersprach Karlee und strich sich über ihren eigenen Oberarm. »Darf ich dann dir die Nägel lackieren?« Ich zog mein Körbchen mit den verschiedenen Nagellacken hervor.

»Nein, ich mag Orange nicht!«, antwortete Karlee prompt.

»Ich fülle euch so lang mit Erdbeerbowle ab, bis es euch egal ist«, schimpfte ich grinsend.

Maci legte ihren Kopf auf die Rücklehne des Sessels und ließ sich von Karlee die Gurken-Quark-Maske auftragen.

»Huch, ist das kalt!«

»Erfrischend.« Lachend klatschte Karlee ihr noch ein Löffelchen auf die andere Wange. Mit der gebogenen Seite des Löffels verteilte sie die Maske über ihr Gesicht. »Was machen eigentlich die Jungs heute Abend?«

»Brent ist bei Jesse, und sie zocken irgendwas auf der Playstation«, antwortete ich.

»Seit wann hat Jesse eine Playstation?«, fragte Maci und drehte ihr überrascht den Kopf zu.

»Nicht bewegen!«, mahnte Karlee sie sogleich, sodass sie wieder brav Richtung Decke schaute.

»Schon immer, aber wenn Gäste hier sind, kommen sie nie zum Spielen«, erklärte ich.

»Und Scott? Ist der auch dabei?«, wollte Karlee wissen. Sie gab noch etwas mehr Maske auf Macis Stirn.

Ich schnaubte. »Die Jungs sind genauso wenig scharf drauf, dass er wieder hier ist, wie wir.«

»Kein Wunder, nach dem, was er Peyton angetan hat«, sagte Karlee kopfschüttelnd. Sie trat einen Schritt zurück und betrachtete ihr Werk zufrieden. »Ich stelle den Timer.«

»Ich halte mir vor Augen, dass er in einer Woche wieder verschwunden ist. Ansonsten würde ich wohl den Gin vergiften, den er ständig trinkt.« Verstimmt ließ ich mich in meinem Sessel zurücksinken und rührte mit dem kleinen Löffel durch meine Erdbeerbowle. Ich konnte immer noch nicht fassen, dass er sich traute, noch mal hier aufzukreuzen.

»Warum hat Blair ihn nicht gleich wieder weggeschickt?«, fragte Maci, der dabei ein Klecks der Maske auf den Hals tropfte.

»Nicht bewegen!«, wiederholte Karlee streng, während sie mit dem Gurken-Quark-Schüsselchen zu mir kam. »Willst du auch?«

»Vielleicht später. Ich hab mir vorhin erst eine Gesichtscreme aufgetragen«, antwortete ich, ehe ich mich Macis Frage widmete. »Angeblich hat er einen Vertrag bis Ende des Sommers. Auf dem besteht er.«

»Obwohl er unter Drogen stand?«, fragte Karlee entsetzt.

»Peyton hat immer damit gedroht, uns hochkant rauszuwerfen, wenn wir mit Drogen zu tun haben.«

»Peyton ist aber nicht da.« Ich zuckte mit den Schultern. Blair war unsere neue Chefin, und wir mussten ihre Entscheidungen akzeptieren. »Scott ist durch Baron an die Stelle gelangt. Er war vorher bei Parkins in der IT, soviel ich weiß.« Mehr wollte ich gar nicht wissen.

»Ich dachte, Blair hätte den Kontakt zu ihrem Vater abgebrochen«, sagte Karlee nachdenklich.

Im gleichen Moment klopfte es an der Tür.

»Ist das der Timer?«, fragte Maci mit geschlossenen Augen. Mittlerweile war schon mehr Quark von ihrem Kinn getropft, und auch in ihren Haaren klebten weiß-grüne Stückchen.

Blair steckte den Kopf ins Strandhaus. »Sorry, wenn ich störe. Ich wollte dir nur den Brief hier geben, Violet.« Sie hielt mir ein weißes Kuvert entgegen. »Ich glaube, es ist wichtig.«

Hastig setzte ich mich auf und verschüttete etwas Erdbeerbowle auf meinen Knien. Ich wusste sofort, von wem der Brief kam. Und weil Blair wusste, wie dringend ich darauf wartete, brachte sie ihn mir gleich vorbei.

»Wer schreibt dir denn?«, fragte Maci neugierig.

»Vielleicht das Ergebnis deiner Doktorarbeit?«, warf Karlee neckisch ein. Sie nahm es mir wohl noch ein bisschen übel, dass ich sie in meine Highschoolabschluss- und SAT-Pläne nicht eingeweiht hatte.

»Nein, noch besser«, antwortete ich aufgeregt. Zumindest hoffte ich, es wäre noch besser. Ich wusste schließlich nur, von wem der Brief kam, aber nicht, was darin stand.

Blair wollte gerade wieder gehen, als ich mit dem Finger in dem zur Hälfte aufgerissenem Umschlag innehielt. »Willst du vielleicht bleiben?«, fragte ich, weil sie sich nicht ausgeschlossen fühlen sollte. Wir waren in den letzten Tagen als Team zusammengerückt, um die Insel wieder auf Vordermann zu bringen. Sie machte gerade eine schwere Zeit durch, wie wir alle. Da konnte sie einen entspannten Mädelsabend gut gebrauchen.

»Ich wollte eigentlich noch ein paar Sachen im Büro erledigen«, antwortete Blair. Sie verzog unentschlossen den Mund und verharrte mit einem nachdenklichen Blick auf der Türklinke, als würden da draußen Verpflichtungen auf sie warten.

»Es ist doch schon spät«, warf auch Karlee ein. »Oder wartet etwa Ezra auf dich?« Sie grinste. Wir alle wussten mittlerweile, dass die beiden was miteinander hatten.

»Nein, der schaut mit Trevor irgendeinen Horrorstreifen«, antwortete Blair und verdrehte die Augen.

»Das kann ich bestätigen«, sagte Maci. »Und es gibt bei ihnen nicht mal Popcorn, geschweige denn eine Erdbeerbowle.«

»Bleib doch bei uns«, drängte ich, weil ich das Gefühl hatte, Blair wollte den Abend mit uns verbringen, wusste aber nicht, ob die Einladung ernst gemeint oder nur eine Floskel war – und falls es ernst gemeint war, ob es okay war zu bleiben. Sie war zwar unsere Chefin, aber mittlerweile auch eine Freundin.

»Also gut.« Blair lächelte verhalten und setzte sich zu uns.

»Ich bringe dir was zu trinken«, sagte Karlee und ging zu der großen Schüssel, in der die Erdbeerstückchen in Prosecco schwammen. »Wenn du willst, mache ich dir danach eine Gesichtsmaske.«

»Erst mal trinke ich die Bowle«, antwortete Blair, als wollte sie das Masken-Angebot diskret ausschlagen.

Ich riss den Umschlag zur Gänze auf und zog den Brief heraus. Brents Mom hatte eine wirklich schöne Handschrift. Sie hatte sich eindeutig Zeit genommen, mir diese Zeilen zu schreiben.

»Ein Liebesbrief?«, fragte Karlee neugierig, als sie Blair den Drink reichte, und setzte sich dann zu uns in die Runde.

»Ein Brief von Brents Mutter«, antwortete ich, in Gedanken noch völlig in die Zeilen vertieft. Die plötzliche Stille im Strandhaus machte mir erst bewusst, was ich gerade laut ausgesprochen hatte. Nur Beyoncé befeuerte im Hintergrund gerade alle Single Ladies. Drei Paar Augen waren auf mich gerichtet, und ich wusste, ich war ihnen nun eine Erklärung schuldig. »Ich habe seine Familie eingeladen.«

»Weiß er davon?«, fragte Maci, als würde sie es bereits ahnen.

»Nein, es wird eine Überraschung«, antwortete ich. »Seine Eltern werden auch nicht alleine kommen.«

Maci hob den Kopf, und die Hälfte der Maske rutschte ihr auf die Brust. Diesmal sagte Karlee nicht, dass sie stillhalten solle.

»Brent hat eine kleine Tochter.« Mein Körper kribbelte, als ich das aussprach. Es lief mir von der Kopfhaut über den Nacken und den Rücken bis in die Zehenspitzen. Selbst für mich fühlte sich das immer noch völlig surreal an. Zwar hatte ich die Fotos von Bonnie gesehen, aber ich würde es wohl erst richtig begreifen, wenn sie vor mir stand.

»Brent hat ein Kind?«, brachte Karlee atemlos hervor. Sie sah aus, als wüsste sie nicht, wie sie darauf reagieren sollte. Überrascht, entsetzt, erfreut?

»Die Verhältnisse sind kompliziert. Brent war noch sehr jung, als er Vater wurde. Seine Tochter lebt bei seinen Eltern«, erzählte ich vage.

Die Hintergründe müsste Brent ihnen selbst anvertrauen, wenn er mochte.

Ich hoffte, Karlee und Maci würden Brent ebenso unterstützen, wie ich es vorhatte. Brent sollte sehen, dass die Menschen in seinem Leben für ihn da waren. Wir auf Lovett Island ebenso wie seine Eltern. Er sollte sich für seine Aufgaben als Vater sicher fühlen.

»Wie alt ist seine Tochter?«, fragte Maci und griff nach einem Handtuch, um sich die Maske aus dem Gesicht zu wischen.

»Sie wird bald drei.« Ich spürte die Aufregung in mir aufwallen, als ich mir das kleine Mädchen vorstellte, wie es hier herumlief. Vielleicht an der Hand seines Vaters. Ich würde nie Bonnies Mutter ersetzen können, doch vielleicht konnte ich ihr und Brent eine wichtige Stütze im Leben sein. Tränen drückten gegen meine Augen, aus Vorfreude, aus Angst, aus Nervosität.

»Wow.« Karlee ließ die Schultern sacken. Sie kannte Brent schon länger als ich und hatte wie wir alle nichts von seinen Geheimnissen geahnt.

»Weißt du schon, wann sie kommen?«, fragte Blair, was weniger klang, als würde sie ihre Anreise organisieren wollen, eher wie freundschaftliches Interesse.

»Ich soll sie anrufen, damit wir darüber sprechen können«, antwortete ich und tippte auf den Brief, in dem Brents Mom mir das geschrieben hatte. »Ich will sie fragen, ob sie kommen können, bevor die ersten Gäste wieder da sind. Sie sollen die Ruhe bekommen, die sie nach dieser langen Zeit brauchen.«

»Das ist so krass.« Karlee schüttelte den Kopf, als könnte sie nicht fassen, was hier passierte. »Ich freue mich total für euch, aber ich hätte echt nicht mit solchen News gerechnet.«

»Ich finde das sehr schön«, sagte Maci, die immer noch Maske am Hals und in den Haaren kleben hatte. »Ihr seid so ein tolles Paar. Erst fliegt er mit dir nach Brasilien, um deine Mutter zu suchen, und jetzt überraschst du ihn damit.« Sie lächelte mich mit einem warmen Blick in den Augen an.

Auch für mich fühlten sich die Umstände gut an. Ich hatte immer davon geträumt, eines Tages mit Brent zusammen zu sein, doch nie hätte ich mir vorgestellt, wie sehr wir miteinander wachsen würden. Wie ernst diese Beziehung sein konnte.

»Bereust du es, nach deiner Mutter gesucht zu haben?«, fragte Blair plötzlich in meine Richtung.

Wieder legte sich eine Stille über das Strandhaus, in der nur Adele eine sanfte Ballade sang.

»Wenn du nicht erfahren hättest, dass sie gestorben ist, könntest du noch mit der Vorstellung leben, dass sie irgendwo da draußen ist, es ihr gut geht. Auch wenn nur in deinen Gedanken.«

Im ersten Moment fühlte ich mich von ihrer Frage überrumpelt, doch dann verstand ich sie. Ich wusste, dass Blair bei Trevors Familie aufgewachsen war und dass sie kaum etwas über ihre Mutter wusste. Vielleicht hatte sie nun auch die Chance, ihre Mutter zu suchen.

»Manchmal ja«, gestand ich und merkte, wie mich Karlees und Macis überraschte Blicke trafen. »Ich hatte immer ein sehr schönes Bild von ihr. Ich hatte mir vorgestellt, wie sie aussehen könnte, wie sie spricht, wie sie sich bewegt, was sie gerne isst und welche Musik sie liebt. Dieses Bild ist jetzt weg.«

Ich riskierte einen flüchtigen Blick zu meinen Freundinnen. Karlee sah mich voller Bedauern an, als täte es ihr weh, mich so traurig zu sehen. Maci hingegen wirkte nachdenklich und bedrückt.

»Aber ich würde es wohl wieder tun«, fügte ich dann hinzu.

»Weil jetzt all die Fragen und die Ungewissheit weg sind?«, fragte Blair.

»Sie sind nicht weg«, antwortete ich mit belegter Stimme. Ich spürte, wie mir Tränen hochkamen. Immer wieder überwältigte mich diese Traurigkeit, dass ich meine Mutter nie wieder sehen konnte. Diese Chance war weg. Endgültig. »Es sind jetzt einfach andere Fragen da.«

Blair nickte leicht, als verstünde sie, wovon ich sprach. Sie würde es aber wohl erst richtig verstehen, wenn sie sich diesem Risiko stellte.

»Das Schicksal kann so schnell alles verändern«, setzte ich fort und dachte an den Überfall in der Tankstelle. Den hatte niemand vorhersehen können. Es war auch nicht wie eine Krankheit, die schleichend daherkam und die einem wenigstens die Zeit gab, sich noch zu verabschieden. Dieser

Überfall hatte einen einzigen Schnitt durch das Leben meiner Mutter gemacht und damit alles beendet. »Wir sollten keine Zeit verlieren und die Momente schätzen, die uns bleiben.«

21.

Maci

Wir sollten keine Zeit verlieren und die Momente schätzen, die uns bleiben.

Violets Worte gingen mir nicht mehr aus dem Kopf. Hatte meine Freundin sie erst aussprechen müssen, damit mir klar wurde, was sie für mich bedeuteten? Hatten mir Trevors Absturz, mein Bangen um ihn und die Suche über dem Meer nicht längst bewiesen, wie schnell das Schicksal einschlagen konnte?

Ich saß auf Trevors Bett, vor mir sein Notebook, das er mir geliehen hatte. Er war in der Zwischenzeit mit Peter ins Gym gegangen, wo sie an seiner Kondition arbeiten wollten. Seine Schulter machte Tag für Tag Fortschritte, auch wenn er noch weit davon entfernt war, sie wieder so zu bewegen wie früher. Und auch wenn die Möglichkeit bestand, dass er das nie wieder können würde, war ich froh, dass er es wenigstens versuchte und sich von Peters Optimismus anstecken ließ.

Ich öffnete das Mailprogramm, in das sich in den letzten Wochen nur Werbemails verirrt hatten. Hauptsächlich Infos über neue Tenniskollektionen und Turniere, die im ganzen Land stattfanden. Ich erstellte eine neue Mail und tippte die Adresse meiner Eltern in das Empfängerfeld. Mit etwas Glück würde meine Mom sie als Erste sehen. Denn bei meinem Vater könnte es sein, dass er meine Nachricht gleich ungeöffnet in den Papierkorb verschob.

Ich hielt mich kurz, erwähnte nur, dass es mir gut ging und dass ich mich entschieden hatte, meinen Weg als Tennisspielerin weiterzugehen. Ich bat sie um ein Videotelefonat, wo ich ihnen von meinen weiteren Plänen erzählen wollte. Wie sie darauf reagieren würden, konnte ich ehrlich nicht einschätzen. Mein Vater war ein solcher Sturkopf, dass es unklar war, ob er über seinen eigenen Schatten springen und mir zuhören würde. Wenn er sich dagegen entschied, hoffte ich dennoch, er würde Mom die Möglichkeit lassen, mit mir zu reden.

Es kostete mich einiges an Überwindung, die Nachricht abzuschicken. Der Zeiger schwebte lange über dem Sende-Button. Es hatte Momente gegeben, da hatte ich mir geschworen, sie nie wieder zu kontaktieren. Vielleicht hatte ich den Sturkopf ja von meinem Vater geerbt. Ich war entschlossen gewesen, meinen Eltern nicht mehr die Kontrolle über mein Leben zu lassen – nie wieder –, und das war ich immer noch. Das bedeutete aber nicht, dass sie nicht mehr ein Teil meines Lebens sein konnten.

Violet hatte so recht mit ihren Worten. Ich wusste nicht, ob ich meine Eltern *schätzte*, aber ich wollte auch nicht auf das Schicksal warten, um es herauszufinden. Eine Aussöhnung oder zumindest den Versuch dorthin waren wir uns gegenseitig schuldig.

Das Klicken auf dem Notebook-Bedienfeld war kaum zu hören. Mein Herz stolperte dennoch, als mir klar wurde, dass die Mail nun raus war. Auf dem Weg zu ihnen und in ein paar Sekunden vielleicht schon angekommen. Doch ich hatte nicht nur Angst, das Schicksal könnte die Verbindung zwischen meinen Eltern und mir kappen. Ich wusste auch, dass ein Jahr, in dem ich auf das Stipendium wartete, ein langer Zeitraum war. In den Monaten konnte vieles passieren. Eine Verletzung, die mein abruptes Aus bedeutete. Ein Schicksalsschlag, der alles auf den Kopf stellte. Oder die Zeit, die einfach gegen mich spielte und mich nicht mehr an die Form herankommen ließ, die es für eine Profikarriere brauchte. In einem Jahr konnte es andere, neue Spielerinnen geben, die mir den Studienplatz und das Stipendium vor der Nase wegschnappten, weil sie längst besser waren.

Ich nahm mein Telefon zur Hand und wählte Diana Crofts Telefonnummer. Seit mir die Trainerin des Gators-Tennisteams bei dem Turnier in Miami ihre Nummer gegeben hatte, war mir öfters in den Sinn gekommen, sie zu kontaktieren. Ich konnte nicht mal erklären, was mich bislang aufgehalten hatte. In wenigen Tagen würden die Vorlesungen starten. Manche Vorbereitungskurse hatten schon begonnen, und die Spielerinnen des Teams waren bestimmt schon voll im Training. Trotzdem war es besser, jetzt einzusteigen und aufzuholen, als noch länger zu warten. An meinem Ehrgeiz und meiner Motivation würde es jedenfalls nicht scheitern.

Vielleicht bestand ja doch noch die Chance, mir meinen Platz zurückzuholen.

Mit einem entschlossenen Gefühl in der Brust wählte ich ihre Nummer und schob die Nervosität beiseite, die sich mit dem Freizeichenton in mir ausbreiten wollte.

»Croft?«, meldete sich ihre feste Stimme am anderen Ende der Leitung.

»Hallo, Ms Croft, hier spricht Maci Stiles. Wir haben uns ...«

»Ich weiß, wer Sie sind!«, unterbrach sie mich sichtlich erfreut, dass ich mich meldete. Das war doch schon mal ein gutes Zeichen. »Was kann ich für Sie tun?«

»Ich weiß, dass das sehr kurzfristig ist, aber ich möchte Sie um ein Testspiel bitten.« Ich wusste, diese Forderung klang etwas dreist, doch wenn ich etwas erreichen wollte, musste ich über meinen Schatten springen und aus dem Kokon herauskommen, in dem ich viel zu lang gewesen war.

»Ein Testspiel?« Sie klang interessiert.

»Ich weiß, dass ich meine Chance, das Stipendium anzunehmen, verpasst habe, aber ich bitte Sie dennoch, mir noch einmal die Möglichkeit zu geben, mein Können unter Beweis zu stellen. Laden Sie mich zu einem Testspiel ein. Gerne gegen eine Ihrer stärksten Spielerinnen. Ich werde Ihnen und Ihrem Team zeigen, dass Sie keinen Fehler machen, mich in Ihr Team aufzunehmen.«

Ich hatte all meine Worte herausgebracht und hielt nun

mit einem Brennen in der Brust die Luft an, um auf Diana Crofts Antwort zu warten. Da ich eigentlich gar nicht in Form war, war mein Vorschlag auch mit einem hohen Risiko verbunden. Wenn ich miserabel spielte, würde sie mich vielleicht endgültig abstempeln.

Die Antwort kam nicht. Stattdessen wurde die Stille in der Leitung noch unerträglicher als das Brennen meiner Lunge. Kurz glaubte ich schon, die Trainerin hätte einfach aufgelegt. Erbost über die Dreistigkeit, mich mit dieser Bitte bei ihr zu melden.

Dann aber hörte ich sie atmen. Ein wenig schwer, als würde sie mit sich selbst um eine Antwort ringen. »Ich kann Ihnen nicht versprechen, dass das klappt«, antwortete sie schließlich. »Die Entscheidung liegt nicht nur bei mir.«

»Ich verstehe.« Das war zumindest keine Abweisung.

»Ich tue mein Bestes, kann aber nichts garantieren. Und glauben Sie mir, ich würde meine beste Spielerin auf den Platz stellen.«

Ich grinste. »Gerne.«

Ich konnte es nicht erwarten, Trevor von der Einladung zu dem Testspiel zu erzählen. Genau genommen war es zwar keine Einladung, weil ich mich Diana Croft mehr oder weniger aufgedrängt hatte, aber so genau wollte ich es mal nicht nehmen. Aufgeregt lief ich den Weg zum Gym hinunter.

Trevor und Peter waren bereits knapp zwei Stunden dort. Ich hoffte, die beiden würden nicht vergessen, Trevors Schulter zu schonen. Ein zweistündiges Workout erschien mir jedenfalls etwas lang für seine Verletzung. Ich selbst hatte nach meinem Autounfall bei der Reha gelernt, dass es schnell nach hinten losgehen konnte, wenn man übertrieb. Dann ging es erst mal drei Schritte zurück statt einen vorwärts.

Ich entdeckte die beiden vor dem Blockhaus, wo sie verschwitzt und in Sportklamotten auf dem Absatz saßen und Gatorade tranken.»Na, ihr zwei. Wie lief das Training?«

»Sehr gut«, antwortete Peter fröhlich.»Der Fitnessraum ist echt top ausgestattet.«

Tatsächlich hatten Hugh und Baron immer darauf geachtet, die neuesten Geräte hier anzubieten. Als Eigentümer eines Sportartikelherstellers gehörte das zum Standard.

»Bloß das Rudergerät scheint hinüber zu sein«, erklärte Trevor.»Da ist wahrscheinlich zu viel Sand ins Lager gekommen. Pedro traut sich nicht daranzugehen, und wir müssen erst wen finden, der es auseinanderbaut und checkt, ob es noch zu retten ist.«

Das war bestimmt nichts, was Blair derzeit hören sollte. Sie hatte schon mit genug anderen Reparaturkosten zu kämpfen. Auf ein Rudergerät in einem Fitnessraum, der ohnehin nur wenig genutzt wurde, konnten die Gäste auf alle Fälle fürs Erste verzichten.»Aber wahrscheinlich braucht ihr das Gerät eh nicht für euer Training, oder?«, fragte ich in Anspielung auf seine Schulterverletzung.

»Da musst du schon Herrn Physio fragen. Was den Trainingsplan angeht, sitzt er doch am *Ruder*«, sagte Trevor lachend und prostete Peter mit dem Gatorade zu. Die beiden kicherten und steckten mich damit an, auch wenn ich bei dem schlechten Wortwitz die Augen verdrehen musste.

»Habt ihr euer Gatorade mit Wodka verdünnt?«, fragte ich und nahm Trevor die Flasche aus der Hand, um nicht ganz ernst gemeint daran zu schnuppern. Natürlich war kein Alkohol darin.

Begeistert sahen Trevor und Peter sich an, als hätte ich sie gerade auf eine tolle Idee gebracht.

»Das merken wir uns für's nächste Mal«, schlug Trevor vor.

»Perfekt ...«, sagte ich sarkastisch. Bevor ich die beiden auf weitere unsinnige Ideen bringen konnte, wollte ich lieber von meinen Neuigkeiten erzählen. »Übrigens, ich muss dir unbedingt was erzählen! Ich habe noch mal mit der Trainerin der Gators gesprochen, und sie lädt mich zu einem Testspiel ein. Vielleicht kann ich sie überzeugen, mir doch noch ein Stipendium für diesen Term anzubieten.«

Trevor sprang auf, die Flasche immer noch in der Hand haltend. Seine türkisblauen Augen leuchteten mich an. »Das ist fantastisch. Wann ist das Testspiel?«

»Sobald ich einen Flug gebucht habe.«

»Das ist genial! Ich organisiere uns gleich die Flüge.« Er holte sofort sein Handy aus der Hosentasche, doch ich legte ihm meine Hand auf seinen Unterarm, um ihn abzubremsen.

»Ich fliege allein.«

»Ich würde dich gerne begleiten«, sagte er ein wenig enttäuscht.

»Das weiß ich, aber das hier habe ich selbst verbockt, und ich will das allein wieder geradebiegen.«

Er nickte einsichtig.»Okay, wenn es dir so lieber ist.«

Das Telefon in seiner Hand begann zu läuten, und Trevor blickte automatisch darauf.»Mein Vater«, sagte er leicht irritiert. Er straffte die Schultern, als müsse er vor Hugh Parker die Haltung bewahren, obwohl er ihn gar nicht sehen konnte.»Hi, Dad.«

Als sein Vater sprach, hörte ich nur ein gedämpftes und daher unverständliches Gemurmel, aber ich verfolgte Trevors Mimik ganz genau. Erst wirkte er genervt, doch plötzlich wurde er blass auf den Wangen.

»Ja, Steve war hier … weil ich ihn kennenlernen wollte … das kann nicht dein Ernst sein!« Verärgert wandte sich Trevor um und lief vor dem Blockhaus auf und ab.

Peter stand auf und lächelte mir verlegen zu.»Ich denke, ich gehe mich mal umziehen«, sagte er leise, verabschiedete sich mit einem Nicken und ließ uns hier zurück.

Auch ich überlegte mir, ob ich lieber gehen sollte, um Trevor Privatsphäre zu bieten, oder ob ich bleiben sollte, um ihn zu unterstützen.

»Du kannst mir nicht nach einundzwanzig Jahren sagen, dass ich einen Halbbruder habe, und dann überrascht sein, wenn ich ihn in aller Ruhe kennenlernen will«, rief er in diesem Moment. Und obwohl ich nicht wollte, dass Trevor schlechte Laune hatte, gefiel es mir, dass er seinem Vater Konter bot.

Wie Hugh die Sache gehandhabt hatte, war einfach nur feige gewesen. Hatte er ernsthaft erwartet, Trevor und Steve würden ständig nach seiner Pfeife tanzen?

»Welche Anspielung meinst du? Nein, ich habe nichts

entschieden … es war nur so ein Gedanke.« Er schluckte hart, und auch sein starker Gesichtsausdruck fiel in sich zusammen. Nun lief er nicht mehr herum, sondern stand wie festgefroren vor mir und starrte den Weg in Richtung Strand hinunter. »Du hast ja jetzt mit Steve einen Nachfolger«, sagte er nun nicht mehr ganz so selbstsicher.

Alarmiert richtete ich mich auf und hielt den Atem an. Offenbar hatte Hugh herausgefunden, dass Trevor überlegte, nicht zu Parkins zu gehen, nun da Steve in die großen Fußstapfen treten konnte. Es würde mich überraschen, wenn Steve das einfach so ausgeplaudert hätte. Für diese Art Mensch hielt ich ihn nicht, auch wenn ich ihn nur oberflächlich kannte.

»Ich will noch hierbleiben«, setzte Trevor nach einer Weile fort. Ein nervöser Ton schwang in seiner Stimme mit. Sollte er etwa nach Orlando kommen? »Die Therapie verläuft hier gut … Ich weiß, dass bei Parkins gerade viel zu tun ist … Nein, woher soll ich das wissen?«

Auf einmal hob er den Blick, der mich traf. Warnend und erschrocken zugleich.

»Ja, ist sie«, brachte er nur kraftlos hervor. Dann löste sich die Hand mit dem Telefon von seinem Ohr. »Er will mit dir reden«, brachte er stimmlos hervor.

Ich starrte ihn an, und mein ganzer Körper wollte sich dagegen wehren, das Handy an mich zu nehmen. Ich wollte nicht mit Hugh Parker sprechen, erst recht nicht, wenn es ganz offensichtlich nicht um ein einfaches Thema ging. Dann erinnerte ich mich daran, dass ich Trevor zur Seite stehen wollte, und das würde auf Dauer bedeuten, dass ich lernen musste, mit seinem Vater umzugehen.

Etwas zaghaft nahm ich das Telefon entgegen. »Hallo?«

»Maci, ich dachte, ich hätte mich klar ausgedrückt«, sagte Hugh Parker ruhig, aber mit einem verärgerten Unterton.

»Wenn du dich weiter zwischen Trevor und Parkins stellst, wird das Konsequenzen haben.«

»Das tue ich nicht. Trevor ist alt genug, um seine eigenen Entscheidungen zu treffen«, antwortete ich überraschend sicher. Ich wollte mir keine Vorwürfe für etwas machen lassen, auf das ich gar keinen Einfluss gehabt hatte.

»Dann ist es also ein Zufall, dass er mit dem Gedanken spielt, nicht zu Parkins zu gehen, seitdem du in sein Leben getreten bist?«

Er hatte seine Meinung dazu längst festgelegt. Meine Antwort würde daran nicht rütteln können, egal, wie sie lautete.

»Sieht ganz so aus.«

Trevor zog fragend die Augenbrauen zusammen. Er wollte ganz offensichtlich wissen, worüber wir sprachen, doch jetzt musste er warten.

»Dann wird es wohl auch nur ein Zufall sein, wenn ich im kommenden Studienjahr meine Kontakte spielen lasse und dir sämtliche Studienplätze an renommierten Universitäten verwehrt bleiben.«

Mir blieb ein entsetztes »Was?!« im Hals stecken. Doch ich war froh, es nicht aus Versehen ausgesprochen zu haben. Er wollte mich damit unterkriegen, aber das würde ich ihm nicht so leicht machen.

»Haben Sie wirklich nichts Besseres zu tun?«, fragte ich herausfordernd.

»Nicht, wenn es um die Zukunft meines Sohnes geht.«

»Welchen meinen Sie gerade?« Ich wusste, dass es nicht gerade hilfreich war, Hugh Parker zu provozieren, doch ich war nicht das kleine Mädchen, das man herumschubsen konnte, wie man wollte. Für niemanden.

»Wenn ich dir einen gut gemeinten Ratschlag geben darf, dann setze dich dafür ein, dass Trevor zu Parkins geht«, zischte er ins Telefon, ohne auf meine Frage einzugehen.

»Den werde ich mir bestimmt zu Herzen nehmen«, sagte ich sarkastisch.

»Wir hören uns.« Dann legte er auf.

Ich gab Trevor das Telefon zurück.

»Was hat er gesagt?«, fragte er, immer noch bleich im Gesicht.

»Er will uns Steine in den Weg legen, aber mach dir keine Sorgen. Ich regle das schon«, antwortete ich mit einem Lächeln, das ihn wieder beruhigen sollte. Ich hatte keine Angst vor Hughs angedrohten Konsequenzen und würde mir meinen Zukunftsweg nicht aus der Hand nehmen lassen. Von niemandem. »Erzähl mir, was los ist«, bat ich ihn stattdessen.

Dennoch bekam das Testspiel bei den Gators noch mehr Bedeutung nach diesem Telefonat. Wenn ich es schaffte, ein Stipendium für dieses Studienjahr zu bekommen, könnte Hugh Parker mir mit seinen Konsequenzen drohen, bis er schwarz wurde.

»Er will, dass ich nach Orlando komme«, erklärte Trevor.

»Es gibt wohl Probleme, weil Baron wichtige Unterlagen hat verschwinden lassen. Dokumente, Lizenzverträge, Entwürfe.« Er hob ratlos die Schultern.

»Da muss es doch Back-ups geben, oder?«, fragte ich nachdenklich. »Gibt es keine Kopien oder Scans davon?«

»Offenbar ist alles weg.« Trevor schüttelte hilflos den Kopf.

»Jedenfalls wirst du da auch nicht viel helfen können. Es klingt ziemlich nach einem Vorwand, um dich in Orlando zu haben«, sagte ich und verschränkte die Arme vor der Brust. »Ich finde, er sollte dir nach dem Helikopterunfall mehr Ruhe gönnen.«

Zaghaft nickte Trevor. »Aber Dad hat eine Menge Leute geschmiert, damit nichts von meinem Absturz nach draußen dringt«, sagte er und klang plötzlich ganz schuldbewusst. »Er hat mir damit echt den Arsch gerettet. Wenn die Medien von dem Heli-Unfall wüssten …«

»Trevor!«, unterbrach ich ihn und legte meine Arme um seinen Hals, auch wenn er vom Training noch verschwitzt war. »Das darf er nicht ausnutzen, um dir ein schlechtes Gewissen zu machen.«

»Mir tut nur Mom leid, weil ich ihre Maschine geschrottet und ihr damit solche Probleme bereitet habe.« Trevors Stirn sank schwer auf meine Schulter.

Ich wollte ihm den Halt und die Nähe geben, die er jetzt brauchte, und strich ihm sanft über den Rücken.

Ein Geräusch in der Nähe ließ mich aufsehen. Für den ersten Moment dachte ich, dass es Peter sein könnte, aber dieser war doch in Richtung Haupthaus verschwunden.

Dass hier jemand herumschlich, sich jedoch nicht zu Wort meldete, machte mich argwöhnisch. Wenn Violet und Karlee gekommen wäre, hätten sie uns sofort gegrüßt oder Bescheid gegeben, dass sie uns sprechen, aber eventuell nicht stören wollten.

Dann entdeckte ich ihn. Nur wenige Schritte von uns entfernt vor dem Spa stand Scott. Er starrte uns an, und plötzlich erkannte ich einen Zug um seinen Mund, der mich die Luft anhalten ließ.

Er wirkte zufrieden, auf eine böswillige Art und Weise.

Trevor, der meine Anspannung bemerkt hatte, hob den Kopf und folgte meinem Blick. Scott schien sich nicht ertappt zu fühlen. Stattdessen drehte er sich in aller Ruhe um und ging davon.

»Denkst du, er hat etwas gehört?«, fragte Trevor leise.

»Ich weiß es nicht.«

22.

Blair

»Sie haben die Rechnung mit einem Datum ausgestellt, das vor dem Tag der Leistung liegt«, sagte ich ins Telefon zu dem Unternehmer, der das Dach des Strandhauses repariert hatte.»Ich rechne die Zahlungsfrist von diesem Zeitpunkt, also haben wir noch fünf Tage Zeit.«

Mit einem roten Stift umkreiste ich das Datum in fünf Tagen auf meinem Kalender. Davor gab es noch zwei weitere Zahlungen, die wir tätigen mussten, wenn wir fristgerecht bezahlen wollten.

Mir war es furchtbar peinlich, nicht pünktlich überweisen zu können, doch erst in einer Woche würden die ersten Gäste nach Lovett Island zurückkehren und wieder Geld auf mein Konto bringen. Das würde fürs Erste zwar nicht annähernd die Kosten decken, die all die Reparaturen verursacht hatten, doch es war ein Schritt in die richtige Richtung.

»Ms Wilkins, ich erwarte das Geld bis dahin auf meinem Konto, sonst war es das letzte Mal, dass wir für Sie tätig waren«, sagte mein Gesprächspartner verärgert über meine Antwort. »Auch ich habe Rechnungen zu begleichen.«

Erschöpft schloss ich die Augen. »Ich werde mich persönlich darum kümmern«, versicherte ich ihm, auch wenn das nicht bedeutete, dass ich bis dahin überhaupt das Geld dafür hätte.

»Wir hören uns, Ms Wilkins«, verabschiedete er sich nicht sehr hoffnungsvoll klingend.

Ich stieß einen schweren Atemzug aus und wollte gerade meine Stirn auf die Tischplatte legen, als eine Stimme von der Tür ertönte.

»Probleme?«

Ich riss die Augen auf und sah auf Violet, die vor der Schwelle stehen geblieben war.

»Ich hab geklopft«, verteidigte sie sich schnell und hob abwehrend die Hände.

»So habe ich mir das alles nicht vorgestellt.« Ich seufzte tief, stützte mein Gesicht auf die Hände und versuchte, all die Probleme und Sorgen einfach zu vergessen. Erfolglos natürlich. »Ich wollte Lovett Island so weiterführen, wie ich es mein Leben lang kannte. Stilvoll, exklusiv und ein Paradies für Urlauber. Jetzt telefoniere ich einen Lieferanten nach dem anderen ab und bettelte um Zahlungsaufschub.«

Ich wusste nicht, warum ich Violet das überhaupt erzählte. Vielleicht, weil sie die Einzige war, die gerade hier war, und ich meinen Frust einfach loswerden musste.

Vielleicht aber auch, weil wir mittlerweile nicht mehr nur Vorgesetzte und Staff waren. Zumindest hatte ich bei ihr nicht das Gefühl, sie würde sich insgeheim ins Fäustchen lachen, weil ich gerade mit allem scheiterte.

»Du hast die Insel zu einem schlechten Zeitpunkt übernommen.« Violet kam näher, um sich auf der anderen Seite des Schreibtischs auf einen Sessel zu setzen.

Ihr Aufmunterungsversuch brachte leider gar nichts. Meine Laune blieb im Keller. »Der Zeitpunkt war egal. Meine finanziellen Mittel sind das Problem.«

»Ist es so schlimm?«, fragte sie fast ein bisschen naiv. Sie hatte sich wohl noch nie Gedanken darüber gemacht, was das alles hier kostete. Die Handwerker, die Materialien und vor allem die Anreise. Das lag aber auch nicht in ihrer Verantwortung. Violet hatte im Gegensatz zu mir ihre Aufgaben wenigstens in Griff.

Ich seufzte noch einmal laut und sah sie mit einem verzweifelten Lachen an. »Habe ich dir schon mal von meiner Idee erzählt, die Insel für eine Realityshow zu vermieten?«

»Ja, hast du!« Violet lachte. »Aber wenn du mich überreden willst – ich werde nicht mitspielen.«

»Nicht mal, wenn du Brent aus der Schlangengrube retten darfst?«, fragte ich grinsend.

»Iiiih, Schlangen! Du bist doch die Toughste von uns. Spring du doch rein!«

»Aber nicht, um Brent zu retten.«

Wir amüsierten uns beide über diesen Spaß. Es tat gut, trotz der Situation auch noch lachen zu können.

»Aber hör mal«, sagte Violet nun ernst. »Ich hab mich mit dem restlichen Staff unterhalten. Nächste Woche steht ja wieder die Auszahlung der Gehälter an. Du musst dir deshalb keine Gedanken machen, okay?«

Ich lächelte sie dankbar an. »Das ist mir eine echt große Hilfe«, gestand ich, auch wenn es nur ein Tropfen auf den heißen Stein war. »Ihr bekommt es natürlich ausbezahlt, einfach etwas später.«

Sie nickte, als würde sie mir da voll und ganz vertrauen. Ich hoffte echt, ich würde sie nicht enttäuschen.

»Hast du in deinem Umfeld niemanden, der dir Geld leihen kann?«, fragte Violet vorsichtig. »Damit du zumindest die Rechnungen bezahlen und wieder öffnen kannst?«

»Niemanden, von dem ich etwas annehmen will«, antwortete ich frustriert.

»Was ist mit Ezra? Haben seine Eltern nicht dieses Medienunternehmen? Und ich meine jetzt nicht, dass du die Rechte der Realityshow an sie verkaufen sollst!«

War ich eigentlich die Einzige, die jahrelang gedacht hatte, er sei auf einer Rinderfarm aufgewachsen?

»Ich mag Ezra wirklich sehr«, sagte ich. Violet war die Erste, vor der ich das so laut aussprach, auch wenn sie es bestimmt längst wusste, und es kam mir leicht über die Lippen. »Und ich will mit ihm auf Augenhöhe sein, aber ich habe Angst, dass das nicht geht, wenn ich bei ihm Schulden habe.«

Violet nickte verständnisvoll, und ich war froh, dass sie nicht versuchte, mich umzustimmen.

»Es wäre zwar nicht viel, aber ich kann dir ein bisschen was leihen. Vielleicht kannst du damit zumindest ein paar Probleme abwenden.«

Ich hatte keine Ahnung, was für Violet »ein bisschen« war, doch ich fürchtete, es würde nicht mal annähernd ausreichen, um die Schulden zu decken, die ich hatte. »Das ist sehr lieb von dir, aber ich muss wohl in größeren Dimensionen nach einer Lösung suchen«, sagte ich, ohne undankbar klingen zu wollen. Es war mir ohnehin schon unangenehm, zugeben zu müssen, dass ich pleite war. »Die Banken wollen mir nur alle kein Geld geben.«

Violet sah mich bedauernd an.

Mein Telefon läutete, und ich rechnete schon mit dem nächsten Unternehmer, der mich an die Fälligkeit seiner Rechnung erinnern wollte. Die Nummer am Display gab mir jedoch sogleich Entwarnung. Es war das Transportunternehmen, das die Überfahrten von der Insel nach Saint Croix vornahm.

»Lovett Island, Wilkins am Apparat«, nahm ich den Anruf entgegen.

»Hallo, hier spricht Baptiste. Ich wollte kurz Rücksprache zu den beiden Fahrten heute nehmen.«

»Wieso beide?«, fragte ich irritiert. Ich hatte doch nur eine Überfahrt für die Küchenmitarbeiter angemeldet, die derzeit auf der Insel beschäftigt waren. Sie versorgten uns zum einen mit Essen, zum anderen bereiteten sie alles für die bevorstehende Wiedereröffnung vor. Wenn erst mal wieder Gäste hier waren, musste die Küche voll einsatzbereit sein.

»Wir haben eine Überfahrt für einen Mr Scott Donovan in einer Stunde angemeldet. Wenn sich die aber um eine halbe Stunde verschieben lässt, könnten wir die beiden Fahrten zusammenlegen. Wäre das auch in Ihrem Interesse?«

Alles in mir spannte sich an. Keine Ahnung, was Scott vorhatte, aber ich hatte ihm untersagt, Lovett Island zu verlassen, solange er hier arbeitete.

»Die erste Überfahrt können Sie streichen«, sagte ich etwas unfreundlich, obwohl der Mann am anderen Ende der Leitung natürlich nichts dafür konnte. »Danke sehr.« Ich legte auf und sah Violet an, als könnte sie mir nun weiterhelfen.

»Was ist denn?«, fragte sie, als ahnte sie, dass es weitere Probleme gab.

»Scott!«, antwortete ich nur und stand so abrupt auf, dass der Bürostuhl hinter mir gegen die Wand krachte.

Sie schien mich zu verstehen und folgte mir aus dem Büro in den Mitarbeitertrakt ein Stockwerk höher. Schon vom Flur aus hörte ich Geräusche aus einem der Zimmer. Immerhin musste ich nicht lang nach ihm suchen. Ohne zu klopfen stieß ich die Tür auf.

Etwas erschrocken sah Scott auf. Er stand vor seinem Bett, auf dem allerlei Sachen verstreut waren. Als hätte er seinen Koffer darüber ausgeschüttet oder all seinen Besitz gemäß Marie Kondo auf die Laken geschmissen, um ihn anschließend in seine Tasche zu packen. Einen Haufen Klamotten, ein Deospray, eine Haarbürste, ein Handy, verschiedene Kabel und Aufladegeräte, ein Umschlag, Kopfhörer, ein Portemonnaie, Sonnenbrillen und ein Parfüm-fläschchen.

»Verlässt du uns schon?«, fragte ich unfreundlich und hoffnungsvoll zugleich. Ich hätte kein Problem damit, ihn schon früher loszuwerden, doch warum hatte er sich uns dann vor zwei Tagen überhaupt aufgedrängt? Violet stand hinter mir und warf neugierig einen Blick über meine Schulter in das Zimmer.

»Noch nicht ganz«, antwortete er und stellte sich vor das Bett, als wollte er nicht, dass ich einen Blick auf seine Sachen werfen konnte. Er fuhr sich lässig durch sein langes Haar und strich es nach hinten. »Ich hatte bloß Lust auf einen kurzen Ausflug.«

»Es gibt für dich keine Ausflüge«, entgegnete ich ihm unnachgiebig. »Wenn du von hier verschwindest, dann pack gleich alles mit ein.«

Er betrachtete mich einen Moment lang, prüfend, wie ernst ich das meinte. Dann legte sich wieder ein Lächeln über seine Lippen, als wollte er sich nicht anmerken lassen, dass ihm meine Reaktion einen Strich durch die Rechnung machte. »Du kannst mich hier nicht festhalten«, sagte er belustigt. »Das fällt unter Freiheitsentzug.«

»Wenn du gehst«, wiederholte ich noch einmal ausdrücklich, »dann ganz oder gar nicht.«

Sein Grinsen verzog sich zu einem genervten Ausdruck. »Schön«, sagte er verbissen. »Wenn dir meine Anwesenheit auf Lovett Island so wichtig ist.«

»Du warst es, der darauf bestanden hat, die letzte Woche noch hier zu sein«, korrigierte ich ihn. »Also wie wäre es,

wenn du dich mal nützlich machst und bei den Aufräumarbeiten der Bungalows mithilfst?«

Scott biss die Zähne zusammen und drängte Violet und
mich auf den Flur zurück. Dann zog er die Tür hinter sich
zu, sodass wir keinen Blick mehr auf seine Sachen hatten.

»Gern, *Chefin*.«

23.

Maci

Ich war bereits umgezogen und aufgewärmt, als ich aus der Kabine zu den Trainingsplätzen des Gators-Tennisteams kam. Diana Croft hatte mich zuvor begrüßt und mir gezeigt, wo ich mich vorbereiten konnte. Das alles wirkte wie ein harmloses Testspiel, doch für mich war es entscheidend. Nicht nur, weil ich Hugh Parker damit zuvorkommen wollte, meine Studienpläne zu durchkreuzen. Wenn ich heute überzeugte, würde ich in wenigen Tagen mit Trevor an der UF studieren.

Ich war nervös, vor allem, weil ich seit meiner Abreise von Florida nicht mehr gespielt hatte. Zwar hatte ich mich auf Lovett Island fit halten können, doch das war nicht das Gleiche, wie regelmäßig auf dem Platz zu stehen.

»Bist du bereit, Maci?«, fragte die Trainerin, die mir bei unserem Wiedersehen gleich angeboten hatte, sie beim Vornamen anzusprechen.

»Bin ich.« Ich wollte mir die Aufregung nicht anmerken lassen und lächelte sie entschlossen an.

»Nicht nur ich werde das Spiel beobachten«, erklärte Diana, als wir zu dem Platz gingen, den sie für das Testspiel ausgesucht hatte. »Die Studienleitung und der Headcoach des Herrenteams beobachten dich auch. Sie sind noch unentschlossen, doch ich bin sicher, dass dein Spiel sie überzeugen wird.« Sie zwinkerte mir mutmachend von der Seite zu.

Es war nicht das erste Mal, dass ich vor Menschen spielte, die mich genau beobachteten, um mein Können zu prüfen, doch heute war es etwas anderes. Es war meine Chance, den Fehler wiedergutzumachen, der zu dieser Situation geführt hatte. Hätte ich dieses Stipendium schon viel früher angenommen, wäre vielleicht vieles anders verlaufen. Auch mit Trevor ...

Wir erreichten den Tennisplatz, wo eine junge Frau, nur wenig älter als ich, auf uns wartete. Ihre rötlichen Haare hatte sie zu einem hohen Zopf gebunden, und auf ihrer hellen, mit Sommersprossen gezeichneten Haut schimmerte Sonnencreme. Sie trug Tennisklamotten mit dem Schriftzug der Gators und wirkte mit ihren breiten Schultern und den muskulösen Armen sehr athletisch. Das musste die beste Spielerin des Teams sein, wie Diana es mir angekündigt hatte.

»Das hier ist Anna«, sagte die Trainerin voller Stolz.

Anna grüßte freundlich und war im Gegensatz zu mir sehr entspannt. Kein Wunder, schließlich hatte sie ihren Studienplatz in der Tasche. Die Gedanken an meine fehlende Spielpraxis ließen meine Nervosität nun doch steigen. Doch ich durfte die Aufregung nicht die Überhand gewinnen lassen. Nicht jetzt!

Ich holte tief Luft, dann nickte ich Anna freundlich zu. »Schön, dich kennenzulernen. Ich freue mich auf unser Spiel.«

»Und ich mich erst!« Dianas breites Grinsen ging zwischen uns hin und her. »Dann zeigt mal, was ihr könnt.«

Während Anna mit leichten Schritten auf die andere Seite des Courts lief, holte ich meinen Schläger aus der Tasche und atmete mehrmals tief durch, um meine Konzentration zu bündeln. Das hier war kein Turnier, das ich gewinnen oder verlieren konnte, nur um es ein paar Wochen später beim nächsten wieder zu versuchen. Das hier war eine einmalige Möglichkeit, mein Leben zu verändern.

Anna war richtig gut, und schon ihre Haltung an der Linie zeigte, dass sie dieses Match genauso ernst nahm wie ich. Nach ein paar Übungen zum Warmwerden eröffnete sie das Testspiel mit einem präzisen, schnellen Aufschlag.

Das Geräusch, wie der Ball vom Schläger getroffen wurde, legte in mir einen Schalter um. Ich war sofort im Spielmodus, konzentriert und reaktionsbereit. Den ersten Ball erreichte ich nur mit Mühe, doch er ging korrekt über das Netz.

Als würde ihr eigenes Stipendium davon abhängen, legte sich Anna bei jedem Ballwechsel richtig ins Zeug. Dennoch hielt ich gut mit. Meine Schläge mit der Rückhand waren nicht ganz so zielsicher, wie ich es gewohnt war, doch ich schickte Anna von einer Seite auf die andere. Auch meine Aufschläge waren so präzise, dass mir sogar mehrere Asse gelangen.

Ein kurzer Blick zur Seite, als ich mir neue Bälle holte,

zeigte mir Dianas zufriedenen Gesichtsausdruck. Sie wollte mich in ihrem Team haben, daran gab es nichts zu zweifeln. Meine Lust zu spielen steigerte sich mit jedem Ballwechsel. All die Energie in mir bündelte sich auf den Ball, den ich kraftvoll und gezielt auf die andere Seite brachte. Jeder perfekte Schlag motivierte mich für den nächsten. Ich hätte ewig so weiterspielen können und hatte absolut kein Zeitgefühl, als Diana anerkennend applaudierte und an die Mittellinie trat.

»Mädels, das war fantastisch.« Sie nickte uns beiden zu. Keuchend wischte ich mir den Schweiß von der Stirn. Es war ein gutes Gefühl, das sich in meinem erhitzten Körper ausbreitete. Ich war weniger stolz als richtig erleichtert, dass ich mein Können in genau diesem Moment hatte abrufen können. Meine Erfahrung hatte mich gelehrt, dass es auch schlechte Tage gab, an denen nichts klappte, egal, wie sehr ich mich anstrengte. Heute war zum Glück keiner dieser Tage gewesen.

»Solchen Spielen könnte ich den ganzen Tag zusehen«, sagte Diana, als wir bei ihr an der Mittellinie ankamen.

Anna und ich klatschten ab. Auch von ihr kam ein anerkennendes Nicken.

»Danke für das gute Spiel«, sagte ich und meinte es ganz ehrlich. Sie hatte mich nicht geschont, und das war gut so. Es überzeugte niemanden, gegen einen schwachen Gegner gut zu sein, und Anna war mir mehr als eine würdige Gegnerin gewesen.

»Ich werde mit den werten Herren Rücksprache halten«, sagte Diana und deutete augenrollend zur Seite. »Treffen wir uns anschließend bei den Kabinen. Maci, du kannst dich gerne schon umziehen.«

Ich hatte gehofft, schon jetzt mehr erfahren zu können. Geduld zählte nicht gerade zu meinen Stärken, schon gar nicht in Momenten wie diesen.

Unsicher sah ich Diana nach, wie sie zu drei Männern ging, die abseits des Platzes standen. Ich hatte sie während des Testspiels nicht gesehen, weil sie schräg hinter mir geblieben waren. Das war für meine Konzentration vermutlich auch besser so gewesen. Der Headcoach des Herrenteams war leicht zu erkennen. Er trug Sportklamotten mit dem Gators-Emblem und hatte ein Klemmbrett unter dem Arm. Die beiden anderen Männer sahen aus wie typische Büromenschen, gut gekleidet, mit Brille und glatt gekämmtem Haar.

»Du musst echt nicht nervös sein«, sagte Anna und holte meine Gedanken zurück auf den Platz. »Die wären ziemlich blöd, wenn sie dich nicht ins Team aufnehmen.«

Ich lächelte ihr verhalten zu. Die Reaktionen der Männer wirkten nicht so euphorisch wie Dianas.

»Ich hatte bereits ein Stipendium, aber durch ein Missverständnis wurde es abgelehnt«, erklärte ich ihr meine Situation.

»Davon habe ich gehört.« Anna deutete mit einem Nicken in Richtung Kabinen. »Was das betrifft, ist die Studienleitung etwas sensibel. Es gibt Leute, die glauben, es wird uns Sportlern zu leicht gemacht. Dass wir bloß am Platz erfolgreich sein, aber nichts für die Kurse tun müssen.«

Ein wenig irritiert, worauf sie hinauswollte, sah ich sie im Gehen an. Mir war immer klar gewesen, dass ich auch auf der Highschool gute Noten brauchte, um es an eine gute Uni zu schaffen. Und dass es auch da viel zu lernen gab.

»Um sowohl im Sport als auch im Studium erfolgreich zu sein, musst du ein hohes Maß an Selbstständigkeit, Disziplin und Verantwortungsbewusstsein mitbringen«, fuhr Anna fort.

»Und da ist kein Platz für Missverständnisse und Fehler«, fügte ich einsichtig hinzu. Nun verstand ich, was sie meinte.

Sie seufzte. »So etwas passiert. Ich hoffe, das ist auch denen klar.« Sie warf einen flüchtigen Blick über die Schulter zurück. »Sie sollten sich ein Talent wie dich lieber nicht entgehen lassen.«

Ich lächelte sie dankbar an. Anna war wirklich nett, und ich konnte mir gut vorstellen, mit ihr in einem Team zu trainieren.

»Keine Sorge, Diana ist wie eine Löwin und würde nur ungern ein Junges aus ihrem Rudel verlieren.«

»Ja, nur dass ich noch gar kein Teil ihres Rudels bin«, sagte ich schuldbewusst, weil es bestimmt einfacher wäre, mich in der Gruppe zu halten, als neu aufzunehmen. Vor allem, wenn die Verantwortlichen der Uni einen so schlechten Eindruck von meiner Einstellung hatten.

»Solltest du aber!«

Geduscht und wieder in meine Alltagskleidung geschlüpft kam ich aus den Kabinen ins Freie, wo Diana bereits auf mich wartete. Ihr Lächeln war verhalten, weshalb ich sofort eine bittere Vorahnung hatte. Ich hatte gut gegen Anna mithalten können, das Spiel sogar phasenweise dominiert. Oder schätzte ich mich gerade völlig falsch ein? Mein Selbstbewusstsein fiel mit einem festen Plumps in den Keller.

»Hat es nicht gereicht?«, fragte ich, als ich der Trainerin gegenüberstand. Ich nestelte am Riemen der Tennistasche herum.

Neben Enttäuschung machte sich Wut in mir breit, weil ich so sehr an meinem Wunsch festhalten wollte, ein Teil der Gators zu werden. Ich war wütend, weil ich auf einem Testspiel bestanden hatte, ohne davor an meiner Spielpraxis zu arbeiten. Ich hatte es überstürzt.

»Die Studienleitung beharrt darauf, sich an die Regeln zu halten«, erklärte Diana bedauernd.

Also hatte ich nie eine echte Chance gehabt? Oder war das bloß eine feige Ausrede, um mir meine Absage nicht weiter erklären zu müssen?

Nein, Diana schätzte ich so nicht ein. Trotzdem wirbelten gerade die Gefühle in mir herum. Ich hatte mir so viel von diesem Besuch erhofft. Allen voran, Trevor und mir eine Zukunft zu erschaffen, die uns mehr Zeit füreinander bot. Würden wir das kommende Jahr wirklich getrennt verbringen? Er in Gainesville und ich auf Lovett Island? Ich hatte mir das lang genug schöngeredet, aber die Wahrheit war, dass ich diese Vorstellung hasste!

»D-danke, dass ich kommen durfte.« Ich bemühte mich um ein Lächeln, was bestimmt scheiße aussah. Diana hatte mir das Gefühl gegeben, in ihrem Team willkommen zu sein. Ich hätte sie zu gern als meine Trainerin erlebt, Teamkolleginnen wie Anna gehabt. Stattdessen fühlte es sich an, als könnte ich den Traum einer Tenniskarriere nicht mehr halten. Als wäre er wie eine Seifenblase zerplatzt.

Ich nickte ihr noch zum Abschied zu und wandte mich zum Gehen um. Wie gern hätte ich Trevor jetzt doch an meiner Seite gehabt.

»Warte!«

Ich drehte mich noch mal zu Diana um.

»Ich habe da noch so eine Idee«, sagte sie und senkte ihre Stimme. Sie sah sich kurz um, ob uns auch niemand zuhörte, ehe sie sich wieder mir zuwandte. »Allerdings kann ich dir nicht versprechen, dass es klappt.«

»Welche Idee?«, fragte ich etwas zu neugierig und hoffnungsvoll. Hatte ich nicht gerade gelernt, wie hart Rückschläge waren?

»Nächste Woche fliegt das Team zum ITF Turnier nach Lubbock, Texas«, antwortete sie. »Ich habe gute Kontakte zu den Veranstaltern und könnte noch einen Startplatz organisieren.«

»Und Sie denken, damit könnte ich meinen Studienplatz retten?«, fragte ich ein wenig skeptisch, ob ich den Plan richtig verstand. Vielleicht war ich aber auch nur unsicher, ob ich gut genug war, um in einem ITF Turnier mitzuspielen. Ich hatte in Lubbock selbst noch nicht gespielt, doch die Preisgelder bei diesen Turnieren reichten oft bis zu fünfstelligen Beträgen. Damit wäre ich nicht auf ein Stipendium angewiesen, sondern könnte die Studiengebühren selbst bezahlen. Zumindest fürs Erste. Ich schluckte und spürte ein Kribbeln in den Fingern.

»Wenn du dort so auftrittst wie hier und das über mehrere Runden hinweg halten kannst, hast du die Chance, das Turnier zu gewinnen. Dann können sie gar nicht anders, als dir dein Stipendium zurückzugeben«, antwortete Diana grinsend.

»Also hat sie mein Tennisspiel nicht überzeugt?«, fragte ich ein wenig gekränkt.

Diana lachte spöttisch auf. »Die haben von Tennis doch keine Ahnung. Die wollen nur Ergebnisse sehen.« Sie wurde wieder ernst. »Und diese Ergebnisse auf offiziellen Turnieren sind genau das, was sie wollen. Siege im Namen der Uni.«

Ich mochte Diana. Sie lebte für diesen Sport und für ihre Aufgaben als Headcoach. Sie an meiner Seite zu wissen würde mir noch einen weiteren Motivationsschub geben.

»Also, wie sieht's aus? Bist du dabei?«

»Aber so was von!«

24.

Violet

»Du weißt doch, dass ich Jesse helfen muss, die Liegen am Strand aufzustellen«, murrte Brent und ließ sich nur widerwillig von mir an der Hand mitziehen.

»Der schafft das schon«, antwortete ich. Mein Herz raste bei dem Gedanken, was nun bevorstand, und ich fürchtete, Brent könnte an meinen schweißnassen Händen erkennen, wie unfassbar nervös ich war. Ich konnte mich nicht erinnern, jemals so aufgeregt gewesen zu sein. Weder damals in Vegas noch in Brasilien auf der Suche nach meiner Mutter. Heute war der Tag gekommen: Brents Familie würde in wenigen Minuten mit dem Boot Lovett Island erreichen.

»Was machen wir beim Bootshaus?«, wollte Brent wissen, als ich ihn den Weg dorthin entlangzerrte.

»Warte einfach ab!«

»Vi, du weißt doch, dass ich mich beim Sex im Freien nicht richtig entspannen kann.«

Mit hochgezogenen Augenbrauen warf ich ihm einen

Blick zu. »Sehe ich echt so aus, als hätte ich gerade Lust auf einen Quickie?« Mal abgesehen davon kannte ich seine Vorlieben. Ich hatte einmal versucht, ihn am Pool zu verführen, doch Brent war so nervös gewesen, dass ich von der Liege gefallen war.

Am Steg angekommen, starrte ich hinaus aufs Meer, auf dem noch nichts zu sehen war. Meine Beine waren ganz unruhig und wollten am liebsten einfach weiterlaufen.

»Erwarten wir jemanden?«, fragte Brent, der logischerweise eins und eins zusammenzählen konnte.

»Ja.«

»Wen?«

»Das wirst du gleich sehen.« Wenn er mich noch länger löcherte, würde ich ihm noch alles verraten und die Überraschung zunichtemachen. Jetzt hatte ich es so lang für mich behalten, da musste ich noch ein wenig durchhalten.

Um auch mich selbst abzulenken und nicht nur zappelig am Steg rumzustehen, wandte ich meinen Rücken dem Meer zu. Mein Blick fiel auf Brent, der wie die meiste Zeit auf Lovett Island Badeshorts, ein Tanktop und seine Snapback trug – natürlich verkehrt herum. Ich hatte ihn im Vorfeld nur schlecht bitten können, sich ein wenig zurechtzumachen. Sein blondes Haar kringelte sich um seine Ohren und seinen Nacken. Ich hob die Hand und strich ihm eine Locke aus der Stirn und unter die Kappe.

»Was wird das?«, fragte er misstrauisch.

»Nichts«, antwortete ich etwas zu schnell und zog die Hand zurück – nicht dass noch eine verräterische Bewegung meine Überraschung auffliegen ließ.

Auf dem Meer war immer noch kein Boot zu sehen, und langsam schlug meine vorfreudige Nervosität in Panik um. Natürlich hatte ich bedacht, dass die Möglichkeit bestand, dass Brent seine Familie nicht wiedersehen wollte. Er hatte sich nie direkt dazu geäußert, nur gesagt, dass er Angst habe, als Vater zu versagen. Dass es vielleicht zu spät sei, um wieder in Bonnies Leben zu treten. War es das vielleicht wirklich?! All meine Zweifel übermannten mich so plötzlich, dass mir übel wurde.

»Alles in Ordnung?«, fragte Brent besorgt. Er trat näher und legte seine Arme um meine Taille. Das Lächeln auf seinen Lippen war so warm, dass es mich ein Stück weit erdete.

»Ja, klar«, bemühte ich mich, mir nichts anmerken zu lassen. Es war ohnehin zu spät, um die Sache abzublasen. Weil ich es nicht schaffte, ihm dabei in die Augen zu sehen, starrte ich auf mein Handgelenk, das die gleiche rote Linie umzog wie seines. Ich wollte Vertrauen daraus schöpfen, weil es das Zeichen war, dass wir zusammengehörten, auch wenn jemand von uns mal einen Fehler machte und den anderen verletzte ... Nur war ich mir jetzt nicht mehr so sicher.

»Ich liebe dich, Vi«, sagte Brent so sanft, dass ich für einen Atemzug alles vergaß. Warum wir hier standen und was abseits von Lovett Island auf uns wartete. Unsere gemeinsame Zukunft, die uns vielleicht weg von der Insel führte.

»Erinnere dich an diese Worte, wenn gleich andere Gefühle in dir aufkommen«, sagte ich mit zittriger Stimme und sah zu ihm auf. Es mochte wie ein Scherz klingen, doch das war es leider absolut nicht.

Noch ehe Brent nachfragen konnte, kroch das Geräusch eines Motorboots über das Meer auf uns zu. Ich schluckte und wandte mich langsam wieder dem Ozean zu. Brent folgte meinem Blick. Noch schien er nicht zu ahnen, was gleich auf ihn zukommen würde, und wirkte ganz entspannt.

Das Boot war noch ein gutes Stück entfernt, steuerte aber direkt auf uns zu. Es fühlte sich an, als würde ich Brent ins kalte Wasser stoßen, und irgendwie tat ich das auch. Doch sosehr ihn diese bevorstehende Situation auch aus dem Gleichgewicht bringen würde, so sehr wollte ich ihm zur Seite stehen und Halt geben. So wie er es bei mir getan hatte.

»Wer ist das?«, fragte Brent, doch ich hörte ihn wie durch Watte.

Das Brummen des Motors bohrte sich in meinen Kopf. Es wurde lauter und lauter. Ich erkannte die beiden erwachsenen Personen, die auf der Rückbank saßen. Ein Mann mit Sonnenbrille und kurzen Haaren, dessen freudiger Gesichtsausdruck und das bunte Hawaiihemd ihn eher wie einen Gast aussehen ließen. Das blonde Haar der Frau neben ihm flatterte im Fahrtwind. Auch sie wirkte eher wie eine Touristin, die sich auf einen einwöchigen Urlaub freute, als wie eine Mutter, die nach zwei Jahren ihren Sohn wiedersehen würde.

Für einen kurzen Augenblick glaubte ich, die beiden würden allein kommen, und alles sackte in mir schwer zusammen. Bonnie war doch ein so wichtiger Teil dieses Wiedersehens. Doch dann entdeckte ich ihn: den kleinen Lockenkopf zwischen seinen Großeltern. Ich freute mich, und gleichzeitig war ich unfassbar nervös.

Der Bootsfahrer lenkte geschickt an den Steg.

»Meine Eltern«, wisperte Brent. Es klang wie eine Frage, eine Feststellung und aufkommende Panik zugleich. Brent starrte sie an, als könnte er seinen eigenen Augen nicht trauen.

»Und Bonnie«, fügte ich hinzu und legte meine Hand in seine.

Geistesabwesend verwob Brent seine Finger mit meinen. Sein Griff wurde immer fester, bis es sogar wehtat. Ich konnte nicht mal erahnen, was gerade in ihm vorging, doch ich hoffte mit jeder Faser meines Körpers, dass auch ein glückliches Gefühl in ihm aufloderte.

»Du hast sie eingeladen …«

»Ja.« Ich legte meine zweite Hand über seinen Handrücken. Seine Finger waren kalt, und ich glaubte, ein leichtes Zittern zu spüren. Vielleicht war es aber auch mein eigenes.

Plötzlich machte Brent einen Schritt zurück. Sein Brustkorb hob und senkte sich schwer mit jedem Atemzug. In seinen blauen Augen glänzten Tränen. »Das schaffe ich nicht«, keuchte er.

»Doch, Brent«, erwiderte ich fest. »Ich bin bei dir. So wie du immer für mich da bist.«

Er senkte seinen Blick auf mich, die Augen geweitet, fast schon entsetzt. Doch da war kein Vorwurf darin zu erkennen. Keine Wut, weil ich hinter seinem Rücken diese Entscheidung getroffen hatte. Es war einfach nur Angst.

»Ich liebe dich, Brent«, sagte ich in Anspielung auf seine Worte zuvor. Ich war felsenfest davon überzeugt, dass unsere Liebe stark genug für alles war. Auch für so emotionale Momente wie diesen. Gerade dafür war unsere Liebe doch so wichtig.»Ich weiß, du hast Angst zu zerbrechen, aber ich verspreche dir, ich halte dich fest genug, damit es gar nicht so weit kommt.« Ich lächelte ihn aufmunternd an, doch es war, als würde es ihn gar nicht erreichen.

Brents Vater war der Erste, der aus dem Boot stieg. Er war sehr schlank, und seine Bermudas passten zu dem bunten Hemd. Nicht nur durch seinen Kleidungsstil hatte er nicht viel Ähnlichkeit mit Brent. Er beugte sich noch einmal über das Boot und hob Bonnie heraus. Das kleine Mädchen trug ein weißes Kleid und pinke Sandalen. Die blonden Locken waren vom Fahrtwind zerzaust und ließen sie ein wenig frech aussehen.

Während der Bootsfahrer die beiden Koffer auf den Steg stellte, stieg auch Brents Mom aus. Sie sah Brent ähnlicher als der Vater, hatte blonde Haare, den gleichen warmen, sonnengebräunten Teint und die freundlichen graublauen Augen wie Brent.

Sofort huschte Bonnie zu ihrer Großmutter und klammerte sich an deren Hand.

Ich spürte, wie Brent sich bei diesem Anblick mehr und mehr versteifte.»Alles ist gut«, flüsterte ich, und es war ein wenig, als würde ich das auch zu mir sagen.

Brents Vater nahm die Koffer und kam auf uns zu. Ich hatte wirklich nicht gewusst, mit welcher Wiedersehensfreude ich rechnen sollte, doch das Lächeln in seinem Gesicht zeigte mir, wie glücklich er war. Vor uns angelangt ließ er die Gepäckstücke fallen und nahm Brent in eine feste Umarmung, als hätte er sich seit zwei Jahren nichts anderes gewünscht.

»Du bist ja ein richtiger Mann geworden«, lachte er und klopfte seinem Sohn auf die Schulter. »Es tut richtig gut, dich wiederzusehen.«

Die Wärme, die Brents Vater ausstrahle, hüllte auch mich ein. Jegliche Sorgen und Unsicherheiten waren wie weggewischt. Seine Eltern kamen nicht mit Vorwürfen oder Forderungen zu ihm. Sie wollten einfach ihren Sohn wieder in die Arme schließen.

Als Brents Mutter ihn umarmte, liefen Tränen über ihr Gesicht. Sie drückte ihn fest an sich und schluchzte leise, als könnte sie es gar nicht glauben, was gerade passierte.

»Hi, Mom.« Brents Stimme klang dünn und ein wenig schuldbewusst. Als täte es ihm leid, sie in den letzten zwei Jahren zurückgelassen zu haben. Mit einer Aufgabe, die nun in einem hübschen weißen Kleidchen hinter ihr stand.

Ich wischte eine Träne aus meinem Gesicht und merkte sogleich, wie die nächsten folgten.

Als Brents Mom zur Seite trat und den Blick auf Bonnie frei machte, blickte das kleine Mädchen mit großen graublauen Augen zu seinem Vater hoch. Schnell klammerte es sich am Rockzipfel seiner Oma fest.

»Bonnie, mein Schätzchen, das ist dein Daddy«, sagte diese mit leicht kratziger Stimme. Sie lächelte und wischte sich die Tränen unter den Augen weg. »Magst du mal Hallo sagen?«

Doch Bonnie versteckte sich erneut hinter ihrer Großmutter und lugte nur vorsichtig hervor. Sie wirkte neugierig und verängstigt zugleich. Vor ihr stand der Mann, den
sie bislang nur von Fotos kannte. Es würde dauern, bis sie
verstand, was es hieß, dass er auch ihr Vater war.

»Geben wir ihr etwas Zeit«, sagte Brents Vater liebevoll.
Er war sichtlich gerührt, konnte seine Emotionen aber gut
kontrollieren. Stattdessen schenkte er nun mir seine Aufmerksamkeit. »Du musst Violet sein.«

Ich nickte aufgeregt und streckte ihm die Hand entgegen. »Es freut mich sehr, Sie beide kennenzulernen. Sie
können mich auch Vi nennen oder Violet oder egal wie.«
Die Worte sprudelten einfach aus mir heraus.

»Hallo, Vi. Ich bin Joe, und das ist meine Frau Sarah.«

Ich grüßte sie beide, ehe mein Blick auf Bonnie fiel, die
zu neugierig war, als sich die ganze Zeit hinter ihrer Oma
zu verstecken. »Hi, Bonnie.« Ich ging in die Hocke und lächelte sie an. »Dein Daddy hat mir schon so viel von dir erzählt und ganz stolz Fotos gezeigt. Ich freue mich, dass du
uns besuchen kommst.«

Sie kniff die Augen leicht zusammen. Als ihr eine Locke
ins Gesicht rutschte, strich sie die Strähne einfach zur Seite.
»Ich mag deine langen Haare.«

Erst jetzt bemerkte ich, dass meine Haare, die ich zu
einem Zopf gebunden hatte, über meine Schulter nach
vorn gerutscht waren. Mir entglitt ein leises Lachen, das
sich ganz leicht anfühlte. »Und ich finde deine Locken total super.«

»Aber sie sind so kurz.« Bonnie schob schmollend die

Unterlippe vor, was ihre süßen Pausbäckchen noch mehr betonte.

Am liebsten hätte ich sie fest an mich gedrückt.

»Bonnies Freundinnen haben lange Haare …«, erklärte Sarah und legte zärtlich die Hand auf Bonnies Kopf.

»Millys reichen bis zum Po!«, warf das Mädchen neidisch ein. »Mit Locken dauert das ewig … Aber schau mal!« Bonnie trat einen Schritt näher und pflückte eine Locke hinter ihrem Ohr hervor. Sie nahm das Ende zwischen die Fingerspitzen und zog es nach unten, bis aus den Kringeln eine lange, glatte Strähne wurde.

»So lang sind deine Haare schon?«, fragte ich begeistert.

Sie nickte stolz und ließ die Locke wieder hochploppen.

»Aber glaub mir, kleine Mädchen mögen lange Zöpfe, aber große Mädchen hätten viel lieber solche Locken wie du.«

»Du auch?«

Ich war schon jetzt absolut verliebt in diese zuckersüße Stimme. »Absolut! Ich bin richtig neidisch.«

Ein zufriedenes Schmunzeln legte sich über ihr hübsches Gesicht. »Dann mag ich sie doch«, sagte sie und grinste breiter.

Wir alle lachten, und es fühlte sich befreiend an. Als wäre das Eis gebrochen und es stünde schönen Familientagen nichts mehr im Weg. Ich blickte über die Schulter zu Brent hoch und wusste sofort, dass ich es richtig gemacht hatte.

Wie oft hatte ich schon einen Schritt auf ihn zugehen wollen und ihn damit von mir weggestoßen. Jedes Mal war mein Herz dabei in tausend Stücke zerbrochen. Doch wir hatten es immer wieder mühevoll zusammengesetzt, weil ich wusste, dass Brent es wert war, und nun standen wir da und erlebten diesen wunderbaren Moment zusammen. Ich konnte nicht glücklicher sein. Vor allem, weil ich in Brents blauen Augen all das Glück sah, das in ihm wieder zum Vorschein kam.

25.

Maci

Ich hatte nur die Tennistasche, die Trevor mir geschenkt hatte, nach Gainesville mitgenommen. Die paar Klamotten, die noch brauchte, hatte ich einfach in eines der Fächer gestopft.

Mit der geschulterten Tasche lief ich den Steg vom Haupthaus zum Familientrakt hinüber. Ich wollte die Sachen nur schnell ablegen und mich dann auf die Suche nach Trevor machen. Wahrscheinlich war er im Gym, vielleicht auch am Strand. Von Dianas Plan, mich zum Turnier nach Lubbock einzuladen, wollte ich ihm persönlich erzählen.

Ich riss die Tür zu seinem Appartement auf und wollte die Tasche nur schnell ins Schlafzimmer bringen, wo ich Trevor bereits vorfand. Er hatte einige Klamotten auf dem Bett ausgebreitet, daneben wartete eine geöffnete Reisetasche darauf, befüllt zu werden.

»Reist du ab?«, fragte ich überrascht. Er wollte doch erst

einen Tag vor den ersten Kursen an die UF reisen, um die Zeit bis dahin mit mir zu verbringen.

»Ich muss nach Florida«, antwortete Trevor und verzog das Gesicht. Es war also nicht seine Entscheidung gewesen.

»Was hat dein Vater diesmal vor …« Es war ein kleiner Rückschlag, als würden wir vor Hugh Parker einknicken, doch ich wollte Trevor auf keinen Fall einen Vorwurf machen.

»Baron hat von dem Helikopterunfall erfahren«, erklärte er. »Er erpresst meinen Dad.«

Ich dachte sofort an Scott, der unser Gespräch gehört hatte, als wir über den Hubschrauberabsturz geredet hatten. Da er irgendwie mit Baron in Verbindung stand, machte mich das sehr, sehr skeptisch. Ob es einen Sinn hatte, Blair darauf anzusprechen?

»Was will er denn?«, fragte ich mit zitternder Stimme. Ich hatte Angst, dass Trevor Ärger bekam. Vor allem, wenn die Öffentlichkeit mitbekam, dass er sich über ein Startverbot hinweggesetzt hatte. Es war nicht schwer, daraus eine reißerische Schlagzeile zu schreiben.

»Na, was wohl? Geld.« Trevor packte seine Klamotten in die Tasche. »Der Vertrag hatte vorgesehen, dass Baron seine Firmenanteile zu einem Fixpreis abgeben musste. Sobald die Medien von meinem Unfall berichten, rasseln die Aktien in den Keller, und mein Vater macht einen Riesenverlust.«

»Und warum will dein Vater, dass du nach Orlando kommst? Wäre es nicht besser, du bleibst hier?«

»Ich will es so«, erklärte Trevor und schloss den Zipp seiner Tasche.»Ich habe diesen Fehler gemacht, also muss ich auch helfen, das wieder geradezubiegen. Maci, es tut mir wirklich leid. Ich wäre natürlich lieber bei dir geblieben, aber es ist wichtig, dass ich vor Ort bin. Das bin ich ihnen schuldig.« Er kam auf mich zu und nahm meine Hände in seine.

Ich hatte mich so auf ein Wiedersehen gefreut. Darauf, ihm wieder nahe zu sein und Zeit miteinander zu verbringen. Gleichzeitig bewunderte ich ihn dafür, die Verantwortung zu übernehmen, obwohl ihn das bestimmt vor viele unangenehme Momente stellen würde.

Ich bemühte mich um ein tapferes Lächeln.»Ich wünschte, du könntest trotzdem bleiben«, murmelte ich, obwohl ich wusste, dass es völlig egoistische Worte waren. Ich hatte mich einfach so sehr gefreut, wieder bei ihm zu sein, und war nicht darauf eingestellt gewesen, mich gleich wieder verabschieden zu müssen.

»Ich weiß, aber mein Vater hat gerade so viel um die Ohren«, antwortete Trevor seufzend.»Er hängt immer noch in dem Scheidungsprozess, und gleichzeitig machen ihm die fehlenden Unterlagen Sorgen. Die Sache mit Baron ist nur die Spitze des Eisbergs.«

»Also sind diese Dokumente noch immer nicht aufgetaucht?«, fragte ich zerknirscht.

»Dads beste IT-Leute kämmen die Server ab, aber wenn die Lizenzverträge und Entwürfe nicht bald auftauchen, fällt die nächste Kollektion ins Wasser. Das wäre ein hoher Verlust, der meinem Vater Sorgen bereitet.«

»Ich hoffe echt, ihr kriegt das hin. Denkst du, wir sehen

uns noch mal, bevor du an die Uni gehst?«, fragte ich, auch wenn ich nicht daran glaubte. Die Zeit dazwischen war zu kurz, um ständig zwischen Orlando, Gainesville und Lovett Island hin und her zu pendeln.

»Das weiß ich nicht«, antwortete Trevor mit Bedauern in der Stimme. »Aber vielleicht überlegst du es dir und kommst zu mir nach Gainesville. Ich könnte dir die Uni zeigen, wenn du ein paar Tage dableibst. Oder du wohnst bei mir, und wir finden dort einen Job für dich.«

Es bedeutete mir viel, dass er Letzteres sagte und nicht einfach anbot, auf seine Kosten leben zu können. Das war das Letzte, was ich wollte.

»Diana Croft hat noch eine Idee, wie sie die Studienleitung überzeugen will, mir das Stipendium zurückzugeben«, sagte ich, auch wenn die Aussichten nicht so gut waren, dass ich mich darauf verlassen wollte. Ich war nicht in Topform, und mir fehlte die Spielpraxis. Beides konnte ich mir nicht schönreden, egal, wie sehr ich es versuchte. »Sie will, dass ich zum ITF Turnier nach Lubbock komme. Wenn ich dort ein gutes Ergebnis abliefere, überzeugt das vielleicht mehr als nur ein Testspiel auf dem Unigelände.«

»Das klingt doch gut«, freute sich Trevor. »Möchtest du, dass ich mitkomme?«

Ich lächelte, weil er es mit anbot, obwohl er gerade so viel anderes zu tun hatte. So viel Wichtigeres.

»Es wäre superschön, aber ich schaffe das schon«, antwortete ich. »Kümmere du dich um die Probleme in Orlando, und vielleicht sehen wir uns danach mit guten Neuigkeiten wieder.«

»Das wäre toll«, sagte er und beugte sich zu mir, um mich zu küssen. Aus dem anfänglich leichten Kuss wurde etwas Intensiveres. Mit dem Wissen, nicht so bald wieder bei ihm zu sein, legte ich meine Arme um seinen Hals und zog mich noch fester an ihn.

»Wann fährst du denn los?«, fragte ich zwischen zwei Küssen.

»Ähm …« Trevor hob den Kopf, um einen Blick auf die Wanduhr zu werfen. Ich saugte währenddessen an seinem warmen, verführerisch nach Trevor duftenden Hals.

»In zwanzig Minuten kommt mein Boot«, antwortete er mit einem leisen Brummen, was verriet, wie sehr ihm die Liebkosung gefiel.

»Also noch genug Zeit«, sagte ich und stieß ihn sanft aufs Bett, nur um gleich darauf über ihn zu steigen.

26.

Blair

»Ms Whitlock, ich kann Ihnen versichern, es erwartet Sie der gewohnte Standard«, beteuerte ich am Telefon einer Stammkundin, die mit ihrem Ehemann seit Jahren regelmäßig auf Lovett Island urlaubte. Sie war nicht die Erste, die mich anrief, um sich darüber zu informieren, und sie würde auch nicht die Letzte sein. Heute hatte ich schon mehr Telefonate mit künftigen Besuchern geführt als mit Lieferanten, was mir aber sowieso lieber war.

»Ich habe gehört, Sie führen die Insel jetzt alleine. Gab es weitere Veränderungen?« Ms Whitlock ließ nicht locker.

Ich lehnte mich in Peytons Schreibtischstuhl zurück, dessen Polsterung sich längst meinem Körper angepasst hatte.

»Nein, ich lege großen Wert darauf, alles so weiterzuführen, wie es unsere Gäste gewohnt sind.«

»Auch die Küche?«

»Auch die Küche. Das Team ist dasselbe wie vor der Übernahme.«

Offenbar war es nicht der Hurrikan, der die meisten Besucher verunsicherte, sondern schlicht und einfach ich. Ich war jung, unerfahren, und niemand traute mir zu, dass ich als Eigentümerin der Insel alles auf dem gleichen Niveau halten konnte, wie sie es gewohnt waren. Warum gab man mir nicht wenigstens eine Chance, mich zu beweisen? Ich hatte mir in den letzten Wochen den Arsch aufgerissen, aber ich würde mich jetzt bestimmt nicht unterkriegen lassen. Sie würden alle noch sehen, dass ich es auf die Reihe bekam, die Insel erfolgreich weiterzuführen.

»Und der Staff?«

»Der Staff steht selbstverständlich wie immer zur Verfügung.«

»Gibt es diesen jungen Mann noch? Ich glaube, er hieß Adam. Das war ein so charmanter Mitarbeiter.«

Ms Whitlocks Misstrauen ging mir langsam auf den Geist, aber ich behielt meine Ruhe bei. »Nein, Adam hat uns schon vor einiger Zeit verlassen«, antwortete ich mit gespieltem Bedauern. »Lange vor meiner Übernahme.«

»Ach wie schade, er war so charmant«, wiederholte sie.

»Ja, sehr.« Ich dachte daran, wie er mit Collin rumgemacht hatte. Nur löste es heute nichts mehr in mir aus. Keine Kränkung, keinen Wunsch zu zeigen, dass man mit mir nicht so spielen durfte. Ich hatte gelernt, was wirklich zählte.

»Wissen Sie, Ms Wilkins, es gäbe für unseren Zeitraum eine freie Suite auf Saint Barts, direkt am Strand. Wir überlegen, ob wir umbuchen sollen. Ein perfekter Urlaub ist für uns sehr wichtig.«

Am liebsten hätte ich Ms Whitlock gesagt, dass sie dann nach Saint Barts reisen sollte, doch ich musste lernen, die Gäste als Könige anzusehen. Denn das war es, was Lovett Island immer ausgemacht hatte: Der Gast war König. Zumindest sollten sie sich so fühlen, und wenn es bedeutete, ihnen dafür Honig ums Maul zu schmieren, dann würde ich das eben tun.

»Saint Barts ist eine wundervolle Insel, die ich nur wärmstens empfehlen kann«, sagte ich mit freundlichster Stimme. »Nicht umsonst lockt sie Jahr für Jahr mehr Touristen an. Ich war erst vor einigen Monaten dort. Für meinen Geschmack liegen zu viele Schiffe vor der Insel, was die Aussicht trübt, aber ich bin mir sicher, Sie können dort einen ganz tollen All-inclusive-Urlaub erleben.«

Ich hörte Ms Whitlock entsetzt nach Luft schnappen.

»Also, mein Mann und ich reisen nicht all-inclusive«, empörte sie sich, obwohl sie auf Lovett Island genau das bekam. Nur eben noch ausgiebiger. Jemand, der aber die stolze Summe für einen Urlaub auf Lovett Island hinlegte, würde vor seinen Freunden nie behaupten, einen All-inclusive-Urlaub gemacht zu haben. Ein Aufenthalt bei uns war eine eigene Kategorie.

»Nein, viele Touristen sind nicht meins«, setzte sie aufgebracht fort. »Ich will meine Ruhe haben und exklusive Betreuung. Wer will denn einen Animateur sehen, der vor fünfzig Urlaubern herumspringt und hofft, dass noch mehr dazukommen. Nein, Ms Wilkins, das ist nichts für uns.«

Ein zufriedenes Lächeln formte sich auf meinen Lippen.

»Ich bin mir sicher, diese Animateure wissen die Urlauber zu unterhalten«, spielte ich mein Interesse an dieser Unterhaltung weiter. »Sie müssen nur auf Ihre Strandliege aufpassen. Die europäischen Touristen kennen da keine Zurückhaltung.«

»Europäische Touristen?«, quiekte Ms Whitlock fassungslos.

»Ja, Deutsche zum Beispiel«, flüstere ich verschwörerisch ins Telefon. Ich schmunzelte über ihr Entsetzen, ließ es mir aber weiter nicht anmerken. »Machen Sie sich wegen der Stornierung keine Sorgen. Da wir hier auf Lovett Island keine breite Masse ansprechen, werden wir ...«

»Nein, nein!«, fuhr sie mir ins Wort, ohne eine Widerrede zuzulassen. »Mein Mann und ich werden kommen. Wir freuen uns doch schon so sehr auf Lovett Island. Das ist doch unsere Insel.« Ms Whitlock klang fast schon gekränkt, weil ich sie nicht ein wenig mehr umworben hatte.

»Dann freuen wir uns, Sie und Ihren Mann am Samstag bei uns begrüßen zu dürfen.«

Ms Whitlock verabschiedete sich, und ich stellte mir vor, wie sie gleich ihre Koffer herausholte und die Sachen packte, damit auch wirklich nichts mehr dazwischenkommen konnte.

Mein zufriedenes Lächeln verschwand schlagartig, als ich Scott in der Tür entdeckte. Ich drückte mich von der Rückenlehne weg und seufzte. »Was willst du?«

»Jesse hat mir gesagt, ich kann meine Post zum Verschicken hierherbringen.« Er hielt einen Umschlag in die Höhe, ohne einen Schritt ins Büro zu machen.

»Ein Freundschaftsbrief an deinen Zellenkameraden?«, fragte ich spitz.

»Ja, ich schicke ihm eine Werbebroschüre von Lovett Island«, antwortete Scott und klopfte sich mit dem Umschlag auf den Oberschenkel. »Würde ihm hier bestimmt auch gefallen.«

»Wir haben keine Werbebroschüren«, entgegnete ich unbeeindruckt auf seinen Versuch, mich zu ärgern. Das war etwas für All-inclusive-Hotels, dachte ich in Anspielung auf Ms Whitlock.

»Ich hab ihm eine gezeichnet«, sagte Scott und verzog das Gesicht zu einem Lächeln, das mehr einer Grimasse nahekam. »Also, kann ich den hier verschicken lassen?«

»Leg ihn in die Kiste.« Ich deutete auf die dunkelblaue Kunststoffbox auf Peytons Schreibtisch, in der die ausgehende Post gesammelt wurde.

»Danke.« Scott pfefferte das Kuvert auf die restlichen Briefe. Dann verließ er mein Büro wieder ohne ein weiteres Wort.

Ich schüttelte verärgert über sein Verhalten den Kopf. Wenn er so angepisst war, sollte er doch verschwinden. Ich würde ihn nicht aufhalten. Also, was verdammt noch mal hielt ihn hier? Doch nicht der Vertrag, oder? Vielleicht mein Vater?

Ehe ich weiter darüber nachdenken konnte, hörte ich, wie sich Scotts Schritte im Flur mit anderen vermischten. Kurz darauf steckte Maci den Kopf zur Tür herein.

»Ich wollte nur sagen, dass ich wieder zurück bin.« Sie lächelte verhalten und wollte offenbar gleich wieder gehen.

»Wie lief das Testspiel an der UF?«, fragte ich, weil es mich wirklich interessierte. Ich hatte es über mehrere Ecken erfahren. »Hast du es geschafft?«

Maci sah mich etwas überrascht über meine Nachfrage an, dann schüttelte sie den Kopf. »Die Studienleitung stellt sich quer, aber ich habe eine Einladung zu einem Tennisturnier bekommen ...«, sie hob schwer die Schultern, als hätte sich all ihr Selbstbewusstsein mit der Absage der Studienleitung in Luft aufgelöst, »wenn es für dich okay ist, dass ich noch mal ein paar Tage weg bin.«

»Ich kann ja wohl schwer Nein sagen«, antwortete ich schuldbewusst. »Schließlich hast du ja meinetwegen kein Stipendium mehr.« Zwar hatte ich mich für diesen Fehler bereits entschuldigt, doch es stand irgendwie immer noch zwischen uns.

»Sag bloß, du hast ein schlechtes Gewissen«, sagte Maci und lehnte sich mit der Schulter gegen die Tür. Sie musterte mich, fast als amüsierte es sie, dass ich meinen Fehler zugab.

Ich hatte es verdient, dass sie sich über mich lustig machte. »Ob du es glaubst oder nicht, ich *habe* ein schlechtes Gewissen. Heute würde ich das nicht mehr tun. Ehrlich.«

Seit ich ihr gestanden hatte, dass ich ihr Stipendium abgesagt hatte, war es nicht mehr zu einem Thema zwischen uns geworden, weil Trevors Unfall dazwischengekommen war. Und seitdem ignorierten wir beide die Differenzen, die wir hatten. Oder besser gesagt, gehabt hatten, denn zumindest ich hatte weder die Zeit noch die Nerven, mich damit noch aufzuhalten. Außerdem war Trevor einer der wichtigsten Menschen in meinem Leben, und ich wusste, mit Maci hatte er eine Frau an seiner Seite, die ihn nicht ausnutzte und für ihn da war. Ich respektierte sie.

»Das weiß ich.« Maci schenkte mir den Ansatz eines freundschaftlichen Lächelns. Gerade so viel, dass es nicht zu überschwänglich wurde. »Du hast dich in den letzten Wochen sehr verändert, und das habe ich auch. Ich denke, wir werden schon miteinander klarkommen. Nicht nur für Trevor.«

»Das denke ich auch.« Nun brachte auch ich so etwas wie ein Lächeln zustande. Dass Maci diese Worte für mich gefunden hatte, rechnete ich ihr hoch an. Doch auch so hatte ich nicht vorgehabt, ihr und Trevor noch Steine in den Weg zu legen.

Für einen kurzen Augenblick legte sich eine Stille über uns, die viel zu nah war. Maci schien das Gleiche zu empfinden, denn sie fragte plötzlich: »Wie lange bleibt Scott eigentlich noch hier?«

»Es sind noch vier …« Ich sah auf meine filigrane Armbanduhr. »Nein, drei Tage und zwanzig Stunden. Um zehn Uhr schmeiß ich ihn raus, keine Sekunde später!«

Nun grinste Maci ein wenig, aber ihre Miene verfinsterte sich sofort wieder. »Ich verstehe nicht, warum er überhaupt zurückgekommen ist. Nach dem, was er Peyton angetan hat.«

»Ich verstehe es auch nicht.« Ich stand auf und griff nach dem Kuvert, das er in die Box gelegt hatte. »Ich verstehe auch nicht, warum er plötzlich Briefe verschicken will, obwohl er sowieso bald von hier verschwindet.«

Maci musterte den dicken Umschlag in meiner Hand. »Was ist das?«, fragte sie mit gerunzelter Stirn. »Keine Ahnung.« Ich warf das Kuvert wieder in die Box. »Irgendetwas, das er verschicken will.«

Maci trat näher an den Schreibtisch und las den Empfänger. »John Doe? Nicht gerade einfallsreich, oder?«

»John Doe?«, wiederholte ich jenen Namen, der gerne als Platzhalter für nicht identifizierte Menschen galt. Oder Menschen, die anonym bleiben wollten. Mir schwante Übles.

»Der will wohl nicht, dass jemand weiß, wohin der Brief geht«, mutmaßte Maci.

»Zeig mal die Adresse!«

Maci reichte mir das Kuvert zurück, und ich blickte neugierig auf die krakelige Schrift darauf. »Doctor Phillips«, las ich und sah wieder zu ihr. »Das ist ein Vorort von Orlando.«

Sie zog erwartungsvoll die Augenbrauen hoch, als könnte ich ihr mehr dazu sagen.

»Das ist eine wohlhabende Gegend, wo mein Vater früher Golf gespielt hat«, erzählte ich. »Vor ein paar Jahren hat er dort nach einem Haus gesucht, aber nichts Passendes gefunden. Da er aber unser altes Haus vor Kurzem verkauft hat, könnte es sein, dass er dorthin gezogen ist.«

»Denkst du, Scott könnte deinem Vater etwas schicken?«, stellte Maci vorsichtig in den Raum.

»Warum nicht?«, entgegnete ich. »Schließlich hat ihn mir mein Vater auf die Nase gedrückt.«

»Hm ... okay.« Der Ausdruck in Macis Gesicht verriet mir, dass sie darüber nachdachte, mir ihre Gedanken darüber mitzuteilen.

»Was ist?«, drängte ich sie ungeduldig.

»Baron hat vor seinem Rauswurf aus der Firma wichtige Unterlagen verschwinden lassen«, erklärte sie. »Es gibt keine Kopien, keine Back-ups. Alles wurde gelöscht.«

»Glaubst du, Scott steckt dahinter?«

»Nicht nur das. Ich glaube auch, da drinnen stecken diese Unterlagen.« Maci deutete auf den Umschlag.

»Dann hätte er sie die ganze Zeit bei uns versteckt gehabt …«, schlussfolgerte ich. »Das würde erklären, warum mein Vater ihn unbedingt hierherbringen wollte. Dass im Fall einer Hausdurchsuchung nichts gefunden werden konnte.«

»Und Scott ist nur zurückgekommen, um die Dokumente zu holen«, ergänzte Maci.

»Scheiße, du könntest recht haben!« Aufgeregt lief ich im Büro auf und ab und wedelte mit dem Umschlag, während sich die Puzzlestücke zusammensetzten. »Dieser miese kleine Arsch. Vor zwei Tagen wollte er ›einen Ausflug‹ machen.« Ich zeichnete Gänsefüßchen in die Luft. Dann erinnerte ich mich an die Sachen auf seinem Bett. Da hatte doch auch ein Umschlag gelegen. »Bestimmt wollte er die Unterlagen wegschaffen.«

»Gut möglich.«

»Und als mein Vater da war, bot er an, Scotts Sachen mitzunehmen«, dachte ich laut weiter. »Ha! Jetzt ergibt das alles einen Sinn!«

Mit großen blauen Augen sah Maci mich erwartungsvoll an. »Und was machen wir jetzt?«, fragte sie und deutete auf den Umschlag. »Wir dürfen den doch nicht einfach öffnen.«

»Ja, wahrscheinlich«, antwortete ich und tippte mit den Fingerspitzen auf die Tischplatte. »Andererseits hat er Peyton über den Haufen gefahren.«

»Unter Drogen«, fügte Maci hinzu, als wollte sie mein Vorhaben bekräftigen.

»Er könnte hier Drogen verschicken.«

»Stimmt. Es riecht hier auch so komisch!«

Ich grinste. Vielleicht würden Maci und ich doch noch Freundinnen werden. »Mach mal die Tür zu!«

Sofort wandte sie sich um und schloss die Bürotür, damit niemand hereinplatzen konnte.

In der Zwischenzeit löste ich die Lasche des Kuverts vorsichtig mit einem Brieföffner, den Peyton in der Lade hatte. Maci beugte sich über den Schreibtisch, um nichts zu verpassen. Ich holte die Papiere aus dem Umschlag und warf einen Blick darauf. »Lizenzvertrag – Original«, las ich vor.

»Das sind sie!«, stieß Maci aufgeregt hervor. »Die Dokumente, die Hugh sucht.«

Grinsend sah ich sie an. »Hast du vor deinem Tennisturnier schon was vor? Ich denke, ich schaue mal in Orlando vorbei. Kommst du mit?«

27.

Maci

Ich hatte mir Violets Laptop geborgt, nachdem Trevor wegen der Uni-Vorbereitungen seinen nach Florida hatte mitnehmen müssen, und ging damit in mein Zimmer im Mitarbeitertrakt. Obwohl ich seit Trevors Helikopterunfall nur bei ihm im Appartement geschlafen hatte, wollte ich die Nächte ohne ihn lieber in meinem eigenen Zimmer verbringen. Es war für mich ein Rückzugsort. Seit dem ersten Tag auf Lovett Island liebte ich die bunte Wandtapete, den mit Blumen bestickten Ohrensessel vor dem Fenster und die grüne Kommode. Damals hatte ich gar nicht glauben können, dass dieses Sinnbild von Gemütlichkeit mein Zimmer sein sollte.

Ich ließ mich aufs Bett fallen und klappte das Notebook auf. Ich war für die Verabredung etwas spät dran, weshalb ich erleichtert durchatmete, als die Internetverbindung sofort da war. Schnell klickte ich mich in mein Mailprogramm und öffnete den Link, den ich meiner

Mutter nach ihrer knappen Antwort vor zwei Tagen geschickt hatte.

Die Lautsprecher waren an, und ich hoffte, das integrierte Mikrofon würde gut funktionieren. Ein wenig überkam mich die Aufregung, doch ich merkte schnell, dass es an der Vorfreude lag und nicht an Nervosität. Die vergangenen Wochen hatten mir gezeigt, dass ich nicht mehr von meinen Eltern abhängig war. Weder finanziell noch aus sportlicher Sicht oder emotional. Dennoch waren sie mein Vater und meine Mutter und somit ein Teil meines Leben – nicht nur meiner Vergangenheit, sondern auch meiner Zukunft.

Violets Worte im Strandhaus waren dafür ausschlaggebend gewesen. Sie tanzten noch immer durch meinen Kopf. *Wir sollten keine Zeit verlieren und die Momente schätzen, die uns bleiben.*

Ich mochte diese Aussage, auch wenn es mir anfangs nicht ganz leichtgefallen war, das in Bezug auf meine Eltern zu sehen. Nach all dem, was passiert war. Doch ich hatte Violet gesehen, die ihre Mutter verloren hatte, ehe sie sie überhaupt hatte kennenlernen dürfen. Und auch Blair schien darunter zu leiden, ihre Mutter seit so vielen Jahren nicht gesehen zu haben.

Zwischen meinen Eltern und mir würde vermutlich nie eine innige Verbindung bestehen. Dafür waren die Wogen zwischen uns zu hoch, doch ich konnte, nein, ich wollte Mom und Dad wieder einen Teil meines Lebens sein lassen. Zumindest jenen, der den Weg der Tennisspielerin ging.

Ich hatte mich nie von ihnen verabschiedet. Sie hätten bestimmt nicht zugelassen, dass ich North Dakota verließe.

Das einzige Telefonat, das ich kurz nach meiner Abreise mit ihnen geführt hatte, war voller Verachtung und Vorwürfe gewesen. Von heute erhoffte ich mir etwas anderes.

Das Bild vor mir baute sich auf, und ich bekam in abgehackten Videosequenzen meine Mutter zu sehen. Sie sah etwas schmaler im Gesicht aus, doch ihre Augen begannen zu leuchten, als sie mich auf dem Bildschirm erkannte.

»Maci! Ach, wie freue ich mich, dich zu sehen.« Ihre Stimme kam leicht knisternd aus den Lautsprechern, doch sie war mir sofort wieder vertraut.

»Hi, Mom. Schön, dass du es geschafft hast.« Ich lächelte etwas verhalten, weil sie allein vor dem Computer saß. Im Hintergrund erkannte ich unsere Küche. Es war der Platz, an dem ich nicht nur gegessen hatte, sondern auch jahrelang von ihr unterrichtet worden war.

»Ich habe dich schon so lang nicht mehr gesehen.« Nun klang sie wehmütiger, fast schon traurig. Ich hatte sogleich Schuldgefühle, weil ich es gewesen war, die diese Entscheidung getroffen hatte.

Das Bild fiel kurz aus, und ich zuckte zusammen, weil ich befürchtete, es würde das Ende unseres Gesprächs bedeuten. Vielleicht sogar, weil mein Vater dazwischenfunkte?

Dann aber tauchte Mom wieder auf, auch wenn ihr Bild etwas unscharf war. »Wie geht es dir, Mom?«, fragte ich, weil ich es unbedingt wissen wollte.

»Gut. Ich helfe jetzt beim Sonntagsunterricht in der Kirche.« Sie klang ein wenig stolz. Bestimmt war es ihr nicht leichtgefallen, nach meiner Abreise eine neue Beschäftigung zu finden. Sie hatte sich immer um mich gekümmert.

Mich viele Jahre unterrichtet, täglich zum Tennisplatz gefahren und alle Besorgungen erledigt, die sonst zu tun waren. Es war nach achtzehn Jahren auch das erste Mal, dass sie Zeit für *sich* hatte.

»Das ist schön«, sagte ich und freute mich über die neue Aufgabe in der Sonntagskirche, die sie zu erfüllen schien. »Mom, es tut mir leid, dass ich einfach gegangen bin. Ich wollte nicht …« Ich stockte, weil ich nicht wusste, was ich eigentlich sagen wollte. Ich hatte alles ganz genau so gewollt. Weg von ihnen, weg vom Tennis, raus aus ihrer Kontrolle. »Ich hab das nicht mehr ausgehalten.«

Sie nickte, auch wenn es ihr sichtlich schwerfiel. »Wir haben dir wirklich viel zugemutet«, antwortete sie mit einem bedauernden Lächeln. »Das ist uns erst klar geworden, als dein Vater den Trainerposten der Jugendgruppe im Tennisverein übernommen hat. Er hatte hohe Erwartungen an die Kinder. Schon nach kurzer Zeit kam es zu einem Streit, und der Verein hat ihn hinausgeworfen.« Sie erzählte das leise, als fürchtete sie, er könnte mithören.

»Er ist aus dem Verein geflogen?« Ich konnte nicht glauben, was ich hörte.

»Der Präsident meinte, die Eltern hätten schon an eine Klage gedacht. Wegen des seelischen Wohlergehens der Kinder.« Ihr steifer Gesichtsausdruck verriet nicht, was sie davon hielt.

Ich merkte, wie sich meine Augen weiteten. Also hatten sie es alle mitbekommen, wie ihm meine sportlichen Erfolge wichtiger gewesen waren als eine ausgeglichene behütete Kindheit.

Ich schüttelte leicht den Kopf. Die Erinnerungen an diese Zeit kamen mir in so weiter Ferne vor. Emotional gesehen waren sie das. So vieles ist seit damals passiert, und ich fühlte mich nicht mehr wie die Maci, die North Dakota verlassen hatte. Ich hatte aber auch keine Wut mehr in mir.

»Er kommt gleich nach. Es wäre besser, wenn wir das dann nicht mehr erwähnen«, fügte sie eilig hinzu und lächelte etwas verlegen.

Also kam er doch? Etwas zuckte durch meine Brust, eine Mischung aus Freude und Schrecken oder irgendwas dazwischen.

Ich richtete mich auf und straffte die Schultern. Zu gern hätte ich gewusst, was er nun, da er nicht mehr im Verein tätig war, machte, doch ich traute mich nicht zu fragen. Das war auch besser so, denn nur eine Sekunde später setzte sich mein Vater neben meine Mutter an den Küchentisch und rückte das Notebook so, dass auch er die Hälfte des Bildschirms füllte.

»Hi, Dad!«, sagte ich mit einem schweren Lächeln. Unser letztes Gespräch hatte in einem Streit geendet, der mich zitternd zurückgelassen hatte. Wie ein Häufchen Elend. Heute würde es nicht so ausgehen, davon war ich überzeugt. Dazu war ich mittlerweile stark genug.

»Maci.« Er nickte kurz. »Bist du immer noch in der Karibik?«

»Ja, das bin ich«, antwortete ich und ließ bewusst meine Zeit in Florida unerwähnt. Ich wollte nicht erklären, warum ich Lovett Island hatte verlassen müssen. Und auch nicht, dass ich Chad wiedergesehen und endgültig »vergrault« hatte.

»Ich wollte euch von meinen Plänen für die Zukunft erzählen«, begann ich mit dem eigentlichen Grund meines vereinbarten Onlinetreffens. »Ich erwarte mir von euch keine Unterstützung mehr. Weder finanziell noch zeitlich oder emotional. Was ich vorhabe, möchte ich alleine schaffen. Vielleicht klappt das, vielleicht auch nicht. Auf jeden Fall wird es mich aber zu der Tennisspielerin formen, auf die ich eines Tages stolz sein kann.«

Nicht wissend, was sie auf meine Erklärung sagen sollten, warfen sich die beiden einen kurzen stummen Blick zu. Ich hoffte nur, die Verbindung wäre stabil genug, dass sie alles, was ich sagte, gut verstanden.

»Ihr wisst ja, dass ich aus einem Missverständnis heraus kein Stipendium an der UF mehr habe.« Auch dieses Missverständnis würde ich ihnen lieber nicht erklären. Sonst zerrten sie Blair dafür noch vor Gericht, was ihr gerade noch fehlen würde. »Jedenfalls habe ich vor einigen Wochen bei einem Turnier in Miami mitgespielt und dabei die Tennistrainerin der Gators kennengelernt.«

Interessiert beugte sich mein Vater ein Stück vor, als wollte er nichts davon verpassen. Aber er schien nicht die Kontrolle über dieses Gespräch an sich reißen zu wollen, sondern hörte mir einfach zu.

»Sie hätte mich sehr gern in ihrem Team, doch die Studienleitung sträubt sich dagegen.«

»Pah!«, warf mein Vater aufgebracht ein. »Haben die überhaupt eine Ahnung von Tennis?«

Ich schmunzelte über seine Worte. Es tat gut, dass er sich automatisch auf meine Seite stellte, auch wenn ich das gar nicht von ihm erwartete. Würde er mich noch trainieren und für meine Karriereplanung zuständig sein, würde er bestimmt in das Büro der Studienleitung stürmen und die Herren so lange bearbeiten, bis sie taten, was er von ihnen verlangte.

»Die Trainerin hat mich zum ITF Turnier nach Lubbock eingeladen«, fügte ich ungeachtet seines Kommentars hinzu.

»Lubbock? Das ist doch in ein paar Tagen«, sagte mein Vater nachdenklich. Es überraschte mich nicht, dass er den Terminkalender auswendig kannte. Früher hatte er immer entschieden, bei welchen Wettkämpfen ich antrat und bei welchen nicht. Wir waren dafür über den ganzen Kontinent gereist. Von Kanada bis nach Mexiko.

»Richtig. Ich fliege morgen nach Orlando, wo ich noch etwas zu erledigen habe, und von dort aus direkt nach Texas.«

»In Texas ist es noch sehr heiß um diese Jahreszeit«, warf meine Mutter besorgt ein.

»Ich weiß, es ist kurzfristig, und ich verstehe absolut, wenn ihr ablehnt«, setzte ich fort. »Aber wenn ihr kommen und mich anfeuern wollt, würde ich mich freuen.«

28.

Violet

»Wir machen ein Lagerfeuer?«, fragte Bonnie und zupfte am Stoff meiner Shorts.

Wir kannten uns gerade mal einen halben Tag, doch das kleine blonde Mädchen hatte spätestens beim Blick in mein Kosmetiktäschchen mit den Haargummis und Klammern sein Herz an mich verloren. Bei dem Bestand, den ich in den letzten Jahren angesammelt hatte, war das Versprechen, sich daran bedienen zu dürfen, die Eintrittskarte in das Herz einer fast Dreijährigen. Wenn es in ein paar Jahren frischen Schwung brauchte, würde ich ihr Zutritt zu meiner Nagellacksammlung gewähren.

»Ist das nicht toll?« Ich ging in die Hocke und legte meine Hand um Bonnies Taille. Sie ließ sich einfach gegen mich fallen und beobachtete Brent dabei, wie er das Holz an der Feuerstelle am Strand entfachte.

Brents Eltern hatten es sich in der Zwischenzeit nur unweit von uns auf der Terrasse vor dem Strandhaus gemütlich gemacht. Ich hatte ihnen etwas zu trinken gebracht und auch eine Packung Marshmallows aus dem Vorratsraum mitgehen lassen. Der Aufenthalt auf Lovett Island sollte für Bonnie ein tolles Erlebnis werden, und über dem Feuer gegrillte Marshmallows am ersten Abend gehörten da definitiv dazu.

»Ist das heiß?«

»Ja, sehr«, antwortete ich und konnte meine Entzückung, wie süß Bonnie war, kaum für mich behalten. Ich hatte in meinem ganzen Leben nie Muttergefühle gehabt oder darüber nachgedacht, eines Tages Kinder zu haben, aber die Vorstellung, mit Brent nach Kalifornien zu gehen und Bonnie als einen Teil unseres Lebens zu zählen, gefiel mir mit jeder Minute ein Stück besser. Natürlich hatte ich noch keinen blassen Schimmer, was es bedeutete, für ein Kind verantwortlich zu sein. Es verlangte aber auch niemand von mir, die Rolle der Mutter zu übernehmen.

Sanft streichelte ich über Bonnies weiche Locken, die sie mit zwei meiner Haarklammern aus dem Gesicht hielt. »Du könntest deinem Dad helfen und ihm ein paar dünne Holzstücke bringen.« Ich deutete auf den kleinen Holzstapel, den Brent bereitgelegt hatte.

Zwar war es noch hell, weshalb nicht die gleiche stimmige Atmosphäre aufkommen würde wie nach Sonnenuntergang, doch da Bonnie bald ins Bett musste, hatten wir das Lagerfeuer einfach vorverlegt.

Ich beobachtete sie, wie sie zum Holzstapel lief und vorsichtig ein paar Äste herauspickte. Damit stellte sie sich zu Brent und hielt ausreichend Abstand zur Feuerstelle, genau so, wie Sarah es ihr zuvor erklärt hatte.

»Danke, genau das brauchte ich noch«, sagte Brent, der noch ein wenig steif war, wenn er mit Bonnie sprach. Als hätte er Angst, etwas Falsches zu tun und von ihr zurückgewiesen zu werden. Gleichzeitig sah ihn Bonnie so ehrfürchtig an, als könnte sie nicht glauben, dass der Mann, den sie jahrelang nur von Fotos gekannt hatte, endlich vor ihr stand. Ich war froh, dass die beiden nun mehrere Tage Zeit hatten, sich in ruhiger Atmosphäre anzunähern.

»Oma sagt, ich darf nicht näher zum Feuer«, erklärte Bonnie und deutete auf die Flammen, die noch klein loderten.

»Da hat Oma recht«, bekräftigte Brent die Regel seiner Mom, als würde es ihm im Traum nicht einfallen, ihr zu widersprechen. Nicht wenn es Bonnie betraf. »Aber ich passe auf dich auf.«

Ich ging zu Sarah und Joe auf die Terrasse, ein Lächeln auf den Lippen, das sich seit ihrer Ankunft bei mir eingebrannt hatte. Das Zusammensein dieser Familie fühlte sich gut an. Richtig gut.

»Das ist ihr erstes Lagerfeuer«, sagte Joe, der ein wirklich gemütlicher und entspannter Mann zu sein schien. Er saß gelassen in dem Loungesessel, ein Bein über das andere Knie geschlagen und eine Flasche Bier in der Hand. Er wirkte wie ein Großvater, den nichts aus der Ruhe brachte. Kein Kindergeschrei, keine aufgeschlagenen Knie und keine Fragen nach einem Warum, die sich zum hundertsten Mal wiederholten.

»Dann kennt sie vermutlich auch noch keine gegrillten

Marshmallows?«, fragte ich und deutete auf die Packung mit der leckeren Süßigkeit.

»Die wird sie lieben«, versicherte mir Sarah und legte ihre Hand auf Joes Knie. Mein Blick blieb kurz darauf hängen. Es war eine kleine beiläufige Berührung, aber sie wirkte so ehrlich, liebevoll und gefestigt. Das war genau das, was ich mir auch wünschte. Eine beständige Liebe, die über viele Jahre hinweg immer intensiver wurde. Ich sah zu Brent, der Bonnie an der Hand hielt und mit ihr ins Feuer starrte. Der Anblick war einfach herzzerreißend schön. Am liebsten hätte ich ein Foto davon gemacht, doch ich hatte mein Handy in meinem Zimmer liegen gelassen.

Nach einer Weile stand ich auf und schnappte mir die Marshmallows und Holzstäbchen vom Tisch. »Ich hoffe, ihr vertragt noch etwas Süßes«, rief ich Brent und Bonnie zu und raschelte mit der Packung.

»Was ist das?«, fragte Bonnie neugierig und streckte sich, als könnte sie so einen besseren Blick darauf erhaschen.

»Komm, ich zeig's dir.« Brent setzte sich neben Bonnie in den Sand, gerade so weit vom Feuer entfernt, dass er das Holzstäbchen noch in die Flammen halten konnte. Bonnie ließ sich neben ihm nieder und schob ihre Beine zum Schneidersitz. Sie trug nun ein hellblaues Kleidchen, weil sie das weiße am Nachmittag mit Schokoladeneis bekleckert hatte.

Brent öffnete die Süßigkeitenverpackung und naschte ein Marshmallow direkt heraus. »Willst du auch?«, fragte er und hielt seiner Tochter die Öffnung hin.

Bonnies Grinsen wurde so breit wie ihr Gesicht, als sie die Hand in die Tüte schob und einen Schaumzucker herauspickte.

»Vi?« Brent beugte sich zu mir und streckte mir ebenfalls die Verpackung hin.

»Lass mal! Ich will euch nichts wegessen«, antwortete ich und ging zurück zu Sarah und Joe, weil ich das Gefühl hatte, dass Brent und Bonnie gerade keine Gesellschaft brauchten. Sie brauchten nur sich.

»Brent macht das ganz toll.« Sarah war sichtlich gerührt von der Szene. Es lag so viel Wärme in ihren Augen, als hätte sie jeden Tag seit Brents Gehen gehofft, diesen Moment erleben zu dürfen.

»Er hat seine Vergangenheit so lange mit sich getragen, aber ich glaube, insgeheim hat er sich immer gewünscht, einfach nur ihr Vater sein zu können«, sagte ich bewegt und setzte mich zu Joe und Sarah.

»Wir hätten ihn niemals daran gehindert«, antwortete Sarah, als hätte sie die Befürchtung, ich könnte das denken.

»Das weiß ich. Und Brent ist euch unheimlich dankbar dafür, dass ihr euch so gut um Bonnie kümmert.«

»Das war nicht immer so einfach«, warf Joe ein, wofür er einen ernsten Blick von Sarah erhielt. Da Joe aber gar nicht zu seiner Frau hinübersah, bemerkte er nichts davon.

»Warum?«, fragte ich neugierig.

Sarah lächelte verlegen und brauchte ein paar Sekunden, ehe sie zu einer Antwort ansetzte. Es schien ihr unangenehm zu sein. »Ich war fast fünfzig, als ich plötzlich vor die Aufgabe gestellt wurde, mich wieder um ein Baby zu kümmern. Glaub mir, ich habe keine Sekunde gezögert, als mich Brent darum gebeten hat, und ich hätte Bonnie niemals weggegeben ... Aber ich hatte auch richtig Angst davor. Ich war ja nicht mehr die Jüngste, und dann waren da diese Blicke der Menschen, die sich fragten, ob ich die Mutter oder Großmutter bin.«

Diese Blicke konnte ich mir nur allzu gut vorstellen. Nicht aber, wie Sarah sich in diesem Alter noch mal einer Aufgabe stellen musste, die bestimmt unerwartet kam. Sie wirkte jung geblieben, aber auch nicht so jung, wie es die meisten Mütter waren.

»Wie bist du mit dieser Situation umgegangen?«, hakte ich interessiert nach.

Sarah lächelte mich an. »Ich habe eine Selbsthilfegruppe für Großmütter entdeckt, die ihre Enkelkinder aufziehen.«

»So etwas gibt es?«, fragte ich erstaunt.

»Es gibt nichts, was es nicht gibt«, warf Joe ein und nahm einen Schluck von seinem Bier. Er klang ein wenig so, als würde *er* niemals zu einer solchen Selbsthilfegruppe gehen, wenn es eine für Großväter gäbe, die ihre Enkelkinder erziehen. Aber laut seiner Aussage gab es die. Ein wenig erinnerte er mich dabei an Brent, was mich schmunzeln ließ.

»Es hat mir sehr geholfen, andere Frauen kennenzulernen, die in ähnlichen Situationen sind. Die Enkelkinder haben, deren Mütter und Väter verstorben oder einfach gegangen sind. Das gibt es leider öfter, als man denkt.«

Es zerriss mir bei diesen Worten fast das Herz. All die

Kinder, die nicht bei ihren Eltern sein konnten, aus welchen Gründen auch immer. Kinder, die ihre Mütter vielleicht nie kennenlernen würden, so wie bei Bonnie. Aber auch bei mir.

»Du siehst traurig aus, Violet.« Sie richtete sich ein wenig auf, als wollte sie mir das Gefühl geben, sich nicht nur beiläufig danach zu erkundigen.»Ist alles in Ordnung?«

Ich wischte mir schnell die Tränen aus dem Gesicht, die mich einfach überkommen hatten.»Ich weiß, wie es ist, ohne Mutter aufzuwachsen«, antwortete ich leise. Ich schaffte es nicht, Sarah in die Augen zu sehen, doch ich spürte, wie sie mich fest in ihrem Blick hielt und mir zuhörte.»Meine Mom ist gegangen, als ich ein Jahr alt war. Sie ist nach Brasilien zurückgekehrt. Ich habe erst vor Kurzem eine Adresse bekommen, wo sie sein könnte. Brent ist mit mir dorthin gereist, um sie zu suchen ...« In meiner Brust brach etwas, das nicht zum ersten Mal auseinanderfiel. Der finstere Schmerz wurde einfach nicht weniger.

»Habt ihr sie gefunden?«, fragte Joe vorsichtig, aber zu neugierig, um sich die Nachfrage zu verkneifen.

Ich schüttelte den Kopf.»Sie ist kurz vor unserer Reise gestorben.«

»Wie tragisch.« Sarah schlug sich die Hand vor den Mund. Ihre blaugrauen Augen, die sie eindeutig Brent und Bonnie vererbt hatte, füllten sich mit Tränen.

»Ich bin froh, dass ich jetzt endlich Gewissheit habe«, sagte ich, weil ich nicht wollte, dass ihr erster Abend auf Lovett Island von Trauer und schweren Gefühlen überschattet wurde. Zwar löste diese Gewissheit nur ein kleines Glücksgefühl aus, aber ich redete mir ein, dass es besser war, als im Unklaren weiterzuleben.

»Ich habe Angst davor, wie Bonnie eines Tages reagieren wird, wenn sie versteht, was es bedeutet, dass ihre Mom tot ist.« Sarah blickte zum Strand zurück, wo Brent und Bonnie nebeneinander im Sand saßen und Marshmallows grillten. Wer ihre Vergangenheit nicht kannte, würde nie ahnen, dass die beiden sich seit zwei Jahren nicht gesehen hatten. »Im Moment stellt sie sich ihre Mom im Himmel vor, wie einen Engel«, ergänzte sie leise.

Ich schluckte den dicken Kloß hinunter, der mir fast die Luft zum Atmen nahm. »Sie soll sie immer so in Erinnerung halten«, flüsterte ich.

Sarah beugte sich vor und griff nach meiner Hand. Es war weniger eine Geste, die mir Kraft spenden sollte, als vielmehr eine, die uns gegenseitig Halt gab. Ihre kühlen Finger legten sich fest über meine. Als sich unsere Blicke trafen, lächelte sie sanft. »Danke, dass du uns hierher eingeladen hast.«

29.

Blair

»Warst du schon mal hier?«, fragte ich Maci, als wir im Lift standen und in die oberste Etage der Firmenzentrale fuhren. »Nein«, antwortete Maci, die ein wenig nervös wirkte. Sie umklammerte mit beiden Armen den Umschlag mit den von uns geklauten Unterlagen. In Scotts Kuvert hatten wir stattdessen mehrere Werbebroschüren gepackt, die in Peytons Büro herumgelegen hatten. »Ich war noch nie in Orlando«, kam es verzögert und stockend aus ihrem Mund, als wäre sie in Gedanken ganz woanders und die Worte nur ein Mantra, um sich irgendwie abzulenken.

»Ganz ruhig, Maci! Wenn du vor Hugh stehst, darfst du keine Nervosität zeigen.«

Sie nickte, doch ihr Blick fiel auf die kleine digitale Anzeige, die die Etage kennzeichnete, an der wir gerade vorbeikamen.

»Halte dir vor Augen, was du dir von diesem Gespräch erwartest! Du machst das für deine Zukunft.«

Mein verzweifelter Versuch, sie irgendwie zu beruhigen, drang nicht zu ihr durch. Sie war stocksteif, als sich die Tür mit einem Ping öffnete, sodass wir beide drin stehen blieben.

Dann straffte Maci die Schultern. Ganz so selbstbewusst sah sie zwar nicht aus, aber Seite an Seite würden wir das schon schaffen. Ich wusste nämlich ganz genau, was ich aus diesem Gespräch mitnehmen wollte.

»Ich bin bereit«, sagte sie.

»Gut!«

Weil ich schon mal hier gewesen war und mich als Einzige von uns zweien auskannte, trat ich als Erste aus dem Aufzug. Maci folgte mir und hielt an meiner Seite Schritt. Die Absätze meiner Pumps – ich hatte viel zu lang keine mehr getragen – donnerten über den Boden und kündigten uns von Weitem an.

»Maci? Blair?« Trevor stand im Flur, offenbar gerade auf dem Weg von einem Büro zum anderen, und konnte gar nicht verdatterter dreinschauen, als er uns kommen sah. »Was macht ihr denn hier?« Sein skeptischer Blick blieb an Maci haften.

Ich hatte sie gebeten, ihm nichts von unserer Anreise zu sagen. Es sollte auf keinen Fall etwas durchsickern, denn für das, was wir vorhatten, brauchten wir ein Überraschungsmoment.

»Vorbeikommen, um Hallo zu sagen«, antwortete ich grinsend und deutete auf Hughs Bürotür.

»Das ist gerade ein richtig schlechter Zeitpunkt«, warnte Trevor mit leiser Stimme. »Wir haben gerade die Bestätigung erhalten, dass alle Dateien von den Dokumenten, die dein Vater hat verschwinden lassen, unwiderruflich gelöscht wurden. Mein Dad beruft gerade eine Krisensitzung mit dem Aufsichtsrat ein.«

Triumphierend drehte ich mich zu Maci, die etwas blass im Gesicht war. Ich hingegen war entschlossener als je zuvor. »Ich finde diesen Zeitpunkt mehr als passend. Was meinst du, Maci?«

»Blair?« Nun war es Steve, der meine Stimme offenbar gehört hatte und aus einem Büro herauskam.

»Wisst ihr was«, sagte ich strahlend. »Kommt am besten gleich mit. Dann muss ich das nicht mehrmals erklären.« Ohne auf eine weitere Reaktion zu warten, stolzierte ich den Flur entlang, direkt auf Hughs Büro zu.

»Uns was erklären?«, fragte Trevor hinter meinem Rücken an Maci gewandt. »Was hat Blair vor, Maci?«

»Komm einfach mit«, antwortete sie, und ich hörte Schritte, die mir folgten. Mehrere, weshalb ich annahm, dass mir alle drei nachgingen.

Maureen, Hughs Sekretärin, erhob sich, als ich an ihrem Schreibtisch vorbeiging. Nur noch zwei Schritte trennten mich von Hughs Tür. »Ms Wilkins, das ist gerade völlig unmöglich! Sie haben noch nicht einmal einen Termin.«

»Holen Sie sich einen Kaffee, Maureen. Das hier kann dauern.« Ohne sie auch nur anzusehen, stieß ich die Tür zu Hughs Büro auf, der gerade am Fenster stehend telefonierte und verwundert über die Störung herumwirbelte. Als er uns und nicht den zu dem Krisenstab berufenen Aufsichtsrat entdeckte, verfinsterte sich seine Miene.

»Ich rufe zurück«, knurrte er ins Telefon. »Blair, was in Herrgotts Namen ...«

»Seinen Namen lass mal lieber aus dem Spiel«, fuhr ich ihm dazwischen. »Ich habe keine Zeit für deine Kindereien.« Hugh trat hinter seinen Schreibtisch und sah aus, als würde er gleich den Sicherheitsdienst rufen. Seine Hand schwebte bereits über dem Telefon. Die Security war bestimmt nur eine Kurzwahltaste entfernt. Das Einzige, was ihn wohl noch aufzuhalten schien, waren Trevor und Steve, die Maci und mir ins Büro gefolgt waren.

»Ich auch nicht, also sei still und hör zu, warum wir hier sind.« Ich sah kurz zu Maci, die immer noch den Umschlag mit den Dokumenten umklammerte, als würde sie ohne ihn umfallen.

»Das würde mich auch interessieren«, sagte Trevor ungeduldig.

»Wir haben etwas gefunden, was ihr sucht«, brachte ich das Thema auf den Punkt und deutete auf das Kuvert.

»*Ihr* habt die Unterlagen?« Hughs Stimme schoss in die Höhe. »Ich hätte mir denken können, dass du mit deinem Vater unter einer Decke steckst. Und du ...« Sein wütender Blick traf Maci.

Ich verdrehte die Augen. »Genau, und deshalb stehen wir jetzt hier und bringen sie zurück. Also echt, Hugh, hast du nicht noch ein paar andere Verschwörungstheorien auf Lager?«

Er verstummte augenblicklich, doch ihm war anzusehen, wie sich seine Wut durch meine Provokation noch mehr steigerte. Rote Flecken bildeten sich auf seinem Hals, und sein Blick sprang unruhig zwischen Maci und mir hin und her.

»Woher habt ihr sie?«, fragte Trevor, vielleicht in dem Versuch, die Stimmung nicht ganz kippen zu lassen. Im Gegensatz zu seinem Vater wirkte er kein bisschen misstrauisch oder wie sein Bruder, der sich offenbar erst eine Meinung bilden musste. Trevor wusste, dass ich so etwas nie tun würde. Schon gar nicht, um meinem Vater damit zu helfen. Und Maci war für ihn sowieso eine Heilige.

»Mein Vater hat einen ehemaligen Mitarbeiter von Parkins auf Lovett Island untergebracht«, antwortete ich. »Scott Donovan.«

»Donovan?« Hugh schien sofort zu wissen, von wem ich sprach. »Der war in unserer IT-Abteilung.«

»Das würde erklären, warum auf keinem Server ein Hinweis zu den Dokumenten zu finden war«, schlussfolgerte Steve.

»Wir hatten den Verdacht, dass er etwas im Schilde führt«, erklärte nun Maci, die endlich ihre Stimme wiedergefunden hatte. »Ich wusste von den fehlenden Unterlagen, und als Scott einen verdächtig aussehenden Brief verschicken wollte, sind wir ihm auf die Schliche gekommen.«

Trevor starrte sie an, als wäre er einerseits fasziniert davon, was sie sagte, andererseits entsetzt, dass sie sich ihm damit nicht anvertraut hatte.

»Das heißt, Baron hatte die Unterlagen die ganze Zeit auf Lovett Island versteckt?«, dachte Hugh laut nach.

»Sieht ganz danach aus«, antwortete ich. »Und nachdem

ich ihm den Zutritt zur Insel verwehrt habe, blieb ihm nichts anderes übrig, als Scott noch mal herzuschicken.«

Hugh, Trevor und Steve warfen sich stumme Blicke zu. Fast als könnten sie nicht glauben, dass ihre erfolglose Suche nach den Dokumenten *so* enden sollte.

»Freut euch doch mal über das Happy End«, warf ich ein wenig gekränkt über ihre Reaktion ein. »Ich will ja keine Lobhuldigungen, aber ein Danke und ein erleichtertes Lächeln wären schon mal nett.«

»Soll das heißen, ihr überlasst uns ohne Hintergedanken die Unterlagen?«, fragte Hugh misstrauisch.

»Nicht ohne Hintergedanken«, antwortete Maci und schob ihr Kinn ein Stück höher. »Ich will, dass Sie endlich einsehen, dass ich weder Ihnen noch Parkins noch Trevor etwas Schlechtes will. Ich werde mich nicht zwischen Trevor und Parkins stellen, genauso wenig werde ich ihn aber dazu überreden, einen Weg einzuschlagen, den *Sie* als richtig ansehen. Ich will einfach nur an seiner Seite sein.«

Ich verzog meine Lippen zu einem schiefen Lächeln bei diesen viel zu kitschigen Worten und gab mir Mühe, nicht schon wieder die Augen zu verdrehen bei Trevors noch viel mehr verliebtem Blick.

Ohne diesen von ihr abzuwenden, sagte er: »Dad, darf ich dir meine Freundin offiziell vorstellen? Ich hoffe, es ist okay, wenn Maci dich ab jetzt Hugh nennt.«

Ein Lächeln huschte über Macis Gesicht, als sie das hörte.

Hugh stand da, als wäre er gerade in einem falschen Film aufgewacht und müsste erst kapieren, was Realität war und was nicht. »Natürlich«, knurrte er schließlich, wenn auch nicht voller Begeisterung.

»Außerdem möchte ich, dass Sie ...« Maci räusperte sich. »Dass du dich aus meinen Studienplänen heraushältst. Egal, welchen Weg ich einschlage.«

»Natürlich.« Dieses Mal klang es ehrlicher aus Hughs Mund.

Ich kannte ihn gut genug, um zu wissen, dass er nur so verstimmt war, weil es nicht *er* war, der vorgab, wie es weiterging. Die Entscheidungsgewalt aus den Händen zu geben und mit den Menschen auf Augenhöhe zu verhandeln war etwas, das Hugh nur ungern tat. Doch er konnte sich mit einer Freundin wie Maci an Trevors Seite glücklich schätzen. Sie würde ihm weit weniger Sorgen bereiten als so manche andere Frau. Mich eingeschlossen.

»Nun zu mir«, lenkte ich die Aufmerksamkeit aller wieder auf mich.

Als wären Trevor und Maci erleichtert, dass nicht mehr alle Blicke auf sie gerichtet waren, traten sie enger aneinander und hielten sich nun an der Hand. Das war ja schlimmer als in Ezras Liebesromanzen.

»Dass von dir noch etwas kommt, hätte ich mir gleich denken können«, sagte Hugh, wenig überrascht, dass auch ich Forderungen stellte.

»Hör mir erst mal zu«, entgegnete ich ihm, ohne mich aus der Ruhe bringen zu lassen. »Du weißt, dass Hurrikan Elsa einen großen Schaden auf Lovett Island angerichtet hat. Vermutlich hast du auch schon gehört, dass mein Vater die Versicherungsbeiträge kurz vor der Übergabe auf ein Minimum reduziert hat, sodass ich nun auf den Kosten sitzen bleibe.«

»Lass mich raten.« Hugh lachte spöttisch auf. »Du hast kein Geld dafür und willst, dass ich den Schaden übernehme.«

»Nein!«, fuhr ich ihm sogleich dazwischen. »Ich komme selbst dafür auf, aber leider brauche ich eine Übergangsfinanzierung. Da mir keine Bank einen Kredit geben will, wirst du das tun. Ich werde dir alles in einer angemessenen Zeit zurückbezahlen, das verspreche ich dir.«

»Blair, du denkst doch nicht ...«

»Das denke ich sehr wohl«, unterbrach ich ihn erneut. »Ich verlange keine Geschenke. Ich verlange noch nicht einmal ein Dankeschön dafür.« Ich nahm Maci das Kuvert aus der Hand und hielt es zwischen uns in die Höhe. »Ich will bloß, dass du mir einen fairen Kredit gibst.«

30.

Maci

Die anderen Spielerinnen waren alle in Begleitung da. Viele mit ihren Eltern oder Coaches, aber auch mit ihrem Studenten-Team und den Betreuern. Ich war alleine nach Lubbock angereist, und wäre es mein erstes Tennisturnier gewesen, hätte mich die Organisation restlos überfordert. So war ich es aber nur ein bisschen. Zum Glück hatte ich schnell die Orientierung gefunden, wo die Spielerinnenbereiche waren, die Umkleiden, die Sanitäranlagen und selbstverständlich die Hartplätze, auf denen die Turniere ausgetragen wurden.

Mein erstes Spiel war in einer knappen halben Stunde, weshalb ich bereits umgezogen war und mein Equipment kontrolliert hatte. Ich musste alles bestens im Griff haben, sonst würde mich vielleicht schon eine Kleinigkeit aus meiner Routine bringen und meinen Erfolg gefährden.

Diana Croft war mir bereits über den Weg gelaufen, doch unser Gespräch war nur kurz gewesen. Sie hatte mit der

Betreuung der Spielerinnen des Gators-Teams alle Hände voll zu tun. Trotzdem würden sich schon bald unsere Wege kreuzen. Gleich in meinem ersten Spiel würde ich auf eine Studentin der UF treffen. Das Match hatte daher doppelte Bedeutung.

»Qué mierda!«, rief es plötzlich durch den Spielerbereich, in dem sich noch andere Teilnehmerinnen für die bevorstehenden Partien vorbereiteten. Diese Stimme stach nicht nur heraus, sie zauberte mir sofort ein Lächeln auf die Lippen.

»Rosie?!« Ich drehte mich um und entdeckte meine ehemalige Kollegin und Freundin mit einem breiten Grinsen auf mich zukommen.

»Hätte ich gewusst, dass du hier spielst, hätte ich mir die weite Anreise erspart!« Es klang ein wenig wie ein Vorwurf, doch ich wusste, sie meinte es nicht ernst.

Wir fielen uns in die Arme, als hätten wir uns seit Jahren nicht mehr gesehen. Ein wenig fühlte es sich auch so an. Seit meiner Zeit auf der Akademie in Florida war so vieles passiert. Rosie und ich hatten uns zwar gelegentlich Nachrichten geschickt, aber der regelmäßige Kontakt war immer weniger geworden. Nach dem Hurrikan hatte ich sie nur wissen lassen, dass es mir gut ging, doch dann galt meine ganze Aufmerksamkeit Trevor, und Rosie war zu sehr in den Hintergrund gerückt. Etwas, das mir jetzt richtig leidtat.

»Wie geht es dir?«, fragte Rosie, als wir uns wieder losließen. Sie sah immer noch unglaublich athletisch aus, vielleicht sogar einen Tick muskulöser seit unserer letzten Begegnung.

Ich vermisste unsere gemeinsamen Trainingstage. Sowohl am Platz als auch im Fitnessstudio.

»Es geht ein wenig drunter und drüber, aber es geht mir gut. Wie läuft es bei dir? War das Chaos, das ich in Miami hinterlassen habe, sehr groß?« Ich verzog schuldbewusst das Gesicht. Chad und Beth wollte ich nicht ansprechen. Es interessierte mich nicht mal mehr, was aus den beiden nach dem Streit geworden war. Abgesehen davon wollte ich solche Gedanken auch nicht mehr an mich ranlassen.

»Ach, nicht mehr oder weniger, als es ohnehin schon war«, antwortete sie und winkte das Thema lässig ab. »Elliott sucht immer noch gute Trainer, und Shannon spielt immer noch den Zerberus der Akademie.« Sie grinste.

Ich lachte amüsiert. An Shannon hatte ich seit meiner Abreise echt keinen Gedanken mehr verschwendet. »Und wie geht es AJ?«, erkundigte ich mich stattdessen nach Rosies Freundin.

Ihr Grinsen verrutschte leicht, dennoch bemühte sie sich um ein tapferes Lächeln. »Wir sind nicht mehr zusammen.«

»Oh, das tut mir leid«, sagte ich schnell, weil sie ein wenig geknickt aussah.

»Das muss es nicht. Ich habe mit ihr Schluss gemacht«, erklärte Rosie. »Selbst als du weg warst, war sie ständig misstrauisch und eifersüchtig. Ich hab mehr Zeit damit verbraucht zu beteuern, dass nichts ist, als mit ihr einen schönen Abend zu genießen. Tja … und dann hat sie angefangen, meine Handynachrichten durchzulesen. Seit wir nicht mehr zusammen sind, fühle ich mich viel befreiter.«

»Das ist wichtig«, versuchte ich sie aufzumuntern.

»Ja, jetzt muss sie nur noch aufhören, ständig vor meiner Tür zu stehen.« Rosie rollte mit den Augen. »Wenn das nicht besser wird, muss ich mir eine andere Wohnung suchen.«

»Ich dachte, das wäre in Miami ein Ding der Unmöglichkeit ...« Obwohl ich damals nach einer eigenen Wohnung oder einem WG-Zimmer gesucht hatte, hatte ich nichts Passendes gefunden.

»Deshalb lasse ich Miami vielleicht hinter mir«, sagte Rosie nun. »Ich finde auch woanders einen Job als Tennislehrerin. Vielleicht ist jetzt die richtige Zeit, noch mal einen Neuanfang zu machen.«

»Ja, vielleicht«, stimmte ich ihr zu. Sie war jung und ungebunden, außerdem sehr extrovertiert und sympathisch. Ich war überzeugt davon, sie würde in jeder anderen Stadt und an einer neuen Tennisschule schnell Anschluss finden.

»Ich muss jetzt los, mein erstes Spiel startet gleich. Sehen wir uns später noch mal?« Rosie warf einen flüchtigen Blick auf die Uhr an der Wand und wirkte schlagartig gedrängt.

»Gerne! Ich wünsche dir viel Glück.«

»Danke, und drück mir die Daumen, dass ich nicht auf dich treffe.« Sie grinste, ehe sie ihre Sporttasche höher schulterte und mich im Spielerbereich zurückließ.

Bis zu meinem ersten Match hatte ich noch etwas Zeit, weshalb ich mich noch einmal auf die Suche nach meinen Eltern machen wollte, obwohl sie mir keine feste Zusage hatten geben können, ob sie kommen würden. Meine Einladung war sehr kurzfristig gekommen, und sie hatten sich erst nach einem passenden Flug und einer Übernachtungsmöglichkeit umsehen müssen.

Mit meiner blau-goldenen Trainingstasche über die Schulter gehängt ging ich ins Freie und ließ meinen Blick über die Tribüne gleiten. Noch waren nicht alle Plätze besetzt, doch das würde sich in Richtung Finale hin noch ändern. Es dauerte nicht lange, da fand ich meine Eltern in der dritten Reihe direkt an einem Aufgang sitzen. Ein beruhigtes Gefühl strich durch meine Brust. Ich war erleichtert, sie zu sehen. Froh, dass mein Versuch, auf sie zuzugehen, gefruchtet hatte. Meine Eltern sahen dem Erstrundenspiel, das gerade stattfand, mit einer stoischen Ruhe zu. Es war keine Langeweile, sondern hohe Konzentration, aber gleichzeitig zeigten sie keine Regung und verrieten dadurch nicht, ob sie eine der Spielerinnen favorisierten.

Nicht anders kannte ich sie bei Spielen von fremden Athletinnen. Ich hoffte nur, diese alte Gewohnheit würde nicht dazu führen, dass mein Vater wieder in seine alte Rolle schlüpfen wollte.

Ich holte tief Luft und machte mich auf den Weg die Treppe hoch. Ich hatte gerade erst die ersten Stufen betreten, da fiel ihr Blick bereits auf mich, als hätten sie mich schon erwartet.

»Hi, Mom. Hi, Dad«, sagte ich noch von der Höhe der zweiten Reihe aus.

Mom stand zuerst auf und umarmte mich, als hätte es nie irgendwelche Probleme zwischen uns gegeben. Ihr warmer

Duft nach Seife und Orange stieg mir in die Nase. Das Geräusch, wie sie etwas überrumpelt von der Situation nach Luft schnappte, fühlte sich so vertraut an.

»Es ist so schön, dich wiederzusehen«, flüsterte sie an mein Ohr. Es klang so ehrlich, so erleichtert. Dann ließ sie mich wieder los.

»Hallo, Maci.« Mein Dad wirkte etwas unbeholfen, doch auch er umarmte mich, wenn auch nicht so lange.

»Ich hoffe, ihr hattet eine gute Anreise«, sagte ich und setzte mich neben Mom auf den freien Platz, damit wir die Zuschauer in den hinteren Reihen nicht störten. »Ich freue mich, dass ihr es hierhergeschafft hat.«

»Es war schon eine weite und beschwerliche Anreise«, murrte mein Vater, als wollte er mir gleich zu Beginn verdeutlichen, wie viel ich ihnen da abverlangt hatte.

»Aber jetzt sind wir ja hier«, fügte Mom schnell hinzu. »Ich habe es so vermisst, dich spielen zu sehen. Ich habe dich vermisst.« Sie legte ihre Hand auf meine und drückte sie. Auf ihren Lippen lag ein etwas unsicheres Lächeln, als würde sie noch mit sich ringen, ob sie mir die unangekündigte Abreise aus North Dakota noch übel nehmen sollte oder nicht.

Ich erwartete mir von ihnen nicht, dass sie alles Geschehene einfach vergessen würden. Ebenso wollte ich nicht so tun, als wäre meine Kindheit optimal verlaufen. Trotzdem wollte ich nach vorne blicken und mit ihnen einen Weg gehen, der für uns alle akzeptabel war.

»Ich habe euch auch vermisst«, sagte ich versöhnlich. »Ich hoffe, wir finden nach dem Turnier noch etwas Zeit füreinander. Vielleicht könnten wir etwas essen gehen, oder ich besuche euch im Hotel.«

»Gerne.« Moms Augen leuchteten voller Vorfreude auf gemeinsame Stunden.

»Deine erste Begegnung ist also eine Spielerin der Gators«, sagte Dad, als hätte er meinen Vorschlag auf eine gemeinsame Zeit gar nicht gehört. Das war der Sturkopf in ihm, dem es einfach schwerfiel, auf mich zuzukommen. Da ich aber weder Zeit noch Kraft für eine Auseinandersetzung aufbringen wollte, fand ich mich mit seinen Worten ab: »Das stimmt. Mein Ziel ist es, mit einem guten Turnierergebnis doch noch ein Stipendium an der UF zu bekommen.«

Dad schnaubte leise. »Dann solltest du dich besser mal auf dein Spiel vorbereiten.« Er sah mich an, fast schon enttäuscht, weil ich hier saß, statt mich schon jetzt mental dem Spiel hinzugeben.

Es ließ mich kalt. Ich würde mich von ihm nicht mehr unter Druck setzen lassen. Ich hatte längst bewiesen, dass ich auch ohne seine Vorgaben und Kontrolle gut spielen konnte. Und mehr Spaß hatte.

»Keine Sorge, Dad. Ich weiß schon, was ich tue.«

Als die Linienrichterin meinen Sieg in der ersten Runde verkündete, fühlte sich das fantastisch gut an. Ich hatte nicht nur eine Gators-Spielerin aus dem Turnier geworfen, sondern auch meinen Eltern gezeigt, dass sie nicht ganz umsonst angereist waren. Es wäre mir wohl peinlich gewesen, wenn ich gleich nach dem ersten Match ausgeschieden wäre und ihnen somit nur eine lange Anreise ohne ein Erfolgserlebnis zugemutet hätte.

Ich dankte der Gegnerin für das gute Spiel und nahm die Glückwünsche zum Sieg freundlich lächelnd entgegen. Wenn meine Pläne für dieses Turnier aufgingen, würden wir vielleicht schon bald in einem Team spielen, weshalb ich keinesfalls einen überheblichen Eindruck machen wollte. Diana Croft stand am Spielfeldrand, die Arme fest vor der Brust verschränkt. Sie trug eine Schirmkappe, um ihre Augen vor der hochstehenden texanischen Sonne zu schützen. Als sich unsere Blicke trafen, nickte sie mir kurz anerkennend zu. Diese Geste war mehr, als sie mir gerade offiziell schenken konnte. Ausgerechnet hier, vor den Augen vieler anderer Trainer großer Universitäten. Ich wusste allerdings, dass es stummes Lob für meine Leistung war. Natürlich hatte sie das Match genau verfolgt, und bestimmt hatte ihr meine Leistung gefallen, doch jetzt war es ihre Aufgabe, sich um ihre Spielerin zu kümmern und nicht um mich.

Nachdem die nächsten Spieler bereits warteten, verließ ich zügig mit meiner Tennistasche den Platz und traf meine Eltern nur unweit des Ausgangs zum Spielerbereich, wo sie auf mich warteten.

»Gratuliere zum Sieg«, sagte meine Mutter erfreut und reichte mit eine Flasche mit gekühltem Wasser, das sie gerade erst geholt haben musste, so frisch wie die kleinen Wassertröpfchen an der Flasche perlten.

Ich nahm beides dankend entgegen. Das Getränk wie ihre Glückwünsche.

»Hast du seit deiner Abreise aus North Dakota gar nicht mehr gespielt?«, fragte mein Vater stattdessen verärgert. »Dein Aufschlag ist miserabel, deine Rückhand schwach, und von deiner Vorhand will ich erst gar nicht reden. Selbst deine Reaktionsfähigkeit ...«

»Dad!«, unterbrach ich ihn nun nicht mehr so höflich. »Du bist hier als Zuschauer und als mein Vater. Nicht als Trainer oder Kritiker. Ich brauche niemanden, der mich belehrt. Ich weiß selbst, dass ich keine Topform habe. Umso wichtiger ist es, dass ich meine mentale Stärke beibehalte.« Was mir mit seinen Worten bestimmt nicht gelingen würde.

Mom legte besänftigend ihre Hand auf Dads Schulter. »Sie hat recht«, sagte sie sanft. »Wir sind hier, um Zeit mit Maci zu verbringen. Du hast doch selbst gesagt, dass du damit abgeschlossen hast, sie zu trainieren.«

Ich wusste auf die Schnelle nicht, wo ich diese Worte gefühlsmäßig einordnen sollte. Es war so eine kleine Mischung aus einer bitter schmeckenden Erkenntnis, dass er mich aufgegeben hatte, und gleichzeitig der Erleichterung, dass ich nicht mehr fürchten musste, er würde sich in meine Pläne einmischen.

»Danke, Mom.« Ich hob den Kopf und warf einen Blick auf die Uhr hinter dem Spielfeld. »Ich habe noch ein wenig Zeit bis zu meinem nächsten Spiel. Habt ihr Lust, mit mir gemeinsam zu warten?«

»Natürlich.« Meiner Mutter war anzusehen, wie sie jede Minute hier mit mir auskosten wollte. Dad kommentierte es nicht, doch er schien zumindest nichts dagegen zu haben. Das war schon mehr, als ich erwartet hatte.

»Wusstest du, dass hier noch andere Universitäten vertreten sind?«, fragte mein Dad, während wir zu einem Bereich abseits der Plätze gingen, wo wir ungestört waren. Hier gab es auch etwas zu essen und trinken. »Es sind Teams der University of Georgia, Missouri und Mississippi da. Sogar die Vanderbilt University hat ihr Team geschickt. Ich könnte mich mal bei den Verantwortlichen umhören, wie flexibel sie bei der Vergabe von kurzfristigen Stipendien sind.« Obwohl er es sich nicht anmerken lassen wollte, hörte ich Dads Euphorie aus seiner Stimme. Das war genau sein Element. Kontakte knüpfen, um seine Tochter auf ihrer Karriere voranzubringen. Um *mich* voranzubringen.

»Ich bevorzuge immer noch, bei den Gators zu spielen«, antwortete ich, »aber vielleicht ist es nicht schlecht, sich auch anderweitig umzuhören, sollte mich die UF nicht nehmen.« Dann könnte ich ein Jahr bei einem anderen Team verbringen und bereits die ersten Kurse belegen. Ob ich dann in einem Jahr einen Wechsel anstrebte oder nicht, musste ich heute noch nicht entscheiden.

Mein Dad schenkte mir ein Lächeln, das nicht nur ehrlich zu sein schien, sondern auch zufrieden. »Ich werde mich mal umhören.«

31.

Blair

Zurück auf Lovett Island wollte ich nur schnell meine kleine Reisetasche in mein Appartement bringen und dann Ezra suchen. Ich vermutete, er hatte sich in sein Zimmer zurückgezogen, wo er für die Uni lernen wollte. Am Telefon hatte er mir erzählt, dass er seine Kurse so gelegt hatte, dass er noch bis zur Wiedereröffnung auf Lovett Island bleiben konnte. Um trotzdem nicht hinterherzuhinken, musste er dafür vier Bücher und elf Essays lesen. Ob die Zahlen stimmten oder er übertrieb, war ich mir nicht sicher.

Ich lief den verglasten Steg zum Familientrakt hinüber. Hier war es schon immer ruhig gewesen, doch derzeit lag eine Stille über dem Haus, die fast schon gespenstisch war. Es waren keine Gäste hier und auch keine Zimmermädchen. Das reduzierte Serviceteam war die meiste Zeit in der Küche und der Staff unten beim Strandhaus. Obwohl ich die Exklusivität der Insel liebte, war es mir derzeit einen Tick zu ruhig hier.

Ich betrat meine Suite und stellte die Tasche direkt im Eingangsbereich ab. Mein Blick fiel auf die Küchenzeile, wo eine geöffnete Flasche Rum stand. War Ezra etwa doch hier? Nicht dass es mich stören würde, doch er hatte gesagt, er würde die Zeit während meiner Abwesenheit lieber in seinem Zimmer verbringen.

»Ezra? Bist du da?« Ich hörte ein Geräusch und ging weiter in den Wohnbereich, der um die Ecke lag.

»Nicht Ezra«, antwortete eine tiefe, viel zu bekannte Stimme, die mich sofort innehalten ließ. Dann stand er schon vor mir. Ein Glas Rum in der Hand, mit dem er mich zufrieden über meinen erschrockenen Gesichtsausdruck musterte. »Überraschung!«

»Auf die hätte ich ruhig verzichten können«, antwortete ich und verschränkte die Arme vor der Brust. »Was machst du hier, Dad?«

Als hätte er diese Frage nicht erwartet, runzelte er die Stirn und nahm erst einmal einen Schluck von dem Rum. Dann stellte er das Glas auf meinen Couchtisch und nahm etwas anderes in die Hand, das dort gelegen hatte.

Ich erkannte das Kuvert sofort. Maci und ich hatten den an John Doe adressierten Umschlag geleert und stattdessen alte Werbezusendungen hineingepackt, bis er annähernd die gleiche Dicke hatte. Der Postweg war schneller als gedacht.

Mein Vater drehte das Kuvert um und ließ die Broschüren herausfallen. Sie segelten durch das Zimmer und breiteten sich auf meinem Fußboden aus. »Willst du mir etwas dazu sagen?«

Ich hob die Augenbrauen und sah demonstrativ auf die Werbeflyer. »Das Angebot für diesen Elektroscooter sieht wirklich interessant aus. Damit könnte ich super zwischen Strandhaus und Pool hin und her fahren.«

Er ignorierte meinen Kommentar einfach und schmiss stattdessen das leere Kuvert auf die restlichen Papiere auf dem Boden. »Wo sind meine Unterlagen?«, fragte mein Vater mit hartem Ton.

»Dort, wo sie hingehören«, antwortete ich gelassen. »In der Zentrale von Parkins.« Sein bedrohliches Auftreten ließ mich kalt. Es gab nichts, was er mir noch antun konnte. Ich war von ihm völlig unabhängig. Ich entschied völlig unabhängig, und das war es auch, was mir innerlich die Kraft gab, mich von ihm nicht einschüchtern zu lassen.

»Sag bloß, du hast sie nach Orlando geschickt!«

»Ich habe sie sogar persönlich vorbeigebracht«, entgegnete ich mit gespielter Fröhlichkeit. »War mal wieder Zeit, dass ich bei Onkel Hugh vorbeischaue.«

Mein Vater spuckte mir vor die Füße. »Du stellst dich auf seine Seite? Verbündest dich ausgerechnet mit ihm? Er hat dich genauso aus der Firma geworfen wie mich.«

»Ich muss mich mit niemandem verbünden«, sagte ich kühl. »Auch nicht mit dir.« Die Menschen, die mir jetzt noch wichtig waren, dachten gar nicht darüber nach, ob wir verbündet waren oder nicht. Sie standen einfach zu mir.

»Du bist tatsächlich dümmer, als ich dachte.« Mein Vater kam langsam näher, die Augen fest auf mich gerichtet. Er wollte mich verletzten, dafür, dass ich seine Pläne durchkreuzt hatte. Doch das würde er nicht schaffen.»Ich wollte mit diesen Unterlagen ein neues Unternehmen gründen. Ein Gegenstück zu Parkins. Die Lizenzverträge und Entwürfe hätten mein Grundstein sein sollen.«

»Sie gehörten aber nicht dir.«

Schlagartig verfinsterten sich seine Gesichtszüge, und sein Kopf wurde ganz rot.»Hugh kann nicht alles haben!«, donnerte er.

Ich zuckte leicht zusammen, drückte aber schnell wieder den Rücken durch, um mir meine Erschrockenheit nicht anmerken zu lassen.

»Ich hätte dir eine Chance gegeben, deinen Weg in meinem Unternehmen fortzusetzen«, fuhr er fort, den Kiefer so fest angespannt, dass seine Muskeln hervortraten.»Wir hätten die Marke groß machen können. Größer als Parkins es je sein wird.«

Ich schnaubte verächtlich. Als ob er bei seinen Plänen je an mich gedacht hätte. Er hatte mir nicht mal davon erzählt! Seine Großmütigkeit konnte er sich also hinstecken, wo die Sonne nicht schien. Immerhin hatte er auch nicht an mich gedacht, als er die Versicherung der Insel reduziert hatte, um mich in eine aussichtslose Situation zu drängen.

»Ich habe meinen Weg bereits gewählt«, sagte ich mit einer Ruhe, die nicht nur gespielt war. Nun, da ich dank Hughs finanzieller Hilfe Lovett Island weiterführen konnte, spürte ich diese Selbstsicherheit und Gelassenheit bis tief in mich hinein.

»Ach stimmt, die Insel, deren Schulden du nicht begleichen kannst.« Ein heiseres, schadenfrohes Lachen folgte.

»Soll ich dir noch mal ein Angebot machen oder warten, bis Lovett Island zwangsversteigert wird?«

»Darauf kannst du warten, bis du schwarz wirst«, sagte ich und beugte mich leicht zur Seite, um sein Profil genauer betrachten zu können. »Wobei du offenbar nur grauer wirst.«

Ich sah regelrecht, wie sich die Wut darüber immer mehr in ihm aufstaute. Mein Vater war schon immer eitel gewesen und hatte ein Problem mit dem Älterwerden gehabt. Es ihm so ins Gesicht zu sagen und seine Reaktion darauf zu sehen tat richtig gut.

»Du wirst schon sehen, was du davon hast«, brachte er zähneknirschend hervor. Er stapfte an mir vorbei, und ich atmete erleichtert durch, weil er endlich verschwand. Hoffentlich für immer.

Doch noch an der Tür drehte er sich zu mir zurück. Aus seiner wutverzerrten Mimik wurde ein teuflisches Grinsen. Er tastete nach seiner Bruttasche und holte ein gefaltetes Stück Papier hervor. »Jetzt hätte ich fast vergessen, dir das hier zu geben.«

Unberührt hob ich die Schultern. »Was soll das sein?«, fragte ich betont gelangweilt.

»Ein Brief von deiner Mutter«, antwortete er. »An dich.«

In meinen Ohren entstand ein kaum auszuhaltender Druck. Ein Pfeifen, das immer lauter wurde. Seine Worte hatten mir den Boden unter den Füßen weggerissen. Sie kamen völlig unerwartet. Erst als der Tinnitus langsam verschwand, spürte ich meinen flachen, schnellen Atem umso fester.

»Sie erzählt darin, wie sehr sie dich vermisst«, sagte mein Vater, als hätte er darauf gewartet, bis ich wieder fähig war, ihm zuzuhören.

Ich hatte das Gefühl zu taumeln, als würden mich meine Beine nicht mehr tragen können. Ich wusste, was er nun vorhatte, und verspürte nichts als puren Hass gegen ihn.

»Sie fragt, ob du sie sehen willst«, setzte er fort. »Falls ja, sollst du ihr auf diesen Brief antworten, ansonsten wird sie dich für immer in Ruhe lassen.«

Meine Hand zitterte, als ich meinen Arm nach ihm ausstreckte. »Gib ihm mir«, brachte ich nur schwach hervor. »Gib mir diesen Brief!«

»Sorry, Schätzchen. Aber die Chance hast du dir selbst verbaut.« Ein triumphierendes Grinsen legte sich über sein Gesicht, doch es verfehlte seine Wirkung. Vielleicht auch, weil er genauso als Verlierer aus dieser Begegnung rausging wie ich. Er ohne die wichtigen Unterlagen, die seine Zukunft hätten sein sollen. Ich ohne die Kontaktdaten meiner Mutter.

»Aber ich verspreche dir eines.« Er schob den Brief zurück in seine Brusttasche. »Du wirst weder sie noch mich jemals wiedersehen.«

Dann verließ er einfach mein Appartement.

Ich starrte ihm nach und spürte diese erdrückende Enge in meiner Brust, die mich kaum noch atmen ließ. Ich sank auf die Knie und weinte. Alleine, wie ich es auch bleiben würde.

»Himmel, Blair, was ist passiert?«

Ich hörte Ezras Stimme gedämpft aus der Ferne und blinzelte. Dem Schmerz nach zu urteilen hatte ich das zu lange nicht getan. Das verschwommene Braun vor meinen Augen klarte auf, und ich erkannte die Maserung der dunklen Holzdecke, an die ich starrte.

»Blair! Blair! Sieh mich an!«

War das Angst in einer Stimme? Ich spürte seine Hände an meinen Schultern, als er mich hochzog, und ich musste unweigerlich den Kopf heben. Alles drehte sich bei dieser kleinen Bewegung, und mein Nacken schmerzte fürchterlich. Mein Kopf war so schwer, dass ich ihn am liebsten gleich wieder nach hinten gegen die Sitzfläche der Couch fallen lassen wollte, aber gleichzeitig waren die Schmerzen in meinen Schultern zu groß. Keine Ahnung, wie lange ich schon so dagelegen hatte. Die Flasche Rum neben mir war jedenfalls leer.

»Hast du das alles alleine getrunken?«, fragte Ezra und starrte sie ängstlich an, als könnte ihn etwas daraus anspringen. Da musste er sich aber keine Sorgen machen. Da war echt nichts mehr drin. Ich hatte es mehrmals überprüft.

»Er war da«, brachte ich hervor und merkte, wie schwer meine Zunge war. Und mein Unterkiefer. Alles war gerade so schwer.

»Hugh?« Ezra ließ sich neben mir auf den Boden sinken. Er legte seinen Arm um meine Schultern und stützte meinen Nacken.

Ach scheiße, doch nicht Hugh!

»Mein Vater!« Meine Stimme überschlug sich bei diesen zwei kurzen Worten.

»Wo war er?« Ezra schien nicht zu verstehen. »Bei Parkins?«

Ich schloss kurz die Augen, weil mir so unfassbar schwindelig war, ehe ich mich darauf konzentrierte, Ezra anzusehen. »Nein, hier!«

»Baron war hier?«

»Sag ich doch.« Ich richtete mich noch ein Stück auf, was ein regelrechter Kraftakt war. »Er wollte die Unterlagen haben.« Jedes zusammenhängende Wort war eine Herausforderung für meine Zunge.

»Gut, dass du sie bereits weggebracht hast.« Er lächelte verhalten, als wüsste er, dass die Dokumente nicht mein eigentliches Problem waren. »Was ist noch passiert?«

»Er hat einen Brief von meiner Mutter.« Wieder liefen mir Tränen über die Wangen. Ich schluchzte ungewollt auf, als ich weitersprechen wollte. »Sie will mich sehen, und wenn ich das auch will, muss ich auf diesen Brief antworten.«

Ezra öffnete den Mund, er schien zu wissen, was gleich kommen würde, wusste aber offenbar auch nicht, wie er darauf reagieren sollte.

»Er gibt ihn mir nicht. Das ist seine Strafe für mich.«

»Er ist ein Schwein.« Aus Ezras Mund klangen selbst diese Worte hart. »Ein widerliches Schwein.«

»Sie hat geschrieben, dass sie sich nicht mehr melden wird, wenn ich ihr nicht antworte.«

»Warum schreibt sie überhaupt einen Brief?« Ezra stöhnte

frustriert. »In Zeiten wie diesen hätte sie auch deine Mailadresse rausbekommen oder dir eine Nachricht über Instagram oder sonst was schicken können.«

Dass er sich so hineinsteigerte, ließ mich schmunzeln. Dass ich dazu überhaupt noch fähig war, lag bestimmt am Alkohol, denn eigentlich war ich absolut verzweifelt. »Eigentlich fand ich so einen handgeschriebenen Brief richtig schön«, gestand ich.

»Ja, er muss toll sein.« Ezra sah mich mitfühlend an. »Soll ich einen Schlägertrupp organisieren, der den Brief von deinem Vater zurückholt?«

Ich konnte ein lautes Lachen einfach nicht unterdrücken. Ezra hatte das mit einer solchen Ernsthaftigkeit gesagt, dass es einfach zu komisch an ihm gewirkt hatte. »Kennst du überhaupt solche Leute?«

»Nein.« Er grinste.

Ich ließ meinen Kopf gegen seine Brust fallen und schmiegte mich in seine Umarmung, als er die Arme um mich legte. Sein warmer Atem hinterließ ein angenehmes Gefühl auf meiner Kopfhaut.

»Aber ich kenne jemanden, der vielleicht herausfindet, wie sie jetzt heißt und wo sie lebt«, setzte Ezra nun ernst fort. Das glaubte ich ihm schon eher. »Wenn du möchtest, kann ich ihn bitten, sich zu informieren.«

Ich hob den Kopf, der immer noch schwer wie Beton war, und sah in Ezras bernsteinfarbene Augen. »Ja, bitte«, flüsterte ich.

Erstmals, seit mein Vater mein Appartement verlassen hatte, spürte ich wieder einen Funken Hoffnung in mir.

Ich streckte mich hoch und gab ihm einen Kuss auf die Lippen.

»Ezra?«, hauchte ich danach, die Augen immer noch geschlossen.

»Hm?«

»Ich liebe dich.«

32.

Maci

Dass ich im Finale ausgerechnet gegen Anna spielte, hatte sowohl mich als auch Diana schmunzeln lassen. Diese Fügung war an Dramatik kaum zu überbieten. Vor allem, weil meine Leistungen in den letzten Tagen so gut gewesen waren, dass ich mir nicht vorstellen konnte, dass die Studienleitung der University of Florida sich weiter gegen mein Stipendium sträuben würde.

Bis zum Start des Spiels waren es nur noch wenige Augenblicke. Anna und ich waren bereits aufgewärmt und hatten ein paar Bälle gespielt, um uns vorzubereiten. Das nächste Mal, wenn ich an die Grundlinie trat, ging es um alles.

»Du musst gegen sie gewinnen!«, sagte Rosie, die mich zum Spielfeld begleitet hatte. Zwar hätte das auch mein Vater übernehmen wollen, doch das kam für mich nicht mehr infrage. Ich sah ihn gern in den Zuschauerrängen, aber nicht mehr als Betreuer oder Trainer.

»Das sagst du nur, weil sie dich im Halbfinale rausgeworfen hat«, sagte ich grinsend. Meine Konzentration hatte seit Beginn des Turniers leicht nachgelassen, und mein Körper zeigte mir mit jeder Muskelfaser, wie wenig er solche Sportveranstaltungen noch gewohnt war. In den nächsten Tagen würde ich meinem Körper viel Schonung gönnen müssen. Das konnte er auch gerne haben, aber in den nächsten ein bis zwei Stunden brauchte ich noch mal all seine Reserven.

»Aber ich will auch, dass du dein Stipendium bekommst«, beteuerte Rosie lachend. Dann wurde sie wieder ernst. »Konzentriere dich auf deinen Aufschlag«, sagte Rosie nun ernst. »Annas Rückhand ist ihre Schwachstelle. Wenn du dein Spiel darauf ausrichtest, kannst du ihr schon den ersten Aufschlag abnehmen. Sie ist gut, aber wenn sie in Rückstand gerät, wird sie schnell unsicher.«

Ich sah Rosie an, und ein breites Lächeln legte sich über meine Lippen. »Weißt du, dass du eine großartige Trainerin wärst?«

Zufrieden sah sie mich an. »Wenn's mit dem Stipendium nichts wird, kannst du mich ja engagieren, und wir trampen von Turnier zu Turnier.«

»Klar, wenn du von Luft und Liebe leben kannst.«

Wir lachten beide und wurden erst von der Schiedsrichterin unterbrochen, die das Finale leitete. »Ms Stiles, sind Sie bereit?«

»Ja!« Ich stand auf und schnappte mir den Schläger, den ich mir bereitgelegt hatte.

»Viel Glück!« Rosie drückte mich noch einmal an sich. Es war ein schönes Gefühl, sie an der Seitenlinie zu haben.

Schließlich betrat ich das Spielfeld an der Mittellinie, wünschte Anna mit einem Handschlag noch ein gutes Spiel und machte mich dann auf zur Grundlinie.

Ich rief mir Rosies Worte noch einmal ins Gedächtnis und fokussierte mich darauf, Annas Aufschläge so zu returnieren, dass sie sie mit der Rückhand annehmen musste. Unter anerkennendem Applaus der Zuschauer nahm ich ihr den Aufschlag ab und machte damit den ersten Punkt. Der zweite folgte, als ich mein Aufschlagspiel souverän durchbrachte.

Annas Unmut über den 2:0 Rückstand war ihr anzusehen – das erkannte ich an dem in sich gekehrten Gesichtsausdruck, bei dem sich nur ihre Lippen leicht bewegten, als versuchte sie, sich selbst zu motivieren. Die Turniertage hatten uns allen viel abverlangt. Das Wetter in Texas war heiß und der Spielplan straff organisiert. Annas blasse Haut schien so sehr zu glühen, dass ihre Sommersprossen in der Rötung verschwanden. Ich war froh, dass nicht nur mir die Hitze zu schaffen machte. Ich hätte mir sonst vorhalten lassen müssen, dass ich zu wenig Spielpraxis hatte. Von meinem Vater, aber auch von mir selbst.

Ihr nächstes Spiel entschied Anna für sich, doch mit Rosies Ratschlag, Annas Rückhand so oft wie möglich anzuspielen, gewann ich den ersten Satz mit 6:2.

Als ich mich in der kurzen Spielpause auf die Bank setzte und mir mit einem Handtuch erst das Gesicht, dann den Nacken und die Arme abtrocknete, warf ich einen flüchtigen Blick zu meinen Eltern auf die Tribüne. Meine Mutter nickte mir zufrieden zu. Selbst aus der Distanz leuchteten ihre Augen. Die letzten gemeinsamen Tage hatten uns gutgetan. Es war ein ganz anderes Verhältnis als früher, auch wenn es meinem Vater noch etwas schwerfiel, die Kontrolle tatsächlich loszulassen. Seine Erleichterung, dass ich den Sport nicht an den Nagel gehängt und meine Form ganz verloren hatte, war ihm trotzdem anzusehen.

Nun unterhielt er sich mit zwei Frauen, die mir bekannt vorkamen. Ich glaubte sie im Betreuerstab anderer Spielerinnen gesehen zu haben, konnte sie aber auf die Schnelle nicht zuordnen. Jetzt war aber auch nicht der richtige Zeitpunkt, um sich darüber Gedanken zu machen.

»Hier, trink etwas!« Rosie reichte mir eine Wasserflasche, von der ich großzügig trank.

Es war so heiß in der prallen Sonne, und obwohl ein Sonnenschirm über der Spielerbank gespannt war, brachte es nur wenig Abkühlung. Als würde mir das Spiel alleine nicht den Schweiß aus allen Poren treiben. Wenn ich es aber geschickt anstellte und meine Motivation und meine Kraft ein letztes Mal sammelte, würde ich das Spiel schon bald zu einem Ende bringen. Und mit diesem Spiel auch das Turnier.

»Konzentriere dich besser auf deine Aufschläge«, sagte meine Freundin leise. »Du hast zwar alle durchgebracht, aber es war teilweise richtig knapp. Wenn Anna das Service annehmen kann, musst du vorbereitet sein.«

Ich nickte, weil mir für Worte gerade die Kraft fehlte. Mein Puls war hoch, mein Atem schnell, und ich war längst wieder nass geschwitzt. Eigentlich ein fürchterliches Gefühl, doch ich liebte es. Vor allem, wenn ich in einem Finale stand. Es zeigte mir, dass mein Körper alles gab.

»Bereit?«, fragte Rosie.

Ich nickte entschlossen und stand auf, um auf meine Seite zu gehen.

Aus den Augenwinkeln sah ich Diana Croft, die auf Anna einredete, als versuchte sie, sie ebenfalls zu motivieren und ihr Tipps zu geben.

Ich verkniff mir ein Schmunzeln, weil es mich stolz machte, ausgerechnet gegen eine Vertreterin des Gators-Team so gut zu spielen. Wenn ich damit nicht überzeugte, mir ein Stipendium an der UF zu verdienen, dann wusste ich auch nicht weiter. Vielleicht war die Überlegung, meinen weiteren Tennisweg mit Rosie an meiner Seite zu gehen, gar nicht so schlecht. Sie war eine großartige Tennispartnerin, und als Trainerin hatte sie durchaus Potenzial.

Der zweite Satz startete etwas holprig. Ich ärgerte mich über meine eigenen Fehler, vor allem mit der Rückhand, wodurch Anna mir mühelos den Aufschlag abnahm und anschließend ihren eigenen durchbrachte. Ein 0:2 Rückstand war keine gute Ausgangslage, doch ich war noch weit davon entfernt aufzugeben.

Ich hätte Rosies Tipp besser beherzigen sollen. Wenn Anna es schaffte, mein Service zu returnieren, hatte sie nicht nur eine unglaubliche Schlagkraft, sondern brachte den Ball auch sehr gezielt ins Feld. Das könnte mich am Ende die entscheidenden Punkte kosten.

Mein nächstes Aufschlagspiel ging ich konzentrierter an. Ich merkte erst, wie schwer meine Arme mittlerweile waren, als die Schiedsrichterin das 1:2 verkündete. Doch auch das würde weder eine Entschuldigung noch eine Ausrede für mich sein, nicht weiter hundert Prozent zu geben.

Beim Seitenwechsel sah ich zu Rosie, die mir zunickte, als wollte sie mir bestätigen, dass ich ihre Anweisung endlich verstanden hatte. Ihre Unterstützung, sowohl durch ihre Tipps als auch ihre Anwesenheit, bestärkte mich, weiterhin meine Konzentration zu halten.

Ich blendete alles um mich herum aus und fokussierte mich auf jede von Annas Bewegungen. Ihre Aufschläge waren gut, doch meine Annahmen waren besser. Als der nächste Punkt auf meine Seite rutschte, fing das Spiel an wieder richtig Spaß zu machen. So sehr, dass es Schlag auf Schlag ging und plötzlich 5:3 stand.

»Komm schon, Maci!« Meine Mutter war von ihrem Platz aufgesprungen und rief mir jubelnd zu, als ich wieder die Platzseite wechselte.

Ich warf ihr nur einen flüchtigen Blick zu. Im Moment konnte ich mir wirklich keine Ablenkung erlauben. Wenn ich den nächsten Punkt erzielte, hatte ich das Spiel und das Turnier gewonnen – und mit etwas Glück auch mein Stipendium zurück.

Wie Rosie bereits gesagt hatte, machte sich Annas Frust bei einem Rückstand in ihrem Spielstil bemerkbar. Ihre Schläge wurden unsicherer und gingen oft ins Netz oder ins Aus. Zwar konnte sie meine ersten beiden Aufschläge annehmen, doch dann ging es schnell. Als wäre ihr Faden gerissen, ging ihr plötzlich nichts mehr auf, und wir standen vor dem Matchball.

Ich konzentrierte mich, fühlte den gelben Filz des Balles – vielleicht ein letztes Mal bei diesem Turnier – in den Fingern. Meine Fingerspitzen gruben sich fester in den Stoff, dann ließ ich den Ball vor mir auf den Boden hüpfen. Einmal. Zweimal. Dreimal. Wieder umschloss ich ihn fest mit meiner Hand, fokussierte mich voll und ganz auf dieses Spielgerät, das mir so vertraut war, als wäre es ein Teil meines Körpers.

Noch einmal holte ich tief Luft, dann warf ich den Ball hoch über mich und traf ihn perfekt mit meinem Schläger. Das Geräusch des Aufpralls hallte in meinen Ohren wider und ging in einen tosenden Applaus über, als der Ball erst am Spielfeld aufschlug und dann unhaltbar an Anna vorbeizog.

Die Schiedsrichterin verkündete den Endstand.

Ich hatte gewonnen.

Der Moment war einfach grandios. Ich jubelte, erfreut und erleichtert zugleich. Ich bedankte mich bei dem Publikum, das nicht nur während des Finales, sondern während des gesamten Turniers sehr fair und ruhig gewesen war, sodass wir Spielerinnen uns hatten perfekt konzentrieren können. Und dann bedankte ich mich bei Anna für das tolle Finale und bei der Schiedsrichterin für die gute Spielführung. Später würde ich noch ein Siegesinterview geben müssen, doch erst mal durfte ich einen kurzen Augenblick rasten, etwas trinken und meinen Puls beruhigen.

»Maci, Maci, Maci!«, flippte Rosie total aus, als ich an die Spielerbank kam. Sie fiel mir um den Hals, obwohl ich völlig durchgeschwitzt war.

Grinsend klammerte ich mich an sie.

»Das war großartig. Ich freue mich so für dich!«

»Und ich mich erst«, antwortete ich und merkte, wie eine unglaublich schwere Last von mir abgefallen war. Nun konnte ich nichts mehr an der Situation ändern, doch ich hatte mein Bestes gegeben. Und das vor den Augen meiner Eltern, die ich hoffte zumindest ein bisschen stolz gemacht zu haben. Mom wahrscheinlich mehr als Dad, doch das war in Ordnung.

»Hier trink noch etwas, bevor du interviewt wirst«, sagte Rosie, als sie mich wieder losgelassen hatte. Sie selbst schnappte sich das Handtuch und tupfte mir erst die Stirn, dann den Hals ab, während ich gleichzeitig trank. »Atme ein paar Mal tief durch. Du willst doch auf den Fotos nicht aussehen wie eine Tomate.«

Ihre Worte waren nur so dahergesagt, doch sie waren genau das, was ich gerade brauchte, um den letzten Rest meiner Anspannung der vergangenen Tage einfach loszulassen. Ich lachte so abrupt los, dass ich mich fast am Wasser verschluckte. »Danke für den Tipp, Rosie!«, sagte ich nicht ganz ernst gemeint und musste erst mal husten.

Der Stolz war Mom ins Gesicht geschrieben, als ich sie wenig später bei den Zuschauerrängen traf. Sie lächelte mich an und umarmte mich, obwohl ich immer noch in meinen verschwitzten Tennisklamotten steckte. Früher hätte sie erst mal Dad mein Spiel analysieren lassen.

»Du hast so toll gespielt. Glückwunsch zu deinem Sieg.«

»Danke, Mom!«

Mein Vater blieb verhaltener, doch auch in seinen Augen erkannte ich seine Freude über mein Ergebnis. »Gut gespielt, Maci.«

Ich kannte ihn gut genug, um zu wissen, dass er sich gerade weitere Kommentare verkniff. Darüber, dass ich zwischendurch unkonzentriert gewesen war und meine Aufschläge nicht ganz präzise. Früher hätte er mir das sofort gesagt. Vielleicht hatte Mom auf ihn eingeredet. Oder er hatte es tatsächlich eingesehen, dass die Zeiten andere waren. Wie auch immer, war ich froh über die jetzige Situation.

»Es ist schön, dass ihr gekommen seid und bei diesem Turniersieg dabei wart.« Das freute mich tatsächlich mehr, als ich es mir vor einigen Wochen noch hätte vorstellen können.

»Vielleicht sagst du uns ja öfter mal Bescheid, wenn du ein wichtiges Spiel hast«, schlug mein Vater vor, was einer Annäherung näherkam als alles andere, was er je zu mir gesagt hatte.

»Gerne.« Wie sehr mich seine Worte überraschten und gleichzeitig freuten, spiegelte sich in meiner flatternden Stimme wieder.

»Darf ich dir gleich zwei College-Trainerinnen vorstellen?« Mein Vater trat auf die Seite, und ich bemerkte erst jetzt die beiden Frauen, die hinter ihm standen, als hätten sie nur auf diese Worte gewartet. »Das sind Evelyn McDonald von der Vanderbilt University und Cynthia James von der University of Mississippi. Beide würden sich freuen, dich in ihren Teams zu begrüßen und dir ein Stipendium anzubieten.«

Mir musste der Mund aufgeklappt sein, denn eine der beiden Trainerinnen lachte amüsiert über meine Reaktion. »Ich bin Evelyn von der Vanderbilt University. Maci, dein Spielstil gefällt uns richtig gut. Hast du dir schon mal überlegt, an einer Privatuni in Nashville zu studieren? Ich finde, du würdest gut zu uns passen.«

»Ich glaube, du würdest besser zur Ole Miss passen«, warf nun die andere Trainerin, Cynthia James, ein. »Wir haben ein hervorragendes Studienprogramm ...«

»Nichts da!« Diana Croft drängte sich zwischen den beiden hindurch. »Maci, ich hab das Okay. Wenn du willst, bist du ab sofort ein Teil der Gators.«

Überwältigt von den Angeboten sah ich zu meinem Dad und grinste.

33.

Violet

»Sind alle bereit?«, fragte Brent, nachdem er die Gurte an Bonnies Schwimmweste noch mal geprüft und sie zwischen Sarah und mich auf die hintere Bank des Motorboots gesetzt hatte. Joe hatte auf dem Beifahrersitz Platz genommen.

Mit großen Augen sah die Kleine erst zu ihrer Oma, dann zu mir. Ich nahm Bonnies Hand und nickte ihr zuversichtlich zu.

»Sind wir!«, rief ich Brent zu, woraufhin er sich am Steuer niederließ. Er startete den Motor und lenkte das Boot langsam aus dem Bootshaus hinaus.

»Wo fahren wir hin?«, wollte Bonnie nun von mir wissen, doch ich konnte ihr da auch keine Antwort geben. Brent hatte nicht verraten, was er für den heutigen Ausflug geplant hatte, auch mir nicht. Mich störte das nicht – ganz im Gegenteil. Wir hatten einander schon einige Überraschungen bereitet, und es war immer toll gewesen. Vegas,

Brasilien und jetzt der Besuch seiner Familie. Ich wollte auch nicht darüber grübeln, was uns erwarten könnte. Die Zeit mit Bonnie und seinen Eltern war einfach zu schön, als dass ich nur eine Sekunde davon verpassen wollte. »Lassen wir uns von deinem Daddy überraschen«, sagte ich zu Bonnie. »Das wird schön. Das kann ich dir versichern.«

Der Wind fuhr mir durchs Haar, als Brent beschleunigte und in eine lang gezogene Kurve lenkte. Ich sah zu Bonnie hinunter, deren Locken im Fahrtwind hüpften. Dieser Urlaub musste so aufregend für sie sein. All die tollen Erfahrungen, die sie hier erlebte und sich wahrscheinlich später gar nicht so richtig daran erinnern würde, weil sie mit knapp drei Jahren noch zu klein dafür war. Doch die wichtigste Erfahrung war die Zeit mit Brent – und die war bestimmt einprägsam genug, um sie niemals zu vergessen.

Brent und ich hatten noch nicht darüber gesprochen, doch ich glaubte zu spüren, dass er diese Verbindung nicht noch einmal kappen wollte. Ich wollte das auch nicht. Seine Eltern waren fantastisch, nett und hilfsbereit, und ich war mir sicher, sie würden uns unterstützen, wenn wir die Entscheidung trafen, nach Kalifornien zu gehen.

Wir fuhren den Hauptstrand entlang und dann parallel zur Ostküste in Richtung Nordstrand, wo schon bald die Bungalows einsam und verlassen auftauchten. Dahinter wurde das Gelände steiler, die Küste rauer, und Klippen bildeten eine scharfe Abgrenzung zwischen Land und Meer. Dort oben lag der Hubschrauberlandeplatz, dahinter das

Haupthaus, von dem wir hier nicht mehr als die Spitze des Dachs sehen konnten.

»Die Insel ist einfach traumhaft«, sagte Sarah und warf mir über Bonnie hinweg einen Blick zu, der mich nur verhalten nicken ließ.

Mir war der Ausdruck in ihren Augen nicht entgangen. Als würde sie verstehen, wenn Brent und ich all das nicht aufgeben wollten. Dieses Paradies mit all seinen Möglichkeiten, Partys und Bequemlichkeiten. Wer würde das schon gegen ein Leben in Kalifornien tauschen, wo Verpflichtungen warteten.

»Hier wären wir schon!«, rief Brent nach hinten und drosselte den Motor, und das Boot kam direkt vor der Flamingobucht zum Stehen.

Es war schon eine Weile her, seit ich das letzte Mal hier gewesen war. Damals hatten Brent und ich vom Boot aus den Vögeln am Ufer zugesehen.

»Flamingos!«, rief Bonnie begeistert und sprang von der Bank auf. Sie stellte sich an die Reling, um die Tiere noch besser sehen zu können. »Ich liebe Flamingos. Sie sind pink.«

Ihre Freude war so ansteckend, dass wir alle lachten.

Brent stand auf und ging die schmale Treppe unter Deck hinunter. Als er wieder hochkam, hielt er eine blaue aufgeblasene Luftmatratze in den Händen. »Hast du Lust hinzuschwimmen?«, fragte er seine Tochter.

Bonnies Augen weiteten sich, als könnte sie nicht glauben, was er ihr da vorschlug. »Nur wenn Opa mitkommt«, sagte sie schließlich ein wenig zaghaft. Obwohl Brent in den letzten Tagen mit ihr im Pool Schwimmen geübt hatte, war die Distanz vom Boot zur Bucht doch sehr weit.

»Klar, komme ich mit. Ich will ja auch die Flamingos aus der Nähe sehen.« Joe schob sich die Badesandalen von den Füßen und zog sein Shirt aus.

»Ich warte hier«, sagte ich, weil es mir immer noch ein mulmiges Gefühl machte, wenn ich ins Meer ging. Vor allem an Stellen, an denen ich nicht stehen konnte. Immerhin war da keine Angst mehr tief in mir verfestigt. Die hatte Brent mir genommen.

»Ich bleibe bei Violet«, meinte nun Sarah. Brent sprang als Erster ins Wasser und setzte anschließend mit Joes Hilfe Bonnie auf die Luftmatratze. Zuletzt folgte Joe, ehe sie zu dritt auf die Küste zuschwammen.

»Ich geb's nur ungern zu, aber ich mag Vögel nicht so gern«, gestand Sarah, als wir alleine waren. Sie lächelte etwas verlegen. »Selbst wenn sie pink sind, aber verrat's bloß nicht Bonnie.«

»Versprochen. Aber nur, wenn du ihr nicht verrätst, dass ich nicht gern im Meer schwimme.«

»Tatsächlich?« Sarah schien darüber überrascht zu sein. »Obwohl du schon so lange hier bist?«

»Mir sind diese Weite und diese Wassermassen etwas unheimlich«, erklärte ich. »Dazu diese Ungewissheit, welche Tiere sich unter einem befinden.« Ich verzog das Gesicht.

»Ich kann verstehen, was du meinst.« Sarah tätschelte mir liebevoll das Knie.

Dann sahen wir beide zu den dreien, die nun das Ufer erreichten. Etwas tollpatschig ging Bonnie durch das seichte

Wasser und behielt dabei die Flamingos im Auge, die scheu davonstolzierten.

Auch in diesem Bereich hatte der Hurrikan seine Spuren hinterlassen, aber zum Glück waren die Tiere selbst glimpflich davongekommen. Brent vermutete, sie hätten sich im Dickicht der Insel versteckt.

»Das ist alles sehr aufregend für Bonnie«, sagte Sarah nach einer Weile, den Blick immer noch auf die Küste gerichtet.

Joe und Brent hatten sich in den nassen Sand gesetzt und ließen sich die Beine von den sanften Wellen umspülen. Bonnie, die immer noch in ihrer Schwimmweste steckte, hatte sich auf Brents Schoß gesetzt und beobachtete von dort aus die Flamingos.

»Manchmal kommt es mir so vor, als würden zwischen den beiden keine zwei Jahre liegen, in denen sie sich nie gesehen haben«, setzte Sarah in Gedanken versunken fort. »Sie haben in den letzten Tagen so schnell zueinandergefunden.«

»Ich würde gerne in Kalifornien studieren«, platzte es einfach aus mir heraus, als würde ich es nicht länger ertragen, diesen Wunsch unausgesprochen in mir zu tragen. Ich hatte einfach dieses Bedürfnis, mit ihr darüber zu sprechen. Schließlich betraf es auch sie in gewisser Weise. Als Sarah mich fragend ansah, setzte ich fort: »Ich will Meeresbiologie studieren, und die California State University in Long Beach bietet dieses Studium an.«

»Das liegt nur eineinhalb Autostunden von San Diego entfernt«, stellte Sarah mehr zu sich selbst als zu mir fest.

Ich nickte zustimmend, weil ich mir die Distanz zwischen Brents Eltern und meinem Wunsch-College bereits angesehen hatte. Eineinhalb Stunden waren zwar nicht wenig, doch es war nicht zu vergleichen mit der Entfernung zwischen San Diego und Lovett Island.

»Will Brent auch nach Kalifornien zurück?«, fragte Sarah vorsichtig. Es schwang Hoffnung in ihrer Stimme mit, gleichzeitig aber auch die Angst, dass die Antwort sie enttäuschen könnte.

»Ich weiß es nicht«, antwortete ich ehrlich. »Bislang hat er nicht viel dazu gesagt, aber ich glaube, euer Besuch hat große Auswirkungen darauf.« Mit diesen Worten blickte ich zum Ufer zurück. Bonnie sammelte gerade Steine, die sie überall am Ufer fand, und türmte sie zu einem kleinen Berg auf, während Brent und sein Dad daneben saßen und plauderten. Die Faszination für die Flamingos war bereits abgeflacht, weshalb sie ihnen keine große Beachtung mehr schenkten und die Vögel sich langsam wieder näherten.

»Ich hoffe, ihr wisst beide, dass wir uns freuen würden, wenn ihr näher bei uns wärt und wir euch öfter sehen könnten«, sagte Sarah.

Ich empfand ihre Worte als unglaublich stark. Sie waren völlig selbstlos, obwohl Sarah kein Geheimnis daraus machte, dass Bonnies Erziehung sie manchmal an ihre Grenzen brachte.

»Als Brent vor zwei Jahren gegangen ist, habe ich ihm versprochen, mich um Bonnie zu kümmern, solange es notwendig ist. Trotzdem würde ich mich freuen, wenn ihr ein Teil unserer Familie werdet und ich auch wieder in die

Rolle einer klassischen Oma schlüpfen kann.« Sarah lächelte entschuldigend, obwohl es völlig normal war, dass sie in ihrem Alter nicht auf Dauer die Mutterrolle für eine Dreijährige innehaben wollte. Was allerdings bedeuten würde, dass diese Aufgabe früher oder später an die Frau an Brents Seite fallen würde. Und diese Frau wollte ich sein.

»Ich …«, begann ich stockend, doch ich wusste nicht, wie ich meine Gedanken aussprechen sollte. Ob ich mir überhaupt dieses Recht herausnehmen durfte, wenn ich eine Beziehung mit Brent einging und er sich entschied, in seine Vaterrolle zurückzukehren.

»Violet, du bist einundzwanzig und wusstest bis vor wenigen Wochen noch nicht einmal von Bonnie«, sagte Sarah, als hätte sie meine Gedanken gehört. »Niemand erwartet von dir, dass du die Verantwortung für sie übernimmst.«

Ich seufzte, weil es sich irgendwie trotzdem so anfühlte. Ich wollte ein Teil in Brents Leben sein, und damit gehörte auch Bonnie dazu. »Ich liebe Brent«, sagte ich und senkte den Blick auf meine Hände. Unsere Freunde auf Lovett Island wussten das schon lange, auch ohne dass ich es hatte aussprechen müssen. Sarah war die Erste – mal abgesehen von Brent selbst –, vor der ich das offen aussprach. Es fühlte sich überraschend leicht und natürlich an.

»Er hat mir in so schweren Zeiten Halt gegeben, weshalb ich ihn unterstützen will, egal, welchen Weg er geht«, fuhr ich fort. »Und wenn sein Leben ab jetzt bei Bonnie ist, wird es meines auch sein. Ich werde nie Allys Platz einnehmen, aber ich will mich von der Herausforderung, mich um Bonnie zu kümmern, auch nicht abhalten lassen.«

Sarahs Augen füllten sich mit Tränen, und sie presste die Lippen fest aufeinander, als meine Worte Stück für Stück zu ihr durchsickerten. Dann beugte sie sich über die Bank zu mir herüber und zog mich in eine Umarmung, die sich unglaublich vertraut anfühlte.

Es war noch viel zu früh, um solche Überlegungen anzustellen, aber vielleicht fand nicht nur Bonnie in mir eine Art Mutterersatz, sondern auch ich in Sarah. Jedenfalls war ich ihr unglaublich dankbar, dass sie mich mit so offenen Armen in ihrer Familie aufgenommen hatte.

Die Sonne war bereits hinter dem Horizont untergegangen, als Brent und ich auf einer der Loungebänke saßen und auf die letzten Glutnester des Lagerfeuers starrten. Zwischen uns lag Bonnie, den Kopf auf Brents Schoß gebettet, die kleinen Füße auf meinem. Liebevoll hatte Brent ein Handtuch über ihr ausgebreitet, damit ihr bei den lauen Abendtemperaturen nicht kalt wurde.

Sarah und Joe verbrachten einen ruhigen Abend zu zweit in ihrem Doppelzimmer mit einer Flasche französischem Wein und einer Käseplatte, die ich für sie hatte vorbereiten lassen. Es war der erste Abend zu zweit, den die beiden für sich hatten.

Bonnie durfte bei uns übernachten, weshalb Brent noch eine Matratze auf den Boden seines Zimmers gelegt hatte. Dort wollte er schlafen, während Bonnie und ich uns das große Bett teilten. Sie fand das aufregend, wie so vieles in diesem Urlaub.

»Kannst du dir vorstellen, dass sie in zwei Tagen schon

wieder abreisen?«, fragte ich nach einer Weile, um endlich jenes Thema anzuschneiden, vor dem wir uns so lange gedrückt hatten. Ein Teil von mir hatte Angst, dass Brent sich gegen eine Rückkehr nach Kalifornien entscheiden könnte, weshalb ich eigentlich darauf hatte warten wollen, dass er es zuerst ansprach. Das dauerte mir aber zu lange.

»Die Zeit mit ihnen ist so schnell vergangen«, sagte Brent, der offenbar über die Reste des Lagerfeuers, das Bonnie sich gewünscht hatte, hinausstarrte. »Und trotzdem war sie so intensiv.« Seine Worte bekräftigten die Befürchtungen, die ich bereits gehabt hatte. Dass er nicht vorhatte, Lovett Island zu verlassen.

»Wie soll es danach weitergehen?«, fragte ich daher geradeheraus. Ich brauchte einfach eine Antwort darauf, auch wenn ich nicht wusste, ob ich sie einfach tatenlos akzeptieren würde.

Nun löste er seinen in die Leere gerichteten Blick und sah erst auf seine kleine Tochter und dann zu mir hoch. »Ich kann sie nicht mehr alleine lassen«, flüsterte er, nicht weil er sie nicht aufwecken wollte, sondern weil er seinem entschuldigenden Gesichtsausdruck nach fürchtete, ich könnte diese Entscheidung nicht mittragen wollen. »Ich kann aber von dir auch nicht verlangen, Lovett Island hinter dir zu lassen und ein Leben zu führen, das die wenigsten Einundzwanzigjährigen führen wollen.« Er schluckte hart und sah wieder auf Bonnie hinunter.

»Brent«, sagte ich und wartete, bis er wieder aufschaute. »Ich bleibe an deiner Seite, egal, wohin du gehst. Und erst recht, wenn du dich für sie entscheidest.«

Es dauerte noch ein, zwei Atemzüge, bis er die Bedeutung meiner Worte begriff und sich ein erleichtertes Lächeln über seine Lippen legte. Dann aber verdrängte er es wieder, und eine Falte bildete sich zwischen seinen Augenbrauen. »Bist du sicher, dass du das willst? Auch wenn ich ...«

»Brent!«, fuhr ich ihm dazwischen. »Ich will doch sowieso nach Kalifornien, um Meeresbiologie zu studieren. Das könnte doch gar nicht besser sein.«

Er schmunzelte und ließ den Kopf hängen. »O Mann, letzte Woche hätte ich mir noch nicht vorstellen können, Lovett Island zu verlassen.«

»Ich schon«, sagte ich, auch um ihm meine Zuversicht klarzumachen. Ich fürchtete mich nicht vor der Zukunft. Weder vor einem Studium noch vor Kalifornien, noch vor einem Leben mit Brent und Bonnie.

»Das heißt, wir verlassen Lovett Island«, sagte Brent, als könnte er es gar nicht glauben. Selbst hier im schwachen Licht erkannte ich das Leuchten in seinen Augen. Als müsste er es sich laut vorsagen, um es zu verstehen. »Wann?«

Bonnie bewegte sich ein wenig, schlief aber gleich wieder weiter.

»Ich brauche keine drei Stunden, um meine Sachen zu packen«, flüsterte ich, um ihm meine Abreisebereitschaft zu demonstrieren. Wenn es sein müsste, würde ich morgen schon mit ihm in ein Boot steigen.

»Lass uns noch zur Wiedereröffnung dableiben«, sagte Brent. »Das sind wir unseren Freunden schuldig.«

»Ja, du hast recht.« Wenn es etwas gab, das ich wirklich

vermissen würde, dann waren es unsere Freunde. Doch ich war entschlossen, dass uns diese Distanz sie nicht verlieren lassen würde.

Ein breites Grinsen breitete sich auf Brents Lippen aus. »Ich kann es nicht fassen!«

Statt etwas darauf zu sagen, beugte ich mich vorsichtig über Bonnie zu ihm hinüber und küsste ihn.

34.

Blair

Ich betrachtete mich in dem bodenlangen Spiegel in meinem Schlafzimmer. Das beige, mit goldenen Applikationen verzierte Kleid, das ich für die offizielle Wiedereröffnung gewählt hatte, schmiegte sich perfekt an meinen Körper. Ich hatte es schon einmal zu einem Charity-Event vor einem Jahr getragen. Früher hätte ich nur ungern ein Kleid ein zweites Mal getragen, doch heute Abend war mir das völlig egal.

»Du siehst fantastisch aus«, sagte Ezra und trat hinter mich. Er legte seine Hände sanft auf meine Hüften. Mit der Stoffhose, die denselben Beigeton wie mein Kleid hatte, und dem dunkelblauen Hemd sahen wir aus wie ein Paar.

»Du aber auch.« Ich drehte mich in seiner Umarmung um und gab ihm einen Kuss auf den Mund. »Was hältst du davon, dir noch eine Krawatte umzubinden?« Meine Finger glitten über den weichen glattgebügelten Stoff seines Hemds.

»Ich habe eine bessere Idee«, sagte Ezra grinsend und

ging zu seinem Koffer, der offen auf dem Boden lag. Dort waren seine Sachen verstaut.

»Willst du deine Klamotten nicht in meinen Schrank tun?«, schlug ich nicht zum ersten Mal vor. Weil ich alle Doppelzimmer für die Gäste brauchte, hatte ich ihn gebeten, die Nacht in meinem Appartement zu verbringen. Mal abgesehen davon fand ich es mittlerweile sowieso doof, wenn er nicht bei mir schlief.

»Ich reise doch morgen schon ab«, antwortete Ezra, ohne das Bedauern in seiner Stimme verbergen zu können.

»Ich hab mich gerade erst daran gewöhnt, dich die ganze Zeit auf der Insel zu haben«, gab ich zu.

Grinsend stand Ezra von seinem Koffer auf. »Gerade erst?«, fragte er amüsiert.

»Es kommt mir vor wie gestern, als ich dich noch Sweeting genannt habe«, erklärte ich.

»Das war auch erst gestern, als wir die Stabilität von Peytons Büroschreibtisch getestet haben.« Er wackelte mit den Augenbrauen, die Bilder von unserem kleinen Abenteuer eindeutig gerade im Kopf.

»Das darf sie nie erfahren«, sagte ich mit eindringlichem Blick, konnte mein Grinsen aber bei der Erinnerung an gestern auch nicht lang verbergen.

»Dass du mich beim Sex noch Sweeting nennst?«

Ich boxte ihm spielerisch gegen die Schulter. »Sie ist nur zu Besuch hier! Wenn Peyton erfährt, was wir in ihrem Büro getan haben, wird sie nicht mehr gehen.«

»Keine Sorge. Meine Lippen sind versiegelt.« Ezra schloss demonstrativ den Mund.

»Dafür werde ich sorgen«, fügte ich hinzu und legte meine Lippen auf seine. Er erwiderte den Kuss voller Hingabe. Seine Finger wanderten von meiner Taille an meinen unteren Rücken, wo er mich sanft an seinen Körper zog. Ich legte meine Arme um seine breiten Schultern und vergaß für einen Moment, wofür wir uns heute Abend überhaupt so schick herausgeputzt hatten.

Als sich unsere Lippen für einen kurzen Moment voneinander lösten fragte Ezra: »Also, wie findest du die?«

Ich verstand erst, was er meinte, als er ein Stück Stoff an seinen Hals hielt. Allerdings war es keine Krawatte, sondern eine Fliege aus goldenem Satin. »Du willst eine Schleife tragen?« Meine Überraschung darüber übertönte meine Begeisterung.

»Klar, warum nicht?«

Ich kannte kaum Männer in seinem Alter, die eine Fliege einer Krawatte vorzogen. Und noch dazu eine im Gepäck hatten, die perfekt zu meinem Kleid passte. Ich lächelte. »Darf ich sie binden?«

»Gerne.« Ezra gab mir den Satinstreifen und hob das Kinn.

Ich schlug den steifen Kragen seines Hemds hoch und legte ihm den Stoff um den Hals. Mir gefiel diese Geste zwischen uns, sie war etwas so Normales und gleichzeitig Besonderes.

»Wie fühlt es sich an, endlich wieder Gäste auf der Insel zu haben?«, fragte Ezra, während ich die Enden unter seinem Kinn verknotete.

»Gut, vor allem jetzt, da ich dank Hughs Kredit alle

Rechnungen begleichen konnte. Ich hätte sonst nie so unbeschwert die Gäste empfangen können.« Meine Finger glitten über den Stoff und banden die Enden zu einer gleichmäßigen Schleife, die ich nur noch ein wenig geraderücken musste.

»Ich bin wirklich froh, dass du eine Lösung gefunden hast, die für dich passt«, sagte Ezra und sah mir wieder in die Augen.

Er hatte schon oft gesagt, dass er meine Ablehnung gegenüber seinem Geld akzeptierte, doch ich hatte ihm nie wirklich dafür gedankt. Ihm nie wirklich erklärt, weshalb es für mich unmöglich war.

»Die Sache mit dem Geld hat mich viele schlaflose Nächte gekostet …«, erklärte ich und legte meine Hände um seinen Hals. »Ich musste über mich hinauswachsen und einen Weg finden, mich aus diesem Loch zu holen. Ohne deine Hilfe. Du warst der erste Mensch, der mir zugetraut hat, diese Größe zu beweisen. Der mich geliebt und akzeptiert hat, so wie ich bin.«

Ich machte eine kurze Pause, um die vielen aufregenden wie schönen Gefühle in mir zu sortieren und in Worte zu formen. »Mir wurde aber bald klar, dass ich nicht den *anderen* etwas beweisen wollte. Ich wollte nur dir beweisen, dass du recht hattest mit deinem Vertrauen und deinem Glauben an mich. Ich … ich wollte dir zeigen, dass mich deine Liebe stark macht.« Ein dicker Kloß in meinem Hals erstickte meinen letzten Satz. Es fiel mir nicht leicht, meine innersten Gefühle auszusprechen, doch vor Ezra hatte ich das Bedürfnis, es trotzdem zu tun.

Er zog mich sanft an seine Brust und schenkte mir mit einer Umarmung den Halt, den ich auch in diesem Moment brauchte. »Ich habe keine Sekunde an dir gezweifelt«, hauchte er an mein Haar. »Aber es ist mir schwergefallen, dich so verzweifelt zu sehen.«

»Danke, dass du es mich trotzdem hast sein lassen.« Ich hob den Kopf und küsste ihn zärtlich auf die Lippen. Es war so wunderbar, bei ihm zu sein. Ich fühlte mich geborgen und sicher, wenn er in meiner Nähe war.

»Bist du bereit?«, fragte Ezra, als er seine warmen Hände wieder von meinen Wangen nahm.

»Mit dieser schicken Begleitung aber so was von.« Ich schmunzelte, dann nahm ich ihn an der Hand, und wir verließen mein Appartement. »Es gibt heute Abend übrigens eine kleine Überraschung«, sagte ich, nachdem ich die Tür hinter uns zugezogen hatte.

»Was für eine Überraschung?«, fragte Ezra neugierig.

»Da musst du dich noch einen Moment lang gedulden.«

Wir gingen über den verglasten Steg ins Haupthaus hinüber. Im Laufe des Tages waren immer mehr Gäste angereist, und bis auf zwei Bungalows, bei denen noch Reparaturarbeiten ausständig waren, war bereits in der ersten Nacht jedes Bett belegt. Wir bekamen laufend Anfragen von Interessenten, die gerne auch spontan vorbeikommen würden. Ich war zuversichtlich, dass schnell wieder alles ins Laufen kam und ich Hughs Kredit wie vereinbart zurückzahlen konnte.

Das Restaurant war genauso hergerichtet, wie ich es mir für die Wiedereröffnung vorgestellt hatte. Der weiße Steinboden glänzte so sehr, dass man ihn als Spiegel benutzen konnte. Die Tische waren locker versetzt im Saal verteilt und mit türkisen Tischläufern belegt. Vasen mit farbenfrohen Blüten und gefächerten Blättern dekorierten den Saal ebenso wie Schalen mit frischen grünen Kokosnüssen. Leise Klaviermusik rundete das Ambiente wunderbar ab.

Das üppig und farbenfroh angerichtete Buffet war heute Abend mit einem Champagnerbrunnen auf der einen Seite und einem Schokoladenbrunnen auf der anderen abgegrenzt. Dazwischen gab es allerlei köstliche Speisen, die das Küchenteam zubereitet hatte. Ich freute mich schon jetzt darauf, es in Anwesenheit all der Gäste genießen zu können.

Die Anwesenden hatten sich längst am Champagnerbuffet bedient und standen im Restaurant verteilt in Grüppchen beisammen und unterhielten sich. Dazwischen verteilte sich der Staff, der passend zum Abend schick gekleidet war.

Zufrieden, wie perfekt alles aussah, begrüßte ich die Gäste im Vorbeigehen und nickte ihnen freundlich zu.

»Bitte sehr.« Ezra reichte mir ein Champagnerglas, das ich dankend annahm.

Um meine Nerven ein wenig zu beruhigen, nahm ich einen Schluck. Dann stellte ich mich vor das verlockend aussehende Buffet, von dem ein verführerischer Duft ausging, und ließ meinen Blick noch einmal durch den Raum gleiten. Das alles gehörte jetzt mir. Das Gebäude, die Einrichtung, aber auch die Verantwortung für die Mitarbeiter, die Gäste und einen reibungslosen Ablauf. Ich holte tief Luft und ließ das Gefühl erst mal sacken. Es fühlte sich gut an, richtig gut.

»Liebe Gäste, darf ich einen Moment um Ihre Aufmerksamkeit bitten?«

Die Gespräche verebbten, und die Anwesenden wandten sich nach und nach zu mir um. Der neben mir plätschernde Champagnerbrunnen erinnerte mich daran, mein Glas zu heben.

»Ich freue mich, dass Sie alle heute gekommen sind, um diesen besonderen Tag mit uns zu verbringen. Wie Sie bestimmt wissen, war Lovett Island schon immer ein Teil meines Lebens. Mein Herz ist hier zu Hause, und seit Kurzem bin ich es auch. Ich habe die wunderbare Aufgabe übernommen, Lovett Island als das weiterzuführen, wofür es schon seit vielen Jahren bekannt ist: eine exklusive Urlaubsinsel, auf der es nichts gibt, was es nicht gibt.« Das Lächeln kam mir bei diesen Worten automatisch über die Lippen. »Bestimmt wissen Sie auch, dass erst kürzlich Hurrikan Elsa ein großes Chaos in der Karibik angerichtet hat. Auch wir auf Lovett Island sind davon nicht verschont geblieben, doch dank unserer fleißigen und engagierten Mitarbeiter ist die Insel heute wieder genauso schön wie davor.«

Einige Gäste klatschten und nickten den Staffmitgliedern zu. Ich ließ ihnen diesen Moment der Anerkennung. Sie hatten ihn sich verdient.

»Gute Mitarbeiter sind nicht nur schwer zu finden, sondern auch schwer zu halten«, setzte ich fort. »Manchmal ist es aber an der Zeit, sich neuen Herausforderungen zu stellen, weshalb drei unserer geschätzten Freunde neue Wege einschlagen. Der heutige Abend steht nicht nur im Zeichen der Wiedereröffnung, sondern auch als gebührender Abschied unserer langjährigen Mitarbeiter und Freunde Brent, Violet und Maci.«

»Auf die drei!«, rief Karlee und hob ihr Champagnerglas.

»Auf die drei!«, stimmte ich mit ein. »Wir wünschen euch alles Gute für eure Zukunft und hoffen, ihr kommt uns noch oft auf Lovett Island besuchen.«

Karlee, die neben Maci stand, legte ihr den Arm um die Schultern und drückte sie freundschaftlich.

Maci lächelte glücklich. Sie hatte sich jenen Zukunftsweg zurückerkämpft, den ich ihr verbaut hatte. Ich freute mich für sie, dass das Turnier so super verlaufen war.

Mein Blick fiel auf Ezra, der nur wenige Schritte von mir entfernt stand und mich mit einer Wärme aus seinen bernsteinfarbenen Augen ansah, die mir bestätigte, dass seine Nähe das Einzige war, was ich brauchte.

»Außerdem freue ich mich, die Leiterin des Staffs, Peyton Knox, heute Abend hier zu haben.« Ich deutete auf Peyton, die etwas blasser als sonst neben Violet und Brent stand und das Geschehen ausgesprochen entspannt und zufrieden beobachtete. Sie wirkte viel relaxter, hatte einen weicheren Zug um den Mund und sah aus, als würde sie es genießen, die Insel mal von einer anderen Seite aus zu betrachten. »Leider fällt sie wegen einer Verletzung noch einige Zeit aus, aber ich spreche wohl für alle, wenn ich sage, dass wir uns auf deine Rückkehr freuen, liebe Peyton.«

»Du kannst die Zeit ja nutzen, dir dein eigenes Büro einzurichten«, sagte sie und deutete mit ihrer Champagner-flöte zu mir herüber. »Ich hab gehört, dein knochiger Hintern wetzt meinen bequemen Schreibtischstuhl ab.«

»Bei Rückenproblemen ist ohnehin ein Stehtisch besser«, entgegnete ich ihr grinsend.

Die Gäste und der Staff lachten, und ich freute mich über die entspannte Atmosphäre mit genau den richtigen Menschen, um einen Neustart in meine Zeit als Inselbesitzerin zu wagen.

»Heißt das, Karlee und ich sind ab jetzt allein?«, fragte Jesse, wobei er sich nicht anmerken ließ, ob ihm das gefiel oder nicht.

»Solange du die Tennisstunden übernimmst«, rief Karlee, und ihr warnender Blick glitt zwischen Jesse und mir hin und her. In der Zeit, als Maci nicht auf Lovett Island gewesen war, hatte sie sich um die Tennisstunden mit den Gästen kümmern müssen. Es war eine kleine Katastrophe gewesen.

»Keine Sorge, dafür habe ich bereits Ersatz«, beruhigte ich sie und bemerkte, wie mich viele neugierige Blicke trafen. »Ich möchte euch die zwei neuen Staffmitglieder vorstellen, die ab sofort unser Team verstärken. Ein Name kommt manchen von Ihnen vermutlich schon bekannt vor. Ich darf im Team willkommen heißen: Adam und Rosie.«

Alle sahen zur Tür hinüber, die zur Lobby führte. Adam spazierte als Erster herein, auf den Lippen sein breites Surfergrinsen, als wäre er keinen einzigen Tag weg gewesen. Sein weißblondes Haar war ein bisschen länger und seine Sommerbräune noch intensiver. Er trug Badeshorts,

Schlappen und ein Tanktop, als wollte er die Wiedereröffnung gleich wieder in Richtung Strand verlassen.

»Adam!«, quietschte Violet und fiel ihm um den Hals.

Rosie folgte ihm ins Restaurant. Im Gegensatz zu Adam hatte sie sich für den heutigen Abend etwas schicker gekleidet. Das weiße luftige Neckholderkleid schmeichelte ihrer braunen Haut. Dazu passend steckten weiße Perlen an den Enden ihrer Braids, die sie sportlich und elegant wirken ließen. Ihr neugieriger Blick glitt über die Anwesenden hinweg und blieb dann an Maci hängen. Grinsend ging sie zu ihr.

Maci war es auch gewesen, die mir Rosie als Nachfolgerin empfohlen hatte. Ihrer Meinung nach war sie eine ebenso gute Tennislehrerin wie sie und passte auch vom Charakter her gut zum Team. Da ich wusste, wie schwer es war, gute Tennislehrer zu finden, vertraute ich auf Macis Urteil.

Während Adam seine Freunde begrüßte, wandte ich mich den wartenden Gästen zu und schloss meine Rede: »Ich wünsche Ihnen einen wunderbaren Aufenthalt auf Lovett Island und darf Sie nun an das köstliche Abendbuffet bitten.«

Langsam lösten sich die festen Gruppen auf, und die Leute vermischten sich. Schon bald hatte sich eine kleine Schlange vor dem Buffet gebildet, und die meisten Tische waren nun besetzt. Ich beobachtete die Situation erleichtert. Genauso hatte ich mir die Wiedereröffnung vorgestellt. Ein gemütlicher Abend, an dem alles reibungslos ablief. Das war ein guter Start.

Als ich eine warme Hand an meinem Rücken spürte, wusste ich sofort, dass es Ezra war.

»Ich finde es toll, dass du Adam zurückgeholt hast«, sagte er leise an mein Ohr.

»Wusstest du, dass er in der Zwischenzeit einen Barkeeperkurs belegt hat?« Ich sah grinsend zu Ezra hoch. »Er kann damit Brent und Violet ersetzen.«

»Guter Schachzug«, sagte Ezra, der sich bestimmt auch denken konnte, dass ich mit Adams Wiedereinstellung auch wiedergutmachen wollte, dass ich ihn damals wegen der Sache mit Collin hatte feuern lassen.

»Sieh an, sieh an.« Peyton kam mit leicht steifer Haltung zu uns herüber. »Ich hätte wohl keinen Dollar darauf gesetzt, dass du das alles so souverän meisterst.« Es sollte wie ein Scherz klingen, doch ich wusste, dass Peyton das völlig ernst meinte.

»Ich habe von der Besten gelernt«, sagte ich und meinte das ebenso, wie ich es sagte. »Jetzt, da du siehst, dass wir hier alles im Griff haben, hoffe ich, dass du deiner Genesung die Zeit gibst, die sie braucht.«

»Habt ihr mich so wenig vermisst?«, fragte sie gekränkt und trank den Rest ihres Champagners aus. »Am Ende fällt euch noch ein, dass ihr mich gar nicht braucht.«

»Ganz bestimmt nicht!«, versicherte ich ihr. »Zur Not musst du eben Cocktails mixen lernen oder Tennisspielen.«

»Pah! Das würde euch so passen.« Sie warf mir einen warnenden Blick zu, damit ich nicht auf dumme Ideen kam. Dann sah sie langsam von mir zu Ezra hinüber. »Und ihr zwei seid jetzt zusammen?«

»Ja!«, sagte ich voller Stolz.

Doch statt sich für uns zu freuen, verzog Peyton das Gesicht. »Ich hoffe, ihr habt in meinem Büro keine unanständigen Sachen angestellt.« Sie zog eine Augenbraue hoch und musterte uns prüfend. Es war, als hätte sie uns längst durchschaut.

Ezra räusperte sich nur verlegen in seine Faust, während ich grinste.

»Du brauchst doch sowieso einen neuen Schreibtisch.«

35.

Maci

Ich saß auf einer der niedrigen Backsteinmauern vor dem *Alfred A. Ring Tennis Complex*, in dem ich seit einer Woche mit dem Frauentennisteam der Gators trainierte. Die Spielstätte bot alles, was mein Tennisherz begehrte: sechs Tennisplätze vor einer Tribüne für eintausend Zuschauer, weitere Trainingsplätze im hinteren Bereich, top ausgestattete Kabinen und Trainingsräume im Inneren.

Das Team hatte mich sofort willkommen geheißen, und ich bekam den starken Zusammenhalt der Spielerinnen vom ersten Tag an zu spüren. Für Diana war Solidarität wichtig, nicht nur, weil wir viel Zeit miteinander verbrachten, sondern auch, weil wir alle Höhen und Tiefen haben würden, in denen wir uns als Freundinnen unterstützen sollten.

Gleichzeitig hatte Diana hohe Erwartungen und einen straffen Trainingsplan, der meinen Körper bereits jetzt an seine Grenzen brachte. Nun wollten wir diese Grenzen ausweiten und immer wieder neu ausloten. In nur vier Wochen durfte ich mit dem Team zu einem weiteren Turnier fliegen. Es würde das erste Mal sein, dass ich in einem Gators-Trikot an einem Wettkampf teilnahm. Schon heute erfüllte es mich mit Stolz, die Farben meiner Universität zu tragen.

Zwischen meinen Füßen stand mein Rucksack, in dem die Bücher steckten, die ich vor dem Tennistraining aus der Bibliothek geholt hatte. Alles Einführungsliteratur, die ich dringend lesen musste. Die Wahl, am Department für angewandte Physiologie und Kinesiologie zu studieren, war mir nicht schwergefallen. Ich interessierte mich schon lange für die Abläufe des menschlichen Körpers und konnte mir vorstellen, nach meiner Sportlerkarriere als Physiotherapeutin zu arbeiten. Abgesehen davon würde mir ein besseres Verständnis in diesem Fachgebiet auch als Tennisspielerin von Vorteil sein.

Im Moment lag ein Anatomiebuch aufgeschlagen auf meinen Knien, das mit allerlei lateinischen Fachbegriffen um sich schmiss. Einige kannte ich, doch die meisten würde ich mühevoll auswendig lernen müssen.

Der größte Nachteil meines verspäteten Starts war aber, dass ich mich auf diesem riesigen Campusgelände ständig verlief. Ich hatte noch überhaupt keinen Überblick, wie ich auf dem kürzesten Weg von einem Ort zum anderen kam. Zwar waren hier die Studierenden sehr hilfsbereit, aber ich wollte trotzdem endlich die Wege zwischen Tennis Complex, den Klassenräumen, Bibliothek und Trevors Appartement verstehen. Es gab so viele Gebäude, eines größer als das andere, dazwischen weite Parkanlagen, die auch zum Verweilen einluden. Lovett Island war im Vergleich zu diesem Areal ein Schneckenhaus.

»Hey, Maci!« Anna kam aus dem Gebäude heraus, die Trainingstasche geschultert. Ihr langer geflochtener Zopf schwang bei jedem Schritt hinter ihrem Kopf hin und her. »Kommst du heute zur *Gators Night*?«

Die Gators Night fand jeden Freitag im *The Reitz Union* statt. In diesem riesigen Campusgebäude gab es neben Essensständen, Lernräumen und Büros auch ein Hotel, Spielräume, ein Kino und verschiedene Einkaufsmöglichkeiten.

»Ich weiß es noch nicht«, antwortete ich, weil Trevor und ich noch keine Pläne für den heutigen Abend gemacht hatten.

»Lass dir das nicht entgehen!«, rief Anna begeistert. »Die anderen Mädels kommen auch. Wir machen erst Yoga bei Sonnenuntergang, und dann gehen wir zum Grammy Playlist Bingo.«

»Grammy Playlist Bingo?«, wiederholte ich, weil ich noch nie von so etwas gehört hatte.

»Genau! Und halte dir den nächsten Freitag frei. Da gibt es einen Tanzmarathon. Du und dein Freund solltet euch bequeme Schuhe zulegen.« Sie grinste, als wüsste sie, wovon sie sprach.

»Ich werde es ihm vorschlagen«, antwortete ich, weil ich nicht sicher war, ob Trevor für diesen Spaß zu haben war. Weder für Grammy Playlist Bingo noch für einen Tanzmarathon. Zum Yoga und Bingo konnte ich auch alleine gehen, für den Tanzmarathon wäre er als Begleitung allerdings nicht schlecht.

»Sehr gut. Dann sehen wir uns vielleicht später!« Anna hob die Hand zum Gruß und lief dann die Straße hinunter.

Kurz darauf folgten ein paar andere Studentinnen des Tennisteams. Auch sie grüßten und schlenderten in Richtung ihrer Studentenheime, die sich über den ganzen Campus verteilten.

Mein Blick fiel wieder in das Anatomiebuch, und ich schaffte noch drei Seiten, bis sich jemand neben mich setzte. Als mir der allzu vertraute Minzgeruch in die Nase stieg, grinste ich automatisch.

»Wenn du jemanden brauchst, an dem du all diese Körperstellen genauer studieren willst, würde ich mich anbieten«, flüsterte Trevor mir ins Ohr. »Was hast du heute Abend vor?«

Ich lachte leise, dann klappte ich das Buch zu und sah ihn an. »Das Grammy Playlist Bingo klingt lustig.«

Sein zweideutiges Grinsen verrutschte leicht. »Du willst zum Bingo? Das ist doch etwas für alte Leute.«

»Grammy Playlist Bingo«, korrigierte ich ihn. »Bei der Gators Night.«

»Da steckt doch noch immer das Wort Bingo drin.«

»Die Mädels vom Team machen mit und haben mich gefragt, ob ich auch komme«, erklärte ich und schob das Anatomiebuch zwischen die anderen Bücher in meinem Rucksack. »Die Gators Night soll doch ganz cool sein.«

»Schon, aber wir können uns dort auch einfach mit den

Leuten treffen, ohne an den Aktivitäten teilzunehmen. Oder einen Film gucken.«

»Nächste Woche gibt es einen Tanzmarathon«, setzte ich ihn über die weiteren Pläne in Kenntnis.

Trevors Gesichtsausdruck wurde nun bitterernst. »Maci, ich muss dir den Umgang mit dem Team verbieten, wenn die dich jede Woche zu solchen Aktivitäten schleppen wollen.«

Ich lachte und stieß ihm sanft gegen die Schulter, was ihn schmerzverzerrt Luft holen ließ.

»Tu nicht so, das war die linke Schulter«, sagte ich und nahm meine Trainingstasche hoch, um sie mir umzuhängen.

Trevor erhob sich ebenfalls und bot mir an, meinen Rucksack zu tragen. »Verdammt, hast du da Steine drin?«, fragte er und hängte ihn sich über seine gesunde Schulter.

»Nein, nur ein paar Lehrbücher«, antwortete ich grinsend.

»Ich habe während meines gesamten Studiums noch nie so viele Bücher gebraucht«, murmelte Trevor und deutete mit einem Kopfnicken auf die Straße hinunter. »Also gut, dann lass uns mal den Campus erkunden. Ich will nicht, dass du dich ständig verläufst.«

»Das war bloß einmal!«, verteidigte ich mich. »Das Areal der UF ist aber auch riesig.«

»Du warst nicht mal mehr am Campus.«

Lachend sah ich ihn an und merkte, wie er mit den Augen rollte. »Ich hätte dich zu gern gesehen, als du damals zu studieren begonnen hast«, sagte ich. »Wahrscheinlich hattest du einen Chauffeur, der dich von A nach B chauffiert hat.«

Trevor lachte schallend los. »Aber nur, wenn kein Platz war, um mit dem Helikopter zu landen. Und jetzt komm, ehe deine Freundinnen dich zum Strick-Workshop mitnehmen wollen.«

Epilog

Weihnachten

Ich schlüpfte mit dem rechten Arm in das dunkelblaue, steif gebügelte Hemd, bis der Stoff die Narbe verdeckte, die mich an das schlimmste Erlebnis meines Lebens erinnerte. Erst vor vier Wochen wurden in einer ambulanten Behandlung die Schrauben herausgeholt, die meine Schulter in den letzten Monaten zusammengehalten hatten. Die Haut spannte noch ein wenig, aber das Gelenk und die Muskeln selbst waren annähernd wieder wie früher. Zwar konnte ich keinen Leistungssport mehr betreiben, was sich manchmal noch surreal anfühlte, doch im Alltag machte die Schulter dank der Physiotherapie keine Probleme mehr.

Nun war es auch Maci, die ein Auge auf mich hatte. Ebenso wie auf meine Haltung, eine gleichmäßige Belastung der Schultern und dass ich die Übungen machte, die Peter mir mitgegeben hatte. Mittlerweile fühlte ich mich wie ihr persönliches Testobjekt, an dem sie ihr Gelerntes aus dem Studium anwenden konnte. Gleichzeitig beeindruckte sie mich jeden Tag ein bisschen mehr. Von Anfang an hatte sie sich von dem Lernpensum des Physiotherapie-

Studiengangs nicht abschrecken lassen. Es war eine Leidenschaft, die sie an der UF entdeckt und in den vergangenen vier Monaten verinnerlicht hatte. Dazu trainierte sie fast jeden Tag mit dem Tennisteam und hatte seit dem Beginn des Terms auch an mehreren Wettkämpfen teilgenommen. Die Pokale dieser Turniere hatten wir nach Lovett Island mitgenommen und auf einem Regal in unserem Wohnzimmer drapiert. Dazwischen stand auch jener des Tenniscups, bei dem sie gegen mich gewonnen hatte. Wenn sie so weiterspielte, würden wir uns schon bald eine größere Vitrine zulegen müssen.

Ich schob langsam einen Knopf nach dem anderen durch das Loch, den Blick fest auf den Spiegel gerichtet. Mein Körper war nicht mehr ganz so fit und trainiert, seit ich nicht mehr für die Gators spielte, doch ich war immer noch gut in Form. Selbst wenn Maci mich gelegentlich neckte und behauptete, sie könnte bei mir einen kleinen Bauchansatz sehen, den sie aber total »süß« fände.

Bei den Gedanken an sie musste ich lächeln. Die Monate mit ihr zusammen hatten uns gezeigt, dass sich all die Mühen und Strapazen ausgezahlt hatten. All die Hindernisse, die wir überstanden hatten, und die schwere Zeit, durch die wir gemeinsam gegangen waren. Maci und ich gehörten zusammen, und ich konnte mir nicht vorstellen, jemals eine andere Frau so sehr zu lieben, wie ich Maci liebte. Seit Thanksgiving erinnerte uns auch ein kleines Zeichen in unserer Haut an diese Verbindung.

Ich streckte den kleinen Finger meiner linken Hand weg und betrachtete das kleine rote Herz an der Innenseite. Es erinnerte uns an das Kartenspiel an Macis erstem Abend auf Lovett Island, bei dem ich die Karte weggezogen und mir einen kleinen Kuss von ihr gestohlen hatte. Seitdem waren so viele weitere gefolgt, doch jeden davon hatte sie mir freiwillig geschenkt. Und jeder hatte mein Herz genauso wild schlagen lassen wie der erste.

»Sag jetzt nicht, du bereust das Tattoo, bloß weil sich ein Studienkollege über Partnertattoos lustig gemacht hat«, sagte Maci plötzlich. Sie stand in einem weinroten Kleid mit dunkelgrünem Gürtel um die Taille an den Türrahmen gelehnt und betrachtete mich lächelnd. Ihr blondes Haar fiel in sanften Wellen um ihr Gesicht, war aber mittlerweile zu kurz, um noch ihre Schultern zu berühren, seit sie ihre lange Mähne einfach abschneiden hatte lassen.

»Ich bereue überhaupt nichts«, antwortete ich und musste gar nicht erst versuchen, entschlossen zu klingen. Dieses Tattoo bewies mir jeden Tag aufs Neue, dass das alles nicht nur ein Traum war. »Wie geht es deinen Eltern?«, wechselte ich das Thema. »Hatten sie eine gute Anreise?«

Maci stieß sich vom Türrahmen ab und seufzte. »Ja, aber Dad ist etwas stinkig, weil es hier so warm ist. Er findet, zu Weihnachten gehören Schnee und Kälte.«

Ich schmunzelte. Mittlerweile hatte ich Macis Eltern bei mehreren Turnieren getroffen, und obwohl mich ihre Mom sofort mit offenen Armen empfangen hatte, war ich mit ihrem Dad noch nicht ganz warm geworden. »Denkst du, er wird mir zu Weihnachten erlauben, ihn beim Vornamen anzusprechen?«

»Rechne mal eher nicht damit«, antwortete Maci und verzog das Gesicht. Sie kam näher und knöpfte mir die obersten Knöpfe zu – bis auf den letzten!

»Echt so förmlich?«, brummte ich verstimmt und versuchte, mit dem Finger den Kragen zu lockern. »Wegen deines Vaters?«

»Wegen Blair. Sie besteht darauf.«

»Auch auf einer Krawatte?«

»Nur fürs Dinner. Sie hat versprochen, sobald die Kekse am Tisch stehen, dürft ihr die Krawatte abnehmen.« Ihr aufmunterndes Lächeln verfehlte leider seine Wirkung bei mir.

Zwar hatte ich mich schon auf das weihnachtliche Abendessen auf Lovett Island gefreut, aber nicht darauf, während des gesamten Essens einen Schlips zu tragen.

»Wollen wir?« Maci schob ihre Hand in meine und lächelte mich aufmunternd an.

»Warte!« Ich entzog ihr noch einmal meine Hand, dann holte ich aus meinem Schrank das Geschenk, das ich für sie besorgt hatte. Es war eine kleine dunkelgrün verpackte Box mit einer goldfarbenen Schleife darum herum.

»Was ist das denn?«, fragte Maci neugierig und rollte auf die Zehenspitzen vor, als könnte sie so mehr erkennen.

»Du musst bis nach dem Essen warten, bevor du es auspacken darfst«, antwortete ich, weil ich sie ein wenig necken wollte. Vor mich hin grinsend ging ich zur Tür.

»Komm schon!«, versuchte sie es mit leicht flehendem Ton. »Ich werfe nur einen schnellen Blick hinein und packe es später offiziell aus.«

Mir gefiel ihr Versuch, ihre Ungeduld gewinnen zu lassen, doch er scheiterte kläglich. »Sorry, aber die Regeln mache nicht ich«, entgegnete ich ihr mit gespielt bedauerndem Lächeln.

Sie musterte mich noch kurz, dann streckte sie die Schultern nach hinten und schob ihre Nasenspitze ein Stück höher. »Schön! Dann verrate ich dir auch nicht, was du bekommst.«

Ich lachte. »Du hast ja gar nichts dabei«, stellte ich fest.

»Und ob!«

»Und wo?«, fühlte ich neugierig vor.

Sie grinste verdächtig. »Ich trage es darunter.« Ihre Hand glitt über den roten Stoff ihres Kleides. Der verführerische Ausdruck in ihren Augen ließ mein Blut tiefer sinken. »Du kannst es später auspacken«, hauchte sie, und ich spürte prompt den Druck in meiner Hose, der mich am liebsten die Krawatte losbinden und das Dinner einfach ausfallen lassen wollte.

»Ich werde den ganzen Abend an nichts anderes denken können«, sagte ich, was zu einhundert Prozent stimmen würde.

Maci küsste mich auf den Mund. »Das solltest du aber. Du wirst neben meinem Dad sitzen.«

Ich stieß einen frustrierten Laut aus. »Du machst Witze. Doch nicht an Weihnachten? Ich sitze bestimmt neben Mom. Oder Ezra. Oder meinem Dad. Oder dir?« Nun schlug meine Stimme etwas zu sehr in ein Flehen über. »Maci?«, drängte ich, doch sie grinste bloß.

»Komm jetzt. Wir sind sonst die Letzten.«

»Du machst keine Witze?«, fragte ich nun verzweifelt, doch sie ignorierte es.

Stattdessen brachte sie mich aus unserem Appartement, obwohl ich sie am liebsten aufs Bett schmeißen und mein Geschenk auspacken wollte. Nur um es ihr dann auszuziehen und ihr auch eine weihnachtliche Freude zu bereiten.

»Ist meine Mom auch schon da?«, fragte ich, während wir den verglasten und mit Tannenzweigen und Lichterketten geschmückten Steg zum Haupthaus entlangliefen. Der Duft von zimtigen Weihnachtskeksen stieg mir in die Nase, und ich hoffte, es würde nicht lang dauern, bis welche davon am Tisch standen. Nicht nur wegen der Krawatte, sondern weil das Küchenteam nicht nur fantastische Menüs zubereiten konnte, sondern auch großartiges Weihnachtsgebäck.

»Ja, sie hat deinen Dad und Steve gleich vom Flughafen mitgenommen. Das hat sich gut ergeben«, erklärte Maci, als sei das selbstverständlich.

»Gut ergeben«, wiederholte ich schmunzelnd. Meine Eltern waren seit genau zwei Wochen offiziell geschieden. Für mich grenzte es an ein Wunder, dass sie freiwillig Weihnachten gemeinsam feiern wollten. Mal abgesehen davon, dass Mom mit ihrem neuen Heli Dad mitnahm. Ich wollte aber auf keinen Fall irgendetwas sagen, was die derzeitige Harmonie der beiden gefährdete. Schon gar nicht an Weihnachten.

Wir verließen das Haupthaus über die Lobby, wo ein deckenhoher geschmückter Weihnachtsbaum stand, und gingen den Weg zum Strand hinunter. Die Laternen, die den

Pfad umsäumten, waren schon jetzt entzündet, obwohl es noch hell genug war. Rote Sterne und glitzernde Deko-Geschenkpäckchen schmückten die Palmen am Weg hinunter. Wir erreichten das Strandhaus, über dessen Tür ein Mistelzweig mit einer roten Schleife hing. Als Maci einfach darunter durchspazieren wollte, hielt ich sie fest. »Nicht so schnell!« Ich zog sie an mich und küsste sie unter den kleinen dunkelgrünen Blättern. Sie schien es sichtlich zu genießen, so wie sie sich an meine Brust schmiegte und ihre Lippen ein wenig länger auf meinen verweilen ließ. »Willst du mir nicht wenigstens verraten, was du drunter trägst?«, wisperte ich an ihre Lippen, weil meine Gedanken nur noch darum kreisten.

Schmunzelnd löste sie sich von mir. »Ich glaube nicht, dass du deine Vorfreude dann noch länger verstecken kannst«, antwortete sie und ließ ihren Blick über meinen Körper nach unten wandern. Dann führte sie mich durch das Strandhaus hindurch auf die andere Seite.

Uns erwartete eine festlich gedeckte Terrasse. Es gab eine lange Tafel, um die herum Stühle mit weinroten Hussen standen. Das Vordach des Strandhauses war mit Lichterketten dekoriert, und am Rand stand ein Weihnachtsbaum mit großen glitzernden Kugeln, rot-weißen Zuckerstangen, kleinen Weihnachtsstrümpfen, bunten Perlenketten und einer Santa-Claus-Figur, die unterhalb der Spitze saß und einen braunen Sack geschultert hatte. Der Baum war so üppig geschmückt, dass kaum noch ein grüner Zweig zu erkennen war.

»Merry Christmas!« Meine Mom breitete die Arme aus

und begrüßte erst Maci mit zwei Küsschen und dann mich. Direkt hinter ihr stand mein Vater, der uns freundlich frohe Weihnachten wünschte.

»Ich kann mich gar nicht erinnern, wann wir das letzte Mal Weihnachten auf Lovett Island gefeiert haben«, sagte Dad und nahm einen Schluck von seinem Aperitif.

»Als Trevor elf war«, antwortete Mom milde lächelnd. »Seit damals hattest du immer so viel zu tun, dass du Orlando über Weihnachten nicht verlassen wolltest.«

»Ich denke, es lag eher daran, dass ich es nicht mochte, Sand in den Schuhen zu haben.« Dad blickte auf seine blitzeblank polierten Lackschuhe und schüttelte einen Fuß aus, als könnte er so den Sand loswerden, der hineingerieselt war und nun zwischen Sohle und Socken rieb.

Mich störte das nicht. Viel mehr genoss ich die Meereskulisse, die warmen Temperaturen und den salzigen Geschmack auf meinen Lippen. Selbst an Weihnachten gab es nichts Besseres.

»Wenn es nach mir ginge, hätten wir auch in Flip-Flops und Strandbekleidung feiern können«, sagte Mom leise und blickte sich vorsichtig um, als wollte sie nicht, dass Blair sie hörte.

»So haben wir Weihnachten doch früher auch gefeiert.« Dad tastete an seinen Krawattenknoten, der wie immer perfekt gebunden war. »Das ist der einzige Tag im Jahr, an dem ich keine Krawatte tragen müsste.«

Das aus seinem Mund zu hören war überraschend, denn ich kannte ihn kaum anders und hatte nie gedacht, ihn würde dieser Aufzug stören.

»Ich hab gehört, wir müssen die Krawatte oben lassen, bis die Kekse serviert werden«, erklärte ich.

Mein Vater blickte sich suchend um. »Und wo sind die?«, fragte er laut, vielleicht in der Hoffnung, jemand würde ihm welche reichen.

»Netter Versuch!« Blair huschte an uns vorbei, sah aber weniger danach aus, als wollte sie sich vor einer Diskussion über die Kleidervorschriften drücken, als dass sie noch etwas zu tun hatte.

»Du wirst das schon durchstehen!«, sagte Mom und klopfte Dad mit der flachen Hand auf die Brust. »Sieh dir deine Söhne an, die beschweren sich nicht und sehen dabei großartig aus.«

Steve stand nur einige Schritte von uns entfernt und unterhielt sich mit Karlee und Rosie, die Macis Tennisaufgaben übernommen hatte, seit sie auf die UF ging. Auch Steve war elegant mit Hemd und Krawatte gekleidet, peppte sein Outfit aber mit gestreiften Hosenträgern auf.

So wie Mom und Dad nebeneinanderstanden, vergaß ich fast, dass die beiden frisch geschieden waren. Vielleicht hatten sie aber auch genau das gebraucht, um endlich die Spannungen zwischen ihnen loszulassen und wieder auf ein friedliches Miteinander zurückzukommen. Ich bewunderte Mom für ihre Contenance Steve gegenüber. Mein Dad hatte sie seinetwegen jahrelang belogen, doch statt Steve zu ignorieren, akzeptierte sie ihn einfach. Vielleicht auch, weil sie wusste, dass er der Grund war, warum ich bei Parkins nicht mehr in eine Rolle gedrängt wurde, die ich nie hatte übernehmen wollen.

»Laureen, Hugh, darf ich euch meine Eltern vorstellen?«
Maci führte die beiden auf die andere Seite der Terrasse,
wo ihre Eltern bei einem Glas Eierlikör standen und mit
Ezra plauderten. Ich folgte ihnen ein wenig widerwillig. Ich
konnte mich ohnehin nicht den ganzen Abend davor drücken, ihrem Vater zu begegnen.

Macis Mom Connie begrüßte mich herzlich und drückte
mir ein Küsschen auf die Wange. »Frohe Weihnachten, Trevor, und danke für die Einladung.«

»Gerne doch.« Anschließend wandte ich mich Macis Vater zu, der mir etwas distanziert die Hand schüttelte. Und
weil Maci nicht die Initiative ergriff, ihre Eltern meinen
vorzustellen, tat ich das nun. »Mom, Dad, das sind Macis
Eltern Connie und … Mr Stiles.« Es war mir etwas unangenehm, weil er mir noch immer nicht das Du angeboten
hatte.

Mom ließ sich davon nicht irritieren und trat einen
Schritt vor, um den beiden die Hand zu geben und frohe
Weihnachten zu wünschen. Sie war schon immer ein
Mensch gewesen, der auf andere zugehen konnte und
dabei keinerlei Vorurteile hatte. Das war wahrscheinlich
auch der Grund, warum ich sie so bewunderte. Das, und
weil sie sich nie von Rückschlägen hatte abbringen lassen, ihr eigenes Ding durchzuziehen. Ohne diese Einstellung wäre sie heute nicht die stolze Besitzerin eines
Hubschrauber-Transportunternehmens, das Flüge in der
Karibik anbot.

»Du nennst ihn Mr Stiles?«, flüsterte mir Dad zu, nachdem er beide begrüßt hatte.

Ich hob nur schwer die Schultern, weil ich es selbst nicht erklären konnte. Maci glaubte, er könnte in mir den Grund sehen, warum sie North Dakota verlassen hatte. Als wäre ich es gewesen, der Maci vor einem halben Jahr von dort weggebracht hätte. Maci war sich sicher, die Sturheit ihres Vaters würde sich von alleine legen. Dann würde er mich auch endlich als ihren Freund akzeptieren. Ich hoffte, sie hatte damit recht.

Mom verwickelte Connie in eine Unterhaltung über die momentanen Wetterverhältnisse in North Dakota, während Mr Stiles meinen Vater darauf ansprach, dass die neue Tenniskollektion im Vergleich zum Vorjahr einige Schwachstellen hatte. Ich hoffte, dieses Thema würde bei diesen beiden Sturköpfen nicht ausarten.

»Mom, wir sagen noch unseren Freunden Hallo«, sagte Maci zu ihrer Mutter, doch die ließ sich nicht dabei stören, über die Schneefälle in North Dakota zu berichten, und winkte uns davon.

Ich legte Maci die Hand auf den Rücken und führte sie von dem Teil der Terrasse weg.

»Das lief doch gut«, sagte sie und lächelte mich an.

»Du hast mich ziemlich auflaufen lassen«, entgegnete ich ihr und stieß einen schweren Atemstoß aus. »Ich musste deine Eltern als Connie und Mr Stiles vorstellen. Mein Dad glaubt bestimmt, ich wüsste nicht mal, wie dein Vater heißt.«

»Ich finde, du hast das toll gemacht«, antwortete sie nur.

»Ich hoffe für dich, dein Geschenk macht das wieder wett.« Ich zupfte am Stoff ihres Kleides.

»Das hoffst du wohl eher für *dich*«, korrigierte sie mich grinsend.

Blair kam in einem grünen Abendkleid zu uns, das so elegant war, dass es eher zu einer Galanacht als zu einem Weihnachtsessen an einem karibischen Strand passte. »Na, wie gefällt euch meine Weihnachtsterrasse?«, fragte sie und ließ ihren Blick zufrieden über ihr Werk gleiten. Sie stieß ein leises glückliches Seufzen aus, als würde ihr ihre eigene Meinung dazu bereits genügen.

»Es sieht wirklich toll aus«, versicherte ihr Maci freundlich.

»Muss ich neben Macis Dad sitzen?«, fragte ich nur verstimmt.

»Was?« Blair schien nicht ganz zu verstehen.

»Gibt es eine Sitzordnung?«

»Selbstverständlich! Was denkst du denn?« Sie verdrehte die Augen, als würde ohne Sitzordnung hier Anarchie herrschen.

»Sitze ich neben Mr Stiles?«

Sie lachte amüsiert. »Du nennst Greg immer noch Mr Stiles?«

»Er hat dir erlaubt, ihn Greg zu nennen?!« Mein entsetzter Blick wich von Blair auf Maci, die entschuldigend die Schultern hob.

»Willst du neben Greg sitzen, oder was versuchst du mir zu erklären?«, fragte Blair ungeduldig.

»Nein! Am besten am anderen Ende des Tisches.« So weit, dass niemand sonst mitbekam, dass ich offenbar der Einzige war, der ihn noch mit dem Nachnamen ansprechen musste.

Blairs prüfender Blick glitt über die Tafel. »Ich kann da noch was machen, wenn ich Karlee und Rosie dazwischenschiebe«, dachte sie laut nach.

»Ich denke nicht, dass das nötig ist«, warf Maci ein, die wohl keine Umstände machen wollte. »Oder?« Sie sah mich eindringlich an.

»Doch, bitte mach das, Blair.«

»Kein Problem.« Sie tätschelte mir die Schulter und ging dann zur Tafel, um meiner Bitte nachzukommen.

»Du verhältst dich kindisch«, sagte Maci, ohne dabei vorwurfsvoll zu klingen.

»Ich? Dein Dad …«

»Hey, was sehe ich da für ein mürrisches Gesicht?«, unterbrach uns Ezra und legte mir freundschaftlich den Arm um die Schultern. Dabei wollte ich gerade meinen Frust von der Seele reden. »Es ist Weihnachten. Lass mal ein fröhliches Santa-Lächeln sehen.«

»Ein fröhliches Santa-Lächeln?«, fragte ich irritiert und musterte meinen besten Freund von der Seite. »Hattest du zu viel Eierlikör?«

»Du denkst, ich trinke Eierlikör?«, entgegnete Ezra ein wenig beleidigt.

»Trevor ist stinkig wegen meines Dads«, erklärte Maci, die ein »fröhliches Santa-Lächeln« aufsetzte. »Dabei war es seine Idee, meine Eltern für heute Abend einzuladen.«

Ezra warf einen flüchtigen Blick über die Terrasse, wo sich Macis und meine Eltern immer noch miteinander unterhielten. »War doch eine tolle Idee, Connie und Greg einzuladen.«

»Alles klar, ich hol mir was zu trinken!« Ich wand mich genervt aus Ezras umgelegtem Arm und entschied mich, an der Bar nach etwas Stärkerem als Eierlikör zu suchen.

»Hey, Trevor!«, rief Maci mir gut gelaunt nach.

Ich blickte zu ihr zurück, und sie machte eine elegante Armbewegung, die auf ihren Körper deutete. »Vergiss nicht, was dich später noch erwartet«, erinnerte sie mich an ihr Geschenk. Nun musste ich doch grinsen.

Im Strandhaus stand Peyton hinter der Bar und schenkte sich gerade Scotch ein.

»Ist der für mich?«, fragte ich mit meinem charmantesten Lächeln in der Hoffnung, sie würde mir den Drink überlassen.

Sie zögerte kurz, schob mir dann aber das Glas über die Theke zu. »Was ist dein Grund, schon vor dem Essen Scotch zu trinken?«, fragte sie und holte ein frisches Glas aus dem Regal.

»Dass ich Macis Geschenk noch nicht auspacken darf«, antwortete ich und hob den Scotch, um Peyton zuzuprosten. »Und deiner?«

Wir stießen an, und Peyton seufzte leise. »Ich krieg von Santa Claus Albträume.«

»Was?« Ich verschluckte mich fast und wischte mir mit dem Handrücken über den Mund. »Du hast Angst vor Santa Claus?«

»Keine Angst!«, widersprach sie mir und nahm einen Schluck von dem Drink. »Aber ich finde ihn unheimlich. Überhaupt ist Weihnachten nicht so mein Ding.«

»Trotzdem gibt es Schlimmeres als Weihnachten am

Strand in der Karibik«, sagte ich, weil ich ihre Abneigung nicht ganz nachvollziehen konnte. Blair hatte sich richtig Mühe gegeben, und selbst mir, der eigentlich nicht so auf Kitsch stand, gefiel die festliche Tafel auf der Terrasse.

»Ja, nämlich dass Karlee und Rosie in zwei Tagen für eine Woche Urlaub machen und ich mit den Gästen Yoga und Pilates machen soll. Zum Glück übernimmt Adam die Tennisstunden.«

Ich schmunzelte, weil ich mir Peyton zwar beim Pilates, aber definitiv nicht beim Yoga vorstellen konnte. Sie war der mit Abstand unentspannteste Mensch, den ich kannte. Zwar sollte sie definitiv Yoga machen, aber nicht als Lehrerin.

»Und Blair findet keine bessere Lösung?«, fragte ich.

»Blair findet die Lösung doch super«, antwortete Peyton verächtlich und verdrehte die Augen. »Die hat es doch extra gemacht.«

»Wo machen Karlee und Rosie denn Urlaub?«, wollte ich wissen, um das Thema zu wechseln und Peytons Laune wieder zu heben. Ein bisschen unverfänglicher Smalltalk war für so etwas immer gut.

»Rosie will Karlee ihrer Familie vorstellen, und am Rückweg bleiben sie noch zwei Tage in Seaworld«, erklärte Peyton und schenkte sich nach.

»Sind die beiden etwa …?«, fragte ich vorsichtig, weil ich bislang noch nichts davon mitbekommen hatte.

»Wusstest du das nicht? Die beiden sind noch kitschiger als Blairs Weihnachtsplaylist.« Wieder verdrehte Peyton die Augen.

Ich grinste. »Ist dir schon mal aufgefallen, dass, immer wenn sich ein Staffmitglied verliebt, es von Lovett Island weggeht?«, fragte ich in Anspielung auf Maci, aber auch auf Violet und Brent. »Du solltest dich schon mal an die Yoga- und Pilatesstunden gewöhnen«, neckte ich sie weiter.

»Lach du nur!«, sagte sie grummelig. »Aber ich werde heimlich ein Stück von dem französischen Weichkäse, den Blair bestellt hat, in deinem Appartement verstecken, und das nächste Mal, wenn du kommst, wird es unbewohnbar sein.«

»Das würdest du Maci nicht antun«, sagte ich und konnte mir dabei nur schwer ein Lachen verkneifen.

»Die kann bei mir übernachten«, winkte Peyton ab.

In meinem Augenwinkel tauchte ein kleiner blonder Schopf auf. Dann zupfte Bonnie bereits an meinem Hosenbein und sah mit ihren großen blauen Augen zu mir hoch. »Kann ich bitte etwas zu trinken haben?«

»Klar, komm mal her!« Ich nahm sie unter den Armen und setzte sie auf die Anrichte der Bar. »Und jetzt sag der Bar-Tante da, was du haben willst.«

Peyton funkelte mich wütend an, doch vor der Kleinen ließ sie es stumm über sich ergehen.

»Einen Apfelsaft bitte.«

Peyton stellte ein Trinkglas auf die Theke und füllte es mit dem Saft, den sie aus der Kühlvitrine genommen hatte. Gerade als sie Bonnie das Glas hinschieben wollte, sagte ich: »Da fehlt doch ein Strohhalm, oder?«

Bonnie nickte mir eifrig zu.

Peyton griff in einen Behälter mit bunten Strohhalmen und zog einen orangefarbenen hervor.

»Gibt's auch Rosa?«, fragte Bonnie und streckte den Hals, um die Farbauswahl überprüfen zu können.

»Klar.« Peyton pickte einen rosafarbenen Strohhalm heraus und steckte ihn ins Glas.

»Willst du noch Eiswürfel dazu?«, schlug ich Bonnie vor, um Peyton noch ein wenig zu beschäftigen.

Als hätte ich ihr gerade etwas Verbotenes erlaubt, nickte das Mädchen schelmisch.

Peyton schob die Eisschaufel in die Eislade. Die Würfel klimperten darin wie Glas.

»Aber nur einen!«, sagte Bonnie und streckte einen Finger in die Höhe.

»Ihr zwei wollt mich fertigmachen, oder?«, seufzte Peyton und ließ einen einzelnen Eiswürfel in den Apfelsaft fallen.

»Trevor ist mein *partner in crime*«, sagte Bonnie verschmitzt. Dann nahm sie ihren Saft dankend entgegen und trank einen Schluck durch den rosafarbenen Strohhalm.

Ich hob sie wieder von der Theke, und sie tapste mit dem Glas zurück auf die Terrasse.

»Hast du ihr das beigebracht?«, fragte Peyton, als wir wieder unter uns waren.

»Gestern Nachmittag, als Violet und Brent eine Runde mit dem Jetski fahren wollten, habe ich auf Bonnie aufgepasst«, erklärte ich grinsend. »Ich hab ihr auch gesagt, sie soll mal fragen, wie Santa Claus hier die Geschenke bringen kann, wenn es doch gar keine Schornsteine auf Lovett Island gibt.«

Nun schmunzelte Peyton. Das war genau ihr Humor.

»Also gut, ich muss wieder raus und checken, ob Blair mich von Macis Dad weggesetzt hat«, sagte ich, wobei ich den letzten Teil nur flüsterte.

»Warum? Greg scheint doch ziemlich nett zu sein.« Sie grinste triumphierend, als hätte sie nur darauf gewartet, mir die Apfelsaft-Neckerei heimzuzahlen. Ich ignorierte diese Aussage und ging auf die Terrasse, wo Bonnie mit ihrem Apfelsaft vor Steve stand und zu ihm hochsah. Mein Bruder war mit Abstand der Größte hier, Bonnie die Kleinste, weshalb es ein ziemlich schräges Bild abgab.

»Also, ich weiß nicht genau«, stammelte Steve und kratzte sich am Kinn. »Muss Santa überhaupt durch einen Schornstein, um die Geschenke zu bringen?«, fragte er nachdenklich.

»Und wo landet überhaupt sein Schlitten?« Bonnie ignorierte Steves Gegenfrage einfach. »Hier gibt es doch keine Landebahn.«

»Am Strand ist doch Platz«, antwortete Steve erleichtert, weil ihm diese Erklärung sinnvoll erschien.

»Dann wären aber Spuren im Sand!«, erwiderte Bonnie verärgert und stampfte mit ihrem Fuß auf.

Leise lachend ging ich an ihnen vorbei und tätschelte dabei Bonnies Kopf.

»Eure Kleine ist einfach großartig«, sagte ich zu Violet und Brent, die nur ein Stück weiter bei Karlee und Rosie standen und sich unterhielten.

»Ja, ist sie«, schwärmte Violet und warf einen verliebten Blick zu dem Mädchen hinüber.

»Aber wenn ihr nicht wollt, dass Steve ihr gleich verrät, dass es Santa Claus gar nicht gibt, solltet ihr ihm zu Hilfe kommen«, riet ich ihnen. Der Abend sollte schließlich in keiner Heulerei enden.

»Ich mache das«, sagte Brent, der zum Glück nicht bemerkte, dass ich hinter dem Spaß steckte.

»Hey, Trevor, komm mal her!« Maci, die bei Ezra und Blair stand, winkte mich zu ihnen herüber. »Hast du schon von Ezras neuestem Projekt gehört?«

Irritiert sah ich zu meinem besten Freund und dann zu Blair. Wollten die beiden etwa …

»Nicht doch!«, unterbrach Maci meine Gedanken, als hätte sie sie gehört. »Ezra schreibt ein Buch.«

»Tatsächlich?« Ich stellte fest, dass mich diese Neuigkeit nicht wirklich überraschte, auch wenn ich nichts davon geahnt hatte. »Worüber denn?«, erkundigte ich mich neugierig.

»Es ist eine Geschichte über eine junge attraktive Inselbesitzerin, die …«, begann Ezra.

»Moment mal!«, fuhr ich dazwischen. »Sag bloß, du schreibst einen Liebesroman über Blair und dich.« Ich war ja so schon kein Fan von Liebesromanen, aber das hier war mir doch eine Nummer zu viel.

»Es ist ein Thriller«, erklärte Blair, die nicht ganz so begeistert über den Plot des Buchs zu sein schien. »Die Inselbesitzerin veranstaltet ein regelrechtes Massaker an ihren Gästen.«

Ich verzog das Gesicht, wusste gerade nicht, ob ich laut losprusten oder entsetzt sein sollte.

»Ich war seine Inspiration«, fügte Blair hinzu, als wäre

das nicht offensichtlich. Sie verschränkte die Arme vor der Brust.

»So ist es auch wieder nicht«, verteidigte sich Ezra. »Die Frau im Buch ist schwarzhaarig, und die Insel liegt vor Maine.«

»Oh wow, ja, ist total anders«, sagte ich und musste nun doch lachen. »Verdammt, Ezra, ich hätte von dir anderen Lesestoff erwartet.«

»Würdest du es trotzdem lesen? Die Rohfassung ist fertig«, fragte er.

»Klar!« Von meinem besten Freund würde ich alles lesen, aber der Stoff interessierte mich wirklich brennend.

»Ich hoffe, du kannst ihm ausreden, es zu veröffentlichen«, sagte Blair mit ernster Miene an mich gewandt.

»Wird wohl schwer. Seine Familie hat einen Verlag«, antwortete ich schulterzuckend.

»Das weiß ich jetzt auch«, sagte sie seufzend. »Das waren noch schöne Zeiten, als ich dachte, er wäre auf einer Rinderfarm aufgewachsen.«

Ezra und ich lachten laut los, als sie das sagte. Sie hatte bei dem Wort Ranch sofort an eine Rinderfarm gedacht, und wir fanden es witzig, sie in dem Glauben zu lassen. Das hatte zwar zu einigen fiesen Sprüchen geführt, doch Ezra hatte mir damals versichert, dass ihm die nichts ausmachten.

Blairs Gesichtsausdruck blieb finster. »Ich geh mal nachsehen, ob das Essen schon fertig ist«, sagte sie und trat dann einen Schritt auf mich zu, um leiser hinzuzufügen: »Und dann setze ich Greg neben dich.«

»Blair!«, rief ich ihr nach, doch sie ignorierte mich.

»Die Sache mit dem Thriller stößt ihr noch etwas sauer auf«, erklärte Ezra, als wir zu dritt unter uns waren.

»Solltest du ihr dann nicht lieber nachlaufen?«, schlug Maci vor und sah Blair besorgt nach.

»Wenn sie erst mal mein Geschenk bekommt, wird ihr das Buch egal sein«, antwortete Ezra gelassen. Er trat einen Schritt näher und flüsterte nun, als wollte er nicht nur verhindern, dass Blair uns hörte, sondern auch sonst jemand auf der Terrasse. »Ich habe endlich die Adresse ihrer Mutter herausgefunden.«

»Du hast was?« Macis Stimme bebte, eine Mischung aus Begeisterung und Ehrfurcht.

Ich starrte meinen besten Freund auf weitere Erklärungen an. »Und wo ist sie?«, fragte ich ungeduldig, nachdem er nichts mehr gesagt hatte.

»In Europa«, antwortete Ezra schließlich, die Stimme noch immer gesenkt. »Sie lebt seit vielen Jahren in Paris.«

»Das ist ja wundervoll.« Maci hob gerührt die Hand an ihren Mund, als wäre sie kurz davor, in Freudentränen auszubrechen.

»Gut gemacht, Kumpel!« Ich klopfte ihm stolz auf die Schulter. »Und jetzt geh ihr trotzdem mal lieber nach.«

Ezra nickte und folgte Blair ins Strandhaus. Maci und ich blieben allein zurück, und ich zog sie ein Stück zur Seite, um einen ungestörten Moment mit ihr zu haben.

»Ist es nicht schön, wie sich alles entwickelt hat?«, fragte ich und schlang meine Arme um ihre Taille.

»Ja. Ich bin froh, dass Blair die Insel nicht hergeben musste.

Es ist wie ein zweites Zuhause, auch wenn wir nicht mehr so oft hier sind.« Sie legte ihre Hände auf meine Schulter, und ich konnte einen Blick unter den Stoff an ihrer Schulter werfen, wo die Spitze eines BH-Trägers zum Vorschein kam.

»Ist das ein Leopardenmuster?« Das Blut schoss mir gleich wieder tiefer.

Maci wirkte ein wenig enttäuscht. »Das hättest du noch gar nicht sehen sollen! Jetzt musst du mir auch einen Hinweis auf dein Geschenk geben.«

Ich grinste und ließ mir einen Augenblick Zeit, in dem ich abwog, ob ich ihr etwas verraten oder sie noch ein wenig zappeln lassen sollte.

»Bitte!«, drängte sie.

Ihre Ungeduld gefiel mir.

»Es hat etwas mit meinem Job bei Parkins zu tun.«

Maci sah mich neugierig an. Ganz offensichtlich wollte sie noch mehr darüber hören.

»Ich starte im Januar ein neues soziales Projekt, und du sollst die Patin werden«, setzte ich fort.

Ihre Augen begannen zu leuchten, ihr Mund öffnete sich verzückt. »Du willst mich bei einem deiner sozialen Projekte dabeihaben? Worum geht es?«

»Mehr verrate ich dir noch nicht«, gab ich mich verschwiegen. Erst recht, wenn ich noch warten musste, bis ich ihr dieses Kleid von den Schultern streifen durfte.

Es schien Maci zwar nicht leichtzufallen, doch sie schien es zu akzeptieren.

»Und was ist in dem Päckchen, das du aus dem Zimmer mitgenommen hast?«, fragte sie neugierig.

Ich grinste nur. Dass sich darin jener Ball befand, mit dem ich bei meinem letzten Spiel – bei dem sie zugesehen hatte – einen *Home Run* erzielt hatte, musste sie später selbst herausfinden.

ENDE

Dank

Könnt ihr euch noch erinnern, als Maci das erste Mal nach Lovett Island gekommen ist? Als sie das erste Mal die nackten Zehen in den Sand gesteckt hat, das Meeresrauschen in den Ohren, die warme Sonne auf der Haut?

Es kommt mir vor, als wäre das erst gestern gewesen.

Dabei sind seit dem ersten Wort, das ich über Maci geschrieben habe, und dem Ende von Lovett Island fast vier Jahre vergangen. Vor vier Jahren habe ich still und heimlich begonnen diese Story zu schreiben. Nach und nach sind mehr Menschen dazugekommen, die mir zugehört, mir Tipps gegeben, testgelesen, an dem Text gearbeitet und an der Vermarktung mitgewirkt haben.

Und dann seid ihr gekommen, liebe Leser*innen. Ihr wart mein Ziel, mein Traum, meine größte Angst. Doch ihr habt Lovett Island mit offenen Armen empfangen, die Geschichte gelesen, mitgelebt und mitgeliebt. Ich danke wirklich jeder und jedem von euch, egal ob Buchhändler*in, Blogger*in oder Leser*in. Eure lieben Nachrichten, Empfehlungen, netten Rezensionen und wundervollen Instagram-Fotos zeigen mir jeden Tag, wie schön es ist, für euch Geschichten zu schreiben.

Ich danke allen Menschen, die mich auf diesem Weg begleitet haben, allen voran meinem Agenten Peter Molden sowie meiner wunderbaren Lektorin Maria Runge, bei denen ich mich als Autorin bestens aufgehoben fühle.

Meiner Redakteurin Li-Sa Vo Dieu, die nicht nur dem Text den richtigen Schliff gegeben hat, sondern mit ihren »küchenpsychologischen« Analysen (wie sie es nennt) auch dafür gesorgt hat, dass Maci, Violet und Blair zu den Menschen wurden, die sie heute sind.

Danke an die engagierten und netten Mitarbeiter*innen des Goldmann Verlags sowie dem Team von ehrlich & anders, die diese Reihe genau richtig vermarktet und begleitet haben.

Großer Dank geht an meine Autorenfreundin Nadine Kerger, die mich während der Arbeit an diesem Buch täglich mit Nachrichten unterstützt, motiviert, unterhalten und viel zu oft auch abgelenkt hat. *Freundschaft ist, wenn man 600 km Distanz nicht spürt.*

Und zu guter Letzt möchte ich mich bei meinem Mann und meinen Kindern bedanken, weil ich ohne sie wohl den ganzen Tag an der Tastatur hängen würde. Ich wüsste nicht, was ich ohne eure Liebe und den Rhythmus, den ihr meinem Leben gebt, tun würde.

Autorin

Emilia Schilling ist das Pseudonym einer jungen österrei-
chischen Autorin, die romantische Frauenromane schreibt.
Schilling, Jahrgang 1988, lebt mit ihrem Mann und ihren
zwei Kindern in einem kleinen Ort in Niederösterreich.

Emilia Schilling im Goldmann Verlag:

Lovett-Island-Trilogie:
Lovett Island. Sommernächte. Roman (Band 1)
Lovett Island. Sommerprickeln. Roman (Band 2)
Lovett Island. Sommerflüstern. Roman (Band 3)

Außerdem:
Frühlingsglück und Mandelküsse. Roman
Sommerglück und Blütenzauber. Roman
Herbstblüten und Traubenkuss. Roman
Winterglück und Nelkenduft. Roman

( auch als E-Book erhältlich)

G GOLDMANN
Lesen erleben

Unsere Leseempfehlung

PENELOPE WARD

NEIGHBOR DEAREST

ROMAN

GOLDMANN

320 Seiten
Auch als E-Book
erhältlich

Chelsea dachte, sie hätte den Mann ihres Lebens gefunden. Doch Elec verlässt sie für seine Jugendliebe, und Chelsea ist am Boden zerstört. Hat sie sich seine Gefühle nur eingebildet? Erst ihr Nachbar Damien lenkt sie von ihrem Kummer ab. Denn er ist unhöflich, und seine lauten Hunde rauben ihr den Schlaf. Sie kann ihn nicht ausstehen! Leider ist er sowohl ihr Vermieter als auch der schönste Mann, den sie je gesehen hat. Sie findet ihn unwiderstehlich ... Doch Damien geht aus einem guten Grund keine Beziehungen ein, und sein Geheimnis könnte Chelseas Herz erneut in tausend Teile brechen.